L'homme au visage peint

L'horrible au visage peint

Michel Vallée

L'homme au visage peint

Collection Le Treize noir

La Veuve noire, éditrice inc.
145, rue Poincaré, Longueuil, Québec J4L 1B2
www.veuvenoire.ca

La Veuve noire, éditrice remercie le Conseil des Arts du
Canada et la SODEC pour l'aide accordée à son programme
de publication.
La Veuve noire, éditrice bénéficie également du Programme
de crédit d'impôt pour l'édition de livres – Gestion SODEC
– du gouvernement du Québec.

Conseil des Arts
du Canada

Canada Council
for the Arts

Dépôt légal: 2006
Bibliothèque nationale du Canada
Bibliothèque nationale du Québec

**Données de catalogage avant publication de Biblio-
thèque et Archives Canada**

Vallée, Michel

    L'homme au visage peint (Collection Le Treize noir)
    ISBN 2–923291-09-3
    I. Titre. II. Collection.
    PS8643.A441H65 2006 C843'.6 C2006-941665-6
    PS9643.A441H65 2006

Illustration de la couverture
et conception de la maquette :
Robert Dolbec

À Catherine,
À Monique,

1 : Tous des paranos

Quelques minutes avant dix heures, une voiture s'arrêta brusquement devant un immeuble, dans une rue du vieux quartier. Un homme en descendit, claqua la portière en jetant un coup d'œil furtif de chaque côté et s'élança vers la grande porte à tambour de l'entrée, qu'il poussa énergiquement pour s'engouffrer à l'intérieur.

Le visiteur déboucha dans le rez-de-chaussée faiblement éclairé, s'arrêta un moment pendant que, derrière lui, le tourniquet achevait de pivoter sur son axe. Ne prêtant aucune attention à l'ascenseur, il se dirigea directement vers le grand escalier de marbre et gravit rapidement les premières marches. Il ne ralentit son allure que lorsqu'il eut atteint le premier étage et qu'il se sentit à l'abri de tout regard venant de la rue.

Il continua à monter plus lentement, en s'agrippant à la rampe, avec une pause de quelques secondes à chaque palier pour reprendre haleine. Une fois arrivé au sixième étage, essoufflé, il s'immobilisa un instant pour chercher son chemin dans la pénombre.

C'était une chaude soirée de juin, et l'homme transpirait abondamment. Il trouva sans peine la porte qu'il cherchait, c'était le seul bureau éclairé. Sur la fenêtre de verre dépoli, une inscription à l'aspect démodé, en lettres dorées à bordure noire, confirmait qu'il était au bon endroit.

McMillan & Morel

Enquêtes en tous genres

Il frappa trois coups secs. À travers le rectangle translucide, il distingua une silhouette qui s'approchait lentement. La porte s'ouvrit sur un homme qui lui tendait la main avec un sourire mesuré.

De taille et de carrure moyennes, son hôte paraissait la mi-quarantaine. Une élégance naturelle et un peu surannée se dégageait de sa personne. Malgré la chaleur, il était vêtu impeccablement. Et sobrement : complet gris, chemise blanche, cravate et pochette de soie bleu pétrole. Ses cheveux courts et noirs frisaient légèrement, peut-être à cause de l'humidité. Sa moustache était finement taillée. Ses yeux gris ne laissaient transparaître aucune émotion.

Le détective jaugea son visiteur d'un œil expert. Avant même que l'autre ait prononcé un mot, Morel était convaincu qu'il s'agissait bien de la personne à qui il avait parlé au téléphone en fin d'après-midi. L'homme qui se tenait devant lui devait avoir le début de la soixantaine. Il était vêtu d'un pantalon et d'un veston bruns, et d'un gilet blanc à col roulé. Le teint du visage était légèrement couperosé, le cheveu rare et blanc. Les traits étaient énergiques malgré l'âge. Un tempérament sanguin. Ce qui frappa immédiatement Morel, ce fut le regard, d'une intensité extraordinaire.

Bien qu'il transpirât en abondance et qu'il vînt de gravir six étages, le visiteur se tenait bien droit, le menton haut. La main qu'il tendit était énorme. Dès qu'il fut entré, il se mit à examiner la pièce avec insistance, apparemment indifférent à la présence de son hôte.

C'était une pièce assez vaste, avec des murs de plâtre blancs fissurés par endroits et de jolies boiseries d'acajou autour des fenêtres. Un intérieur qui n'avait pas été trop modernisé. Mis à part l'ordinateur qui trônait sur le coin d'un bureau, l'ensemble dégageait un charme désuet, qui n'était pas pour déplaire aux âmes nostalgiques. Le plafond, d'origine, était très haut et orné de caissons finement travaillés. En son centre, un vieux ventilateur à hélice brassait paresseusement l'air. À côté du bureau, une vieille pendule murale marquait dix heures précises. Sur un des murs subsistait un foyer, sans doute condamné depuis longtemps ; sur un autre, un grand calorifère à eau chaude. Au fond, il y avait une vieille bibliothèque de bois de chêne, mal assortie aux boiseries et dont une des portes avait perdu sa vitre.

Morel, qui attachait toujours la plus grande importance à la première rencontre avec un client, attendait patiemment que son interlocuteur brise la glace. Le visiteur n'avait pas esquissé le début d'un sourire. Il darda de nouveau son regard suspicieux sur le détective et parla d'une voix caverneuse.

— Nous sommes bien seuls ?

— Absolument, monsieur, répondit Morel en relevant légèrement le menton. Veuillez vous asseoir, je vous en prie. Je suis désolé pour l'ascenseur…

— Je ne prends jamais les ascenseurs, monsieur.

Le ton était cassant ; les *r*, fortement malmenés. Morel ne se laissa pas décontenancer.

— Vous êtes bien monsieur…

— Morel, Antoine Morel.

— Votre… collègue, monsieur McMillan ?

— Monsieur McMillan est rentré chez lui, il ne va certainement pas revenir ce soir. Mais assoyez-vous, je vous en prie…

Morel prit place derrière son bureau, invitant d'un geste son visiteur à s'installer en face de lui. Mais l'autre resta debout, le menton bien haut. Il sortit un mouchoir et s'épongea le visage. Sans dire un mot, les mains derrière le dos, les lèvres tordues par une moue désapprobatrice, il fit lentement le tour de la pièce, l'air absorbé, comme s'il devait encore peser le pour et le contre d'une grave décision. Il s'arrêta un moment devant le permis d'agence d'investigation affiché au mur à côté de la bibliothèque, le lut avec attention.

Morel ne bronchait pas. Il était habitué à toutes sortes de comportements de la part de ses clients. Ils étaient tous un peu paranoïaques, surtout à la première rencontre. Au bout d'un moment, l'homme se retourna et joignit les mains dans un geste qui parut machinal, ce qui renforça l'impression du détective qu'il avait affaire à un ecclésiastique. Il s'assit sans regarder Morel, jeta un œil mauvais vers l'ordinateur qui ronronnait doucement à sa droite. Les lèvres serrées, respirant bruyamment par les narines, il se mit à hocher lentement la tête en fixant un point au fond de la pièce (il n'y avait là que le calorifère). Puis, il posa sur Morel un regard féroce et parla d'un ton autoritaire.

— Monsieur Morel, je suis ici pour une affaire extrêmement grave, qui doit absolument rester entre nous. Je suis monsieur Dubreuil, procureur des Sulpiciens au grand séminaire de Montréal. Pour me rendre ici, j'ai demandé à un de mes employés les plus sûrs de me conduire en utilisant une voiture de location, afin d'être absolument certain que nous ne serions pas reconnus, et en faisant de nombreux détours, afin d'être absolument certain que nous ne serions pas suivis. Quand je partirai, dans quelques instants, vous m'indiquerez la sortie de secours qui mène à la ruelle, pour que je puisse y rejoindre une autre voiture qui m'y attendra. Je ne peux pas vous exposer aujourd'hui l'objet précis de ma requête, ni en détail, ni même en résumé. Je suis ici uniquement pour vous rencontrer et vous demander personnellement si vous êtes disposé à accepter une mission de la plus grande importance, qui exige le secret le plus absolu et qui pourrait éventuellement devenir dangereuse.

Cet intéressant préambule fut suivi d'une pause de quelques secondes, non moins dramatique. Morel se contentait de soutenir le regard inquisiteur du prêtre. C'était là une de ses qualités, et il importait de le faire sentir dès les premiers instants : Morel se laissait difficilement impressionner.

L'abbé continua de sa voix sépulcrale.

— Il s'agit d'une affaire épouvantable qui nous préoccupe au plus haut point. Si vous acceptez la mission que nous avons à vous confier, sachez que vous devrez vous y employer entièrement, y consacrer tout votre temps et toute votre énergie pendant les prochaines semaines. Le problème doit absolument être résolu dans les plus brefs délais et de la façon la plus discrète. J'insiste sur ce point : cette affaire doit demeurer secrète. À partir de maintenant, quelle que soit votre décision, soyez extrêmement prudent quand vous devrez entrer en communication avec nous. N'utilisez jamais votre téléphone pour nous contacter, et n'essayez pas de nous appeler à un autre numéro que celui que vous trouverez dans les instructions.

Nouvelle pause. Morel se sentait comme un accusé qui vient d'être reconnu coupable et qui attend le prononcé de la sentence. Par une fenêtre entrouverte, on entendit un bruit de klaxon provenant de la rue, ce qui était inhabituel à cette heure, dans cette partie désolée du vieux quartier.

— J'ajoute que malgré une situation financière difficile, nous sommes disposés à vous consentir une rémunération conséquente à l'importance capitale de cette mission.

Morel, qui était resté stoïque jusque-là, ne put s'empêcher de relever légèrement les sourcils. Il se préparait à poser une première question quand l'abbé se leva brusquement, sortit une enveloppe et la lui tendit.

— Je vous demande de bien réfléchir à cette requête d'ici demain, monsieur Morel. Nous vous saurions gré de prendre une décision d'ici vingt-quatre heures et de nous la communiquer en vous conformant rigoureusement aux instructions que vous trouverez dans cette enveloppe.

L'homme jeta un coup d'œil à sa montre.

— Et maintenant, si vous voulez bien me conduire à la sortie d'urgence.

— C'est-à-dire que… J'aurais aimé…

Pendant quelques interminables secondes, les deux hommes restèrent là à se dévisager. On n'entendait que le bourdonnement souffreteux du moteur du ventilateur et le grincement intermittent de l'hélice.

— C'est que… Il y a un système d'alarme…

— Vous n'allez pas me dire que vous, vous n'avez pas prévu l'éventualité de devoir sortir d'ici sans être vu ?

Morel laissa professionnellement passer quelques secondes, histoire de montrer qu'il ne prenait aucune décision à la légère, soupira profondément, et finit par acquiescer d'un bref hochement de tête. Il prit le téléphone et composa un numéro.

— Bonsoir, mon nom est Morel, 12B, 4, 6, 7, 6. Passez-moi Langlois, s'il vous plaît. Merci… Allô, Pierre ? Morel… Oui… Oui, c'est ça… Pour cinq minutes. Merci.

Il raccrocha, se leva, ouvrit un tiroir et en sortit un trousseau de clefs.

— Si vous voulez bien me suivre, monsieur l'abbé.

— Monsieur Dubreuil, corrigea sèchement le prêtre, *monsieur* seulement. Chez les

Sulpiciens, nous disons *monsieur*, pas *monsieur l'abbé*.

Ils sortirent dans le corridor. Morel guida son client potentiel jusqu'à une porte sans fenêtre à l'arrière du bâtiment, sortit une grosse clef du trousseau et ouvrit. Le Sulpicien salua d'un bref signe de tête et passa sans ajouter un mot sur le palier de l'escalier métallique. Il commença prudemment à descendre en s'accrochant à la rampe. Morel s'avança un peu et jeta un coup d'œil en bas. Il distingua la forme sombre d'une voiture qui attendait, tous phares éteints, dans la ruelle des Fortifications. Quelques instants plus tard, l'intérieur de la voiture fut brièvement éclairé quand le Sulpicien ouvrit la portière, qui se referma aussitôt avec un claquement sec. Le conducteur mit le moteur en marche, alluma les phares, et la voiture disparut lentement dans la nuit.

Revenu à son bureau, Morel retira son veston et passa dans une pièce attenante au bureau. C'était une pièce étroite, toute en longueur. Du côté de la rue, elle était meublée comme une cuisine, à l'autre bout elle ressemblait à un débarras. Tout était vieux, usé, mais rien ne manquait : frigo, cuisinière, évier, espaces de rangement. Morel avait équipé son bureau de façon à pouvoir y passer quelques jours si cela devenait nécessaire. Il y avait des vêtements de rechange dans une commode, et même une penderie, derrière laquelle était dissimulé un coffre-fort. Au fond, il y avait aussi une salle de bains, avec douche et lavabo, et une espèce de placard que Morel avait transformé en chambre noire. Dans la grande pièce, qu'il appelait son cabinet, un sofa pouvait se transformer en lit. Il y avait aussi un vieux tourne-disque et des 33 tours sur une des tablettes de la bibliothèque.

Il sortit une bouteille de whisky, se versa un verre, y ajouta quelques cubes de glace. Revenu dans son cabinet, il défit délicatement le nœud de sa cravate, tira juste assez pour la détendre et ouvrit son col. Il éteignit l'ordinateur, qu'il laissait toujours allumé quand il recevait un client. La plupart des gens considéraient cette machine comme un gage d'efficacité et de sérieux. Ce n'était probablement pas le cas de ce monsieur Dubreuil, pensa-t-il avec un sourire en enfonçant le bouton d'arrêt.

Il ouvrit un carnet, inscrivit « *Vendredi, 15 juin 2001*», et nota quelques détails sur la visite du prêtre. Il éteignit ensuite la lumière, ne laissant qu'une lampe allumée sur son bureau, et s'installa dans son vieux fauteuil, devant une fenêtre qui laissait entrevoir le fleuve, à environ un demi-kilomètre. Il alluma une cigarette. Un des cubes de glace dans son verre se cassa avec un bruit étouffé.

La visite du prêtre avait duré à peine cinq minutes. La lettre qu'il avait laissée était sur le bureau. Morel l'ouvrit et la plaça sous le cône de lumière jaune de la lampe. Les « instructions » étaient simples. Demain soir à neuf heures, il devait se rendre à un bistrot de la rue Saint-Paul. Là, il devait composer un numéro à partir d'un téléphone public – on avait souligné ce détail à gros traits – et laisser un message pour donner sa réponse. Si la réponse était positive, il devait rester là et attendre.

Maintenant qu'il était seul, Morel pouvait se laisser aller à sourire un peu. En neuf ans de métier, il avait rencontré de drôles de numéros, mais celui-là était vraiment inclassable. Qu'est-ce qui pouvait bien leur être arrivé, à ces bons pères, pour justifier une telle paranoïa ? Lui-même fervent amateur d'histoire, Morel connaissait naturellement la communauté des Sulpiciens, à cause du rôle qu'ils avaient joué dans l'histoire de la ville. Il savait que ces religieux, arrivés à Montréal au XVIIe siècle, occupaient toujours le vieux séminaire, à côté de la basilique. Il se souvint même avoir lu quelque part que les Sulpiciens se faisaient appeler « monsieur », sans autre titre de civilité. On les appelait « les Messieurs de Saint-Sulpice », ou tout simplement « les Messieurs ». C'était la première fois qu'il avait l'occasion de rencontrer un Sulpicien en chair et en os.

Le prêtre ne lui avait pas même donné un aperçu de ce qu'on attendait de lui. Il s'était déplacé uniquement pour lui remettre personnellement l'invitation. Pourquoi tant de chichi ? Tout ça paraissait un peu ridicule.

Néanmoins, la curiosité du détective était piquée. Cette affaire l'intéressait. Et du reste, ce n'était pas le moment de refuser une enquête, surtout si le tarif était bon. Les affaires ralentissaient toujours un peu en juin.

Le prêtre avait dit que ça pouvait devenir dangereux… Il allait bien falloir qu'on lui donne des détails. La seule façon d'en savoir plus était de le rencontrer le lendemain. C'était tout réfléchi.

Il était minuit passé quand Morel quitta son bureau, le cerveau bien irrigué par quelques verres de scotch. Il descendit les six étages à pied. L'ascenseur était à commande manuelle et ne fonctionnait que le jour, pendant les heures d'affaires. Aux yeux de Morel, ce détail ne faisait qu'ajouter au charme de l'immeuble, mais tous ne partageaient pas ce point de vue.

Certes, six volées de marches, c'était beaucoup. Par une telle chaleur, en plus, la perspective d'une telle ascension était suffisante pour en décourager plus d'un. Pourtant, la plupart des clients qui passaient après les heures de bureau ne se plaignaient pas. Les gens qui faisaient appel à ses services étaient obsédés par le secret, ils insistaient sur la confidentialité la plus stricte. Pour prendre contact, surtout au début, ils se méfiaient du téléphone comme de la peste, préférant se rendre sur place, frapper à sa porte et lui parler en personne. La montée était certes un peu pénible, mais une fois en haut, ils avaient l'impression d'être à l'abri des indiscrétions, chose qu'ils appréciaient plus que tout.

Dehors, il s'arrêta un instant pour humer l'air de la nuit. La rue Saint-Jacques était déserte, on ne voyait nulle part âme qui vive, rien qui bouge à part quelques pages de journaux égarées et quelques lambeaux d'affiches déchirées qui remuaient un peu au vent. Il leva la tête vers le fragment de ciel noir visible entre les belles couronnes des vieux gratte-ciel. En regardant bien, on pouvait distinguer ici et là la faible lueur d'une étoile solitaire.

Il voulut allumer une cigarette, tâta la pochette intérieure de son veston. Il n'y avait là que son briquet et son téléphone portable, tous deux éteints. Il avait oublié son paquet en haut, au bureau. Il haussa les épaules, se mit à marcher lentement.

Arrivé à la place d'Armes, il s'arrêta un instant, hésita. Que faire ? Prendre un taxi et rentrer tout de suite à la maison, ou s'asseoir là, face à la basilique, et respirer l'air de cette belle nuit d'été de Montréal ? La plupart des touristes avaient regagné leur chambre d'hôtel et, à part quelques flâneurs, la place était déserte. Morel aimait cet endroit, surtout à cette heure. Pourquoi résister ? Il décida de s'asseoir un peu et de prendre le temps de réfléchir à la question, tout en contemplant les bâtiments qui ceinturaient la place.

2 : Les seigneurs de l'île

Le lendemain soir, Morel arriva au bistrot de la rue Saint-Paul un peu avant huit heures. Il s'installa dehors à une petite table, moitié sur le trottoir, moitié dans la rue. Les rayons du soleil dardaient encore avec force sur la pierre grise des façades de l'ancienne rue marchande. Il commanda un verre de rouge et se plongea dans la lecture du journal.

À neuf heures, il se rendit à l'arrière de l'établissement et utilisa le téléphone public pour composer le numéro indiqué dans les « instructions ». Il fut accueilli par un répondeur. Il laissa un message laconique, laissa entendre qu'il était intéressé à l'affaire.

Il retourna à sa table dans la rue et se remit à sa lecture. Quelques minutes plus tard, un homme, peut-être le patron de l'endroit, vint se pencher à sa table et le pria discrètement de le suivre.

Ils traversèrent la salle du café, passèrent dans la cuisine, puis dans une grande pièce encombrée de boîtes vides. Ils franchirent une porte et se retrouvèrent dehors, suivirent une sorte de passage à ciel ouvert assez étroit, qui longeait un mur de pierre. L'homme sortit une clef, ouvrit une autre porte, et ils pénétrèrent dans une vaste salle où régnait une forte odeur de renfermé, une espèce d'entrepôt, à en juger par les objets empilés un peu partout que Morel arrivait à distinguer dans la pénombre. L'homme alluma une petite lampe de poche et le conduisit au fond du bâtiment, devant une porte basse, sortit une autre clef.

Dès que Morel fut dehors, l'autre le salua de la main et referma à clef derrière lui. Morel resta un instant immobile, essayant de s'orienter mentalement. Le café se trouvait du côté nord de la rue Saint-Paul. Il avait suivi son guide vers l'arrière en ligne droite, direction nord, ensuite ils avaient tourné à droite dans le petit passage, vers l'est, puis de nouveau vers le nord. Il se trouvait forcément quelque part entre Saint-Paul et la prochaine rue, c'est-à-dire Notre-Dame. Mais où, au juste ? Lui qui se targuait de connaître par cœur chaque recoin du vieux quartier, il était bien embêté.

Il commençait à faire nuit. Devant lui, un espace de verdure, une pelouse, de grands arbres, une allée… Pour un peu, on se serait cru en pleine forêt. Ou plutôt dans un grand jardin. Il ne pouvait pas voir très loin, à cause des arbres.

— Ce jardin n'est plus ce qu'il était, croyez-moi. Oh non ! plus ce qu'il était...

La voix d'outre-tombe du procureur Dubreuil ne sonnait pas faux dans l'atmosphère feutrée de ce lieu reclus. Sans ajouter un mot, le prêtre s'engagea dans l'allée d'un bon pas. Morel le suivit en silence.

Un instant plus tard ils se trouvèrent dans un espace découvert, et Morel vit soudain, comme surgie de nulle part sur la droite, la masse imposante d'un bâtiment dont les formes pâles se découpaient contre le noir d'encre du ciel. Il reconnut immédiatement les hautes fenêtres en ogive, les créneaux, les pinacles et, plus haut, les deux tours. C'était la basilique, bien sûr. Comment avait-il pu ne pas y penser ? Il se trouvait à l'intérieur du fameux jardin des Sulpiciens ! Devant, un peu plus loin, la façade arrière du vieux séminaire. À gauche, le mur d'enceinte et les bâtiments qui le jouxtaient, qui séparaient le jardin de la rue Saint-François-Xavier. Depuis le temps qu'il déambulait dans le quartier, il avait bien dû, au hasard de ses pérégrinations, passer des centaines de fois de l'autre côté de ce mur, mais la vue qu'il avait maintenant était si inusitée que le lieu lui paraissait irréel.

Il s'arrêta un instant pour se laisser pénétrer par le calme et la fraîcheur qui se dégageaient de l'endroit. Difficile de croire qu'on se trouvait dans la partie ancienne de la ville, où les vieilles pierres sont partout cernées par l'asphalte et le béton.

Le procureur, qui n'avait pas ralenti sa marche, attendait impatiemment devant une porte, la main sur la poignée.

L'homme qui était assis à côté du procureur s'appelait monsieur Hinse. Le procureur l'avait présenté avec déférence comme « le supérieur du grand séminaire de Montréal ». Morel, qui n'avait qu'une connaissance limitée de la hiérarchie ecclésiastique, supposa que ce dernier se trouvait au-dessus du procureur dans l'organigramme, ce qui lui fut vite confirmé par les échanges, de regards plutôt que de paroles, entre les deux hommes. Déjà passablement avare de ses mots en temps normal, le procureur semblait devenir littéralement muet en présence du supérieur.

Ils étaient assis autour d'une belle table de bois recouverte d'une nappe blanche, dans une grande pièce voûtée à laquelle on accédait directement du jardin. Morel avait noté au passage que le mur, fait de grosses pierres des champs, avait plus d'un mètre d'épaisseur, ce qui expliquait sans doute pourquoi il faisait relativement frais à l'intérieur. Il y avait trois fenêtres du côté du jardin, et une autre, qui ressemblait plutôt à un soupirail, du côté ouest.

Le supérieur était un homme assez corpulent, avec un visage rond, plutôt avenant. L'air bon vivant. Le contraste était frappant (voulu ?) entre cette apparente bonhomie et les manières rocailleuses du procureur.

— Monsieur Morel, tout d'abord, je tiens à vous remercier de vous être déplacé, et surtout à vous exprimer tous mes regrets pour la manière dont vous avez été contacté, dit le supérieur en hachant un peu les dernières syllabes et en tournant légèrement la tête vers le procureur, mais sans lever le ton ni les yeux. Veuillez croire que nous n'avons procédé ainsi que parce que les circonstances nous y ont contraints. Mais comme vous pourrez bientôt vous en rendre compte, nous ne pouvons absolument pas nous permettre de courir le moindre risque… Gabriel, je vous en prie, pourriez-vous nous apporter un peu d'eau ?

Le procureur inclina imperceptiblement la tête et sortit sans un mot.

— Oui, alors avant de commencer, monsieur Morel, j'aimerais attirer votre attention sur quelques points. D'abord, et je ne saurais trop insister là-dessus, il s'agit d'une affaire extrêmement délicate, qui exige la plus grande discrétion et surtout beaucoup, beaucoup de prudence, et ceci dès maintenant… Je sais que dans votre métier, une telle recommandation peut paraître superflue, mais je vous prie de croire que cette affaire mérite un trai-

tement particulier. Si vous acceptez de travailler pour nous, il vous faudra faire extrêmement attention chaque fois que vous entre-
rez en contact avec nous. Ensuite, la question
des contrats… Compte tenu de la situation
dans laquelle nous nous trouvons, je vais
vous demander de signer un contrat, ou plutôt deux, une entente de confidentialité et un
contrat…

— Monsieur le supérieur, il existe un
contrat-type, si vous voulez…

— Nous préférons notre propre contrat,
monsieur Morel. Je comprends vos réserves,
mais nous ne pouvons pas faire autrement.
Vous… vous n'avez rien à perdre dans cette
histoire. Nous, par contre… Vous serez bien
payé, à l'avance, et comptant, en espèces. Je
regrette de devoir vous dire que c'est à
prendre ou à laisser.

Comme Morel ne répondait pas, le supérieur continua sur un ton des plus obligeants.

— Oui, alors, les contrats… Puisque vous
êtes là, nous pouvons considérer que vous
êtes intéressé à prendre en charge notre affaire, n'est-ce pas ? Toutefois, afin que vous
soyez vraiment en mesure de prendre la décision d'accepter ou non cette mission, je vais
devoir vous dévoiler des renseignements
extrêmement confidentiels… Au risque de
me répéter, je dois encore insister sur ce point.
C'est pourquoi je vais vous demander de bien

vouloir signer l'entente de confidentialité que voici. N'ayez aucune crainte, vous ne vous engagez à rien, sinon à garder le silence absolu sur ce que vous allez entendre ici ce soir et, le cas échéant, tout au long de votre… enquête. Il ne s'agit que d'une formalité, veuillez me croire. Je vous en prie, donnez-vous la peine de lire le texte, c'est très court et très simple.

Morel lut le papier. Une petite page de charabia légal. Tout cela était effectivement inoffensif. Cette affaire l'intéressait, sa curiosité était piquée. Il signa les deux exemplaires.

— Merci, monsieur Morel, merci… Voilà… Maintenant, nous allons pouvoir commencer… Ah ! Gabriel !

Le procureur revenait avec un plateau qu'il posa sur la table. Il prit une grande carafe d'eau et versa un verre à Morel et au supérieur. Celui-ci leva son verre.

— Monsieur Morel, au succès de notre affaire, lança-t-il avec un sourire hésitant.

Il prit quelques gorgées, puis, après un bref regard au procureur, commença à parler avec un air grave, sans quitter Morel des yeux.

— Il y a environ deux semaines, le lundi 4 juin exactement, en début d'après-midi, quelqu'un a fait livrer ici un colis, par messagerie… Une boîte de carton rigide, assez lourde, avec la mention « Fragile » estampillée un peu partout… C'est monsieur Lepage, un prêtre qui habite ici au vieux séminaire, qui a reçu la livraison. Vous pourrez le rencontrer tout à l'heure. Le messager manipulait la boîte avec beaucoup de précautions. Il avait visiblement reçu des instructions très strictes à cet effet. Le colis était adressé au vieux séminaire, tout simplement, sans mention de destinataire. Ni moi ni monsieur Dubreuil n'étions sur place.

Il faut vous dire, monsieur Morel, qu'il y a longtemps que la plupart des prêtres de Saint-Sulpice ne demeurent plus ici, au vieux séminaire, mais plutôt au grand séminaire de Montréal, qui se trouve rue Sherbrooke, à l'endroit qu'on appelait autrefois le « fort de la Montagne ». Ici, dans le vieux quartier, il n'y a plus que quelques prêtres à la retraite, ou semi-retraités. Personne chez nous n'attendait cet envoi, personne n'avait été prévenu. Comme il n'y avait aucune indication de destinataire, monsieur Lepage a décidé de l'ouvrir lui-même.

Le supérieur s'arrêta pour prendre une petite gorgée et posa lentement son verre, l'air concentré, comme s'il hésitait sur le choix des mots. Sa respiration devenait plus laborieuse.

— Monsieur Lepage a été pour le moins intrigué par ce qu'il a trouvé dans le colis… Des documents, des documents anciens…

Monsieur Lepage a immédiatement appelé monsieur Enjalran, qui est en quelque sorte notre archiviste, à temps partiel. Monsieur Enjalran habite au vieux séminaire le samedi et le dimanche seulement, il arrive le vendredi soir. Le lundi, il n'est pas là. Mais monsieur Lepage a réussi à le joindre et a insisté pour qu'il vienne le plus vite possible jeter un coup d'œil sur les documents qui venaient d'être livrés. Il faut dire que monsieur Lepage avait de bonnes raisons d'être perplexe… Monsieur Enjalran est arrivé en fin d'après-midi. Quand il a vu ce qu'il y avait dans le colis, il a été proprement sidéré… La boîte était bel et bien remplie de documents anciens, dont certains semblaient provenir de nos propres archives !

À ces mots, monsieur Dubreuil se mit à se tortiller sur sa chaise en soupirant bruyamment pour manifester son indignation, et prit un air encore plus renfrogné. Le supérieur lui-même, ne pouvant dissimuler une vive contrariété, dut s'arrêter un instant et prit une autre petite gorgée d'eau.

— Une pleine boîte de documents datant des XVIIe et XVIIIe siècles ! Des papiers d'une valeur inestimable… Il faut que vous sachiez, monsieur Morel, que nous avons ici une collection de documents historiques absolument unique en Amérique ! Notre bibliothèque contient une dizaine de milliers de volumes, qui portent sur différents sujets religieux…

Mais cela ne représente qu'une partie du patrimoine extraordinaire que nous ont légué nos prédécesseurs en cette maison. Le bâtiment dans lequel nous nous trouvons comporte trois niveaux de sous-sols voûtés, monsieur Morel… Nous nous trouvons actuellement au premier niveau, et il y en a deux autres sous vos pieds. Au deuxième sous-sol, directement sous l'endroit où vous êtes assis, quatre mètres plus bas, se trouve le cellier, et juste à côté, il y a une pièce qui servait autrefois de caveau à légumes. Et encore trois mètres plus bas, au troisième sous-sol, se trouve une autre salle voûtée, qui servait de caveau à viande. À part le cellier, ces pièces ont depuis longtemps cessé de remplir leur fonction première. Nous les utilisons maintenant pour ranger certaines choses… Dont des documents anciens, qui attendent d'être inventoriés et classés…

Le supérieur avait commencé à se frotter les mains nerveusement en parlant. Il semblait de plus en plus embarrassé, s'arrêtait au milieu d'une phrase, hésitait, reprenait son propos en baissant le ton comme s'il craignait les oreilles indiscrètes. Morel eut même l'impression à quelques reprises qu'il jetait des coups d'œil inquiets vers les portes.

— Monsieur le supérieur, vous avez dit que la boîte contenait des documents qui proviennent de vos archives. Il s'agit bien d'archi-

ves que vous conservez ici, au vieux séminaire ?

— Oui. En fait, nos archives sont aujour-
d'hui disséminées en plusieurs endroits, mais
les papiers dont je parle maintenant ne peuvent provenir que d'ici. Monsieur Enjalran,
notre archiviste, a examiné soigneusement le
contenu du colis. Selon lui, ces documents
anciens provenaient bel et bien de nos
archives. Ou du moins, certains d'entre eux…
Pas tous en fait, ce qui ne rend l'affaire que
plus mystérieuse et embarrassante… De toute
façon, nous… nous ne sommes pas en mesure de l'établir avec certitude.

— Il y a une chose que je ne suis pas sûr
de comprendre… Ces papiers, on vous les
aurait volés… pour ensuite vous les rendre ?

— Exactement… Des extraits de correspondance, des papiers administratifs, des
contrats, des actes notariaux… Monsieur
Enjalran pourra vous les décrire plus en détail
quand vous le rencontrerez… Des documents
d'une grande valeur historique, mais pour
la plupart inoffensifs…

— Pour la plupart ?

Le supérieur ne répondit pas tout de suite.
Il lança un autre bref regard à monsieur
Dubreuil, qui était redevenu immobile et
silencieux comme une momie. Le procureur
se trouvait dans l'angle d'un faisceau de
lumière crue provenant d'un spot accroché

à une grosse poutre du plafond. L'effet de contre-jour était saisissant, son long visage de nécromancien paraissant entouré d'une aura inquiétante.

— Monsieur Morel, reprit gravement le supérieur, la Compagnie des Messieurs de Saint-Sulpice est présente à Montréal depuis trois siècles et demi. À une certaine époque, nos prêtres administraient trois seigneuries : celles de l'île de Montréal, de Saint-Sulpice et du Lac-des-Deux-Montagnes. Pendant des siècles, dans des conditions difficiles et avec un réel esprit d'abnégation, nos prêtres ont présidé aux destinées tant spirituelle que temporelle de milliers d'âmes. Notre communauté a été étroitement liée au destin de la colonie jusqu'à la fin du régime français, et par la suite…

Le supérieur s'arrêta, peut-être conscient de s'être un peu écarté du sujet. Manifestement, la simple évocation de l'incident du colis l'avait mis hors de lui. Le ton aimable, presque jovial du début avait disparu.

— Monsieur le supérieur, j'avoue que j'ai du mal à vous suivre…

— Excusez-moi, reprit le supérieur en soupirant. Bien, revenons-en aux faits… Parmi les documents que monsieur Enjalran a retrouvés dans le colis, quelques-uns étaient d'une nature très… particulière… Des communications à caractère privé, qui ne relè-

vent en aucune façon du domaine public.
Tous les supérieurs qui m'ont précédé dans
cette maison ont toujours été conscients de
la nécessité absolue de protéger la confidentialité de ces papiers !

— Vous voulez dire que ces vieux papiers
pourraient encore aujourd'hui…

— Les textes historiques, monsieur Morel,
interrompit le prêtre d'une voix sévère, se
prêtent parfois aux interprétations les plus
diverses et les plus farfelues, et il se trouve-
ra toujours des esprits fallacieux pour les utiliser à des fins inavouables… Il arrive, il est
même fréquent que certains renseignements,
échangés en toute bonne foi il y a des siècles,
portent sur des sujets qui sont encore aujour-
d'hui liés à l'actualité, et qui par conséquent,
dans certains cas, sont susceptibles de déclencher la polémique… Avec un peu d'astuce,
on peut arriver à leur faire dire des choses
qui ne seraient jamais venues à l'esprit de
leurs auteurs… C'est pourquoi, pour le
mieux-être de tous les hommes, certains documents ne doivent jamais être portés à la
connaissance du grand public ! Vous me semblez être un homme consciencieux, monsieur
Morel, je suis certain que vous comprenez ce
que je vous dis. Certains documents ne doivent jamais, jamais être mis en circulation !
Le bon père de famille qui aime ses enfants
a non seulement le droit, mais bien le devoir

de ne pas tout leur révéler, pour que ceux-ci puissent grandir dans la sérénité et atteindre l'âge adulte…

Encore une fois, le supérieur s'arrêta en plein élan. Les yeux légèrement exorbités, le visage empourpré, il espérait manifestement quelque signe d'approbation ou de complicité de la part de Morel, signe qui ne vint pas.

— Mais si les documents vous ont été rendus…

— Malheureusement, monsieur Enjalran, notre archiviste, n'est pas en mesure de déterminer s'il manque des documents… Monsieur Enjalran s'occupe des archives, pour ainsi dire, à temps perdu, il doit encore assumer certaines fonctions auprès d'une communauté religieuse, dans l'ouest de la ville. Les livres et les écrits anciens sont sa passion, mais il ne peut pas encore y consacrer beaucoup de son temps. Il y avait auparavant un de nos prêtres, monsieur Lalonde, qui s'occupait de nos archives avec beaucoup de compétence. Il avait entrepris la tâche gigantesque de dépouiller et d'inventorier tous ces documents, et d'établir un système de classement qui nous aurait permis de nous y retrouver… Malheureusement, la mort l'a surpris avant qu'il n'ait le temps d'en faire beaucoup.

Le supérieur saisit la carafe et se versa une moitié de verre d'eau, qu'il vida d'un trait. Il poussa un profond soupir, un autre.

— Il m'est extrêmement pénible de vous l'avouer, monsieur Morel, mais nos archives, nos fabuleuses archives, qui sont le trésor du patrimoine français en Amérique, sont dans un état indicible… On nous croit riches, mais rien n'est plus faux. Année après année, nous nous trouvons devant des déficits toujours plus graves au grand séminaire, nous serons bientôt dans l'obligation de vendre les derniers biens qui nous restent. Il nous est tout à fait impossible d'affecter la moindre somme à la préservation de ces précieux papiers, à leur entretien le plus élémentaire… Nous avons grandement besoin d'aide financière, mais ce n'est pas facile de convaincre les fonctionnaires du gouvernement… Pour tout dire, nous n'avons même pas d'inventaire, nous ne savons pas avec précision ce que contiennent nos propres archives… Il y a des caisses et des caisses de documents non dépouillés au troisième sous-sol. Il y a plusieurs années, nous avons aménagé l'ancien caveau à légumes et une partie du cellier pour y entreposer des documents dans de meilleures conditions. L'environnement n'est pas idéal, c'est un peu humide, certes, mais au moins, les documents sont en sécurité dans les caves… enfin c'est ce que nous croyions jusqu'à récemment…

— Si je comprends bien, ce n'est pas nécessairement le vol de ces papiers confidentiels qui vous inquiète…

— En effet, pas nécessairement le vol... Vous voyez, à supposer qu'il ne manque rien, ce qui reste à prouver, des documents confidentiels ont très bien pu être photocopiés ou reproduits par d'autres techniques avant de nous être rendus. Ces documents nous appartiennent, et personne n'a le droit de les consulter sans notre consentement !

Le supérieur perdait encore son calme. Morel se versa un peu d'eau. Il regarda tour à tour les deux hommes.

— Monsieur le supérieur, je dois avouer encore une fois que j'ai un peu de mal à vous suivre. Vous me parlez de vol ou de copie de documents précieux, mais vous ne savez pas exactement ce qui a pu être volé ou copié... Vous n'avez pas de suspect, donc pas de mobile...

— Mais nous avons un suspect, monsieur Morel.

— Eh bien ! fit Morel avec un haussement de sourcils, voilà qui est intéressant.

Le supérieur jeta un nouveau regard au procureur, puis soupira profondément avant de reprendre son récit d'une voix sourde.

— L'automne dernier, vers la mi-octobre, un jeune homme s'est présenté à mon bureau, au grand séminaire... Il avait pris rendez-vous. Il s'appelait Normand Duclos. Fin de la vingtaine, vêtu sobrement, mais très correctement...

Il s'exprime très bien, il paraît même remarquablement posé pour son âge… Sa présentation est impeccable à tous points de vue. Il est étudiant en histoire à l'Université de Montréal. Il exhibe une carte d'étudiant avec photo, ainsi qu'une lettre de recommandation dûment signée d'un professeur du département d'histoire. Il est membre d'une association d'étudiants de la faculté de théologie, « les Amis de l'Histoire et de l'Église », ou quelque chose comme ça. Il explique qu'il s'intéresse particulièrement à l'histoire de la Compagnie des prêtres de Saint-Sulpice, il désire rédiger une étude sur le premier séminaire des Sulpiciens à Montréal – pas ici, le premier se trouvait rue Saint-Paul, il a disparu depuis longtemps. De plus, il s'intéresse beaucoup à l'archivistique, il suit aussi des cours dans ce domaine.

Il est très bien informé, notamment concernant la collection de livres et manuscrits anciens conservés au vieux séminaire. Il parle même de l'état regrettable dans lequel se trouvent nos archives… Quelques remarques bien placées laissent supposer qu'il connaît effectivement assez bien l'histoire de la Compagnie des prêtres de Saint-Sulpice à Montréal. Il s'agit manifestement d'un étudiant très sérieux.

Il a une demande à soumettre… Il désire qu'on lui accorde l'accès aux archives du vieux séminaire. Il ne s'agit pas de quelques visites, mais bien d'une recherche fouillée, à raison de deux ou trois jours par semaine, pour la durée entière du trimestre d'hiver, de janvier à la fin avril. Dans son programme d'études, ce travail sera reconnu comme stage. De plus, comme il a l'intention de faire une maîtrise, il affirme que le sujet de son mémoire est déjà tout choisi, ce sera le premier séminaire des Sulpiciens à Montréal, et que même s'il n'en est encore qu'à sa première année au bac, il n'est pas trop tôt, loin de là, pour commencer à y travailler.

Il a quelque chose à proposer en retour... C'est en quelque sorte un échange de services. Il sait qu'une partie de nos archives n'a pas encore été dépouillée. Pendant quatre mois, il étudiera les documents non dépouillés et commencera à les trier et à établir un système de classement, selon les règles de l'art. À la fin de ce stage, il rédigera un rapport qui contiendra ses observations et ses conclusions sur l'état de nos archives. Il ajoute qu'à l'université, il connaît des spécialistes de la conservation des documents anciens, qui pourraient intervenir et faire des recommandations suite à son rapport. Il n'écarte pas la possibilité de poursuivre son travail l'an prochain.

— Bien... Alors, vous avez accepté ?

— Pas tout de suite. Nous avons beaucoup hésité. Cette offre présentait indiscutablement un grand intérêt pour nous, mais le jeune monsieur Duclos n'avait pas du tout le profil que nous exigeons normalement des chercheurs qui demandent à consulter nos archives. Il n'était pas un chercheur reconnu, ni même associé à un chercheur reconnu. La lettre de son professeur n'était pas une véritable lettre de recommandation, mais plutôt une simple confirmation de son statut d'étudiant inscrit au département d'histoire. Il n'en était qu'à la première année de bac, ce qui est nettement insuffisant. Nous avons débattu la question par deux fois. Monsieur Dubreuil était contre – je dois maintenant admettre que ses réserves étaient fondées…

Un mois plus tard, nous étions toujours indécis. Comme j'étais le seul à l'avoir rencontré, j'ai décidé d'inviter monsieur Duclos à revenir au grand séminaire, pour qu'il défende son projet devant plusieurs d'entre nous, dont monsieur Dubreuil et monsieur Enjalran. Je dois dire qu'il a été très convaincant. Il a fait ressortir les nombreux avantages que présentait son projet, avec beaucoup de brio. D'abord, le rapport qu'il promettait de produire. Bien sûr, il ne s'agirait que d'un rapport préliminaire, mais pour nous, les Sulpiciens, un tel document présentait tout de même un grand intérêt, à plusieurs titres. Nous pourrions l'utiliser à l'appui de nos demandes d'aide financière pour la sauvegarde de nos archives. Ensuite, on pouvait espérer que les conclusions du rapport feraient ressortir les besoins les plus criants, les mesures à prendre en priorité. Et surtout, le jeune homme travaillerait bénévolement… Il se considérerait amplement récompensé par le fait d'avoir accès à ces précieux documents et de pouvoir utiliser les résultats de sa recherche dans son travail. Il n'en demandait pas plus.

Il a si bien parlé que quand il est parti, il nous avait tous convaincus – même monsieur Dubreuil. Les attraits de son projet l'ont emporté sur nos réticences. Je vous l'ai dit, monsieur Morel, nos archives sont dans un état lamentable, et nous n'avons pas les ressources pour prendre les mesures qui s'imposent. Sans vouloir faire de jeu de mots, je puis vous dire que pour nous, cette offre était providentielle… Nous avons accepté la proposition du jeune Duclos.

— Et je présume que ce jeune homme a disparu ?

— Sa dernière visite date du début avril. Nous ne l'avons pas revu. Selon les termes de notre entente, il aurait dû continuer ses visites jusqu'à la fin avril, mais il n'est pas revenu.

— Et vous voulez le retrouver…

— Nous devons le retrouver ! Il faut impérativement que nous puissions lui parler, le plus vite possible !

— C'est la mission que vous voulez me confier ?

— Exactement. Nous devons absolument entrer en contact avec lui, dans les plus brefs délais. Nous devons savoir si des documents ont été subtilisés, lesquels, si des copies ont été faites ! Nous voulons aussi connaître l'identité de ceux qui s'intéressent à ces documents, et ce qu'ils ont l'intention d'en faire ! Ces documents nous appartiennent, monsieur Morel !

Morel avait sorti un petit calepin.

— Vous permettez que je prenne des notes ?

— Je vous en prie, monsieur Morel… Dois-je comprendre que vous commencez dès maintenant à travailler pour nous ?

— Eh bien ! disons que cette affaire commence à m'intéresser. Mais j'aurai encore bien des questions à vous poser, si vous le permettez, quand vous aurez terminé.

— À quelques détails près, je vous ai exposé l'essentiel de notre problème, monsieur Morel.

— Alors, vous n'avez pas revu ce monsieur Duclos depuis le début avril, c'est bien ça ? Et vous avez reçu le colis… à quelle date était-ce déjà ?

— Le 4 juin.

— Le 4 juin, merci… Et… ce colis, vous avez dit qu'il ne portait aucune mention de destinataire ?

— Aucune.

— Mais l'expéditeur ? Il a bien fallu que l'expéditeur fournisse son identité.

— Oui, il y avait bien quelque chose d'inscrit, mais ça ne correspond à rien, une société fictive, une adresse inexistante…

— Je vois… J'aimerais quand même voir le bordereau de livraison… Mais dites-moi, entre la dernière visite de Duclos, début avril, et la réception du colis, début juin, il s'est écoulé deux mois… Il ne s'est rien passé pendant ce temps ? Vous avez dit que Duclos n'avait pas fini son stage, que normalement il aurait dû continuer jusqu'à la fin avril. Vous ne vous êtes pas inquiétés ?

— Bien sûr que nous nous sommes inquiétés, répliqua le supérieur sur un ton légèrement impatient. Nous ne comprenions pas… Mais nous ne pouvions pas imaginer que les choses tourneraient de cette façon ! Nous n'avons pas compris pourquoi il avait cessé abruptement ses visites, avant la fin normale de la période prévue, mais nous ne nous sommes pas rendu compte que des documents avaient disparu… Je vous l'ai dit, nous ne disposons pas d'un inventaire exhaustif de nos archives !

— Mais vous n'en avez parlé à personne ? Vous n'aviez pas un contact quelconque à l'université, quelqu'un qui le connaissait ?

— Oui, il y avait ce professeur, je ne me souviens pas de son nom… C'est monsieur Enjalran qui s'est chargé de le contacter, il vous en parlera lui-même…

— Et vous croyez que c'est ce Duclos qui vous a envoyé le colis ?

— Nous sommes absolument certains que c'est monsieur Duclos qui l'a envoyé.

— Mais vous n'avez quand même pas de preuve…

— Si, monsieur Morel. Le rapport, le rapport final qu'il devait remettre à la fin de son stage… Son rapport était dans la boîte, avec les documents retournés !

— Vraiment ? Voilà qui est plutôt…

— C'est aussi ce que nous avons pensé, monsieur Morel, c'est en effet assez insolite. Le jeune homme a en quelque sorte signé son crime dans un geste, il faut en convenir, qui n'est pas dépourvu d'une certaine élégance… Je vous ai dit qu'il m'avait fait une très bonne impression lors de nos deux rencontres… Nous n'avons pas affaire à n'importe quel voyou ! Ce qui n'enlève rien à la gravité de son geste, au contraire. Il est intelligent mais immoral, ce qui le rend encore plus dangereux !

— Mais si vous le considérez comme un criminel, comment pouvez-vous espérer qu'il collabore avec vous, si je le trouve ?

— Nous vous demandons seulement de le trouver et de nous mettre en contact avec lui. Votre mandat s'arrête là. Du reste, mes mots ont peut-être dépassé ma pensée concernant ce jeune homme, je ne crois pas qu'il soit foncièrement mauvais…

— Et vous n'avez aucune idée des raisons pour lesquelles il a agi ?

— Lui et ses complices avaient certainement de bonnes raisons. Lesquelles, c'est ce que nous voulons savoir. Mais quelles que soient ces raisons, je le répète, ces documents nous appartiennent, et personne n'a le droit de les utiliser sans notre consentement !

— Vous avez dit « ses complices » ?

— Nous avons des raisons de croire qu'il… fait partie d'un réseau, d'une bande, enfin d'un regroupement d'individus. Des aventuriers prétendument idéalistes, en réalité des sans foi ni loi, des irresponsables, des effrontés sans horizon qui se sont investis eux-mêmes d'une soi-disant mission, peuh !

Le supérieur était en train de perdre son calme de nouveau.

— Alors nous avons affaire à un groupe organisé…

— Nous ne sommes sûrs de rien… Nous avons tenté de faire notre propre enquête, mais comme vous devez vous en douter, ce genre d'activité est loin de faire partie de notre domaine de compétence. C'est pourquoi nous

faisons appel à vous, monsieur Morel. Il faut
retrouver ce jeune homme, savoir qui sont
ces gens, ce qu'ils nous ont pris, pourquoi ils
l'ont fait. Et surtout, surtout, il faut faire vite !

Le supérieur adressa un bref hochement
de tête à monsieur Dubreuil, puis il se retourna vers Morel avec un profond soupir.

— Je vais vous demander de bien vouloir m'excuser, monsieur Morel, mais je suis
fatigué, et je vais maintenant devoir vous laisser. Monsieur Lepage sera ici dans un instant
et il pourra répondre à vos questions… Mais
avant de partir, j'ai besoin de savoir si vous
acceptez de mener cette enquête pour nous.

Le supérieur était déjà debout et considérait Morel avec insistance. On entendit un
bruit de pas venant du corridor.

— Bon, je suppose que… Écoutez, oui,
cette affaire m'intéresse, mais j'ai encore beaucoup de questions… Vous partez un peu
vite…

— Monsieur Lepage que voici pourra
répondre aussi bien et mieux que moi à toutes
vos questions. C'est lui qui s'occupait du
jeune Duclos à chacune de ses visites. J'ai fait
préparer un contrat, que moi-même et monsieur Dubreuil avons déjà signé. Monsieur
Lepage vous le montrera. Vous voudrez bien
en prendre connaissance et le signer avant
de repartir ce soir, s'il vous plaît. Et surtout,
quand vous partirez d'ici, faites très, très

attention, assurez-vous que personne ne vous suit !

Sur ce, le supérieur serra la main à Morel et le salua d'un bref hochement de la tête, après quoi il s'éloigna sans plus de cérémonie en compagnie du procureur. Morel entendit le bruit de leurs pas qui résonnaient dans le corridor. Il se retrouva seul avec monsieur Lepage, qui lui tendait la main.

3 : Le mythe du méchant Iroquois

La soixantaine bien entamée, monsieur Lepage était petit, plutôt chétif, ses yeux apparemment plissés en permanence lui faisaient comme deux petites fentes horizontales au-dessus du nez. Comme monsieur Dubreuil, il portait un col roulé blanc et roulait fortement les *r*. Il y avait dans son expression une espèce de sourire figé, comme oublié là. Il parlait d'un ton monotone, en inclinant légèrement la tête de côté, dans un mouvement synchronisé, mécanique, et en regardant droit devant lui, comme si chaque phrase exigeait une concentration totale.

En arrivant, il avait posé sur la table une chemise cartonnée noire.

— Monsieur Duclos a commencé à travailler ici au début de janvier, c'était, je me rappelle précisément, le deuxième mardi de janvier. Il est venu tous les mardis et mercredis, jusqu'au début d'avril. Quelquefois le jeudi aussi, mais plus rarement. Le matin, il arrivait un peu avant neuf heures, et il tra-

vaillait jusqu'à midi. Il sortait le midi et revenait vers une heure et demie. Il redescendait
dans les voûtes pour le reste de la journée. Il
partait vers six heures, parfois plus tard.

— Vous dites qu'il sortait pour manger ?
Où allait-il ? Dans les restaurants ?

— Oh non ! je ne crois pas qu'il avait les
moyens de manger souvent dans les restaurants. Il apportait toujours son repas, il réchauf-
fait ses plats dans le four de la cuisinière de
la petite cuisine qui se trouve à côté de l'ancienne chambre de l'évêque… Mais il sortait
toujours prendre l'air ensuite, même les jours
de grand froid, au plus fort de l'hiver.

— Avant sa disparition, a-t-il été absent à
certains moments ? Des absences inexpli-
quées ?

— Il a manqué quelques jours, c'était en
mars, quelques semaines avant sa dernière
visite… Il avait la grippe, enfin c'est ce qu'il
m'avait dit. Il m'avait appelé. C'était la saison.

— Et quand vous l'avez revu, vous souvenez-vous s'il avait l'air de quelqu'un qui
se remet d'une grippe ?

— Je regrette, mais je ne ne souviens
pas…

— Et la famille ? A-t-il parlé de quelqu'un
de sa famille, proche ou éloignée ?

— Je me souviens seulement qu'il a été
question de son père, une fois. C'était en avril,
au moment où nous commencions à nous

inquiéter de ses absences… Il avait dit à monsieur Enjalran qu'il avait dû quitter la ville parce que son père était très malade…

— Attendez, vous dites que c'était en avril et que vous commenciez à vous inquiéter de ses absences ? À quel moment exactement en avril ? J'avais cru comprendre que vous ne l'aviez plus revu à partir du début avril.

— C'est exact. Je ne sais pas exactement à quel moment il a été question de son père, c'est à monsieur Enjalran qu'il avait dit cela, au téléphone. Vous pourrez lui en parler quand vous le rencontrerez.

— Donc vous n'avez pas revu Duclos à partir du début avril, mais il a continué à communiquer avec monsieur Enjalran par la suite. C'est bien ça ?

— C'est exact.

— Pendant combien de temps ?

— Je ne sais pas, monsieur, vous pourrez poser cette question à monsieur Enjalran.

— Bien… Et pour ce qui est de la famille, c'est tout ?

— C'est tout.

— Bien… Avez-vous une photo de lui ?

— Oui, vous la trouverez dans le dossier.

De l'index, il désignait la chemise qu'il avait déposée sur la table, à son arrivée.

— Bien, bien. Vous pouvez me le décrire un peu ? Je crois que vous êtes celui qui l'a vu le plus souvent.

— Euh… Oui, c'est exact. C'est un jeune homme, comment dire, de taille moyenne, les cheveux châtains, les yeux bruns… Une petite barbiche au menton, voilà peut-être une caractéristique qui n'est pas si courante de nos jours, chez les jeunes, je veux dire… Il m'est difficile de vous en dire plus…

— Aucun autre détail à signaler dans sa personne ?

— Hum ! non, pas que je me souvienne…

— Et à part le physique, vous avez sûrement noté certains détails en parlant avec lui, concernant ses habitudes, ses activités, ce genre de choses.

— C'est-à-dire qu'il venait ici pour travailler, et j'ai moi-même mes occupations, vous comprenez…

— Il ne vous a jamais parlé de ses cours à l'université, de ses recherches dans d'autres archives, d'un de ses professeurs ?

— La seule chose que je pourrais vous dire, si cela peut avoir de l'intérêt pour vous, c'est qu'il semblait à l'aise dans ce travail, il semblait s'y connaître…

— Vraiment ? Continuez, je vous prie.

— Je parle du travail de recherche dans les archives, c'est un travail qu'il semblait connaître, il s'est mis au travail dès le premier jour, comme quelqu'un qui a déjà fait ça.

— Intéressant. C'est seulement une impression, ou est-ce qu'il vous a dit lui-même qu'il connaissait ce travail ?

— C'est une impression.

— Bon… Autre chose ?

— Je pourrais ajouter, mais on vous l'a sans doute déjà dit, que c'est quelqu'un de très intelligent. Il a remarquablement préparé son coup. Il semblait tout connaître sur notre communauté. La première fois qu'il est entré ici au vieux séminaire, il savait déjà où se trouvait l'escalier pour les sous-sols !

— Vraiment ? Était-il toujours seul pendant son travail ?

— Vous voulez dire, s'il était surveillé ? Monsieur Duclos pouvait circuler librement entre les voûtes et la bibliothèque. J'étais là pour le surveiller un peu, bien sûr, surtout au début. Je l'accueillais à son arrivée, je lui ouvrais la porte de l'escalier qui mène au cellier, là-bas dans le corridor. Il passait le gros de son temps dans les voûtes, mais il lui arrivait de monter à la bibliothèque, à l'étage. Il me prévenait toujours quand il devait sortir, et le soir, quand il partait, je l'accompagnais à la porte. C'étaient là mes seules responsabilités.

— Est-ce qu'il a déjà emmené quelqu'un avec lui ?

— Jamais, il était entendu que lui seul avait accès aux archives. C'était dans le contrat que nous lui avions fait signer.

— Est-ce qu'il apportait des documents avec lui quand il repartait, le soir ?

— Oh non ! cela lui était strictement interdit dans une clause du contrat… mais les récents événements ont bel et bien montré qu'il l'a fait, n'est-ce pas ? Moi-même, je n'ai jamais eu connaissance qu'il ait emporté des documents en sortant d'ici, mais je ne l'ai jamais fouillé…

— Avait-il des clefs ?

— Non. C'est moi qui lui ouvrais le matin et l'après-midi, quand il revenait de dîner.

— Et le rapport qu'il a laissé avec le colis ?

— Que voulez-vous dire ?

— J'aimerais savoir ce que vous en pensez. Vous l'avez vu, n'est-ce pas ? C'est tout de même assez étonnant, vous ne trouvez pas, comme comportement ? Il vous vole d'une main, et de l'autre, il honore ses engagements…

— Hum ! oui, en effet… C'est-à-dire que… personnellement, je n'ai pas lu ce rapport… Mais de l'avis de monsieur Enjalran, notre archiviste, il s'agit effectivement d'un travail tout à fait satisfaisant… Sur ce plan, il semble que nous n'ayons rien à lui reprocher… Le contenu du rapport semble répondre aux attentes. Malheureusement, vu les circonstances, ce document n'a aucune valeur, il sera impossible de l'utiliser comme nous l'aurions aimé… Je vous le demande, comment pourrions-nous baser notre démarche sur un document signé par un escroc, un arnaqueur ?

— Oui, je vois… Et les documents qu'il y avait dans le colis, est-ce qu'ils portent sur un sujet en particulier, qui permettrait de faire le lien avec des gens ou des événements ?

— Malheureusement, je ne peux pas vous renseigner là-dessus non plus… C'est monsieur Enjalran, notre archiviste, qui est le mieux placé pour répondre à cette question. Vous pourrez le rencontrer mardi soir, si ce moment vous convient. Il aurait aimé être ici aujourd'hui pour vous rencontrer, mais des affaires pressantes le retiennent ailleurs. Il est aumônier pour une communauté de femmes qui s'occupent encore d'une école, dans l'ouest de la ville. Il y a là une de ses proches parentes, assez âgée.

— Bien… Dites-moi, il y a une question importante que je m'apprêtais à poser à monsieur le supérieur, mais il est parti sans m'en laisser le temps : avez-vous rapporté cet incident à la police ?

— Oui, euh… vous permettez ?

Le prêtre avait sorti une boîte de métal. Il l'ouvrit avec précaution et la tendit à Morel. Elle contenait quatre petits cigares.

— Je ne suis pas censé fumer ici, mais à cette heure… Si vous n'y voyez pas d'inconvénient…

Morel en prit un, le tâta délicatement entre ses doigts et s'emplit les narines de son arôme. Puis, il le remit dans la boîte.

— Je vous en prie, insista le prêtre, servez-vous.

— Merci, mais j'essaie d'arrêter. Cigares, cigarettes, il faut que j'arrête tout… Le médecin a été catégorique.

— Je vois. Excusez-moi un instant, je reviens.

Monsieur Lepage se leva, quitta la pièce quelques instants et revint avec un cendrier. Il humecta soigneusement son cigare, l'alluma en expert. Il alla entrouvrir la porte.

— À cause de la fumée… Oui, alors, la police. On ne vous en a pas parlé… Le jour où le colis est arrivé, nous avons été fort surpris d'y trouver tous ces papiers, et surtout ceux du troisième sous-sol…

— Ceux du troisième sous-sol ?

— Oui, c'est là que se trouvent les caisses de documents non classés. Pendant son séjour, monsieur Duclos a eu le temps d'en dépouiller une petite partie seulement. Il descendait au troisième sous-sol, remontait une caisse dans le cellier, au deuxième sous-sol, et passait plusieurs jours à tout examiner. Ensuite, il montait une autre caisse et il recommençait.

— Il travaillait dans le cellier ?

— Oui… Monsieur Enjalran pourra vous faire visiter quand vous le rencontrerez, mardi.

Bon, alors, je disais que le jour où le colis est arrivé, devant la gravité de la situation, nous avons décidé d'appeler tout de suite monsieur Hinse, le supérieur. Il est venu immédiatement, avec monsieur Dubreuil. Vers huit heures du soir, nous étions assis autour de cette table, ici dans cette pièce, monsieur Hinse, monsieur Dubreuil, monsieur Enjalran et moi-même. Monsieur Dubreuil et monsieur Hinse n'étaient pas d'accord sur la conduite à adopter, je veux dire par rapport à la police. Monsieur Dubreuil considérait qu'il était préférable de taire cette affaire, du moins pour le moment. Monsieur Enjalran était du même avis. Ils estimaient qu'il valait mieux faire notre propre enquête, sans passer par la police. Mais le supérieur était d'un autre avis, comme toujours… Selon lui, cette affaire était grave et ne devait pas être traitée en amateur, et nous n'avions ni les ressources ni les moyens d'enquêter nous-mêmes. Nous devions aller à la police. Nous n'avions pas besoin de dire exactement quels documents avaient été volés, ni même de mentionner l'existence de papiers confidentiels. Nous avions été volés, c'est tout ce que nous avions à dire. Le coupable devait être retrouvé. Naturellement, c'est la décision de monsieur le supérieur qui a prévalu. Il s'est fait conduire, avec monsieur Enjalran, au poste de police. Ils ont porté plainte contre Normand Duclos.

— Autrement dit, la police est déjà sur l'affaire, et vous me demandez de faire une enquête parallèle ?

— S'il vous plaît, je n'ai pas terminé, dit calmement monsieur Lepage avant de prendre une bouffée de son cigare, qu'il exhala lentement. Le supérieur et le procureur ont dû retourner au poste le lendemain, c'est-à-dire, attendez, mardi de la semaine dernière. Pour y rencontrer un sergent-détective. Plus tard, monsieur Enjalran et moi-même avons aussi été convoqués. Chacun de nous a dû décrire les événements de façon individuelle. L'après-midi, deux techniciens sont venus ici. Ils ont pris des photographies, ils ont relevé les empreintes digitales partout, dans les voûtes, dans la bibliothèque, partout où le jeune Duclos avait pu passer. Ils ont même examiné le vieux coffre-fort, dont nous ne nous servons plus depuis longtemps. Ensuite, nous n'avons pas eu de leurs nouvelles pendant plus d'une semaine. Et puis, avant-hier, jeudi, ils ont téléphoné pour nous informer que quelqu'un désirait rencontrer le supérieur. Ils sont passés ici dans l'après-midi.

— S'agissait-il des mêmes policiers que vous aviez déjà rencontrés ?

Monsieur Lepage marqua une pause, tira une longue bouffée de son cigare. Il tourna la tête un instant, la bouche en cul-de-poule, sembla hésiter sur la réponse.

— Pas du tout, reprit-il sur un ton qui se rapprochait de la confidence. Ils étaient trois, mais je n'avais encore vu aucun d'eux auparavant.

Pour la première fois depuis le début de l'entretien, monsieur Lepage semblait s'être départi de son flegme. Il y avait un petit quelque chose de consentant dans le ton de sa voix, comme une invitation muette à insister un peu.

— Et… est-ce que l'enquête avait beaucoup progressé ? insista un peu Morel.

— L'enquête avait beaucoup progressé, en effet, c'est le moins qu'on puisse dire, enchaîna le prêtre avec un empressement calculé, comme pour confirmer que la question n'était pas futile. Beaucoup trop, en fait…

Le prêtre s'arrêta encore une fois pour savourer son cigare, et en même temps l'intérêt qu'il venait de susciter. Morel attendit patiemment.

— Quand le supérieur est ressorti de la rencontre – ils ont vu le supérieur et personne d'autre –, il était pâle comme un mort. Après le départ des policiers, lui et le procureur sont sortis dans le jardin et ils ont passé un long moment à arpenter les allées, à discuter âprement. Ils n'étaient pas d'accord, comme toujours… Le visage du procureur était rouge comme du vin, à tout moment il levait les bras au ciel et élevait la voix. Finalement, ils ont fait venir monsieur Enjalran, et les délibérations se sont poursuivies à trois, ici dans le réfectoire, encore plus d'une heure. Quand ils sont ressortis, ils avaient tous trois l'air gravement préoccupés. Monsieur le supérieur a demandé qu'on prépare immédiatement sa voiture, et lui et le procureur sont rentrés au grand séminaire. Monsieur Enjalran est sorti sans dire un mot. Hier, monsieur Enjalran a passé une partie de la journée au grand séminaire. En fin d'après-midi, il s'est rendu au poste de police, et il a retiré la plainte contre le jeune Duclos.

— Quoi ?

La voix du prêtre était devenue un susurrement, comme un souffle à travers la grille du confessionnal.

— La plainte a été retirée. Il semble que l'un des hommes qui étaient venus ici rencontrer monsieur le supérieur fasse partie d'une escouade spéciale de la police, une escouade spécialisée dans la lutte contre les groupes criminels, ou quelque chose comme ça. Il semblerait que ces gens aient fait un lien entre notre mésaventure et une affaire sur laquelle ils travaillent depuis quelque temps déjà, une enquête qui leur tient beaucoup à cœur, et qui piétine un peu… Ils étaient ravis que nous ayons porté plainte, ils disaient que cela leur permettait de relancer leur enquête. Bref, l'affaire prenait des proportions tout à fait imprévues, et fort détestables pour nous. Notre intention initiale était seulement de faire respecter nos droits. Leur enquête avait une portée et des implications sans proportion avec notre affaire. Nous avons refusé d'aller plus loin. Nous nous sommes entièrement dégagés de cette histoire. Nous avons besoin de retrouver le jeune Duclos, mais nous voulons le faire par des moyens plus discrets et plus contrôlables.

— Que voulez-vous dire, « sans proportion avec notre affaire » ?

Monsieur Lepage esquissa encore une fois ce qui pouvait passer pour un sourire. Il paraissait satisfait d'en avoir dit à la fois trop et pas assez.

— Vous savez, je ne suis pas la personne la mieux placée pour vous renseigner… Je n'ai pas assisté personnellement à cette rencontre. Monsieur Enjalran pourra peut-être vous en dire plus.

Les manières de ce petit homme devenaient déplaisantes. Morel avait la désagréable impression qu'il racontait n'importe quoi pour se rendre intéressant. Il semblait tellement se complaire dans ce rôle que Morel se demandait même s'il devait le croire.

— Bon, alors je récapitule, fit-il en consultant son calepin. Lundi le 4 juin, vous recevez un colis qui contient des documents qui proviennent de vos propres archives, ou dont certains proviennent de vos archives, des papiers très confidentiels. Vous ne pouvez pas déterminer si les voleurs vous ont tout rendu, ou s'il manque quelque chose. Vous soupçonnez fortement Normand Duclos, un jeune homme qui a passé l'hiver à travailler dans vos archives, d'être le voleur. Vous voulez retrouver ce jeune homme le plus tôt possible. Vous avez déposé une plainte le jour même de la réception du colis. La plainte a été retirée vendredi le 15 juin, c'est-à-dire hier.

Le prêtre écoutait en hochant lentement la tête.

— Et vous ne pouvez pas me dire ce que contenait ce colis…

— Vous comprendrez peut-être mieux quand vous aurez pris connaissance du dossier, dit le prêtre en désignant de nouveau la chemise cartonnée. C'est Monsieur Enjalran qui a rassemblé ces papiers. Nous espérons qu'ils vous seront utiles.

— Bien. Vous ne pouvez pas me dire de quoi ils parlent, ces papiers ?

Monsieur Lepage resta silencieux un instant.

— Ce dossier a été rassemblé par monsieur Enjalran. Je ne peux pas vous en parler, car je ne l'ai pas lu. Si vous voulez bien en prendre connaissance d'ici mardi, vous pourrez alors rencontrer monsieur Enjalran.

Il pourra aussi vous faire faire le tour de la maison, si vous le désirez.

— Oui, bien sûr… J'aimerais bien voir les voûtes, je veux dire les sous-sols…

— Monsieur Enjalran pourra vous faire visiter. Mais vous n'y trouverez certainement rien d'utile. Monsieur Duclos n'a rien laissé. De plus, les experts de la police sont passés.

— Monsieur le supérieur a aussi parlé d'un professeur à l'université, quelqu'un que le jeune Duclos avait donné comme référence.

— Vous trouverez son nom et son numéro de téléphone dans le dossier. Monsieur Enjalran me disait qu'il s'agit malheureusement du numéro de son bureau à l'université, et nous sommes en juin… Enfin, espérons que vous arriverez quand même à le joindre.

Monsieur Lepage se leva, ouvrit la chemise et en sortit quelques papiers qu'il remit à Morel. Le contrat.

— S'il vous plaît, si vous voulez bien lire et signer.

Morel lut attentivement chaque paragraphe. Dans l'ensemble, il n'y avait là rien qui sorte de l'ordinaire. Les Sulpiciens exigeaient un rapport écrit une fois par semaine ; si des déplacements étaient nécessaires, tous les frais étaient à la charge du séminaire ; le contrat, reconductible, couvrait une période de quatre semaines, jusqu'au vendredi 13 juillet. Une clause précisait que les Sulpiciens pouvaient mettre fin à l'enquête à n'importe quel moment. Le cas échéant, l'enquêteur serait payé pour la période restante.

Morel signa les deux exemplaires.

— Bien, dit monsieur Lepage en prenant le contrat signé et en lui remettant la chemise cartonnée. Vous avez donc rendez-vous mardi avec monsieur Enjalran. Vous voudrez bien procéder de la même façon pour vous rendre ici : même endroit, même heure. N'appelez pas, sauf en cas de nécessité. Si vous voulez m'excuser, je reviens dans un instant.

Monsieur Lepage s'absenta quelques minutes, revint avec une enveloppe qu'il remit à Morel en précisant qu'il y avait là, comptant, son salaire pour les deux premières semaines. Morel le suivit à travers le corridor. Ils gravirent quelques marches, traversèrent une grande pièce sombre, tournèrent à droite, franchirent une autre porte, puis suivirent un long corridor étroit et mal éclairé. Le bruit de leurs pas sur le bois franc produisait un écho inquiétant. Morel se dit qu'ils devaient longer la nef de la basilique, en direction de la chapelle. Ils débouchèrent dans une petite pièce très basse et sans fenêtre. Monsieur Lepage sortit une clef et ouvrit une porte. Morel passa devant et sentit une bouffée d'air frais. Ils étaient de nouveau dans le jardin. Il suivit monsieur Lepage à travers les bosquets jusqu'à la porte par laquelle il était arrivé.

Dehors, Morel marcha jusqu'à la rue Saint-Sulpice qu'il remonta en longeant l'église jusqu'à la place d'Armes. Il s'assit sur un banc, face aux deux tours.

La lourde façade néogothique, fraîchement ravalée, était illuminée par de puissants projecteurs, et la réverbération de leurs feux sur la pierre grise faisait nettement ressortir les contours du bâtiment, tout en créneaux et en pinacles. À côté, le vieux séminaire, le plus célèbre survivant du régime français en Amérique. Morel avait du mal à croire que quelques instants à peine auparavant, il se trouvait à l'intérieur de l'auguste bâtiment.

L'air était bon. Quelques touristes flânaient encore sur le parvis, profitant d'un moment de répit après la chaleur impitoyable de la journée.

Morel consulta sa montre. Il était presque onze heures. Il avait hâte de jeter un coup d'œil aux documents, mais il se sentait fatigué. Il valait sans doute mieux rentrer tout de suite. Il ne put réprimer un sourire en pensant aux recommandations pressantes du supérieur. *Faites très, très attention, assurez-vous que personne ne vous suit !*

Il se leva et marcha vers le centre de la place. Quelques couples s'attardaient autour du monument de Maisonneuve, le fondateur de la ville. Bien en vue sur un imposant piédestal, sa statue dominait les lieux. Sur chaque face du piédestal, un haut-relief rappelait un moment glorieux de l'histoire de la colonie. Aux angles, quatre statues plus petites. Trois d'entre elles représentaient d'illustres pionniers de l'époque héroïque. La quatrième représentait un Indien, un Iroquois.

L'eau de la fontaine coulait doucement dans le bassin avec un gargouillis apaisant. Un peu plus loin, une jeune fille avait relevé le bas de ses jeans et remuait paresseusement les pieds dans l'eau. Morel était debout devant la statue de l'Indien, perdu dans ses pensées. Soudain, une voix derrière lui le fit sursauter.

— Ah ! le mythe du méchant Iroquois !

Morel se retourna. C'était un couple de touristes dans la cinquantaine. Pas très grand, le monsieur portait des lunettes à monture d'acier, qui luisaient sous les reflets des projecteurs. Quelques pointes de cheveux gris s'agrippaient à ses tempes, lui donnant un look un peu aristocratique, à la Jules César. La femme était sans caractéristique apparente.

— C'est peut-être un mythe, reprit le touriste avec un sourire entendu, mais je préfère quand même notre époque... Pas vous ?

Sur ce, il salua courtoisement Morel d'une inclination de la tête et s'éloigna avec sa compagne.

4 : Une rousse au Reptile

Le jour où ce salaud dégoûtant, cette immondice verticale, cet excrément de rat de Robitaille, l'avait foutue dehors, oui, c'est vrai, ce jour-là, elle avait un peu disjoncté. Non pas que ç'avait été une grande surprise, ni une grande déception. De toute façon, elle savait, elle s'y attendait depuis des semaines. Même que ce jour-là, elle était passée au journal expressément pour le provoquer, pour qu'il accouche, là, maintenant, et qu'on en finisse ! Et quand il l'avait happée de son regard de batracien triste et lui avait fait signe d'approcher, elle avait su tout de suite que ça y était, il avait gagné, elle était dehors, exit… D'ailleurs, les papiers étaient déjà prêts, là sur son bureau, il n'avait pas eu besoin de les chercher bien loin, les papiers. Elle s'était même demandée depuis combien de temps ils étaient prêts, les papiers, et pourquoi il avait attendu jusque-là pour le faire.

Ça n'avait pas été long, deux ou trois signatures, deux ou trois coups de ciseaux dans l'American Express, et par ici la carte d'accès, et les clefs s'il vous plaît merci, et en moins de deux, elle était dehors, dans la rue, cigarette au bec. Elle n'était même pas montée prendre ses affaires, elle avait encore quelques livres là-haut, quelques trucs personnels, mais tant pis, elle n'était pas d'humeur à faire de l'emballage, elle reviendrait une autre fois.

C'était un beau vendredi, un des premiers vrais jours d'été, de quoi faire tourner la tête, un beau jour pour faire la fête. Oui, il fallait fêter ça.

Des cigarettes et du vin, voilà ce qu'il fallait pour commencer. Il faisait assez chaud pour s'asseoir dehors à une terrasse, pour encore une heure ou deux au moins. À cette époque de l'année, le soleil prend des forces chaque jour davantage. Se laisser doucement imbiber par l'alcool, le sentir descendre jusqu'au bout des orteils, pendant que la nicotine achève d'embrouiller le cerveau ! Rue Saint-Denis, ce serait bien, mais c'est trop loin, pas de temps à perdre, la saison du tourisme est commencée, il y a bien quelques terrasses là-bas, rue de la Commune, dans le vieux port.

Oui, il y avait quelques tables dehors, quelques-unes occupées, quelques flâneurs, quelques touristes, quelques retraités, quelques poètes peut-être, qui sait ? Un peu frais, certes… Raison de plus pour boire un peu, elle avait commandé un demi-litre, tiens, un

rouge d'Italie, en souvenir de Marc, pourquoi pas, ça fait longtemps, où es-tu maintenant, Marc, toi qui as eu tant de peine quand
je t'ai quitté ? Et voilà, je vais prendre ce verre
à ta santé !

Elle avait avalé quelques verres, très vite,
mais très vite c'était devenu frisquet, avec le
vent du fleuve et l'ombre et tout. Alors elle
s'était levée, elle était repartie, un peu zom-
bie, sur le boulevard Saint-Laurent, vers le
nord.

Elle s'était arrêtée un instant sur le pont
de l'autoroute, elle s'était accoudée à la balustrade de béton, les voitures, en bas, c'était un
peu étourdissant, assourdissant, quel endroit !
et là-bas, devant, le Palais des congrès, grosse caisse de béton, une hideur, et c'est là qu'elle avait eu l'idée. Elle avait sorti son téléphone
portable, qu'elle avait toujours dans la poche
intérieure de sa veste. Elle était en tenue de
travail, veste et jupe de coton gris pâle à
rayures foncées, mi-jambes la jupe, bas noirs,
femme au travail. Le portable était gris anthracite, une couleur très populaire, très bizness,
il y a les complets anthracite, les tailleurs
anthracite, les portables anthracite. Une couleur gagnante, on pourrait dire.

Elle tenait l'appareil dans la main gauche,
par réflexe sans doute, ça laisse la main droite libre pour appuyer sur les touches, pour
composer des numéros, mais là elle n'avait

pas de numéro à composer, elle tenait la chose
comme ça dans sa main gauche, un peu mollement, oh ! la pauvre petite chose… et là,
le plus drôle, on a beau dire, les grands esprits
créateurs du marketing, les « idéateurs » si
contents d'eux-mêmes auront beau nous le
répéter, que c'est intelligent, ces trucs-là, c'est
fou ce que c'est intelligent ces petits appa-
reils, on ne peut pas, mais on ne peut pas s'en
passer, mais là, le plus drôle, c'est qu'il n'avait
pas du tout l'air de comprendre la situation,
le petit, si intelligent soit-il, il ne comprenait pas que sa propriétaire était en train de
penser combien ça lui ferait du bien de le
balancer là, contre le mur de béton, pour le
plaisir de le voir éclater en mille morceaux,
là-bas, tout en bas, oh ! il ne serait pas récu-
pérable, certainement pas… Elle avait eu un
drôle de sourire, la fille, à cet instant précis.
Portable, donc jetable… Elle pensait que ce
serait un coup dur pour le petit portable,
un tel choc, un événement non couvert par
la garantie, il n'était pas conçu pour ça, le
petit chien-chien, pas une seule des quatorze touches programmables n'y résisterait, et
la mémoire de vingt numéros abrégés, oubliez
ça, adieu la touche de recomposition du dernier numéro, la fonction de rappel, et la mise
en attente, et l'afficheur, bye-bye l'afficheur,
oh ! et la sonnerie personnelle, R.I.P., et le rappel automatique, et l'agenda, la messagerie,

et Internet sur deux lignes, FINIE TOUTE CETTE MERDE!!!

Mais lancer un téléphone portable contre le mur, ce n'est pas bien, c'est un acte assez discutable, un geste déplacé, *c'est une chose qui ne se fait pas*. Elle ne l'avait pas fait. Elle y avait pensé seulement, pendant qu'elle regardait le Palais des congrès là-bas, tout en béton, c'est ça qui l'avait inspirée, le temps d'une cigarette… Et elle avait allumé une autre cigarette, et elle avait continué son chemin.

Un peu plus loin, dans le quartier chinois, elle avait croisé une vieille Chinoise qui marchait toute courbée, avec un sac, elle revenait de faire ses emplettes. Elle s'était arrêtée devant la dame, elle avait sorti le portable, et elle le lui avait tendu, pour le lui donner. La pauvre vieille était restée là un petit moment sans comprendre, elle l'avait examinée, dévisagée, elle avait marmonné quelque chose, la fille n'avait rien compris, naturellement, qu'est-ce qu'elle pouvait bien avoir pensé, une femme en tailleur gris et en bas noirs, une femme au travail, qui lui tendait un portable anthracite comme ça, qu'est-ce qu'elle pouvait bien avoir pensé, la pauvre vieille dame ? Après quelques secondes, comme la dame ne réagissait toujours pas, la fille avait pris sa main, doucement, et lui avait mis le portable dedans, dedans la main, avec un sourire aimable, et elle était repartie avec un petit salut de la tête.

Coin Sainte-Catherine, elle s'était arrêtée à une cabine téléphonique, une chose qu'elle n'avait pas faite depuis longtemps, à cause du portable, mais là il fallait bien, alors coin Saint-Laurent et Sainte-Catherine, elle était entrée dans la cabine et elle avait mis une pièce dans la fente. Appeler quelqu'un, il fallait fêter ça, elle n'allait pas passer la soirée seule, pas celle-là. Pierre ? Pff… Seb ? Il va encore s'imaginer des choses… Oh ! et puis non, on fête entre filles. Elle avait composé le numéro de Julie, une copine un peu olé olé, une traductrice, une ancienne collègue, on était vendredi, sûrement que Julie avait des projets de sortie pour ce soir, elles pourraient fêter ça ensemble.

Deux coups, trois coups, et ouf, elle avait répondu, Julie. Quoi, à la porte ? mais comment ça, ah oui ? ah non ! alors ça, eh bien ! si tu le prends comme ça, oui, sûr, ce soir, super, on peut se rencontrer… disons vers onze heures, au Reptile tiens, tu sais où c'est, O.K., on se voit là vers onze heures, tchao !

Elle avait continué à pied jusqu'à l'appart, et là, elle n'avait pas plus tôt retiré sa veste que tout d'un coup, grosse fatigue, toutes ces émotions, tout ce vin trop vite, elle s'était étendue sur son lit, et bang ! elle avait éclaté en sanglots, sans pouvoir s'arrêter, pendant plusieurs minutes, c'était l'émotion, rien d'autre, et elle s'était endormie là, comme ça, avec la jupe et tout.

Elle s'était réveillée vers minuit. Elle avait un peu bavé sur l'oreiller, des taches brun-rouge, à cause du vin. Elle s'était rappelée, Robitaille, Julie, elle s'était vite changée et elle était partie pour le Reptile.

Au Reptile, il a fallu attendre un bon dix minutes dans l'escalier, une file, plein de gens, qui attendaient pour entrer. Incroyable, attendre pour entrer ici, c'est l'heure, faut croire, et cette lumière, et ils sont si jeunes, et moi, à vingt-huit ans, bientôt vingt-neuf, suis-je vieille déjà, ou bien c'est eux qui sont si jeunes ?

Une fois à l'intérieur, chaleur tropicale, debout au bar, elle a commandé une bière, pas de Julie en vue, alors elle a dansé, long-temps, est revenue au bar, en nage, une autre bière, toujours pas de Julie, tant pis, et c'est là qu'il s'est approché, fin tacticien, le petit, il s'est planté à côté d'elle, l'air souveraine-ment désintéressé, tout de noir vêtu, il a com-mencé à taper des mains sur le comptoir au rythme de la musique, tam tam tam tadam tadam tam, la tête penchée, la mèche qui fré-tille, comme l'autre dans *Mr. Goodbar*, exac-tement pareil, et c'était pas mal, oui, pas mal, comme s'il avait compris que ce soir-là, elle était à la recherche de.

Il regarde devant lui, elle le voit dans la glace, il l'a bien remarquée, c'est comme un honneur qu'il lui fait, de l'avoir remarquée, il y a son anneau à l'oreille qui lance des petits éclats, des petits éclairs, ça veut dire, fais-le, allez, fais-le… Elle l'a fait, elle a sorti une cigarette, et elle ne l'a pas plus tôt mise à ses lèvres que le briquet apparaît, là, parfaitement au bon moment et au bon endroit, petite flamme, attention, tatouage sur l'avant-bras, manœuvre exécutée avec brio, le petit n'a même pas tourné la tête, il a visé juste.

Il est bien, ce petit, opérationnel et tout, tout feu tout flamme, prêt à jouer avec le feu, oui, il ferait l'affaire. Même un peu de noir autour des yeux, si elle a bien vu. Aucune confirmation requise. Elle a fumé sa cigarette, elle est tranquillement retournée sur la piste de danse, une bonne quinzaine de minutes, et quand elle est revenue, il était toujours là, le petit, briquet armé et tout. Cigarette… Battement de briquet… Contact… Feu !

Il a fini sa bière, il se penche un peu, propose une partie de billard, pas loin. Elle fronce les sourcils, juste un peu, ne pas trop lui faire peur, le billard, je sais bien, mais à deux heures du matin, ça fait vraiment partie du protocole, mon petit (suis-je donc si dépassée ?)… Ce n'était pas du noir sur ses yeux, c'était un trait de couleur sur les paupières, quelque chose de diffus, il a acheté ça tout seul à la pharmacie, il a sûrement fait ça lui-même.

Mais il faudrait l'encourager un peu, il est en train de perdre sa superbe, il hésite, là, il vient de se rendre compte qu'il a affaire à une femme pleinement formée. Une vieille… Défi intéressant, mais risqué, il ne faudrait pas perdre la face. À cette heure, dans son livre, il est temps de regarder la fille droit dans les yeux, mais il ne le fait pas, il n'ose pas, le pauvre petit, il sent confusément qu'il faudrait opérer autrement, mais comment ? Il ne sait pas, il doute… C'est qu'il n'a pas beaucoup de scénarios de rechange. D'habitude… Il est beau, habitué à plaire sans effort, à part le briquet, il n'a pas beaucoup développé d'astuces encore, pas besoin. Draguer, non merci, pas pour lui, lui, il est un naturel, un sensuel né blasé, un fauve revenu de tout et du contraire de tout, et tout, enfin c'est ce qu'elles ont toutes l'air de croire.

Bon, il a besoin d'aide. Elle lui lance un regard, mi-maternel, mi-sensuel, le cocktail qui tue. Dans les circonstances, un des coups les plus durs qu'une femme puisse porter. Esquisse un sourire. Il cherche, il cherche. Il a trouvé, il lui lance un regard, mi-délinquant, mi-complice, un des coups les plus durs qu'un homme puisse porter, le voilà qui se penche vers elle, lui murmure à l'oreille… ce n'était pas pour le billard… un copain à rencontrer… une livraison… Quelque chose pour aider à finir cette soirée romantique, quoi…

Oui ! Oui, c'est bien, quelque chose comme ça, quelle idée réjouissante !

Ils sont sortis, ils marchent quelques rues, échangent quelques mots, surtout des rires et des regards. Au resto-bar-billard, pas de file à cette heure, le dealer est au rendez-vous, c'est pas comme Julie, et deux grammes sous la table, non mais quels mauvais garçons quand même, et l'autre, le dealer, elle a bien vu le sourire entendu, c'est ça, une vraie femme, plus vieille que lui, c'est noté, il témoignera.

Pourquoi attendre ? Les voilà dans les chiottes des hommes, c'est dégueulasse, deux petites lignes sur le couvercle du réservoir, bien coupées avec la carte de débit, consommation immédiate, introduction dans le système artériel par l'intermédiaire du billet de dix roulé en cône. Retour dans la salle, picotement familier des fosses nasales, gencives en phase de durcissement, accélération grisante des fonctions vitales, emballements comiques du processus de pensée, oh ! mais rien que de très convenu, n'allez pas croire, tout va bien, tout va mieux, voilà que les boules de pool se mettent à nous faire des clins d'œil, il y a la rouge qui palpite dans un coin, qu'est-ce qu'elle a, une crise ? et la noire, on l'entend grogner tout bas, et voilà qu'un joueur trop zélé vient de donner trop fort de la queue, et la blanche qui passe dans les airs,

juste devant les yeux de la fille, ma foi, hal-
luciné-je ?, ça s'est passé en une fraction de
seconde, et une autre fraction plus tard,
qu'est-ce que c'est ? c'est bien une main qui
vient d'apparaître et d'attraper l'obus en plein
vol, alors là, elle est franchement bouche bée,
elle tourne les yeux, hé oui ! c'est lui, c'est
le petit, elle voit maintenant le tatouage sur
l'avant-bras. Cette fois elle est déjouée, si surprise qu'elle a posé sa main, par pur réflexe,
sur l'autre avant-bras du petit, et du coup il
retrouve une partie de son assurance perdue,
le petit.

Mais il prend encore son temps. Dans son
livre, pas question d'avoir l'air pressé. Bière.
Un copain passe le saluer, puis une copine.
Ces sourires… Même la fille…

Il est passé trois heures quand il se décide à proposer de sortir, d'aller prendre l'air.
Elle le suit chez lui, ce n'est pas loin, un deux-
pièces pas trop répugnant, pour un petit s'entend, mais là, déjà, elle a la barre au front,
gros mal de bloc en perspective, tout se paie,
ça commence sérieusement à tourner. Elle
prend quelques grandes respirations, ça aide
un peu. Il a mis de la musique, il veut lui
montrer des photos, il fait de la photo, il a un
tatouage sur l'autre bras aussi. Il est à la table
de la cuisine, il prépare de nouvelles lignes.
Dans le salon, elle entend un petit bourdonnement, ça vient de là, c'est un ordi. Le petit

s'approche, il est très fier, le voilà qui se met à causer tout d'un coup, il veut lui montrer, tu vas voir, c'est un jeu, on est dans un immense hangar sinistre, attends tu vas voir, on avance par là, on descend l'escalier, on tourne ici, attention, on regarde tout autour, encore un peu, et pan ! pan ! et ratatatatata ! je l'ai eu !

Elle hoche la tête, incrédule. (Elle est derrière lui, il ne la voit pas.) Pauvre, pauvre petit ! Pauvres hommes ! Il ne leur suffit pas d'être assez puérils pour s'intéresser à ces jeux débiles, il faut encore qu'ils soient assez naïfs pour croire que ça va les rendre intéressants. Ça lui rappelle quand elle était ado, dans son patelin, le dimanche, pour épater les filles, les mâles qui passaient l'après-midi à parader au volant de la voiture de papa. Tout ce chemin pour en arriver là ? Elle est si fatiguée, si fatiguée. Maman !

Elle a les paupières lourdes… Cette onde de douleur qui commence à poindre au fond du crâne. Elle ouvre son sac, vérifie combien d'argent il lui reste. Quelques grosses gouttes de pluie s'écrasent contre la vitre. Elle regarde le petit. Qu'est-ce qui se passe, où suis-je ? C'est extraordinaire, c'est prodigieux à quel point elle n'a pas envie de lui. Elle n'a aucune idée de ce qu'elle fait là. Elle se sent vieille. Elle voudrait être chez elle. Qu'est-ce qu'il va dire ?

Le ciel lui vient en aide. Le petit doit s'absenter pour un instant, disparaît dans les toilettes, un instant, c'est tout ce dont elle a besoin pour prendre son sac et sortir en catimini, la voilà dans l'escalier, voilà qu'il pleut des cordes, elle a failli glisser, la voilà dans la rue, elle a couru jusqu'au coin de Saint-Laurent, elle s'est réfugiée sous un auvent, et ça n'a pas pris trente secondes qu'un taxi est passé par là, et la voilà recroquevillée au bout de la banquette arrière, trempée, épuisée.

Rentrer, enfin, elle va finir par finir, cette journée.

Et après, il y aura demain, une autre journée. *Une autre journée sans toi.* Comment faire ? Comment faire pour la vivre, cette journée, seule… Puisque toi, tu ne seras pas là avec moi. *Puisque toi, tu n'as pas voulu de moi.*

5 : McMillan & Morel

Dan McMillan avait été un homme corpulent et lent, une immense pièce d'homme aux pensées impénétrables, un homme économe de ses gestes et de ses mots. Il parlait lentement, se déplaçait lentement. D'ailleurs, dans les souvenirs de Morel, il ne marchait pas vraiment, il glissait. Il respirait peu aussi. D'ailleurs, il ne respirait pas vraiment, il soufflait, de temps en temps.

Il n'avait pas d'âge non plus, ou plutôt il semblait avoir toujours eu cet âge indistinct que les Anglais appellent le *middle age*, expression chérie des romanciers anglophones car applicable à tout personnage qui a perdu ses rêves sans être devenu trop malheureux. Il était aussi un peu vieux jeu, ce qui est un autre sens de la même expression. Mais pour Morel, il n'y avait là rien de déshonorant.

Dans les souvenirs de Morel, il était invariablement vêtu d'un imperméable beige, d'un pantalon brun à bretelles et d'une chemise blanche aux manches relevées, découvrant deux avant-bras ronds comme des jambons.

Il n'avait apparemment aucune vie fami-
liale ou sentimentale, chose qui attristait
Morel, comme on est toujours désolé de
constater ou d'imaginer quelque motif de
souffrance chez ceux qu'on respecte et qu'on
admire. Et de respect et d'admiration, Morel
en avait eu trop pour jamais oser aborder la
question.

C'était l'automne 92, Morel travaillait alors
comme barman dans une brasserie assez fré-
quentée dans le vieux quartier. McMillan était
un habitué. Les deux hommes avaient fait
connaissance, avaient parfois de petites conversations. Morel avait été impressionné d'apprendre que McMillan était détective privé,
c'était la première fois qu'il en rencontrait un.
McMillan avait son bureau à deux pas, rue
Saint-Jacques, et il avait aussi son domicile
pas très loin de là, à une époque où le vieux
quartier était loin d'avoir la cote. Son français
était un peu laborieux, mais il se débrouillait.

Un soir, il avait demandé à Morel s'il ne
pourrait pas lui donner un coup de main dans
une enquête. C'était un peu délicat, un peu
compliqué aussi. Pas entièrement légal non
plus. Il s'agissait de se rendre à un grand
magasin, rue Sainte-Catherine, à un moment
précis de la journée, et de voler quelque chose
en s'arrangeant pour ne pas être vu par un
employé, mais pour se faire filmer par les
caméras de surveillance. McMillan lui avait

dit que son client, le directeur du magasin, soupçonnait son propre personnel de sécurité, mais il ne pouvait pas lui en dire plus. Morel avait accepté et s'en était assez bien tiré. McMillan avait dit qu'il avait du cran et qu'il était doué. Peu de temps après, il lui avait demandé de nouveau son aide, et encore là il se déclara ravi du résultat. L'expérience se répéta, si bien que cette année-là, Morel avait passé presque tout le temps des fêtes à travailler pour McMillan.

C'est ainsi que Morel avait fait ses premiers pas dans le métier. Pendant les mois qui suivirent, les collaborations occasionnelles se firent de plus en plus fréquentes. Il apprenait vite et il aimait ce genre de travail, c'était aussi payant et moins monotone que de toujours servir les mêmes bières aux mêmes types. À l'automne 94, McMillan l'aida à obtenir un permis d'agent d'investigation et Morel quitta son emploi, et commença officiellement son apprentissage chez McMillan. Pendant trois ans, il fut l'élève et l'assistant de McMillan. Ce n'est qu'à partir d'octobre 97 qu'il avait commencé à voler de ses propres ailes et à prendre en charge ses propres enquêtes. Et qu'il était devenu, à sa grande joie, l'*associé* de McMillan. L'agence fut rebaptisée McMillan et Morel.

À peine un an plus tard, McMillan mourait d'une crise cardiaque. Il fut confirmé, comme Morel l'avait craint, qu'il n'avait aucune famille à Montréal, et pas beaucoup plus dans le reste du monde. Un vieux couple de parents éloignés fit le voyage de la Côte ouest américaine pour assister à ses funérailles, probablement aussi pour toucher une part d'héritage. Ils n'étaient pas restés pour l'enterrement. Au cimetière, il neigeait un peu et il faisait très froid, et Morel s'était retrouvé seul avec deux inconnus, peut-être d'anciens clients.

Morel ne faisait pas partie des héritiers officiels de McMillan, mais il n'avait pas été oublié. McMillan avait une bonne clientèle de gens aisés et inquiets. Morel en connaissait déjà plusieurs, des liens de confiance s'étaient établis. McMillan avait fait ses recommandations. La plupart devinrent ses clients. Morel continua d'exploiter l'agence seul, toujours à la même adresse, et pour des raisons qui n'avaient pas seulement à voir avec les affaires, il choisit de conserver le nom de McMillan dans la raison sociale, toujours devant le sien.

Les papiers encombraient toute la table. Une cinquantaine d'articles et de textes divers, apparemment entassés à la hâte, sans ordre. Des coupures de journaux jaunies à différents degrés, quelques photocopies aussi. La plupart des articles étaient parus dans les deux dernières années, quelques-uns dataient de plus loin. Sur une feuille de papier ligné, quelqu'un avait inscrit à la main le numéro de téléphone de Peter Stone, le professeur d'histoire, et quelques renseignements additionnels. Il y avait aussi le C.V. que Duclos avait remis aux Sulpiciens, et un formulaire que les Messieurs lui avaient fait remplir, avec une photo.

Morel s'était réveillé tôt. Vers six heures, incapable de se rendormir, il s'était levé, avait fait du café. Il était ensuite sorti prendre le frais, avait marché jusqu'au coin de la rue pour acheter les journaux du dimanche. À cette heure, on n'entendait que le gazouillis occasionnel d'un oiseau et le bruissement des feuilles agitées par le vent. Il avait plu pendant la nuit et les trottoirs étaient encore mouillés par endroits.

La journée s'annonçait encore chaude et humide. Il avait laissé toutes les portes et les fenêtres ouvertes, pour profiter de l'air frais du matin. Il avait passé une petite heure sur le balcon arrière, à boire du café, à fumer et à lire. Le dimanche, il se donnait encore carte blanche pour le tabac. Vers sept heures et demie, il avait commencé à examiner les papiers.

Chaque fois qu'il se trouvait devant un problème complexe et en terrain inconnu, son premier réflexe était d'imaginer qu'il était assis à côté de McMillan, à la belle époque de son apprentissage, et de se demander ce qu'aurait fait son mentor à sa place.

Imaginer le gros homme assis à son bureau, penché sur cet amoncellement de papiers. D'abord, McMillan aurait noté que malgré l'apparente anarchie, chaque papier était soigneusement numéroté à la main, avec mention du nom du journal et de la date de parution. La numérotation n'était pas continue et les numéros les plus élevés étaient dans les 5000, ce qui indiquait que les papiers étaient tirés d'une série beaucoup plus considérable. Ici et là, dans les marges, une note, un renvoi, un point d'exclamation, parfois deux. À en juger par l'écriture, c'était probablement la même personne qui avait écrit sur la page de papier ligné. Écriture appliquée, pleins et déliés comme on les enseignait autrefois. Peut-être Enjalran lui-même, l'archiviste.

D'abord, le C.V. de Duclos. Plutôt sommaire, une petite page et demie de texte bien aéré. Morel examina attentivement la signature.

Adresse, une rue que Morel ne connaissait pas, il faudrait chercher. Né à Montréal le 15 mars 1968, ce qui lui faisait trente-trois ans bien sonnés. Les Sulpiciens avaient parlé du « jeune monsieur Duclos ». Morel examina la photo. Effectivement, en supposant qu'elle était récente, Duclos paraissait plus jeune que son âge, il faisait la vingtaine, la jeune vingtaine même. Les cheveux étaient courts et enduits de gel. À première vue, les traits étaient délicats, le regard avait quelque chose de félin, impression accentuée par une barbiche. Pourtant, le regard n'exprimait pas la douceur, mais la fermeté, la détermination et aussi quelque chose d'autre, quelque chose d'indéfinissable, peut-être, pensa Morel, un peu de fanatisme.

McMillan disait toujours qu'il était facile de supposer n'importe quoi en examinant la photo d'un inconnu.

C'était du noir et blanc. Monsieur Lepage avait dit « les cheveux châtains, les yeux bruns ».

Trente-trois ans, n'était-ce pas un peu tard pour entreprendre des études universitaires ? Qu'avait-il fait avant ? La rubrique Études donnait bien quelques dates. Études secondaires terminées au printemps 85… Entré au collège l'automne 88. Emploi du temps pendant l'intervalle non précisé. Il ne semblait pas être retourné pour le trimestre d'hiver. Aucune mention de diplôme d'études collégiales. Il avait quand même été accepté au bac en septembre 2000, à l'Université de Montréal. La rubrique Emplois était un modèle de concision. Pour la période 1989 à 2000, Duclos avait simplement indiqué « Divers emplois dans la région de Montréal ». Un peu court pour une tranche de vie de dix ans.

Le formulaire que Duclos avait rempli pour les Sulpiciens ne contenait aucun renseignement d'intérêt. Il fallait espérer que ce monsieur Enjalran aurait plus de détails.

Morel avait ensuite consulté plusieurs bases de données dans Internet. Il était abonné à deux grandes bases publiques, payantes, et à une autre, accessible aux seuls détenteurs d'un numéro de permis d'agent d'investigation. Cette recherche lui en avait appris un peu plus sur Duclos, son numéro d'assurance sociale, une adresse, qui n'était pas celle du C.V., il n'y avait pas de date. C'était encore bien peu. En plus, rien sur sa famille, ce qui était assez fâcheux.

Restait tous ces papiers.

Tous ces papiers épars, c'était un véritable casse-tête. Il aurait été préférable de rencontrer d'abord ce monsieur Enjalran, qui aurait pu l'aider un peu à s'y retrouver dans ce fouillis. Morel avait commencé par classer les textes selon la méthode la plus évidente, par ordre chronologique, espérant faire jaillir un début de lumière. Mais même après ce premier tri, il ne voyait toujours pas de fil conducteur.

Il avait pris rapidement connaissance de chaque article et tenté de faire des regroupements par auteurs, puis par thèmes. Il avait fini par progresser un peu, laborieusement. Au bout de deux heures, il avait fait une pre-

mière lecture complète et il était arrivé à
regrouper les papiers en quatre piles. La première contenait six articles signés par une
certaine Camille Bergeron dans un des quotidiens de la ville, tous parus l'automne précédent, en novembre et en décembre 2000.
Tous portaient sur une affaire d'affrontement
entre une petite municipalité appelée Rivière-à-l'Aigle et une communauté amérindienne. Il était question de revendication territoriale. L'été 99, le conseil municipal avait
annoncé qu'il envisageait de lotir certains terrains situés autour d'un lac faisant partie du
territoire de la municipalité et où vivaient
des Indiens, qui n'avaient aucun titre de propriété. Les Indiens avaient vivement réagi,
protestant que ces terres leur appartenaient.
La ville était revenue à la charge le printemps
suivant et le conflit avait éclaté. Les Indiens
avaient dressé une barricade et barré la route
menant au lac pendant plusieurs jours.

Il y avait ensuite quelques articles sur un
certain Armand Brassard, professeur d'anthropologie à l'Université de Montréal. Un
de ces articles était signé Camille Bergeron.
Le professeur Brassard avait été impliqué
dans le dénouement des troubles de Rivière-
à-l'Aigle. Il avait été invité, apparemment par
les Indiens eux-mêmes, à servir de médiateur entre les deux parties.

La troisième pile contenait des articles provenant de revues spécialisées, qui traitaient tous directement ou non de l'histoire de la « seigneurie du Lac-aux-Herbes », l'entité territoriale qui était devenue la municipalité de Rivière-à-l'Aigle.

Dans la quatrième pile, la plus épaisse, Morel avait réuni les articles liés à des sujets variés, qu'il n'arrivait pas à associer à un thème particulier. Il les écarta pour se concentrer sur les autres.

En tout, une quinzaine de textes qui commençaient à raconter une petite histoire, ou plutôt plusieurs petites histoires. Il allait falloir essayer de donner un semblant de cohérence à tout ça. Et surtout de trouver en quoi toutes ces histoires pouvaient être liées à l'incident du vieux séminaire.

Morel relut attentivement chaque article. Ensuite, il sortit les notes qu'il avait prises la veille au vieux séminaire et inscrivit soigneusement sur une colonne les quelques dates qui s'y trouvaient. Il relut rapidement tous les articles en notant toutes les dates qui y étaient mentionnées sur une deuxième colonne, à droite de la première, puis compara les deux séries de dates.

Toujours rien. Duclos avait commencé ses recherches au vieux séminaire le 9 janvier 2001. Sa dernière visite datait du début avril – quelle date exactement ? Il faudrait demander. Le colis était arrivé le 4 juin. Les troubles de Rivière-à-l'Aigle avaient eu lieu à l'automne 2000, pendant que Normand Duclos suivait tranquillement ses cours à l'université. Celui-ci avait rencontré le supérieur à la mi-octobre, un mois avant le début de la crise.

Il réunit les papiers avec des trombones et remit le tout dans la chemise.

Il était près de midi. Morel décida de téléphoner tout de suite à Peter Stone, le professeur de Duclos. C'était le numéro de son bureau, à l'université. Bien sûr, Stone ne serait pas là à cette heure, un dimanche, en plein été, mais Morel voulait quand même laisser un message. Avec un peu de chance, il finirait par le joindre. Il composa le numéro. Après trois coups, il entendit le grésillement du répondeur.

« Bonjour, vous avez joint le bureau de Peter Stone. Pendant les trois premières semaines de juin, je serai à mon bureau les mercredis et jeudis après-midi. Les étudiants qui désirent me rencontrer sont priés de prendre rendez-vous en laissant un message après le bip. »

Ton enjoué, léger accent anglais. Morel raccrocha. Il avait changé d'idée. Pourquoi laisser un message et tenter de s'expliquer au téléphone ? Il irait le voir mercredi.

6 : L'Intendant

Bernadette tenait salon.

— Tiens, tiens, si ce n'est pas monsieur Morel... Dites donc, onze heures trente, ce n'est pas trop tôt pour arriver au travail !

Morel se contenta de sourire. On était lundi, et il s'était effectivement levé tard.

— Qu'est-ce que tu lis là, Bernadette ?

— Quelle façon élégante de changer de sujet... Voyez vous-même, monsieur !

— *Nous... cheminons... entourés de fantômes...au front troué.*

— Oui, le titre est un peu à part. Comme le roman d'ailleurs. De loin ce que j'ai lu de mieux depuis longtemps. Je te le recommande, d'ailleurs, il y a tout ce que tu aimes là-dedans. Le héros est un Parisien un peu bourru, un amoureux de l'histoire et des vieilles pierres, un peu comme toi... Il mène une enquête personnelle, il arpente les rues de sa ville chérie. C'est la troisième fois que je le lis. Le problème avec cet auteur, c'est qu'il n'a plus écrit de vrai roman depuis celui-ci, que de petites plaquettes, et ça fait des années, c'est inadmissible, je me demande ce qu'il fout !

Bernadette s'emportait un peu, c'était bon signe. Morel eut juste le temps de noter le nom de l'auteur avant que les portes s'ouvrent sur les regards impatients de quelques passagers pressés.

Depuis près de quatre ans, Bernadette Loranger était garçon d'ascenseur au 275 Saint-Jacques. Arrivée au seuil de la cinquantaine, ses trois enfants élevés et ne se sentant aucune disposition pour l'oisiveté ni pour une forme quelconque de préretraite, elle avait entrepris avec énergie ce qu'elle appelait sa vie publique. Elle combinait cet emploi à des études universitaires à temps partiel – bac en sociologie – et travaillait en outre à l'établissement de l'arbre généalogique complet de son ascendance depuis les premiers arrivants en Amérique.

Avec Bernadette, l'ascenseur s'était transformé en mini-salon littéraire. On disait : « Bernadette tient salon aujourd'hui ». Elle trônait sur son tabouret, toujours entourée d'une pile de livres et de revues en équilibre précaire sur des tablettes improvisées. Elle n'embêtait personne, mais si un passager lui posait une question sur ses lectures, la conversation pouvait s'engager. La plupart des locataires de l'immeuble ne s'en formalisaient pas. Les visiteurs, en général, trouvaient ça « différent ». Morel aimait bien Bernadette.

Oui, on était lundi, et c'était vrai qu'il s'était levé un peu tard, mais la vérité était qu'il commençait à se sentir frustré de lire et relire les mêmes informations et de faire des hypothèses. Il avait des questions à poser et il avait hâte de parler à Enjalran, l'archiviste des Sulpiciens. Mais le rendez-vous n'était que pour le lendemain soir.

Il était venu au bureau à pied. En route, il s'était arrêté dans une boutique et avait fait faire quelques bonnes photocopies de la photo de Duclos. Le matin, il avait téléphoné au journal où travaillait Camille Bergeron. Une voix enrhumée et suspicieuse lui avait répondu que Camille Bergeron ne travaillait plus au journal. Il avait voulu laisser son numéro de téléphone, pour qu'on le lui transmette et qu'elle le rappelle. La voix avait reniflé, éternué, et dit qu'elle n'avait pas accès au numéro de madame Bergeron. Enfin, pour se débarrasser de lui, la voix lui avait donné le numéro de la Fédération des journalistes. À la Fédération, on avait noté son numéro et promis de le transmettre à la dame.

Morel était impatient de plonger dans cette affaire. Il décida de faire un peu de repérage. Sur le mur de la petite cuisine attenante à son cabinet, il y avait une carte géante de la ville. Il chercha la rue où avait habité Duclos, d'après l'adresse qu'il avait donnée dans son C.V. C'était dans un quartier de l'est de la ville.

À treize heures, il sautait dans le métro, ligne orange, direction est.

Une demi-heure plus tard, il était devant l'immeuble. C'était une rue sans arbres ni rien pour rafraîchir un peu l'air, et la chaleur était insupportable. Un peu plus loin au nord, on apercevait le mât du stade olympique, long et blanc sur le fond bleu du ciel, penché vers l'avant avec une certaine grâce, comme le long cou d'un cygne qui s'envole.

L'immeuble était une de ces bâtisses sans âme qu'on avait plantées un peu partout dans les années soixante. Grand auvent monumental à l'entrée, briques vernissées et balcons rouillés, le genre de façade qui défigurait tant de rues de la ville. Pourtant à l'époque, elles avaient eu la cote, comme tout ce qui était *moderne*.

Morel s'était d'abord arrêté pour « sentir les lieux ». C'était une des expressions de McMillan, et aussi une de ses règles sacrées. Avant toute chose, commencer par sentir les lieux. Avant d'agir, chaque fois que c'est possible, se poster en retrait, attendre et observer. Avec patience, observer et enregistrer les petits détails anodins, à la fin ce sont toujours les petits détails qui permettent de trouver.

Morel s'était donc arrêté et avait tout de suite noté qu'un coin de rideau venait de bouger à une fenêtre au premier. Quelqu'un l'observait. C'était aussi une caractéristique de

ces immeubles, il semblait qu'il y avait toujours là quelqu'un qui n'avait rien de mieux
à faire que de surveiller par la fenêtre.

Il traversa la rue. Sur la vitre sale de l'entrée, il y avait une affiche « Appartements à
louer », en grosses lettres orange sur fond
noir, scotchée là depuis des siècles. Il l'examina, espérant y trouver un numéro de porte
ou de téléphone, quelque part où s'adresser
pour obtenir des informations. Il y avait bien
un numéro de téléphone, un numéro de banlieue. Il devait pourtant y avoir quelqu'un ici
à qui s'adresser, une sorte de concierge.

Le hall était un vrai musée du clinquant.
Murs lambrissés de panneaux simili-marbre,
miroirs pleine hauteur parcourus de volutes
dorées, plafond recouvert de stalactites de
stuc, faux lustres empoussiérés, rien n'y manquait. Au centre, les restes de ce qui avait été
une fontaine, aujourd'hui remplie de fleurs
de plastique.

Morel parcourut vainement les inscrip-
tions à l'interphone, mais l'appareil ne donnait qu'une liste très sommaire des occupants.
Aucun nom au numéro 3, là où Duclos avait
habité. Rien non plus sur la boîte à lettres. Il
fallut patienter.

Au bout d'un moment, deux ados arri-
vèrent, flottant littéralement dans leur tenue
d'ados. L'un d'eux ne portait pas de casquette.
Morel lui demanda à qui il fallait s'adresser

pour avoir des renseignements. Le garçon le regarda avec un sourire incrédule, comme s'il venait de poser une question absurde, leva les mains, paumes vers le haut.

— L'Intendant, demandez à l'Intendant, tiens !

— L'in…?

— L'Intendant, tiens, le super, le surintendant, le gérant, je vous dis, c'est le 12, là, sonnez, c'est le 12, là, ah non ! la sonnette fonctionne pas, encore, attendez, suivez-moi, c'est juste là, à gauche !

Morel frappa, attendit, frappa à nouveau. La porte finit par s'entrouvrir, mais il ne vit qu'un bout de nez, une cigarette et une paire de lunettes à grosse monture noire avec des verres épais comme des fonds de bouteille. Et deux gros yeux de hibou qui le considéraient d'un air méfiant. Le type marmonna quelques mots, referma aussitôt, revint quelques instants plus tard.

C'était un petit homme en sueur, il avait enfilé une camisole et un short, la camisole était tout de travers sur son torse maigre. Morel lui donna la jeune cinquantaine d'après son visage, même si ses cheveux, qui lui descendaient jusqu'aux épaules, étaient encore bien noirs à part quelques rares mèches grises.

La cigarette vissée aux lèvres, les yeux à demi fermés à cause de la fumée, l'Intendant considérait Morel avec un mélange de curio-

sité et de méfiance. Il tenait la poignée de la
porte à deux mains, comme s'il craignait que
Morel n'entre de force. Morel avait l'impression qu'il le dérangeait, ou l'intimidait,
ou les deux. Peut-être était-ce le costume-cra-
vate, qu'il portait malgré la chaleur, qui rendait l'autre méfiant.

— Vous… vous êtes bien le… l'Intendant,
dit Morel avec un sourire affable.

— Qu'est-ce que vous voulez ? répondit
l'autre avec un toussotement.

— Pardonnez-moi de vous déranger
comme ça… J'aimerais vous parler au sujet
de quelqu'un qui a habité ici, un monsieur
Normand Duclos, dit Morel en montrant la
photo et sa carte professionnelle.

— Ah…

La pièce était grande mais complètement
encombrée d'objets hétéroclites gisant çà et
là dans un désordre complet. De vieux appa-
reils électriques déglingués et à moitié démon-
tés, des piles de journaux et de magazines
jaunis, quelques vieilles machines à écrire. Il
y avait même un stock d'abat-jour éventrés
dans un coin. Un vrai marché aux puces. En
regardant bien, on pouvait quand même dis-
cerner un coin cuisine, minuscule, avec une
table et deux chaises, et un coin séjour, avec
sofa et télé. Il y avait un calendrier de femmes
nues au-dessus du frigo.

L'Intendant s'installa dans un vieux fauteuil de cuir, derrière un énorme bureau de chêne planté au beau milieu de la place, et invita d'un geste Morel à s'asseoir en face de lui. La chaise n'avait que trois bonnes pattes, Morel faillit tomber à la renverse en s'assoyant. Dès qu'il fut assis, il sentit quelque chose de mou qui frottait contre son mollet. C'était un gros chat gris. Morel se pencha et caressa l'animal, qui ronronna bruyamment.

— Désirée ! Laisse le monsieur tranquille !

— Non, non, laissez, j'aime bien les chats.

Il y avait quatre ventilateurs dans la pièce, répartis et orientés stratégiquement pour combattre la chaleur, mais ils ne faisaient que pousser de l'air chaud en grinçant.

L'Intendant était apparemment en train de confectionner sa réserve de cigarettes. La machine à rouler était devant lui. À gauche, une petite montagne de tabac et des tubes à filtre ; à droite, une pile de cigarettes bien alignées comme des billots de bois. Il éteignit celle qu'il avait aux lèvres, en prit une autre, l'alluma et se remit au travail, sans regarder Morel. D'une main experte, il extrayait une quantité précise de tabac qu'il tassait dans une rainure de l'appareil, insérait un tube dans une tige creuse, poussait sur une poignée pour faire glisser le tabac dans le tube et ramenait aussitôt la poignée d'un geste vif. Il plaçait soigneusement la nouvelle cigarette sur la pile et recommençait. L'index et le majeur de sa main gauche étaient très jaunes.

Quelques toussotements plus tard, comme l'Intendant restait toujours silencieux, Morel fit une remarque sur le temps, pour casser la glace. Quel été ! L'autre approuva avec un certain empressement, comme si malgré son air méfiant, il n'attendait qu'un prétexte pour dire quelque chose, émettre une opinion. Pour le temps, ah ça ! il était entièrement d'accord. Il ne se rappelait pas d'un mois de juin aussi chaud depuis 88, et encore. Il se mit à causer température, parla sans arrêt pendant plusieurs minutes, sans cesser de rouler et sans jamais lever les yeux vers Morel, disserta sur les avantages et les inconvénients de chaque saison. Personnellement, il préférait l'hiver, d'ailleurs c'était ça qui était bien avec les quatre saisons, il y en avait pour tous les goûts.

Morel écouta sans broncher. La conversation était lancée. L'autre restait sur la défensive, mais la curiosité était bien palpable, elle finirait par prendre le dessus et s'il y avait quelque chose à savoir, on le saurait, on saurait tout. Au bout de quelques instants, l'Intendant se trouva à court de tubes et Morel, qui voyait la boîte tout près de lui, s'étira un peu pour la lui offrir. L'autre remercia sans relever la tête et jeta un coup d'œil furtif sur son visiteur.

— Je vous ai vu tout à l'heure, dehors. Je me suis dit, celui-là, il a l'air de quelqu'un qui cherche un appartement…

Il éclata d'un grand rire presque convulsif qui s'acheva par une quinte de toux.

— Détective privé, reprit-il, ça veut dire que vous n'êtes pas de la police, est-ce que je me trompe ? C'est la première fois que je rencontre un détective privé, moi.

Il étira un bras pour allumer un poste de radio, joua des boutons pour trouver de la musique, baissa le volume.

— Parce que si vous êtes de la police…

Morel s'empressa de le rassurer, confirma qu'il avait tout à fait raison, un enquêteur privé ne fait pas du tout partie de la police. Il avait un client qui voulait retrouver Normand Duclos, juste le retrouver, pour lui parler, tout simplement. Il ne lui voulait aucun mal, à Normand, au contraire. Même que ce client l'avait assuré que la police n'était pas sur l'affaire.

— Ah non ? coupa l'Intendant avec une petite moue indignée. Et les deux mal élevés qui sont venus ici la semaine dernière, c'était des Témoins de Jéhovah peut-être ?

Il poussa sur la poignée avec un peu trop d'énergie et fit éclater le tube. Il retira en maugréant la cigarette ratée.

— Tiens, encore un tube gaspillé ! De toute façon, Normand, ça fait trois mois qu'il est parti, qu'est-ce que je peux vous dire de plus ? Vous en voulez une ?

— Je veux bien, merci, dit Morel en sortant son briquet. Je suis désolé si vous avez eu des visiteurs déplaisants, mais je n'ai rien à voir avec eux. En fait, c'est plutôt le contraire, il s'agit de protéger Normand Duclos.

Il déposa son briquet sur le bureau.

— En tout cas, vous, au moins, vous avez l'air d'un monsieur, vous êtes poli.

L'Intendant se mit à raconter leur visite. Ils étaient deux, ils portaient des complets et des cravates, et ils étaient déplaisants. Ils étaient arrivé tôt le matin, vers sept heures. L'un d'eux n'avait rien dit du tout, il regardait partout avec une grimace méprisante. L'autre l'avait bombardé de questions.

— Il parlait de Normand comme d'un criminel, un voleur ! Je me suis dit que Normand devait être dans de bien mauvais draps pour avoir des gens pareils à ses trousses. Ils voulaient que je leur montre sa chambre, j'ai dit pas question, il y a quelqu'un d'autre qui vit là maintenant, j'ai pas le droit !

Il regarda Morel avec un petit sourire complice.

— C'était pas vrai, son logement est encore vide. Mais ça m'inquiétait. J'avais peur, je me suis dit, si jamais ils trouvent quelque chose là-dedans… Je pensais qu'ils insisteraient, mais finalement, ils sont repartis, ils n'ont pas insisté. Je pensais qu'ils allaient revenir, vous savez, avec un mandat. Et quand je vous ai vu tout à l'heure… En tout cas, vous au moins, vous êtes poli.

— C'était quand exactement ?

— Quand ils sont venus ici ? C'était mardi de la semaine dernière.

Morel fit le calcul. Mardi le 12 juin, c'était avant que la plainte soit retirée. Des policiers étaient donc passés avant lui. Apparemment sans trop de succès.

L'Intendant semblait maintenant plus détendu, la curiosité l'emportait sur la méfiance. Le moment était venu de poser des questions. Morel commença doucement. D'abord les dates. Quand Normand était-il parti exactement ?

C'était en mars. Ça s'était fait un peu précipitamment. Un beau matin, l'Intendant s'était fait réveiller par madame Beaudet, la locataire du 5, une vieille dame à moitié sourde. Le 5 se trouve en face du 3, celui de Duclos. Elle avait cru entendre du bruit pendant la nuit, mais juste un peu, pas assez pour l'inquiéter. De toute façon, elle était sourde. Le matin, en sortant dans le corridor, elle avait vu que la porte du 3 était entrouverte, elle avait regardé à l'intérieur, tout avait disparu, plus rien.

L'Intendant, lui, n'avait rien entendu, le 3 se trouvant à l'autre bout de l'immeuble.

Duclos avait quitté les lieux pendant la nuit, sans bruit.

— Mais je ne lui en veux pas, ajouta rapidement l'Intendant en levant les sourcils, comme s'il craignait d'être mal interprété. Je ne sais pas pourquoi il a fait ça, mais il avait sûrement une bonne raison, parce que c'est pas son genre de partir en pleine nuit comme un voleur, pas du tout son genre, ça non.

Il interrompit son travail et regarda Morel d'un air grave, leva l'index de la main droite.

— Parce que c'est un monsieur, Normand, et quelqu'un qui respecte les gens, et c'est rare de nos jours, ça je peux vous le dire.

De toute façon, ça n'avait pas dû être bien long de tout emballer, parce qu'il n'y avait presque rien dans son petit deux- pièces, un matelas à même le plancher, de quoi faire la bouffe, le minimum.

— Et c'était quand exactement ?

— Il vous faut la date exacte ? Bon, attendez un instant.

L'Intendant ouvrit un tiroir, sortit un grand cahier noir qu'il feuilleta lentement, scrutant chaque page de ses yeux de hibou.

— Le 17 mars, il est parti dans la nuit du 16 au 17. Et si vous voulez savoir, il était là depuis novembre 99, presque un an et demi. Et jamais le moindre problème. Un gentleman, je vous dis. Jamais un jour de retard pour le loyer, jamais d'ennuis avec les voisins, rien. Je ne sais pas pourquoi il est parti comme ça, mais il devait avoir ses raisons, que je vous dis, et je ne lui en veux pas. Même que…

L'Intendant se pencha un peu vers Morel. On en était aux confidences.

— Je ne devrais peut-être pas vous dire ça, mais vous me paraissez sympathique, et vous avez l'air sincère quand vous dites que vous ne lui voulez aucun mal, à Normand, enfin je vais vous le dire : il m'a même payé le mois d'avril. Il m'a envoyé un chèque la semaine d'après, un chèque pour le mois d'avril, avec un petit mot d'excuse. Vous voyez, vous comprenez ce que je veux dire ? Un monsieur, je vous dis !

Et il n'était jamais repassé, n'avait jamais rappelé, même pas pour savoir s'il avait reçu du courrier. L'Intendant avait perdu toute réserve, il répondait aux questions avant que Morel ait le temps de les poser. Normand Duclos était un solitaire. Jamais de visiteurs, ni parents ni amis. Il était arrivé un beau matin, s'était installé, enfin à peine, et il était reparti, sans laisser d'adresse ni quoi que ce soit. Non, il n'avait rien noté de louche. Bien sûr, ce n'était pas le genre rangé, mais ici, vous savez, on n'en demande pas tant, on en voit de toutes les couleurs, vous savez… En fait, la première année, il n'était pas là souvent.

— Pas souvent ? Qu'est-ce que vous voulez dire ?

— Pas souvent, je veux dire pas souvent. Je ne sais pas, moi, je ne le surveillais pas… Je suis pas détective, moi ! Je veux dire, une semaine il était là, et la semaine suivante il était pas là, une fois il a été un mois sans mettre les pieds ici. Mais je vous dis, le loyer, il l'a toujours payé à temps, ou même à l'avance. Et toujours prêt à rendre service. Et puis, à partir de l'automne dernier, il était là plus souvent. Il était à l'université. Même qu'un soir, je l'ai aidé à préparer un examen, il est venu ici, il a passé la soirée ici, je lui posais les questions, vous savez, il avait plein de dates à retenir.

L'Intendant avait ajouté cette précision avec un petit sourire un peu béat aux lèvres, et même avec une certaine émotion dans la voix, une certaine tendresse. Il s'arrêta, comme s'il en avait trop dit. Morel resta un moment interdit.

— Et la famille ? Il ne vous a jamais parlé de quelqu'un de sa famille, parents, frères et sœurs ?

— Normand n'a pas de famille.

— Il vous l'a dit ?

L'Intendant se renfrognait à nouveau.

— Il y a des choses qu'on devine, quand on sait regarder.

— Oh ! je suis tout à fait de votre avis là-dessus, tout à fait de votre avis. Mais dites-moi, vous avez bien dit que… depuis son départ, il n'a pas reçu de courrier ici, rien du tout ?

— Non, rien du tout…

— Même pas quelques factures d'électricité ou de téléphone, rien ?

— Il n'avait pas le téléphone…

L'Intendant tira une bonne bouffée de sa cigarette, expira lentement par les narines, toussa un bon coup. Morel attendit.

— Oh ! peut-être quelques factures, je crois bien que je les ai gardées, au cas où, je sais pas trop où j'ai pu ranger ça…

Il arqua les sourcils, écrasa sa cigarette avec une moue.

— Bof, quelques factures, rien d'intéressant.

Il se leva lentement en émettant une série de raclements de gorge nerveux. Il ouvrit une armoire, en sortit une petite liasse d'enveloppes, qu'il tendit à Morel.

— Les deux malpolis, je leur ai rien dit, mais vous… En fait, ça fait plus de trois mois maintenant, je sais pas trop quoi en faire, moi… De toute façon, puisque vous allez sans doute le voir avant moi… et puis vous n'avez pas l'air de lui vouloir du mal, à Normand, alors je peux bien vous les laisser. Mais vous n'allez pas les ouvrir, dites ! Vous allez les lui donner, à Normand. D'ailleurs, vous ne trouverez rien de bien intéressant là-dedans.

Il hésita un moment, puis ajouta tout bas, dans un murmure.

— Qu'est-ce qu'il a fait, Normand ?

En sortant, Morel s'arrêta encore un instant pour jeter un dernier coup d'œil à l'immeuble. L'Intendant en avait dit beaucoup, bien plus qu'il avait espéré, mais Morel était convaincu qu'il n'avait pas tout dit. Cette histoire de chèque pour le loyer d'avril, ça ne tenait pas debout. C'était le genre d'endroit où n'importe qui peut louer un appartement au mois, parfois même à la semaine, précisément le genre de piaules d'où les gens déguerpissent en pleine nuit sans payer. Personne n'aurait l'idée de payer après en être parti. Et pourtant, Morel n'avait pas l'impression que l'Intendant avait menti là-dessus. Cet homme était un brave type, il n'avait pas menti, il avait juste oublié de dire tout ce qu'il savait, ce qui était bien compréhensible. En admettant que Duclos lui ait vraiment payé un mois supplémentaire, il devait bien avoir une raison pour le faire, et l'Intendant ne pouvait pas ne pas connaître cette raison. Il faudrait revenir.

Il aurait bien aimé jeter un coup d'œil à l'appartement de Duclos, mais il avait préféré en rester là pour aujourd'hui. Oui, il reviendrait. Il laisserait passer quelques jours, puis il reviendrait. La récolte serait encore meilleure à la deuxième visite.

Dehors, la chaleur était toujours aussi insupportable. Morel dut patienter cinq bonnes minutes avant de voir apparaître un taxi.

Au bureau, plusieurs messages l'attendaient sur le répondeur, dont celui d'un monsieur Louis Cardinal, qui se présentait comme journaliste et qui désirait le rencontrer. Il priait Morel de le rappeler le plus tôt possible, sans plus d'explications.

Il jeta un coup d'œil sur le courrier de Duclos. Une quinzaine de lettres. Quelques factures, quelques envois publicitaires, une lettre de l'université. Il les examina une par une en les tenant devant une lampe, arriva à déchiffrer une partie du contenu. L'Intendant avait raison, tout ça semblait sans intérêt. De toute façon, il n'était pas question d'ouvrir une seule enveloppe.

Encore vingt-quatre heures avant le rendez-vous avec l'archiviste. Morel poussa un long soupir, se versa un whisky, hésita, le jeta dans l'évier. Il alluma une cigarette, l'éteignit aussitôt, composa le numéro du journaliste.

7 : Passé de mode, le néon ?

— Un échange de services, monsieur Morel.

Louis Cardinal avait une façon de poser ses yeux rieurs sur son interlocuteur. Deux petites billes noires plantées au milieu d'un visage joufflu et rose, une surface lisse qui se prolongeait sans transition sur un généreux double menton, lequel se fondait sans démarcation apparente au reste de son corps. Chaque partie de son corps était résolument circulaire.

Morel ne voyait pas du tout pourquoi cet homme avait voulu le rencontrer. Au téléphone, il s'était montré évasif, insistant pour qu'ils se voient le plus tôt possible.

Ils avaient pris rendez-vous dans un restaurant de la rue Notre-Dame, à deux pas du palais de justice. Un endroit que Morel connaissait bien, une ancienne taverne qui avait été naguère le lieu de prédilection de toute la faune juridique locale. Avocats, huissiers, agents de toutes sortes s'y croisaient, certains jours on pouvait même y voir un juge dîner avec sa maîtresse. À l'époque, on l'appelait l'annexe du palais de justice, ou tout simplement « l'Annexe ».

La veille, Morel y était allé de quelques clics dans la Toile pour en savoir plus sur cet homme. Cardinal était journaliste à Ottawa depuis une quinzaine d'années. Morel le lisait de temps en temps, mais il n'avait pas fait le lien en entendant le nom au téléphone. En voyant le nom écrit, il s'était souvenu. Cardinal était spécialisé dans l'actualité politique nationale. Il signait une chronique sur les petits et les grands scandales politiques, les magouillages et fricotages en tous genres qui ne manquent jamais de se produire dans les coulisses du pouvoir. Sans verser dans les échos sordides, il ne répugnait pas, à l'occasion, à régaler ses lecteurs d'une anecdote un peu embarrassante pour quelque personnalité en vue.

— Un échange de bons procédés, fit le journaliste en achevant de mâcher l'énorme bouchée de steak qu'il venait d'enfourner. Nous ne pouvons qu'y gagner, vous et moi.

Il avala la pièce de viande et se lubrifia le gosier de quelques gorgées de bière.

— Je sais que vous venez de commencer une enquête, vous allez remonter une piste et vous allez peut-être faire des découvertes qui vont m'intéresser. De mon côté, j'ai beau-

coup de contacts, je peux vous être utile. Pourquoi ne pas nous entraider ?

Morel avait du mal à dissimuler son étonnement. Et son inquiétude.

— Monsieur Cardinal, vous me placez
dans une position difficile. S'il y a une enquête sur mon enquête, il ne me reste plus qu'à
démissionner.

— N'exagérons rien, je vous en prie, monsieur Morel. Personne ne vous espionne, du
moins certainement pas comme vous venez
de le supposer. Je me suis peut-être mal exprimé, je vais reprendre. Je sais seulement deux
choses sur votre enquête : un, vous allez vous
mettre à la recherche de quelqu'un pour le
compte d'un client – dont je ne connais pas
l'identité –, et deux, cette recherche pourrait
vous permettre d'apprendre des choses sur
certaines personnes qui m'intéressent. Ou
plutôt, pour être tout à fait franc avec vous,
qui intéressent certaines de mes relations.

Le garçon passa à leur table. Cardinal
avait fini son steak. Il commanda un dessert,
alluma une cigarette. Deux jeunes hommes
d'affaires venaient de s'installer à une table
voisine. Cheveux courts et gominés, cravate de soie ramenée par-dessus l'épaule. Le
premier pianotait sur un ordinateur. L'autre
tenait une chose qui devait être un téléphone et échangeait des propos apparemment
décisifs avec un correspondant éloigné.

Cardinal sortit un mouchoir, s'épongea le front et les tempes. Il expliqua qu'il suivait les développements de l'affaire Rivière-à-l'Aigle depuis un certain temps. Tout ce qu'il demandait, c'était que Morel partage avec lui certains renseignements quand il en aurait.

— Rassurez-vous, ce n'est pas la personne que vous recherchez qui m'intéresse. Ça se passe à un tout autre niveau.

Le garçon arriva avec le dessert, versa du café dans les tasses. Cardinal écrasa sa cigarette. En deux bouchées, le gâteau avait disparu.

Morel n'était pas contre l'idée d'échanger des informations. Lui-même avait bien sûr son petit réseau de relations. Mais il y avait des règles.

— Je suis vraiment désolé, mais je crains que ce ne soit pas possible. Je suis sûr que vous comprenez très bien pourquoi. Si vous connaissez mes clients et la mission qu'ils m'ont confiée, et que vous voulez échanger des informations, je vous suggère de les contacter directement. D'ailleurs, il n'est pas du tout certain que je vais m'intéresser de près à cette affaire Rivière-à-l'Aigle, comme vous semblez le croire… Je dois quand même avouer que je suis un peu curieux de savoir ce qui peut vous intéresser, vous, dans cette affaire. Ce n'est quand même qu'un incident

local, à peine un fait divers, sans aucun reten-
tissement à l'échelle nationale, non ?

— Oh ! vous seriez surpris, monsieur
Morel... Rivière-à-l'Aigle égale revendication territoriale, par des Indiens, et je vous
assure que c'est toujours un sujet d'actualité dans notre beau pays. C'est précisément
le genre d'événement qui paraît local... vu
de la localité où il survient. Mais vu d'Ottawa, c'est une autre histoire.

— Je suppose qu'il n'est pas envisageable
de révéler de qui vous tenez vos informations.

— Exact, malheureusement. Si ce n'était
que de moi... Mais ce n'est pas moi qui décide.

— Dans ce cas, je crains que nous n'ayons
aucune chance de nous entendre. Peut-être
une autre fois ?

— Comme vous voulez, fit Cardinal en
ouvrant ses grosses mains et en penchant la
tête pour montrer son désappointement. C'est
dommage, c'est très dommage. Gardez quand
même mon numéro, au cas où vous chan-
geriez d'avis.

Cardinal fouilla dans la poche de son veston, tendit sa carte à Morel.

— Vous me laissez la vôtre ?

— Bien sûr. Je peux quand même vous
poser une petite question... non « factu-
rable » ? Vous êtes journaliste, vous connais-

sez le milieu, n'est-ce pas ? Camille Bergeron, ça vous dit quelque chose ? Je crois qu'elle a couvert l'affaire Rivière-à-l'Aigle, justement.

— Oui, fit Cardinal d'un ton hésitant,
enfin de nom seulement, je ne pense pas
l'avoir jamais rencontrée.

— J'ai tenté de la joindre au journal où
elle travaille… ou plutôt travaillait. Elle n'y
est plus, étiez-vous au courant ?

— Oui, j'ai appris ça, c'est récent. En fait,
on ne vous l'a peut-être pas dit, mais elle a
été congédiée.

— Vraiment ?

— Oui, enfin, c'est ce que j'ai entendu
dire… Je crois qu'elle était en conflit avec son
directeur, depuis un certain temps. Elle a une
petite réputation, elle passe pour une tête de
mule. Elle a tendance à trop en faire, à ce qu'il
paraît. Et vous, vous la connaissez ?

— Non, pas du tout. Enfin, pas encore.

Cardinal était debout.

Morel se leva et lui tendit la main avec
son sourire le plus cordial.

— Au revoir, à une autre fois peut-être.

Le garçon déposa la note en passant. Cardinal s'en empara prestement, serra la main
à Morel et se dirigea vers la caisse.

En sortant, Morel nota avec une moue de
désapprobation qu'on avait repeint la vieille

enseigne du restaurant et que les couleurs n'étaient pas les mêmes qu'avant. Décidément, l'endroit avait perdu beaucoup de son cachet. Pire, en y regardant bien, il s'aperçut qu'on avait retiré les tubes au néon de l'enseigne. Passé de mode, le néon ?

Il descendit par la place Jacques-Cartier et alla s'asseoir au bout d'un quai. Il alluma une cigarette, sa troisième de la journée, et posa distraitement son regard sur le va-et-vient sur le fleuve. Un bateau de croisière rempli de touristes ravis venait de quitter l'embarcadère. Vers l'est, un énorme cargo glissait sous le pont. Près du quai de l'Horloge, une nuée de goélands voltigeaient en désordre autour d'un yacht.

Cardinal lui-même ne paraissait pas bien dangereux, mais qui étaient ceux qui s'étaient servis de lui pour transmettre cette proposition ? La police, sans doute, mais quelle police ? D'après ce qu'avait raconté monsieur Lepage, il semblait que l'affaire dépassait largement la compétence des enquêteurs locaux. Alors qui ? La provinciale ? La fédérale ? Le supérieur avait insisté à plusieurs reprises sur la prudence. Dubreuil, le premier soir, était déjà dans un état proche de la paranoïa. Le service de renseignement ? Et puis, les Sulpiciens faisaient-ils seulement la différence ?

Il rentra au bureau en zigzaguant par les

117

rues les moins passantes. C'était sa façon de réfléchir à un problème complexe : marcher en laissant flotter dans son esprit les pièces du puzzle, en espérant que quelques-unes prennent leur place d'elles-mêmes.

Le vieux quartier était en chantier. Un peu partout, on restaurait des immeubles. Morel s'arrêtait, examinait, notait parfois quelque détail dans un calepin.

Quand il avait commencé à travailler dans les bars du quartier, la plupart des vieux édifices étaient décrépits et presque inoccupés, des coquilles vides, et les loyers étaient bas. À part les bars et quelques rares îlots fréquentés par les touristes, le secteur était un vaste *no man's land*, une zone dite d'insécurité, un non-endroit. Le vieux quartier était *out*. Mais le vent avait tourné, et les coquilles se remplissaient à nouveau. Le phénomène s'était vu dans beaucoup d'autres villes du nord-est du continent : après des décennies d'abandon et de négligence, les vieux quartiers, souvent situés au bord de l'océan ou d'un fleuve, entraient dans une phase de revitalisation. Ils avaient autrefois eu leurs jours fastes, puis l'argent était parti et ç'avait été le déclin. Voilà maintenant que l'argent revenait.

Morel assistait à cette renaissance avec des sentiments mitigés. Que ces bâtiments d'un autre siècle, rescapés de décennies de honteuse négligence, soient enfin restaurés, nettoyés, rendus à leur splendeur première, il n'y avait aucune raison de s'en plaindre. Il n'avait rien non plus contre ces gens d'affaires qu'il croisait de plus en plus souvent dans les vieilles rues, avec leurs mallettes et leurs portables. Ce qui le désolait, c'était que la plupart de ces gens n'*aimaient pas* le quartier. Ils n'avaient rien à foutre des vieilles pierres. On les entendait se plaindre de la lenteur des ascenseurs, de l'étroitesse des rues, du manque d'espaces de stationnement. La plupart venaient travailler dans les vieilles coquilles parce qu'ils n'avaient pas le choix. Ils ne s'y intéressaient nullement, ils préféraient le neuf, le branché, le toc. Tôt ou tard, c'était fatal, ils ne se contenteraient pas de restaurer, ils voudraient ajouter des étages supplémentaires, arracher les vieilles corniches, supprimer les dernières mansardes.

Il avait aussi d'autres raisons d'être préoccupé. Le vieux quartier reprenait de la vigueur, le prix des loyers aussi. Celui de son bureau était encore raisonnable, mais ça ne durerait pas. Pire, il n'était même pas certain de pouvoir y rester, même en acceptant les augmentations. Le nouveau propriétaire de l'immeuble avait refusé de renouveler son bail pour plus de six mois. Ces gens-là préféraient louer par étages entiers. Il risquait tout simplement l'expulsion.

Il était presque quinze heures quand il revint au bureau. L'ascenseur était à l'arrêt, portes ouvertes. Juchée sur son tabouret, Bernadette lisait tranquillement. C'était l'heure creuse.

Depuis quelque temps, elle avait la mine un peu boudeuse, Bernadette. Cela ne lui ressemblait pas. Quelque chose n'allait pas, et Morel croyait savoir quoi. Il aurait aimé en parler, mais il n'osait pas. Alors il la taquinait un peu, essayait de lui arracher un sourire.

8 : L'archiviste

— Oui, en effet, il est possible que le jeune Duclos ait assisté aux conférences du professeur Brassard. Pour tout vous dire, je me suis souvent demandé comment il aurait réagi si on s'était croisés par hasard à la sortie de la salle, je veux dire si j'avais pu y assister moi-même… Je dois dire que cette série de conférences m'intéressait beaucoup, j'aurais bien aimé y assister. D'autant plus qu'il s'agissait probablement d'une des dernières occasions d'entendre le professeur Brassard, vous savez qu'il vient de prendre sa retraite. Malgré ses défauts, il faut reconnaître qu'il a apporté une contribution, disons, utile, je veux dire, un point de vue indispensable pour ceux d'entre nous qui croient qu'on ne peut pas comprendre ce pays sans connaître son histoire, sa véritable histoire…

Morel était seul avec monsieur Enjalran, l'archiviste des Sulpiciens, au réfectoire du vieux séminaire. Affable, cultivé et curieux, amoureux de l'histoire et des textes anciens, l'homme semblait passionné de la période du régime français. Sans être de la première

jeunesse, il paraissait moins âgé que les autres
prêtres que Morel avait rencontrés. Il portait
des petites lunettes cerclées d'acier et avait
le dessus du crâne parfaitement chauve, garni
seulement d'une demi-couronne de cheveux
gris, qu'il portait assez longs, ce qui lui donnait un air plutôt comique.

Il vouait une admiration discrète à monsieur Lalonde, qui avait été jusqu'à sa mort,
quatre ans auparavant, l'archiviste du séminaire de Saint-Sulpice à Montréal. Il avait été
en quelque sorte son disciple, et ne cachait
pas qu'il l'avait même un peu envié, car lui-
même aurait bien aimé occuper cette fonction plus tôt, mais il n'y avait pas de place
pour deux archivistes. Maintenant, monsieur
Lalonde était disparu et la place était libre,
mais monsieur Enjalran devait encore assumer certaines fonctions sacerdotales auprès
d'une communauté de femmes dans l'ouest
de la ville. C'était là qu'il passait la semaine
et il n'était au vieux séminaire que du vendredi soir au dimanche soir.

L'archiviste avait fait visiter les lieux à
son hôte. Morel avait été très impressionné
par les sous-sols, particulièrement le troisième, l'ancien caveau à viande – Enjalran disait
« la jambonnière ». Partout les murs, fortement voûtés, étaient faits d'une épaisse
maçonnerie de moellons. Monsieur Enjalran
avait précisé qu'au niveau du troisième sous-

sol, ils avaient une quarantaine de pouces d'épaisseur.

— Il faut dire qu'il y a trois cents ans, les structures d'acier n'étaient pas sur le point d'apparaître !

Quelques ampoules nues projetaient une lumière aveuglante sur les pierres. Au fond, une partie du mur était cachée par une grande quantité de caisses empilées les unes par-dessus les autres : les archives non dépouillées dont avait parlé monsieur Lepage. Le plancher était resté à l'état naturel, en terre sablonneuse, et au plafond pendaient encore les crochets utilisés jadis pour suspendre les quartiers de viande. L'ensemble était un peu lugubre, le parfait décor pour la finale d'un film d'horreur. Même la voix tranquille de l'archiviste avait une résonance inquiétante.

— Évidemment, toutes ces voûtes, ces corridors et ces tunnels n'ont pas manqué de stimuler les imaginations fertiles. Dans le passé, certains auteurs ont parlé des « catacombes du régime français », on a prétendu que des corridors secrets partaient d'ici et allaient jusqu'à l'extérieur des fortifications, au nord et au sud, et même que l'un d'eux nous reliait directement à l'ancien Hôtel-Dieu ! En réalité, il a bel et bien existé un corridor souterrain, d'une soixantaine de pieds, qui reliait l'aile est du séminaire et le campanile de l'ancienne église Notre-Dame, qui se trouvait en plein centre de la rue Notre-Dame. Mais il a été comblé au début du siècle. La rue et même le perron de l'église s'affaissaient à cet endroit !

Au deuxième sous-sol, ils s'étaient arrêtés dans l'ancien cellier, là où se trouvaient aussi beaucoup de documents d'archives. C'était là que Normand Duclos avait passé le gros de son temps pendant son stage. Ils étaient ensuite remontés au réfectoire et se trouvaient maintenant assis à la grande table, à l'endroit où Morel avait rencontré le supérieur quelques jours plus tôt.

— Le vieux séminaire est un des rares bâtiments du régime français encore debout, si je puis m'exprimer ainsi… Notre jardin est aussi un survivant, le seul espace vert digne de ce nom qui ait subsisté dans le vieux quartier. Mais les choses n'ont pas toujours été ainsi, vous savez. Ce que nous appelons aujourd'hui le « Vieux-Montréal » correspond à peu près à la ville du XVIIIe siècle, à l'époque où elle était fortifiée, entourée d'une muraille. Et il suffit de jeter un coup d'œil sur une carte de… mais laissez-moi plutôt vous montrer. Venez, venez, suivez-moi, je vais vous montrer.

N'osant interrompre l'archiviste sur un sujet qui, après tout, l'intéressait au plus haut point, Morel le suivit jusqu'à l'étage, dans une grande pièce dont les murs étaient littéralement recouverts de cartes anciennes. Ébahi, le détective ne put cacher son ravissement.

— Très impressionnant, vraiment extraordinaire… Et ce sont des originaux ?

— Quelques-uns seulement, la plupart sont des reproductions. Certains de ces plans ont été réalisés par nos prêtres, mais les originaux sont aujourd'hui dispersés aux quatre vents. Vous n'ignorez pas, monsieur Morel, que c'est le supérieur des Sulpiciens, Dollier de Casson, qui a établi le tracé des premières rues de la ville, en 1672. Presque toutes sont encore là !

Mais approchez-vous, venez. Voyez, ici, cette carte montre la ville en 1704. Elle était alors entourée d'une simple palissade de bois de cèdre, seuls les bastions étaient en pierre, oui, les véritables murailles sont apparues quelques années plus tard… Voyez, en rouge, ce sont les bâtiments, et en vert, les jardins et les parcs… Partout, de la verdure ! Ici, c'est notre jardin, vous voyez bien qu'à l'époque, il y en avait bien d'autres, et des bien plus grands… Ici, près du mur ouest de la ville, celui des Récollets… ici, celui des filles de la Congrégation, et ici, derrière l'Hôtel-Dieu, celui des Hospitalières, et encore là, les Jésuites. Il faut dire que les communautés religieuses possédaient une bonne partie des terrains à l'intérieur de l'enceinte fortifiée.

Comparez avec celle-ci, de 1726, pendant la construction des fortifications – quoique certains disent qu'elles étaient déjà complétées, enfin, c'est une autre histoire... Voyez, les bâtiments sont plus nombreux, mais il y a encore beaucoup, beaucoup d'espaces verts. Comme le magnifique petit jardin du château de Vaudreuil, ici, qui venait tout juste d'être terminé, là où se trouve maintenant la place Jacques-Cartier.

Et maintenant, regardez cette carte de la ville en 1760, l'année de la Conquête... Les fortifications paraissent imposantes. Imaginez la ville entourée d'un mur de trois kilomètres et demi de tour, de six mètres de hauteur, percé de meurtrières à tous les deux mètres... Une muraille de maçonnerie en pierres des champs recouverte d'un crépi blanc – d'ailleurs, à l'origine, le corps central du vieux séminaire lui aussi était crépi à chaux.

Pour entrer ou sortir de la ville, il fallait passer par une des portes. Le soir, les portes étaient fermées, et personne ne pouvait plus passer ! Ceux qui n'étaient pas rentrés à temps devaient s'arranger pour passer la nuit dans les faubourgs, à l'extérieur des murs...

Un sourire un peu béat accroché aux lèvres, monsieur Enjalran promenait son doigt sur le tracé d'une rue, précisait un détail sur un bâtiment. Il était ailleurs.

— Le plus cocasse, c'est que ces fameuses fortifications n'ont jamais vraiment joué leur rôle. Elles n'ont pas protégé la ville dans les moments critiques. Aussi bien les Anglais, en 1760, que les Américains, en 1775, sont entrés dans Montréal sans avoir à tirer un seul coup de feu...

Morel connaissait bien ces bouts d'histoire peu glorieux. Le 6 septembre 1760, Montréal est encerclée par une armée anglaise forte de près de dix-sept mille hommes. Les Anglais occupent déjà Québec, Montréal est le dernier bastion de résistance. À l'intérieur des murs, les deux mille cinq cents soldats français ne se sentent pas beaucoup rassurés par les fortifications de la ville. Le lendemain, on envoie un émissaire pour parlementer avec le major général des troupes britanniques, Jeffrey Amherst. Le 8 septembre, à huit heures du matin, la Nouvelle-France capitule. Amherst et ses troupes entrent tranquillement par la porte des Récollets pour prendre possession de la ville.

Quinze ans plus tard, quand les rebelles américains envahissent le Canada, les fortifications ne semblent pas non plus avoir beaucoup changé le cours des événements. Le 12 novembre 1775, le général Richard Montgomery se présente devant Montréal à la tête d'une troupe un peu hétéroclite et, paraît-il, passablement indisciplinée, mais largement supérieure en nombre à la pauvre garnison de cent vingt soldats anglais censés défendre la ville. Le 13, à neuf heures du matin, c'est encore une fois sans aucune opposition, et encore par la vieille porte des Récollets, que l'ennemi, en l'occurrence les soldats de la révolution américaine, fait son entrée pour prendre possession de la ville. Ils occuperont Montréal pendant huit mois.

Morel sursauta. Enjalran venait brusquement de se retourner vers lui, les yeux écarquillés, l'index bien droit pour attirer son attention.

— Vous savez, lança-t-il, ce que le général Montgomery a écrit à sa femme, le soir même ? « *Les officiers anglais défilèrent devant mes soldats, sans que je fisse semblant de les voir. J'en rougis encore pour l'uniforme de Sa Majesté, mais les troupes se rendirent prisonnières, dès qu'elles virent quelques pièces en batterie.* » Ha ! Imaginez la scène ! Il parle bien sûr du moment où les soldats anglais, vaincus, défilent devant les Américains, vainqueurs. Ça s'est sûrement passé dans la rue Notre-Dame...

Tout cela était extrêmement intéressant, et Morel se serait volontiers laissé entraîner plus avant dans le dédale de l'histoire, mais il fallait bien revenir à l'objet de la rencontre. Lentement, doucement, il parvint à ramener l'archiviste dans le temps présent, et les deux hommes se retrouvèrent de nouveau au réfectoire.

Morel avait sorti son calepin et placé devant lui les articles du dossier rassemblé par Enjalran. Toutes ces coupures de presse, le Sulpicien n'avait pas eu à les chercher bien loin puisque, en bon historien – il se considérait d'abord comme un historien –, il en ajoutait régulièrement à ses archives depuis des années.

Morel posa sa première question, celle qui le hantait depuis des jours. Enjalran parut à la fois étonné et embarrassé.

— Oh ! ils ne vous ont rien dit, vraiment ? Je suppose qu'ils ont préféré que ce soit moi qui vous explique. Eh bien ! la réponse est simple : nous croyons que le geste de Duclos pourrait être lié à l'affaire Rivière-à-l'Aigle… parce que tous les papiers qui étaient dans le colis portent directement ou indirectement sur la seigneurie du Lac-aux-Herbes. Voilà.

— Oui, la seigneurie du Lac-aux-Herbes. Attendez, j'ai quelques notes ici, dit Morel en fouillant dans ses papiers.

— Je suis désolé, monsieur Morel, vraiment, il aurait été préférable qu'on vous donne des explications avant que vous ne lisiez ces articles. J'aurais bien voulu être présent à votre première visite, cela vous aurait évité de perdre votre temps dans tous ces papiers… Bon, je vais essayer de vous donner rapidement quelques détails qui vous aideront à mieux comprendre pourquoi il est si important de retrouver au plus vite le jeune Duclos. Voyons, par où commencer ? Certains des papiers « empruntés », si je puis dire, par monsieur Duclos, semblent faire partie d'un lot de documents anciens qui nous avaient été confiés il y a longtemps par une autre congrégation. Il serait un peu long de vous expliquer pourquoi et comment ces documents ont abouti chez nous. L'important, c'est le fait que seuls des papiers ayant trait à la seigneurie du Lac-aux-Herbes ont été « empruntés ».

— Mais ils disent quoi exactement, ces papiers ? Pourquoi sont-ils si embarrassants ?

— Malheureusement, monsieur Morel, j'ai peur qu'il ne me soit pas possible de vous les montrer, ni de vous révéler leur contenu exact. Monsieur Hinse, notre supérieur, a été formel là-dessus. Ce que je peux vous dire, c'est que certains de ces documents remontent à plus de trois siècles, qu'ils ont été pour ainsi dire retirés de la vie publique depuis plus de deux siècles, et qu'ils portent sur des sujets, disons, plutôt actuels encore aujourd'hui.

— Je suis un peu déçu, fit Morel en prenant un air dépité. Je crois me souvenir que monsieur Hinse m'a justement dit que vous pourriez me donner des explications sur ces papiers...

— Vraiment ?

Il y eut un silence pesant. Les deux hommes étaient un peu embarrassés. Morel décida de ne pas insister pour l'instant.

— Et ce professeur Brassard, l'anthropologue. Vous avez inclus plusieurs articles sur lui dans le dossier. En quoi serait-il impliqué dans cette affaire ?

— Oui, eh bien ! impliqué, c'est beaucoup dire, et là encore, c'est compliqué. Le professeur Brassard s'intéresse à Rivière-à-l'Aigle depuis longtemps. Mais il y a aussi que… Monsieur Morel, savez-vous que 2001 est une année très importante pour notre ville ?

Morel resta interdit un instant. Lui qui d'habitude arrivait toujours à maîtriser ses réactions en présence d'un client, sentit soudain qu'il rougissait comme un enfant pris en faute. La question l'avait piqué au vif. Deux mille un, une année importante pour Montréal ? Lui féru d'histoire, comment pouvait-il ignorer une date importante pour sa propre ville ?

— Du 21 juillet au 7 août 1701, reprit l'archiviste, qui avait retrouvé son sourire, a eu lieu ici à Montréal une conférence de paix qui constitue un événement historique de toute première importance à l'échelle du Nouveau Monde ! Mille trois cents délégués amérindiens, représentant trente-neuf nations, sont venus ici, certains d'aussi loin que les Grands

Lacs, les « nations d'En-Haut », comme les appelaient les Français à l'époque, et même des Sioux des grandes plaines ! Mille trois cents Amérindiens, monsieur Morel, en 1701, à Montréal pour parler de paix, pouvez-vous vous imaginer, c'est absolument extraordinaire ! Pour vous donner une idée du rapport de force, à cette époque la ville elle-même comptait à peine mille deux cents habitants !

— Vous voulez parler de la Grande Paix de Montréal, dit Morel.

— Oui, exactement, la Grande Paix de Montréal de 1701, vous connaissez ? Voilà qui est étonnant, quelqu'un qui connaît son histoire !

Morel se sentait désarmé. Enjalran lui rappelait un professeur qu'il avait eu jadis, celui-là même qui lui avait donné le goût de l'histoire. Il se retrouvait brusquement plus de vingt ans en arrière. Pendant un instant, il sentit vibrer en lui, intacte, cette passion pour l'histoire qu'il avait jadis éprouvée et dont il avait presque oublié l'intensité.

La Grande Paix de Montréal, il se rappelait avoir lu un peu là-dessus. Ce n'était pas un événement sur lequel les historiens locaux avaient beaucoup insisté. La plupart n'y avaient accordé que quelques lignes, tout au plus.

— Trente-neuf nations amérindiennes venues à Montréal pour signer la paix entre elles et avec les représentants du roi de France, que faut-il de plus pour parler d'un événement majeur, je vous le demande ? Toutes les nations alliées des Français y étaient, ou presque, et toutes les nations iroquoises… Toutes les nations iroquoises, sauf une ! Laquelle, monsieur Morel ?

Morel respirait à peine depuis quelques instants déjà. Il se rendait compte que le Sulpicien était encore en train de digresser, mais le diable d'homme l'avait comme ensorcelé.

— Les Mohawks ! Les « Agniers », comme on les appelait en français, et comme on devrait encore les appeler aujourd'hui, à mon avis, car le mot est bien plus proche du nom qu'ils se donnent eux-mêmes dans leur propre langue. Les Mohawks ont pourtant bel et bien signé, mais ils ne sont venus que quelques jours après, certains disent le 8. Le 8 août ! Vous vous rendez compte, la grande conférence a lieu le 4 août, les délégués de trente-neuf nations, *trente-neuf* nations sont là, puis le 7, tout est terminé, chacun s'en retourne chez soi, et les Mohawks qui arrivent le 8 ! Ça, monsieur Morel, si ce n'est pas ce qu'on appelle une page d'Histoire, avec un grand H, il faudra qu'on m'explique !

Enjalran se tut un instant. Morel en profita pour recommencer à respirer.

— Naturellement, murmura l'archiviste d'un ton navré, bien peu de gens s'intéressent à ces choses de nos jours. C'est une honte, vraiment.

Le Sulpicien eut un long soupir. Il resta muet un moment, les sourcils en arc de cercle, le regard absent. Quelque part, une horloge sonna dix coups.

— Alors, nous disions… La Grande Paix de 1701… Oui, il va bientôt y avoir des fêtes pour commémorer l'événement, ici à Montréal. Toute sortes de cérémonies et de festivités, beaucoup d'Amérindiens seront là, j'ai le programme quelque part. La cérémonie d'ouverture aura lieu le 21 juillet, exactement le même jour qu'en 1701. Et ça va durer jusqu'au 7 août, encore la même date. Il y aura des fêtes indiennes, des danses, des activités… Alors, ce professeur Brassard dont nous avons parlé tout à l'heure… Comme vous avez pu le constater si vous avez lu les articles, c'est un homme qui a consacré sa vie à la question indienne, à la défense des Indiens, si vous voulez. C'est aujourd'hui un homme diminué, il est malade, paraît-il… Il vient tout juste de prendre sa retraite. Il se trouve qu'il a décidé de prononcer une conférence, peut-être sa dernière, le 22 juillet, le lendemain des cérémonies d'ouverture des fêtes du tricentenaire de la Grande Paix. C'est une conférence de protestation, selon ses propres mots. Le sujet de la conférence est un peu délicat, dans les circonstances. Il a l'intention de par-

ler de la situation à Rivière-à-l'Aigle, d'expliquer les causes historiques de la situation
actuelle. Oui… Il va un peu jouer les trouble-
fêtes. Plusieurs politiciens seront à Montréal
pour prendre la parole à l'occasion des fêtes,
il va y avoir plein de journalistes, et lui, il va
en profiter pour faire entendre son réquisi-
toire. Alors, pour revenir à nos moutons, vous
m'avez demandé en quoi le… le vol des documents par le jeune monsieur Duclos serait lié
à l'affaire Rivière-à-l'Aigle, eh bien ! il se trouve que nous avons certaines raisons de supposer que le geste du jeune Duclos pourrait
avoir un rapport avec la, la « croisade » du
professeur Brassard, avec son engagement
envers la communauté de Rivière-à-l'Aigle.
Mais ce n'est qu'une hypothèse.

Enjalran fit une nouvelle pause. Il avait
parlé comme si lui-même ne savait trop que
penser de cette histoire tordue. Les sourcils
froncés, Morel attendit en silence.

— Je comprends que tout cela puisse vous
paraître un peu tiré par les cheveux, fit Enjalran, qui paraissait un peu embarrassé.

— Et puis-je demander comment vous
en êtes venus à faire ces rapprochements ?

— C'est assez difficile à expliquer. En fait,
on tourne un peu en rond. L'affaire Rivière-
à-l'Aigle est directement liée à l'histoire de
la seigneurie du Lac-aux-Herbes, pour des
raisons historiques évidentes. Les papiers

volés, ou empruntés, traitent de la seigneurie du Lac-aux-Herbes. Donc l'incident Duclos
pourrait être lié à l'affaire Rivière-à-l'Aigle…
Le jeune Duclos fréquentait l'université de
Montréal l'automne dernier, et le professeur
Brassard y était encore. Le professeur Brassard a donné une série de conférences pendant l'hiver, sur le thème « Renouveler les
alliances ». Ces conférences ont été très popu-
laires auprès des étudiants. Il est possible que
le jeune Duclos y ait assisté… Comme vous
le voyez, nous ne sommes sûrs de rien.

— Mais est-ce que Duclos connaît personnellement ce professeur Brassard, a-t-il
assisté à ses cours ?

— Je… Il semble que non.

Enjalran eut un long soupir.

— C'est très compliqué, et pour tout dire,
je ne suis pas sûr que vous ayez vraiment
besoin de connaître…

— Monsieur Enjalran, dit calmement
Morel, au contraire, quand on recherche un
homme, il est nécessaire, il est extrêmement
important de connaître le contexte, tout ce
qui a pu le motiver est important, je suis sûr
que vous le comprenez.

— Bien sûr, bien sûr, vous avez raison.
Vous voyez, personnellement, je trouve toute
cette affaire si regrettable, et j'ai du mal à en
parler. Normand Duclos n'est pas un mauvais garçon, j'en suis convaincu. Je ne com-

prends pas pourquoi il a agi ainsi, mais c'est quelqu'un de bien.

— Vous pouvez quand même me parler un peu de lui. Vous l'avez rencontré, vous avez dû aborder certains sujets, la famille, par exemple. Tout le monde a des liens familiaux. Il n'en a jamais parlé ?

— Je ne l'ai pas rencontré si souvent… Je l'ai vu pour la première fois au grand séminaire, à l'automne, quand il était venu défendre son projet. Une autre fois, au début de janvier, avec le supérieur, avant qu'il ne commence ses visites. Je l'ai encore vu une ou deux fois, pendant l'hiver. En principe, c'était moi qui étais le représentant officiel du séminaire pour son stage chez nous, mais il travaillait les mardis et les mercredis, et je ne suis pas là ces journées-là. En réalité, monsieur Lepage l'a vu beaucoup plus souvent que moi… Il avait été convenu que nous devions nous rencontrer plus longuement à la fin d'avril, quand son stage serait terminé, pour faire le bilan. Il nous a fait faux bond avant.

— Alors vous ne vous souvenez pas qu'il ait mentionné quoi que ce soit concernant sa famille ?

— Non, désolé.

— J'avais pourtant cru comprendre qu'il avait été question de son père… Attendez… En avril, il avait dû quitter la ville pour se rendre auprès de son père malade.

— Oh oui ! vous avez raison, je me souviens de cela… Il avait en effet parlé de son père à ce moment-là, mais c'est tout, c'était une conversation téléphonique, je n'avais pas insisté.

— Je vois… Monsieur Lepage a aussi mentionné que Duclos semblait s'y connaître dans le dépouillement des documents d'archives, qu'il avait l'air de quelqu'un qui a « déjà fait ça ». Croyez-vous qu'il aurait fait des recherches dans d'autres centres d'archives ? Vous n'avez pas abordé le sujet avec lui ?

— Non, c'est-à-dire, oui, puisqu'il était précisément question de recherche dans nos archives, nous avons forcément parlé de ses connaissances. Je lui ai fait faire le tour des lieux, je lui ai expliqué l'organisation actuelle de nos archives. Je crois qu'il a dit qu'il avait suivi un cours sur l'archivistique, mais je ne peux pas vous dire s'il a fait des recherches ailleurs.

— Hum ! Dommage, parce que s'il est passé dans d'autres centres d'archives, ça pourrait être une piste…

— Oui, peut-être, ce n'est pas impossible.

— Vous-même, monsieur Enjalran, vous devez quand même connaître assez bien les centres d'archives dans la région. Vous pourriez peut-être me dire lesquels auraient pu intéresser Duclos ?

— Oui, si ça peut vous être utile, je pourrais vous faire une petite liste.

— Bien... Autre chose : dans le C.V. qu'il vous avait remis, pour la période 1989 à 2000, Duclos a indiqué « Divers emplois dans la région de Montréal ». C'est un peu court, vous ne trouvez pas ? Vous ne lui avez pas demandé plus de détails ?

— Non, malheureusement. Vous comprenez, le jeune Duclos s'est présenté comme étudiant à l'université, avec une lettre de recommandation d'un professeur, monsieur Stone, avec qui j'ai d'ailleurs parlé. Je ne me suis pas intéressé à son emploi du temps pendant les dernières années.

— Et l'adresse qu'il avait donnée dans le C.V., avez-vous communiqué avec lui à cette adresse ?

— Euh... oui, mais seulement à la fin, vers la mi-avril, quand j'ai appris qu'il ne s'était pas présenté chez nous depuis plusieurs jours et qu'il ne donnait pas de nouvelles, j'ai essayé de le contacter, en utilisant le numéro qu'il nous avait laissé. Il n'y avait plus de service à ce numéro.

— Vous ne savez pas s'il a habité là pendant longtemps, à quel moment exactement il est parti ?

— Je n'en ai aucune idée.

— En fait, vous ne pouvez pas affirmer qu'il a bien habité là, n'est-ce pas ?

— En effet, je n'en sais rien.

— Je vois… Et son rapport, le rapport qu'il vous a remis. J'ai cru comprendre qu'il a fait un bon travail.

— Oh ! le rapport, ça, on peut dire que ce fut une surprise ! Du beau travail, en effet.

— C'est quand même assez curieux, n'est-ce pas, comme façon de procéder… Voler des gens, et en même temps honorer ses engagements.

— C'est précisément ce que je disais tout à l'heure, monsieur Morel. Normand Duclos n'est pas une mauvaise personne. Il a vraiment travaillé… Le rapport est au grand séminaire. Je pourrais vous le montrer si vous le désirez, mais je doute que ça vous aide beaucoup dans votre enquête. Il n'y a là que des détails techniques.

— Oui, nous verrons… Et ce monsieur Stone, son professeur à l'université…

— Oui, Peter Stone. Je lui ai personnellement téléphoné en décembre, pour vérifier les références du jeune Duclos. Tout semblait en règle, monsieur Stone m'avait confirmé que Normand Duclos était bien inscrit au programme de baccalauréat en histoire, qu'il préparait un travail, le sujet était bien celui que monsieur Duclos nous avait donné, le premier séminaire des Sulpiciens à Montréal, rue Saint-Paul. Je crois d'ailleurs que vous avez les coordonnées de ce monsieur.

— Oui, j'espère le rencontrer bientôt.

— Plus tard, vers la fin avril, quand nous avons constaté que monsieur Duclos ne revenait pas, j'ai de nouveau téléphoné à monsieur Stone. Il m'a dit qu'il n'avait pas vu Normand Duclos depuis la fin du trimestre d'automne.

— À ce moment-là, vous ne saviez pas encore que des documents avaient disparu, n'est-ce pas ?

— Bien sûr que non ! Monsieur Stone a dit qu'il n'avait aucune nouvelle du jeune Duclos, il ne pouvait même pas confirmer qu'il était inscrit à des cours pendant l'hiver ! Mais il m'a expliqué que cela n'avait rien d'exceptionnel, car plusieurs étudiants travaillent en même temps qu'ils poursuivent leurs études, et il arrive qu'un étudiant ne s'inscrive qu'à un ou deux cours pendant un trimestre, ou même qu'il interrompe temporairement ses études, et qu'il revienne l'année suivante. Mais il avait été étonné d'apprendre que le jeune Duclos avait passé l'hiver dans nos archives, comme il en avait été question pendant l'automne. C'est à ce moment-là que j'ai commencé à vraiment m'inquiéter… La dernière semaine d'avril, qui devait être la dernière du stage, nous avons été bien forcés de conclure qu'il ne reviendrait pas. Monsieur Stone m'a rappelé. Il avait pris des informations au secrétariat du département.

Normand Duclos s'était bien inscrit à quatre cours pour le trimestre d'hiver, mais il n'y n'avait aucun résultat à son dossier, ce qui signifie vraisemblablement qu'il avait abandonné tous ses cours. Enfin, quand nous avons reçu le colis, il y a deux semaines, j'ai pris rendez-vous avec monsieur Stone et je suis allé le rencontrer en personne, à son bureau à l'université. Il m'a reçu très gentiment. Je lui ai expliqué la situation, enfin, je ne lui ai pas tout dit, mais je me suis arrangé pour mentionner le sujet de la seigneurie du Lac-aux-Herbes. Il a tout de suite fait le lien avec le professeur Brassard… C'est à ce moment que j'ai commencé à envisager sérieusement cette possibilité. J'ai fait une recherche dans mes archives personnelles et j'ai constitué le dossier, avec tout ce que j'ai trouvé de récent sur Brassard et sur l'« affaire Rivière-à-l'Aigle ».

— Vous dites que Stone a « fait le lien » ?

— Oui, enfin, oui, il a fait le rapprochement entre le vol des documents et l'affaire Rivière-à-l'Aigle, à cause des documents sur la seigneurie, et avec le professeur Brassard, à cause de son intérêt bien connu pour la communauté amérindienne de Rivière-à-l'Aigle… Parce qu'il connaît bien le professeur Brassard. Mais vous pourrez en parler avec lui, je suppose.

— Oui, certainement. Bon… On m'a dit aussi que Duclos était membre d'une association à l'université, un groupe de la faculté de théologie.

— Oui, je ne me souviens pas trop de leur nom, « les Amis de l'Histoire » ou quelque chose comme ça.

— Est-ce que vous leur avez parlé ?

— Oui, en décembre, quand j'ai parlé à monsieur Stone, j'ai aussi réussi à les joindre. Ils organisent des soirées, de petites conférences, ils invitent des théologiens, des historiens. Ils ont confirmé que Normand Duclos avait pris part à quelques réunions pendant l'automne. Mais je crains que vous ne puissiez pas les joindre en ce moment.

— Oui… Autre chose, la police… je crois que vous les avez rencontrés ?

— Euh, oui, la police… Est-ce qu'on vous a déjà expliqué ce qui s'est passé ?

— Un peu, oui, mais j'aimerais avoir votre version. Vos collègues n'ont pas été très clairs là-dessus non plus…

— Je comprends, fit Enjalran, l'air de nouveau un peu embarrassé. Bon !… Le soir du… le soir du jour où nous avons reçu le colis, nous avons réuni la « petite assemblée » – c'est ainsi que nous appelons certaines réunions qui rassemblent le supérieur, le procureur et d'autres prêtres, choisis selon le sujet de la discussion… Ce soir-là, moi-même et monsieur Lepage étions présents. Nous avions invité monsieur Lepage parce qu'il avait vu monsieur Duclos plus souvent que nous tous, il était aussi le dernier à l'avoir vu… Après une discussion assez vive, il a été décidé que nous devions signaler l'incident à la police. Il faut dire qu'à ce moment-là, nous considérions tous cet événement comme une affaire strictement interne, je veux dire que personne n'y voyait d'implication politique, ou quoi que ce soit de ce genre…

Monsieur Enjalran parlait lentement, d'une voix hésitante, l'air concentré, en gardant les yeux au mur derrière Morel. On aurait dit qu'il avait du mal à se remémorer les faits, lui qui était parfaitement à l'aise pour relater les événements du passé lointain.

— Bref, à l'issue de la réunion, le supérieur m'a demandé, ou plutôt ordonné, de l'accompagner au poste de police pour porter plainte. Personnellement, je n'étais pas favorable à cette idée, mais… Il était assez tard, passé onze heures. Nous avons porté plainte. Nous avons rapporté les faits. Malheureusement, il n'y avait là aucun responsable qualifié. Ils ont enregistré la plainte, mais ils ont dit que nous devions repasser le lendemain. Monsieur Hinse était assez irrité… Le lendemain, j'ai donc dû me rendre de nouveau au poste, cette fois en compagnie de monsieur Lepage… Nous avons rencontré un sergent-détective, qui a pris notre déposition. Dans l'après-midi, ils ont envoyé des spécialistes ici, ils se sont promenés partout, ils ont tout examiné, ils ont posé des questions, relevé les empreintes digitales, enfin, ce genre de choses… Je n'étais pas présent. Et puis, il y a quelques jours, jeudi dernier plus exactement, ils sont revenus, enfin, pas les mêmes… Un lieutenant-détective cette fois, accompagné d'un autre policier. Ils ont rencontré monsieur le supérieur en privé. Après leur départ, monsieur Hinse et monsieur Dubreuil ont discuté pendant un certain temps, puis ils m'ont convoqué au vieux séminaire. Nous avons continué à débattre la question à trois. Je suis désolé, mais je dois vous dire qu'encore une fois, monsieur Hinse m'a strictement interdit de vous révéler les détails sur cette partie de l'affaire. Ce que je peux vous dire, c'est que nous avons décidé de retirer la plainte et de nous passer de leurs services…

Morel écoutait Enjalran en prenant des notes, vérifiait certains détails, comparait.

— Monsieur Lepage a dit que le lieutenant-détective était accompagné d'un policier, attendez, il a parlé d'une « escouade spécialisée dans la lutte contre les groupes criminels ». Il a dit que votre plainte avait été mise en rapport avec une enquête déjà en cours…

— Vraiment ?

Pour la première fois, Morel perçut une pointe d'irritation dans le ton.

— Dans ce cas, reprit l'archiviste un peu sèchement, je dirais que monsieur Lepage s'est laissé aller à commenter un aspect qui n'est pas de son ressort. C'est regrettable. Il ne faudrait pas que monsieur le supérieur l'apprenne… Qu'est-ce qu'il vous a dit d'autre ?

— Oh ! pas grand-chose de plus, mais vous comprenez que ce sont là des détails importants…

— Oui… Eh bien ! disons que nous avons eu une surprise désagréable.

— Écoutez, monsieur Enjalran, je vais essayer d'être clair. Il est très important pour moi de savoir si, oui ou non, la police est déjà mêlée à cette affaire…

— Je comprends, je comprends, dit l'archiviste, qui était vite revenu à ses manières courtoises, sans toutefois arriver à dissimuler complètement son impatience. Écoutez, la plainte a été retirée… C'est moi-même qui me suis rendu au poste de police, vendredi après-midi, et j'ai retiré la plainte au nom du séminaire. Ils ont essayé de nous faire revenir sur cette décision. Quelqu'un a rappelé ici le jour même. Ce n'était pas quelqu'un que nous avions rencontré jusque-là, enfin je ne crois pas. Il voulait savoir pourquoi nous avions retiré la plainte. Il a beaucoup insisté, il essayait de nous convaincre de maintenir la plainte. Pour tout vous dire, je n'ai pas beaucoup aimé le ton qu'il a pris. Presque des menaces. Après tout, nous sommes libres de nos actes, nous ne sommes pas les criminels dans cette affaire, à ce que je sache… Je sais qu'il a aussi appelé monsieur le supérieur. Voilà, j'ai bien peur que moi aussi je sois en train de trop en dire…

Morel poussa un soupir désolé. Il avait envie d'une cigarette.

— D'accord, je vois. Vous ne souhaitez pas me dire qui sont ces gens, je comprends. Ni ce qu'ils cherchent, ni qui ils cherchent exactement… Mais j'ai absolument besoin de savoir s'ils en ont après Normand Duclos, vous comprenez ? Je dois savoir si la police enquête sur ce Duclos en ce moment.

— La plainte a été retirée… En ce qui concerne le vol des documents, le plaignant, le séminaire de Saint-Sulpice, a retiré sa plainte. Il n'y a aucune raison légale pour qu'une enquête soit en cours actuellement concernant cette affaire… Je… Je regrette beaucoup, mais je ne peux vraiment pas vous en dire plus. Nous vous demandons seulement de retrouver Normand Duclos. Je ne peux pas en dire plus au sujet de la police.

Morel écarta les bras en signe d'impuissance et esquissa un petit sourire, pour détendre l'atmosphère. Après tout, s'ils voulaient lui cacher des détails, c'était leur problème. Il n'allait quand même pas se brouiller avec son client.

— Si vous voulez, reprit Enjalran, je vais vous préparer tout de suite la liste des centres d'archives que vous m'avez demandée. Si vous voulez patienter, je vous prie, j'aurai besoin d'une dizaine de minutes.

Morel en profita pour sortir dans la cour et marcha un peu dans le jardin pour chasser l'envie de fumer. Enjalran revint après plus d'un quart d'heure.

— Pardonnez-moi, j'ai été un peu long. Voilà une liste d'endroits qui pourraient avoir intéressé Normand Duclos. Dans certains cas, j'ai inscrit le nom d'une personne que je connais personnellement. Essayez de parler à ces gens, si possible. Naturellement, vous comprenez que c'est tout de même un peu aléatoire comme choix. Nous ne savons pas exactement ce qu'il cherchait, n'est-ce pas ? Il y a aussi une chose que je voulais préciser… Dans cette liste, il y a des archives publiques et des archives privées. Il faut bien faire la distinction entre les deux. Les archives publiques sont ouvertes à tous. Voyez, je les ai marquées d'un astérisque. Vous avez la Bibliothèque nationale, les Archives nationales. Tout le monde est admis. Ce n'est pas le cas des archives privées. Les archives des communautés religieuses sont pour la plupart privées, et seules les personnes qui ont un statut de chercheur et qui ont des références y sont admises. Je vous ai rédigé une petite lettre de présentation, qui pourra vous être utile. Mais il est très improbable que Normand Duclos ait eu accès à des archives privées. Enfin, vous verrez bien… Je vous laisse aussi un numéro où vous pouvez me joindre pendant la semaine.

Dehors rue Saint-Paul, Morel tira une cigarette de son paquet, la coinça entre ses lèvres sans l'allumer. Il marcha jusqu'à Saint-Sulpice, longea lentement la basilique, s'assit un instant devant la fontaine rue Le Royer. Il descendit jusqu'à la rue de la Commune et revint à la rue Saint-Paul, flâna un peu parmi la foule. Il s'arrêta devant une galerie d'art, examina un instant une toile qu'il aimait bien. Il sourit en pensant qu'Enjalran, contrairement aux autres Sulpiciens, n'avait fait aucune remarque sur la nécessité d'être prudent au téléphone, ou d'être sur ses gardes dans la rue.

Il entra dans un bistrot, s'installa à une table près de la fenêtre et commanda un verre de rouge. Il était près de onze heures, c'était une belle soirée d'été. Morel aimait observer le spectacle de la rue, particulièrement dans le vieux quartier. La rue Saint-Paul était très étroite à cet endroit, et à cette heure, encore plus encombrée que le jour. Les gens marchaient dans la rue dans une joyeuse anarchie. Il y avait les touristes, fatigués mais heureux d'être là, les couples d'amoureux au sourire discret, les noctambules pour qui la journée commençait à peine, les flâneurs qui retardaient le moment de rentrer pour profiter un peu du bon temps. Les piétons étaient maîtres des lieux. De temps à autre, une voiture se frayait péniblement un chemin au milieu de ce fleuve de passants, et Morel souriait en voyant l'air effaré du pauvre conducteur.

Il sortit son calepin, consulta ses notes. Il compara les réponses d'Enjalran avec les informations recueillies jusque-là. Il y avait bien quelques petites discordances entre les dires des Sulpiciens. Pour la deuxième visite des policiers, Enjalran avait parlé de deux policiers, Lepage avait dit trois… Rien de grave. Ce qui l'agaçait vraiment, c'était que les Sulpiciens lui cachaient des choses.

Il avait compté sur Enjalran pour obtenir des réponses à certaines questions importantes, mais l'archiviste s'était défilé. Le Sulpicien s'était montré contrarié dès qu'il avait été question de la police. Morel pensa avec amusement que lui-même n'avait pas parlé de sa rencontre avec Cardinal, ni même de sa visite à l'Intendant.

En fait, ses clients paraissaient dépassés par les événements. Ce qui, en soi, était normal, c'était bien la raison pour laquelle ils avaient fait appel à lui, sauf que… Ils ne semblaient pas s'entendre entre eux sur certains aspects de l'affaire, ils évitaient de répondre à certaines questions. Pour l'enquêteur, cette confusion était malsaine et en temps normal, Morel aurait hésité à aller plus loin avant d'avoir reçu des réponses plus claires. Mais il se sentait déjà entraîné dans cette histoire malgré lui. Enjalran l'avait littéralement captivé par son érudition et sa personnalité. Cette enquête n'avait rien à voir avec ses activités habituelles, il ressentait une espèce de fascination, c'était une sensation qu'il n'avait pas éprouvée depuis longtemps.

Même le jeune Duclos lui apparaissait comme une figure hors du commun. À un certain moment, quand Enjalran avait parlé de lui, Morel n'avait pu s'empêcher de penser à l'Intendant. Même ton bienveillant, même sympathie dans le regard. Il avait même noté, à un moindre degré, quelque chose de similaire chez Hinse, le supérieur des Sulpiciens. Duclos semblait exercer un véritable ascendant sur ces gens. Quelque chose en lui les avait tous attendris, séduits.

Le vin était bon. Morel le dégustait à petites gorgées. La tentation d'allumer était forte. Il succomba. Il tirait nonchalamment sur sa cigarette, reluquait un peu les passantes. Oui, cette affaire était taillée sur mesure pour lui. Il lui revint une réflexion qu'une ex-maîtresse avait eu un soir, au début de leur courte relation. « Toi, tu dois être un bon détective, parce que tu sais observer comme une femme. » L'œil narquois, elle avait ajouté que ce n'était pas grave, parce qu'elle savait, elle, observer comme un homme.

9 : Il aime les gares

C'est un petit soir de semaine, il est tard, dehors la pluie tombe. Elle est assise dans son salon, elle essaie de lire. Elle n'y arrive pas, elle n'arrive pas à se concentrer.

Après le soir au Reptile, le soir de la dérape – c'était quand déjà ? trois semaines bientôt, facile à compter –, et la nuit qui a suivi, il y a eu la déprime, le trou noir, mais après elle s'est ressaisie, et depuis elle n'a pas beaucoup bougé. Elle est restée tranquille. Elle a intérêt d'ailleurs, parce que question fric, c'est pas le moment de faire des projets.

Rester tranquille.

Elle a quand même de la chance, elle a toujours ses contrats de traduction. De petits contrats pas bien payants, mais c'est mieux que rien. Julie lui a refilé quelques contacts.

Merci, Julie.

Quelques traductions, ça occupe un peu mais pas longtemps, ça laisse beaucoup de temps pour faire autre chose. C'est un été magnifique, les gens en profitent, font du sport, du vélo, du patin.

Pas elle.

Elle n'a jamais été une sportive. Elle marche, simplement.

Beaucoup de temps pour penser. Ce n'est pas une mauvaise chose. Faire une pause de temps à autre, elle est plutôt pour, de nos jours les choses vont si vite, avec le tourbillon des activités quotidiennes, hebdomadaires, on n'en sort pas, on ne trouve pas le temps, même s'il faudrait, mais là, cette fois, le temps, elle l'a. En fait, ce n'est pas tellement qu'elle a pris le temps de s'arrêter, c'est tout le reste qui s'est brutalement arrêté autour d'elle, tout son univers s'est arrêté d'un coup, alors elle s'est dit, c'est le moment de faire une pause.

Le temps de penser à soi, de voir un peu où on en est, où on pensait s'en aller comme ça. Le doute, les questions existentielles, les remises en question, ce genre de choses, elle connaît, ça ne lui a jamais fait peur.

Elle n'a plus d'emploi, elle a tout son temps. C'est un été magnifique, elle marche, elle s'arrête quelque part, elle ouvre un livre. Au bord du fleuve, dans un parc, dans la rue. Elle a relu les *Lettres à Milena*, un peu sans le vouloir, elle avait sorti le livre juste pour relire la première phrase, si belle, et elle a tout relu. Même chose avec *Le loup des steppes*, elle voulait juste relire le poème, elle a tout relu.

Mais elle lit surtout des trucs sur la spiritualité, des choses qui font du bien à l'âme, c'est bien là qu'elle a mal. Elle est passée à la bibliothèque centrale, elle en est sortie avec quelques livres qui l'avaient fait rêver à dix-huit ans, des choses hindoues, bouddhistes. Des livres qui lui avaient fait du bien à l'époque, et ça marche encore. La vie *a un sens*, les souffrances *font partie de la vie*, elles *ont aussi un sens*… La source de tout bonheur est *en soi* et nulle part ailleurs, tout le reste n'est qu'*illusion* et *leurre*. La carrière, la réussite, l'argent, tout n'est que leurre. L'amour aussi, surtout l'amour.

Vraiment ?

Elle marche, s'arrête quelque part au soleil, et elle lit. Quand il pleut, elle entre dans un café. La semaine dernière il a plu deux jours de suite, elle a passé des heures au *delicatessen* rue Mont-Royal.

Depuis qu'ils sont venus – c'était quand déjà ? jeudi, cinq jours –, depuis qu'ils sont venus chez elle, elle n'a pas eu une nuit de sommeil normale. Parce que, voyez-vous, la peur. La peur, c'est comme l'amour. On a beau savoir que tout ça n'est qu'illusion, quand même… Il y a des illusions qui vous désorganisent plus que d'autres.

Comme si elle n'avait pas eu sa part ces derniers mois, voilà maintenant cette autre sorte d'angoisse, la peur physique.

Deux brutes cravatées en habit noir. Un grand blond, l'air plutôt gentil au début…

L'autre, plus petit, l'air sournois et renfrogné, qui se tenait derrière le blond, sans dire un mot. Le bon et le méchant.

De quel droit ? Police ? Pas exactement, madame, avait expliqué le grand blond avec un sourire condescendant. Le Service est un organisme civil. Vous savez, madame, l'agent secret, l'espion qui guette l'espion derrière son journal, le col d'imper relevé, c'est dans les films, ça, madame… Ils avaient des cartes professionnelles.

Ils ont aussi des questions. Une affaire de routine. Au début, c'est le plus grand qui parle, calmement, poliment. D'abord, il est question de Rivière-à-l'Aigle, vous y êtes allée en novembre, n'est-ce pas ? Oui, nous avons ici quelques articles que vous avez écrits. Vous avez aussi écrit sur le professeur Armand Brassard, quand l'avez-vous rencontré ? Et aussi, et surtout, cet Indien, vous savez… Nous savons que vous savez… Kakou, comme il se fait appeler. Quand vous étiez à Rivière-à-l'Aigle, c'est là que vous l'avez rencontré… Vous l'avez revu ?

Elle n'en revient pas, elle n'en croit pas ses oreilles, elle leur sert des hochements de tête, des sourires incrédules. Elle fronde, comme toujours, mais elle sent bien que son ventre est plein de nœuds. Un Indien, mais vous rigolez ? Elle n'a aucune, aucune idée, pas la moindre idée de quoi ils veulent parler… Elle n'a rien à leur dire !

Ça ne marche pas. Le grand blond sort une photo… Elle se sent blêmir. Les salauds.

Elle s'est mise à les insulter, elle essaie de les mettre à la porte, elle a même un peu bousculé le grand. C'est alors que l'autre s'est avancé, le méchant, le regard froid et menaçant. Et maintenant, parlez-nous de vos contacts avec ces gens, madame. Mais il pousse, l'enfoiré, il la bouscule !

Et l'autre qui s'interpose, le gentil, comme pour la protéger, qui s'excuse au nom de son collègue. S'imaginent-ils vraiment qu'elle ne voit pas leur petit jeu ridicule ? Apparemment oui. Bien sûr, elle n'est pas obligée de répondre. Mais elle a intérêt à bien réfléchir… Vous venez de perdre votre travail, n'avez-vous pas suffisamment d'ennuis comme ça ? Ils n'insisteront pas davantage pour aujourd'hui, mais elle a intérêt à réfléchir. Ils reviendront.

Elle est restée là devant la porte, tremblant stupidement comme une feuille malgré la chaleur. C'était exactement comme dans un film. Elle est restée un long moment devant le miroir, à se regarder trembler comme une idiote.

C'était il y a cinq jours. Cinq jours de trouille, cinq jours d'usure. Elle a peur pour lui, elle a peur pour elle. Dehors, elle se sent partout épiée. Ici, elle sursaute au moindre bruit.

Ils ne sont pas revenus.

Et maintenant celui-là. Un détective privé, « qui aimerait beaucoup lui parler ». Qui est cet homme ? Est-il avec *eux*? S'il était avec *eux*, est-ce qu'il demanderait poliment de le rappeler ?

Il a laissé son nom et deux numéros. Elle a cherché dans l'annuaire, elle n'a rien trouvé, bien entendu.

Il est minuit, elle avale deux comprimés avant d'aller au lit. Ça provoque un engourdissement pour quelques minutes, avec de la chance elle arrive parfois à s'assoupir quelques heures.

Quelques heures seulement. Vers trois heures, elle a les yeux grands ouverts. La machine à penser reprend le dessus, s'emballe encore. Bizarre comme les pensées lui viennent bien ordonnées. Le jour, elle pense aux deux brutes. La nuit, elle pense à lui. Chaque fois le même film, chaque fois les mêmes scènes.

Le rendez-vous est à trois heures, rue de la Commune. C'est une journée de tempête, une vraie tempête comme il y en a rarement, même en décembre. Il n'y a presque pas de vent et la neige tombe lentement et

bien droit, comme de gros morceaux d'ouate. Il faut marcher en plein milieu de la rue,
pas le choix, il y a presque deux mètres de
neige sur le trottoir, tout est enseveli. Attention, la rue Saint-Sulpice est en pente jusqu'au
fleuve, ça glisse. La voilà arrivée, elle jette un
coup d'œil à gauche, à droite, personne. Il
faut dire qu'avec cette belle neige, on ne voit
presque rien, que du blanc partout. Que des
flocons. Elle regarde de l'autre côté de la rue,
vers le fleuve. Une silhouette, accoudée à la
balustrade. C'est lui. Autour de lui, tout est
blanc, le ciel, les quais, le fleuve, il n'y a pas
de ligne d'horizon, pas de ciel, pas de terre,
tout se confond. Elle traverse la rue, s'approche. Il ne se retourne pas. Elle est maintenant à côté de lui, elle regarde devant, elle
n'a pas encore vu son visage. Il n'a toujours
pas bougé. Elle cligne les yeux à cause de la
neige, ici au bord du fleuve il y a du vent.
Elle sent ses tripes se nouer, c'est le trac,
comme le comédien avant d'entrer en scène,
elle respire par saccades, ce n'est pas le froid,
c'est le trac, elle a les joues qui lui piquent.
C'est la troisième fois qu'elle le rencontre,
mais cette fois c'est différent, elle le sait. Tout
est blanc, elle regarde devant, mais il n'y a
rien à voir. Elle tourne la tête vers lui. Elle
le voit, elle voit son visage.

Elle est dans un café rue Sainte-Catherine. On est samedi, deux jours avant Noël,

dehors les gens entrent et sortent des magasins avec des sacs plein les bras. Elle regarde sa montre, il est deux heures. Cette journée est interminable. Elle a rendez-vous avec lui, ce soir. Tout à l'heure elle va rentrer chez elle, appeler ses parents pour dire qu'elle ne sera pas à la maison pour les fêtes. Elle est dans un de ces états. C'est un de ces moments. C'est l'euphorie totale, elle a peine à se retenir de hurler son bonheur. Elle va le revoir.

Elle est dans la salle des pas perdus de la gare Windsor. C'est un soir de janvier, glacial, il est presque minuit. Le rendez-vous était à onze heures trente, dans cet endroit impossible, et il est presque minuit. Dehors il gèle à pierre fendre et le ciel est noir et hostile, et cet endroit est froid et hostile. Le rendez-vous était à onze heures trente, elle arpente la salle à longues enjambées furieuses, en posant le pied brutalement à chaque pas pour que ça résonne, et ça résonne. L'endroit est désert et sinistre comme tous les endroits publics quand il est trop tard. Et il est tard, à cette heure les petites rousses aux yeux verts ne sont pas censées flâner toutes seules dans les endroits publics, sauf si. Mais elle n'a pas peur, parce qu'avant de venir là elle s'est envoyé trois verres de vodka dans un bar rue Bishop. Pour le prix d'un, le barman aimerait bien se la faire, et depuis longtemps, c'est un tenace, elle n'a rien fait pour l'encourager, ni le décourager. Elle est en nage sous son manteau, elle souffle comme une loco-motive et elle est blême de rage. Il ne vien-dra pas.

Elle est assise sur un banc, gare centrale – il aime les gares. Le rendez-vous était à trois heures, elle regarde sa montre, il est quatre heures. Elle sort son portable, vérifie qu'il est bien allumé. Il y a trois ados qui font du bruit un peu plus loin, un ivrogne qui geint sur un banc, sinon personne. Il ne viendra pas. Elle va devenir folle, il lui fait le coup encore une fois. Il ne viendra pas.

Elle se retourne dans son lit. Elle ouvre les yeux, il est quatre heures trente. Elle sait qu'elle ne se rendormira pas. Elle se lève, va au salon, s'étend sur le sofa. Se redresse, allume la télévision. Elle va à la cuisine, se verse un doigt de vodka dans un verre, ajou-te un peu d'eau. Elle éteint la télé, s'installe dans un fauteuil, allume une cigarette.

10 : La demande vient du séminaire

À huit heures cinquante, Morel sortait du restaurant où il avait l'habitude de prendre son déjeuner, rue McGill. Arrivé à la rue Saint-Pierre, il ne tourna pas à gauche vers son bureau mais à droite, vers le fleuve.

En traversant la place d'Youville, il vit qu'on avait disposé des panneaux du côté de la rue du Port. On allait fermer une partie de la place pour un tournage. Sans doute une pub. À une certaine époque, Morel se hérissait chaque fois qu'il voyait débarquer ces gens-là. Maintenant, il n'y prêtait plus guère attention.

Les archives des Sœurs Grises étaient un choix logique pour commencer sa tournée. Le bâtiment où elles se trouvaient, sur le site de l'ancien Hôpital Général, était à cinq minutes de marche de son bureau.

Il n'avait pas pris la peine d'appeler – il ne venait pas pour consulter les documents, seulement pour poser quelques questions. À neuf heures pile, il sonna. Une dame vint lui

ouvrir. Elle dit qu'elle n'était pas l'archiviste et qu'il fallait prendre rendez-vous. Elle
fronça un peu les sourcils quand Morel lui
montra sa carte d'enquêteur. Il s'empressa
de préciser avec un sourire bienveillant qu'il
ne s'agissait pas d'une enquête criminelle,
mais simplement d'une recherche concernant
un héritage. Un jeune homme avait été désigné comme héritier par un parent éloigné, la
famille avait fait appel à ses services pour
le retrouver. N'était-il pas possible de jeter
un coup d'œil au registre des visiteurs des
derniers mois ?

— Le registre des derniers mois ? Et
qu'est-ce qui vous porte à penser que ce monsieur est venu ici consulter nos archives ?

Sans se départir de son calme, Morel sortit la lettre de recommandation d'Enjalran.
Après l'avoir lue attentivement, la dame le
pria d'entrer et d'attendre un instant.

Elle revint avec une autre femme plus
âgée. Morel sut tout de suite qu'il s'agissait
d'une religieuse, même si elle ne portait pas
le costume. Avec un sourire prudent, celle-là
précisa qu'elle n'était pas l'archiviste principale, mais qu'elle pourrait peut-être l'aider,
et qu'elle aimerait bien voir la lettre de recommandation.

Encore une fois la lettre eut un effet cal-
mant. Rassurée, sœur Marie-Émilia le regardait maintenant avec un sourire plus franc

et son regard trahissait une certaine curiosité. En quoi le fait que le jeune homme soit
passé consulter les archives des Sœurs Grises
pouvait-il aider à le retrouver ?

— Voilà une excellente question, répondit Morel sur le ton de quelqu'un qui connaît
la réponse, mais se trouve dans l'impossibi-
lité de la révéler. C'est difficile à expliquer,
disons simplement que dans notre métier, on
ne peut pas se permettre de négliger la
moindre piste…

— Et qu'est-ce qui vous fait croire que
cette personne pourrait être passée ici ?

— Ce serait aussi un peu long à expliquer, mais je crois savoir qu'il avait entrepris
une recherche sur une ancienne communauté
religieuse et sur une ancienne seigneurie, c'est
d'ailleurs pourquoi j'aurais bien aimé rencontrer l'archiviste…

— Ce sera difficile, sœur Béatrice est à
Rome jusqu'en septembre. Je la remplace
jusque-là, mais j'ai bien peur de ne pas pouvoir vous éclairer beaucoup sur ces sujets.
Est-ce que cette personne est un chercheur
connu ?

— Non, c'est-à-dire que… Je sais que ça
peut paraître bien naïf, mais j'aimerais quand
même, si vous pouviez juste jeter un coup
d'œil.

Sœur Marie-Émilia ne paraissait encore
qu'à demi convaincue, mais en femme prag-

matique, elle décida qu'il n'y avait pas de raison d'en faire un drame. Après tout, la demande venait du séminaire. Elle pria Morel de la suivre.

Ils traversèrent un couloir et se trouvèrent dans une grande pièce carrelée, à l'aspect moderne, meublée avec goût et sobriété. Le bâtiment dans lequel ils se trouvaient était de construction récente. Un des murs était en partie vitré. La pièce voisine était percée de grandes fenêtres, par lesquelles on avait une vue intéressante sur la place d'You-ville. À l'autre bout de la place, des camions avaient commencé à arriver, on déposait sur le trottoir des câbles, des tubulures d'aluminium. Morel se prit à souhaiter que ce ne soit pas une pub de voiture, et en fut désolé.

La religieuse sortit un gros cahier qu'elle ouvrit à la première page.

— Il y a ici tous les visiteurs depuis mai 1999, annonça-t-elle en pinçant un peu les lèvres. Si vous avez besoin de remonter plus loin…

— Mai 1999, ça donne deux ans, je crois que ça ira très bien.

— Quel est le nom déjà ?

— Duclos. Normand Duclos.

— Merci. Vous pouvez vous asseoir.

La sœur s'installa derrière un petit comptoir, posa le cahier devant elle et sortit de sa poche une petite règle et une loupe. Elle se mit à examiner le cahier avec attention, ligne par ligne, en se servant de la règle, la tête légèrement relevée pour obtenir un bon angle de vision avec ses lunettes. Elle scrutait chaque page, ses lèvres bougeaient de temps à autre quand elle chuchotait un nom. Il lui fallut quelques minutes.

— Je suis désolée, mais nous n'avons reçu personne de ce nom depuis mai 1999. J'ai peur que ce soit là toute l'information que je puisse vous donner, monsieur Morel. Si vous voulez, je peux noter vos coordonnées, sœur Béatrice pourra peut-être vous en dire plus à son retour.

— Je vous remercie… En septembre, il sera peut-être un peu tard, mais je vous laisse quand même volontiers ma carte, ma sœur. Je vous laisse aussi sa photo, juste au cas… On ne sait jamais !

Assis sur un banc face à l'ancienne caserne des pompiers, Morel sortit la liste d'Enjalran et marqua d'un crochet l'entrée sur les Sœurs Grises. Il regarda sa montre. Il était un peu plus de neuf heures trente. Il devait passer voir Peter Stone à l'université dans l'après-midi, ce qui lui laissait le temps de visiter un autre centre d'archives. Dans la liste, Enjalran avait inclus les archives des sœurs Hospitalières de Saint-Joseph, à l'Hôtel-Dieu. Ce n'était pas loin.

Une petite pluie commençait à tomber. Il marcha à pas rapides jusqu'à McGill, sauta dans un taxi. Après les Sœurs Grises, les Hospitalières. Décidément, il allait devenir spécialiste.

11 : Elle a raccroché

« Bonjour, ici Camille Bergeron. Vous avez demandé que je vous rappelle, je vous rappelle… Vous n'êtes pas là, alors… Alors je vais peut-être vous rappeler cet après-midi. »

Morel avait réécouté le message plusieurs fois. Il avait été frappé par le timbre caressant de la voix, une de ces voix de femme-enfant dont on ne peut dire si elle est naturelle ou fabriquée chez quelqu'un qu'on ne connaît pas.

Il était quinze heures, il était assis à son bureau et essayait de lire les journaux. Dehors, la petite pluie du matin s'était transformée en averse et n'avait pas cessé. Il n'avait pas bougé depuis midi. Il attendait.

Il était rentré bredouille de sa visite chez les Hospitalières. Il avait été reçu par l'archiviste elle-même, qui n'était pas à Rome et qui connaissait bien monsieur Enjalran. Elle l'avait écouté avec beaucoup d'attention, mais elle non plus n'avait trouvé aucune mention d'un monsieur Duclos au registre pour les deux dernières années. La photo ne lui disait rien. Encouragé par son sourire compatissant, Morel avait précisé que Duclos était peut-être à la recherche de renseignements sur la seigneurie du Lac-aux-Herbes. Toujours souriante, sœur Roberta avait exprimé son étonnement. Si c'était le cas, ce monsieur aurait mieux fait d'aller voir du côté de l'archevêché, ou encore au séminaire de Québec. Morel avait noté.

C'était en écoutant ses messages, dans le taxi qui le ramenait au bureau, qu'il avait entendu la voix de Camille Bergeron. Comme toujours, il avait éteint son portable pendant la rencontre avec l'archiviste. Camille Bergeron n'avait pas laissé de numéro, ce qui était étonnant de la part d'une journaliste. Morel avait décidé de remettre au lendemain la visite à Stone. Si la piste de Rivière-à-l'Aigle était sérieuse, cette femme pourrait peut-être lui donner des informations très utiles.

Il sentit qu'il allait s'assoupir. Il dormait peu et mal depuis quelque temps, en partie à cause de la chaleur, et il avait souvent une petite crise de somnolence en après-midi. Il plia soigneusement le journal et le déposa par terre, à côté de son bureau. Il y avait là une pile de plusieurs semaines des quotidiens de la ville, et de revues et magazines de toutes sortes. Le papier passait progressivement du blanc au jaune à mesure qu'on approchait du plancher.

La sonnerie du téléphone le fit sursauter. C'était bien elle, la même voix un peu sucrée, mais le ton plus méfiant maintenant qu'on était en direct. La conversation fut brève. Morel avait espéré obtenir une rencontre sans trop donner de détails au téléphone, mais il fut forcé d'annoncer ses couleurs. Le mot « enquête » fut accueilli par un petit rire sarcastique. « Rivière-à-l'Aigle » déclencha carrément l'hostilité. Elle sembla sur le point de raccrocher. Pris de court, Morel essaya de la rassurer. Rien à voir avec la police. Rien à voir avec vous personnellement. À un certain moment, il crut qu'il avait réussi, il eut l'impression qu'il avait suscité un peu de curiosité à l'autre bout du fil. C'est précisément à ce moment qu'elle lui avait raccroché au nez.

12 : Stone

Le lendemain en matinée, Morel se rendit aux Archives nationales et à l'archevêché de Montréal, sans trop de succès. Il fut reçu avec amabilité et on prit note de sa requête, promettant qu'on ferait la vérification et qu'on le rappellerait. Il ne réussit pas à parler à un archiviste.

Vers une heure trente, un taxi le déposait rue Louis-Colin, face au bâtiment de la faculté des Arts et des Sciences de l'université. C'était une belle journée ensoleillée. La voiture s'éloigna et Morel resta un instant immobile devant le bâtiment. Il réalisa subitement qu'il n'était jamais revenu à cet endroit depuis le jour où il avait abandonné ses études. Quelques souvenirs firent surface. Quelques visages pas revus depuis longtemps, quelques flashes en rafale sur les bons moments, d'autres plutôt désolants. Ça ne dura que quelques secondes.

Comme toujours pendant l'été, l'endroit était désert. Un ascenseur poussif, apparemment le même qu'à l'époque de ses études, le hissa jusqu'au sixième étage. Il marcha lentement jusqu'au bout du corridor, examinant les plaques sur les portes. Il trouva facilement le bureau de Stone. La porte était entrouverte, on entendait des voix. Il y avait déjà quelqu'un avec Stone, sans doute un étudiant qui discutait de ses travaux. Morel n'avait pas rendez-vous, il attendrait.

Il fit le tour de l'étage. Quelques portes étaient entrouvertes, des regards distraits se posaient sur lui. C'était la saison morte et manifestement, plusieurs s'ennuyaient ferme. Beaucoup étaient au téléphone, on faisait des projets pour la soirée et le week-end.

Il revint se poster près du bureau de Stone et attendit patiemment. Il attendit longtemps, priant le ciel que personne d'autre ne se présente. Un peu après deux heures trente, l'étudiant sortit enfin et prit la direction de l'ascenseur sans même le remarquer.

Peter Stone ne parut pas étonné outre mesure en entendant les noms de Normand Duclos et du professeur Brassard.

— Mais vous auriez dû me laisser un message, nous aurions pu prendre rendez-vous !

En personne, son accent semblait moins prononcé que dans le message du répondeur. Il parlait fort.

L'homme avait la cinquantaine énergique. Il portait une chemise à carreaux aux couleurs mal assorties, une cravate bleue, un pantalon brun et un veston à carreaux brun et vert avec ronds de cuir aux coudes. Ses mains étaient énormes et calleuses, des mains de laboureur, mais son visage avait le teint rose d'un enfant, avec des cheveux d'un blanc immaculé, coupés en brosse. Il portait des lunettes à verres très épais, qui devaient bien doubler la taille de ses yeux bleu délavé.

Non, il n'était pas trop surpris (« mais je m'attendais plutôt à voir arriver un détective de la police… »). Monsieur Enjalran était passé à son bureau deux semaines auparavant et l'avait informé de l'affaire du colis. Après la visite d'Enjalran, il s'était procuré le dossier de Duclos au secrétariat du département, l'avait examiné avec attention. Il avait même fait une copie, qu'il avait là dans un tiroir. Morel demanda s'il était possible d'y jeter un coup d'œil.

— Vous savez très bien que je ne peux pas accéder à cette requête, monsieur Morel, répondit Stone avec une petite moue et un lent battement de cils qui n'excluaient pas toute possibilité d'arrangement. Je contreviendrais à la loi sur la protection des renseignements personnels en vous montrant le dossier. Vous n'êtes pas policier, et même si vous l'étiez, vous savez bien qu'il vous faudrait un mandat…

Quelques secondes passèrent. Morel attendait calmement. Rien ne pressait.

— Il se trouve toutefois que monsieur Enjalran m'a laissé un message au début de la semaine, pour m'informer que j'aurais peut-être de la visite. Alors, étant donné les circonstances, et comme cette affaire me tient particulièrement à cœur – après tout, il s'agit d'un de mes étudiants ! –, je ne vois rien de répréhensible à vous fournir quelques détails sur ce jeune homme. Je crois pouvoir compter sur votre discrétion…

— Cela va de soi, monsieur Stone. D'ailleurs, je n'ai moi-même aucun intérêt…

— Bien, bien, coupa Stone en sortant le dossier. Alors, voyons voir… Vous savez, il n'y a pas grand-chose à dire. Normand Duclos a commencé un baccalauréat en histoire l'automne dernier. Il a suivi quatre cours au trimestre d'automne… Très bons résultats dans trois cours, mais il a coulé le quatrième. Je vois ici qu'il n'a jamais terminé son collège. Voilà, c'est à peu près tout ce qu'il y a dans son dossier.

— Était-il inscrit à un de vos cours ?

— Oui, absolument. « Histoire de la Nouvelle-France ». Je me rappelle d'ailleurs très bien qu'il est entré ici dans ce bureau, en octobre, et qu'il m'a parlé de ce projet qu'il avait, une étude sur le premier séminaire des Sulpiciens à Montréal. Ça tombait dans ma cour… Vous savez, je suis considéré ici un peu comme le spécialiste de tout ce qui touche la Nouvelle-France… Ça vous étonne peut-être un peu ? Ha ! ha ! ha ! Il avait l'air très enthousiaste, je dois dire… Il parlait de ce projet avec une telle passion… Il voulait commencer sans tarder à faire des recherches dans les archives un peu partout, il m'a demandé une lettre de recommandation.

— Et vous la lui avez donnée.

— Oui, enfin pas la première fois. Je lui ai demandé de me présenter d'abord un plan de travail. Il est revenu la semaine suivante, il avait son plan de travail ! Quelque chose de sérieux. Je lui ai remis une lettre attestant qu'il était bien inscrit au bac, qu'il était mon étudiant, mais je ne dirais pas que c'était une véritable lettre de recommandation… De toute façon, il était beaucoup trop tôt pour espérer obtenir l'accès aux centres d'archives des religieux…

— Il vous avait dit qu'il avait l'intention d'approcher les Sulpiciens et de demander l'accès à leurs archives ?

— Oui, bien sûr, il m'en avait parlé. Vous comprenez que je ne pouvais pas me douter… Il m'avait dit qu'il rencontrerait les Sulpiciens, que je recevrais peut-être un appel à ce sujet… Pour être honnête, j'étais convaincu qu'il ne réussirait jamais à passer le seuil de l'entrée du vieux séminaire.

— Et on vous a appelé ?

— Oui, monsieur Enjalran m'a appelé, vers la fin du trimestre. Je lui ai confirmé que Normand Duclos était inscrit au programme d'histoire, qu'il avait bien un projet de travail.

— Est-ce que vous avez revu Duclos au trimestre d'hiver ?

— Honnêtement, je ne pourrais pas vous dire exactement à quel moment je l'ai vu pour la dernière fois… Même pendant l'automne… Il y avait beaucoup d'étudiants à ce cours, vous savez, et j'étais très occupé, j'avais d'autres cours, en plus de mes autres activités…. Il est difficile d'établir une relation individuelle avec chaque étudiant…

— Était-il aussi inscrit à un de vos cours pour l'hiver ?

— Oui, j'ai vérifié, il était inscrit. En fait, il s'agit du même cours, c'est un cours qui se donne en deux parties.

— Et vous ne savez pas s'il a assisté à quelques cours au début de l'hiver ?

— Malheureusement non… Les premières semaines, il y a du va-et-vient, vous savez, certains étudiants assistent à votre premier cours, et après vous ne les revoyez plus. Il est difficile de savoir exactement qui était où. En tout cas, s'il est venu, je ne l'ai pas remarqué. Ce n'est que quand monsieur Enjalran m'a téléphoné, je veux dire en avril, oui, c'était en avril… Au début, j'ai eu un peu de mal à comprendre de quoi il parlait. Je me suis souvenu de lui, de Duclos je veux dire… J'ai vérifié au secrétariat, j'ai constaté qu'il s'était inscrit à des cours pour l'hiver, mais il n'y avait aucun résultat à son dossier, ce qui signifie logiquement qu'il a abandonné tous ses cours. Il faut que vous sachiez qu'il n'est pas si rare qu'un étudiant interrompe ses études. Mais j'ai été bien surpris quand monsieur Enjalran m'a dit que ce jeune homme avait travaillé dans les archives du séminaire pendant tout ce temps. C'était moi qui devais superviser son travail, j'aurais dû être le premier informé ! Ho ! ho !

— Et monsieur Enjalran est venu vous rencontrer…

— Il est venu il y a deux semaines. Il m'avait rappelé à la fin d'avril, c'était la dernière semaine du trimestre, la période des examens. Puis, il est venu me voir ici…

— Et c'est à ce moment-là que vous avez parlé d'un lien possible avec le professeur Brassard ?

— Attention, je n'ai pas dit que mon collègue avait commis un acte illégal ! C'est une chose impossible quand on connaît Armand. En plus, lui et moi sommes des amis, comprenez bien cela.

— Savez-vous si Duclos a suivi des cours du professeur Brassard ?

— Oh ! je ne crois pas, ce serait dans son dossier… D'ailleurs, je crois qu'Armand Brassard n'a plus donné de cours depuis le trimestre d'automne 99… Non, tout ce que j'ai dit, et ce que tout le monde sait, c'est que le professeur Brassard s'intéresse au cas de Rivière-à-l'Aigle depuis longtemps…

— Rassurez-vous, monsieur Stone, je ne veux rien insinuer, rien du tout. Je cherche seulement à comprendre. Vous voyez, les Sulpiciens semblent croire qu'il y a un lien entre le vol des documents et ce professeur Brassard et Rivière-à-l'Aigle…

— Eh bien ! les Sulpiciens ont peut-être leurs raisons pour considérer cela comme une piste, mais moi, je n'ai jamais rien affirmé. Et j'ai été bien surpris quand monsieur Enjalran m'a dit que vous auriez des questions à ce sujet. Vous voyez, n'importe qui ici aurait eu la même réaction. Tout le monde ici, à l'université, sait qu'Armand Brassard s'intéresse au cas de Rivière-à-l'Aigle depuis longtemps. Il est d'ailleurs né à Saint-Médéric, un village voisin. Tout le monde sait qu'il a été nommé médiateur l'an dernier, dans l'affaire des terrains du Lac-aux-Herbes – à la demande des Indiens, d'ailleurs. Moi, je n'en sais pas beaucoup plus que ce qu'on en a dit dans les journaux. En fait, Armand et moi, nous nous sommes beaucoup moins vus ces dernières années. Pas à cause d'un désaccord quelconque, non, nous avons toujours été amis. Oui, je lui dois beaucoup... Quand je suis arrivé ici, en 1984, Armand Brassard était déjà une sorte de légende dans le milieu universitaire. Je le connaissais de réputation, d'ailleurs. J'avais eu l'occasion de le rencontrer auparavant, il était venu donner quelques conférences à l'Université York, à Toronto. J'ai été professeur à York pendant dix ans avant d'arriver ici. Nous n'avons pas toujours été d'accord, mais nous avons toujours été amis.

— Oui... Donc, à part le fait que le professeur Brassard s'intéresse depuis longtemps à Rivière-à-l'Aigle, il n'y a aucune raison de le relier à l'affaire des Sulpiciens.

Stone regardait par la fenêtre d'un air absorbé. Il avait commencé à pianoter distraitement sur le coin de son bureau.

— Aucune raison, monsieur Morel, fit-il en grimaçant.

Il y eut un silence.

— Vous savez peut-être, reprit Stone, que le professeur Brassard a l'intention de prononcer une conférence sur Rivière-à-l'Aigle ?

— Oui, un genre de conférence de protestation, à ce que j'ai cru comprendre.

— C'est ça, une « contre-conférence », je crois que ce sont les termes qu'il a utilisés. Il a choisi de dénoncer les injustices faites à la communauté amérindienne en plein pendant les cérémonies de commémoration de la Grande Paix de Montréal, dans un mois... Voyez-vous, Armand travaille depuis des années à constituer un dossier sur l'histoire de Rivière-à-l'Aigle, à partir des débuts, avec la seigneurie du Lac-aux-Herbes. Il a rassemblé des papiers, des copies de documents historiques, qu'il a l'intention d'utiliser pour démontrer que les Indiens ont vraiment des droits... Tout cela est de notoriété publique, je le répète. Il faut savoir aussi qu'il y a une vieille controverse autour des droits de propriété de la seigneurie du Lac-aux-Herbes. C'est une longue histoire, vous devriez peut-être vous documenter à ce sujet. Alors, quand j'ai appris que Duclos s'était enfui avec des papiers qui touchent la seigneurie du Lac-aux-Herbes, j'ai pensé qu'il serait possible, je dis bien possible, que quelqu'un, disons quelqu'un de très idéaliste, et très naïf aussi, ait décidé de travailler pour la même cause, à sa façon... Mais je répète que je suis certain que jamais Armand Brassard n'approuverait un acte illégal, quel que soit le but poursuivi.

— Qu'est-ce que vous voulez dire par « travailler pour la même cause » ?

— La cause des Indiens, parbleu ! Rivière-à-l'Aigle représente un cas spécial à plusieurs points de vue, social, politique, historique. Mais c'est assez compliqué... Je sais

qu'il y a eu un mémoire de maîtrise à ce sujet.
Vous pourriez peut-être y jeter un coup d'œil.

— Oui, certainement. Mais dites-moi,
pourquoi est-ce qu'il parle d'une « contre-
conférence » ?

— À partir du 21 juillet, dans un mois
exactement, il y aura à Montréal une série
d'événements à l'occasion du trois centième
anniversaire de la grande conférence de 1701,
ce qu'on appelle la Grande Paix de Montréal.
Bien des gens viendront à Montréal, des Amérindiens d'un peu partout, des historiens aussi,
j'attends moi-même la visite de collègues cana-
diens et américains. On va en parler dans les
médias. Vous comprenez que le professeur
Brassard pose un geste éminemment politique
en choisissant ce moment précis pour dénoncer une situation aussi complexe…

— Il joue un peu les trouble-fêtes.

— Oui, euh… c'est un peu un geste de
provocation, si vous voulez. Ça risque d'être
un peu embarrassant. Il y a eu des incidents
qui nous ont fait bien mal paraître aux yeux
du monde, pensez à Oka… D'un autre côté,
il ne faut pas dramatiser. La Grande Paix de
Montréal, bien peu de gens s'y intéressent
vraiment. Bien peu viendront écouter le professeur Brassard, sans doute. Sauf que si
jamais les médias décident d'en parler…

— Il y a quand même une possibilité que
Normand Duclos ait volé des documents chez

les Sulpiciens pour appuyer le professeur Brassard ?

Stone leva les bras au ciel en signe d'impuissance.

— Monsieur Morel, je n'ai même pas vu les documents, et monsieur Enjalran ne m'en a rien dit d'autre que ce que vous savez déjà… En fait, vous en savez probablement plus que moi maintenant.

— D'accord, je m'excuse, monsieur Stone, nous ne reviendrons pas là-dessus… Mais dites-moi, si je comprends bien, les Sulpiciens n'ont rien à voir avec cette seigneurie, alors pourquoi sont-ils si inquiets ? On ne va quand même pas les blâmer pour une situation dont ils ne sont aucunement responsables. Ils ne m'ont donné aucune réponse convaincante à ce sujet.

— Écoutez, encore une fois, je ne suis pas dans le secret des dieux, mais on peut imaginer toutes sortes de bonnes raisons… Vous-même, monsieur Morel, seriez-vous très heureux d'apprendre qu'un étranger possède, disons, des lettres d'amour échangées entre votre père et votre mère ? Ha ! ha ! Excusez-moi, la comparaison n'est peut-être pas bien bonne. Je ne sais pas moi, imaginons que quelqu'un trouve une lettre du supérieur du séminaire de Montréal adressée au supérieur de la maison mère de Paris, disons vers la fin du XVIIe siècle, dans laquelle il serait question du déménagement de la mission du fort de la Montagne au fort Lorette du Sault-au-Récollet… Rien de très dérangeant, à première vue, après tout ce temps. Mais on sait qu'il y a eu un peu de grabuge à l'époque, tout le monde n'était pas d'accord, bref il pourrait y avoir matière à polémique, même aujourd'hui, parce que vous savez, cette même mission, elle a fini par devenir la mission du Lac-des-Deux-Montagnes, et ça c'est Oka, c'est Kanesatake, vous voyez… Alors ce genre de document, vous le faites lire à dix personnes différentes, vous avez dix opinions différentes. Conclusion : on préfère que le document reste où il est, vous comprenez ?

— Hmm… oui, fit Morel, qui comprenait aussi que l'historien n'avait pas beaucoup envie d'entrer dans les détails et qu'il était temps de changer de sujet. Alors, vous avez parlé d'un mémoire sur la seigneurie du Lac-aux-Herbes…

— Oui, oui, c'était il y a deux ou trois ans, je crois, une étudiante, j'oublie le nom… Deux ou trois ans…

— Est-il possible de consulter ce mémoire ?

— *I don't see why not !* Tout le monde peut consulter les mémoires. Vous n'avez qu'à aller à la bibliothèque, là.

Il se retourna vers la fenêtre et pointa un gros doigt vers un bâtiment qui se trouvait au bout d'une grande place bétonnée à plusieurs niveaux.

— Vous ne devriez pas avoir trop de mal à le trouver, je crois bien me souvenir qu'il y avait les mots « seigneurie du Lac-aux-Herbes » dans le titre… et ça devait être vers 1998, 99…

— Bien… Et dites-moi, ce professeur Brassard, vous ne savez pas où je pourrais le joindre ?

— Non, malheureusement. Armand a longtemps habité un appartement pas loin d'ici, sur Fendall, mais je sais qu'il n'y habite plus depuis au moins deux ans… Je ne pourrais pas vous dire où il vit maintenant.

— Ils doivent pourtant avoir une adresse au secrétariat ?

— Sûrement, mais je doute qu'on vous la donne… Si vous étiez de la police…

— Et vous dites que Duclos n'a suivi aucun cours de Brassard… Vous ne savez pas s'ils ont pu se rencontrer ?

— Je n'en ai pas la moindre idée.

— Je crois que le professeur Brassard a donné quelques conférences cet hiver… Vous n'y avez pas assisté ?

— Non, malheureusement, cela n'a pas été possible.

— Savez-vous si le professeur Brassard supervise encore des étudiants ?

— Oh ! j'en doute… Techniquement, il est à la retraite. Il pourrait lui rester quelques retardataires, mais je crois qu'il a pris très peu de responsabilités ces dernières années… Il a été malade, il a beaucoup ralenti ses activités. Avec sa réputation, et sa popularité auprès des étudiants, la direction de l'Université lui a un peu accordé un traitement de faveur… Jamais ils n'auraient osé lui conseiller de prendre sa retraite… Je suppose qu'ils ont estimé que sa présence attirait des étudiants au département d'anthropologie, ce qui est certainement exact.

Stone jeta un coup d'œil à sa montre. Morel fit de même. Il était trois heures.

— Et cette conférence, la « contre-conférence », savez-vous où elle doit avoir lieu ? Est-ce qu'il y a eu une annonce officielle ?

— Je n'en sais rien. Je doute qu'on en ait parlé dans les journaux… J'en ai entendu parler ici au département. Les informations circulent dans les couloirs… Vous trouverez peut-être une affiche au département d'anthropologie, au troisième…

Stone était debout depuis quelques secondes, et maintenant il tendait la main à Morel.

— Bien… Alors, monsieur Stone, je vous remercie de votre aide, dit Morel en lui tendant sa carte.

— Mais je vous en prie, je vous en prie, fit Stone en accompagnant Morel à la porte. Vous savez, je ne vous ai dit que ce que tout le monde sait déjà… Mais c'est tout ce que je peux faire pour l'instant… Si je peux vous être encore utile, n'hésitez pas à m'appeler… Après tout, il s'agit d'un de mes étudiants… Mais toute cette affaire est bien regrettable… Je suis vraiment désolé pour monsieur Enjalran. Je vais l'appeler…

Morel prit immédiatement le chemin de la bibliothèque. C'était un bâtiment moderne planté sur le flanc de la montagne. Du temps où Morel avait fréquenté l'université, il n'y avait que du roc à cet endroit.

À part quelques employés peut-être un peu affligés de se trouver là par une si belle journée, l'endroit était quasi désert. Morel demanda où se trouvaient les mémoires de maîtrise. Une dame très gentille lui indiqua les terminaux de recherche. Elle lui expliqua même comment faire une recherche. Enfin, elle offrit de l'aider et l'accompagna jusqu'à une table où ils s'assirent devant un écran. Quelques minutes plus tard, Morel avait le mémoire entre les mains. C'était un gros cahier rouge à couverture rigide intitulé «*La seigneurie du Lac-aux-Herbes, 1669-1854*», signé Louise Donaldson, étudiante au département d'histoire. C'était daté de mai 1999.

L'ouvrage était divisé en six chapitres. *Le système seigneurial. La société des Cordeliers. L'acte de concession. La seigneurie du Lac-aux-*

Herbes sous le régime français. La seigneurie du Lac-aux-Herbes sous le régime anglais. Les Amérindiens du lac aux Herbes.

Au total, avec la conclusion, plus de trois cents pages. Morel feuilleta rapidement le document. Il y avait une page de remerciements à la fin. Le professeur Brassard et Peter Stone y figuraient. Un autre nom attira son attention : Benoît Enjalran, p.s.s.

Enjalran avait donc rencontré l'auteure. Elle était peut-être passée au vieux séminaire. Quand ? Le mémoire datait de mai 99… Pourquoi Enjalran ne lui en avait-il pas parlé ? Si on soupçonnait Duclos d'être lié à une histoire concernant Rivière-à-l'Aigle, Louise Donaldson devenait une source d'information intéressante.

Morel se rendit au comptoir des prêts et demanda s'il pouvait emprunter le document. On lui répondit que c'était impossible, parce qu'il n'était ni étudiant ni diplômé de l'Université. Il pouvait faire des photocopies.

Il était presque quatre heures. On fermait à cinq heures. Il eut le temps de photocopier les passages qui lui paraissaient les plus intéressants, une bonne soixantaine de pages.

Dehors il arpenta lentement la place bétonnée. Il eut envie de jeter un coup d'œil aux dernières pages. Voir comment l'auteure avait conclu. Il s'assit sur un banc, lut quelques paragraphes en diagonale.

Il y a un trou béant dans la définition des droits de propriété de la seigneurie du Lac-aux-Herbes, et toute l'histoire économique et sociale de la seigneurie est marquée par cette lacune.

(…)

La disparition de l'acte de concession est lourde de conséquences. En effet, c'est dans ce document que furent définies les modalités de fonctionnement de la seigneurie. Les titres de propriété qui seront utilisés par la suite ne reprennent pas les détails du contrat initial, mais s'y réfèrent pour l'essentiel.

(…)

Entre-temps, partout au Canada, des réserves ont été créées pour les Amérindiens. Ceux-ci n'y sont pas propriétaires du sol, mais ils y sont, théoriquement du moins, chez eux. Ce qui n'est pas le cas des quelque mille quatre cents Amérindiens de l'ex-seigneurie du Lac-aux-Herbes, devenue aujourd'hui municipalité de Rivière-à-l'Aigle. Officiellement, les terres qu'ils occupent sont la propriété du gouvernement fédéral, qui peut en disposer comme bon lui semble.

(…)

Certaines questions continuent de se poser. D'abord, quelles étaient exactement les dispositions de l'acte de concession concernant la propriété des terres, et plus particulièrement les droits des Amérindiens ? Est-il possible que l'acte de concession ait contenu une clause prévoyant que si la seigneurie cessait d'être utilisée pour la mis-

sion, les terres devaient revenir, en tout ou en partie, aux Amérindiens, comme le prétendent ces derniers, et aussi certains historiens ? Que sont devenues les copies de l'acte de concession qui auraient dû être versées au dépôt de l'Intendance et aux archives coloniales en France ?

(…)

Ces points ont une grande importance. En 1824, presque tout le territoire de la seigneurie a été concédé. On compte alors environ huit cents Amérindiens sur le territoire de la seigneurie du Lac-aux-Herbes. On estime que les deux tiers se sont installés autour du lac, les autres étant disséminés dans la partie du domaine seigneurial qui leur était auparavant réservée, sur des lopins de terres non loin des rives du fleuve. Où qu'ils se trouvent, ils n'ont aucun droit de propriété sur la terre.

Un peu compliqué, mais intéressant, pensa Morel. Il semblait que les titres de propriété originaux de la seigneurie aient été perdus. Louise Donaldson laissait entendre que les Amérindiens avaient peut-être des droits légaux concernant la propriété des terres de l'ancienne seigneurie.

Morel était un peu perplexe. Plus il avançait dans cette affaire, plus les limites de son champ d'investigation semblaient reculer, et plus le terrain paraissait miné. Il pensa à la phrase de monsieur Lepage. « Leur enquête

avait une portée et des implications sans pro-
portion avec notre affaire. »

Il faudrait revoir monsieur Enjalran au
plus tôt, parler à Louise Donaldson. Si Duclos
s'intéressait aux papiers concernant la seigneurie, il y avait des chances qu'elle l'ait
rencontré. Stone pourrait l'aider à la retrouver. Il retourna en hâte à son bureau, mais
l'historien n'y était plus.

13 : Ici, en Nouvelle-France

Rompant avec l'attitude paranoïaque de ses collègues, monsieur Enjalran avait donné rendez-vous à Morel dans un endroit public, un restaurant agréablement situé dans une cour intérieure, entre Saint-Paul et de la Commune.

Le choix était quand même calculé : l'endroit était discret. Une quinzaine de tables à peine. Côtés nord et sud, deux anciens magasins-entrepôts élevaient leurs vieilles pierres sur trois étages, reliés de part et d'autre par des dépendances en brique, de construction plus récente. L'ensemble formait une véritable muraille protectrice qui éliminait tout risque d'être observé. Dans l'intimité de ce lieu clos, ils pourraient parler sans crainte. Au-dessus, un rectangle de ciel presque trop bleu, dépourvu de la moindre trace de nuage. Il était midi et le soleil larguait ses rayons cuisants à angle droit sur les parasols.

Morel était arrivé une demi-heure à l'avance. Il en avait profité pour lire quelques pages du mémoire de Louise Donaldson. La veille, il avait laissé un message téléphonique à Peter Stone, le priant de lui trouver le numéro de la jeune femme. Il avait ajouté qu'il aimerait beaucoup savoir si Duclos avait emprunté le mémoire, et si possible obtenir la liste des autres documents qu'il avait empruntés à la bibliothèque. C'était peut-être beaucoup demander, mais après tout, Stone n'aurait aucun mal à obtenir ces informations.

Le matin, il était passé à la Bibliothèque nationale de la rue Holt, un autre centre d'archives public. Coup de chance, un des archivistes était un ami personnel d'Enjalran, et il avait accepté de vérifier le cahier des consultations. Mais encore là, ils n'avaient trouvé aucune trace de Normand Duclos dans les registres des deux dernières années.

Monsieur Enjalran arriva un peu en retard, mais de fort belle humeur. À tel point qu'il décida d'accompagner Morel, qui était en train de finir son quart de litre, en commandant un verre de vin rouge. Un rouge d'Espagne.

Morel lui montra la photocopie de la page titre du mémoire de Louise Donaldson.

— Oh ! voilà qui est extrêmement intéressant ! Je ne l'avais pas vu… Comment avez-vous trouvé ça ? Vous avez le texte complet ?

Si la surprise était feinte, c'était réussi.

— Non, seulement quelques pages. J'ai noté votre nom dans les remerciements. Pourquoi ne pas m'en avoir parlé avant ?

— Mais comment avez-vous trouvé ça ?

— C'est Stone qui m'en a parlé. Je suis allé à la bibliothèque de l'université. C'est public, tout le monde est le bienvenu. Alors, vous avez rencontré cette madame Louise Donaldson ?

— Je vous prie de m'excuser, j'avais complètement oublié… Cette jeune dame a effectivement passé quelques après-midis chez nous, c'était, attendez, de quand date ce document ?… Mai 1999, il y a deux ans… alors, c'était probablement l'automne précédent, octobre ou novembre 1998… Oui, c'est ça, j'ai commencé ma « semi-retraite » cet automne-là, c'est ça. J'avoue que j'avais complètement oublié… L'avez-vous rencontrée ?

— Non, pas encore. Enfin, je n'ai pas encore réussi à la contacter. Mais je voulais d'abord vous en parler. J'ai ici des photocopies, des choses qui vous intéresseront sûrement. Si vous voulez jeter un coup d'œil…

Morel sortit une cigarette et se la vissa aux lèvres pendant que monsieur Enjalran lisait en chuchotant comme un curé qui lit son bréviaire, avec des hochements de tête et des murmures appréciatifs.

Pendant que le Sulpicien tournait les pages, quelque chose attira l'attention de

Morel. À quelques mètres derrière Enjalran, un couple était installé à une table en retrait. Morel ne les avait pas remarqués jusque-là, il ne savait pas s'ils étaient déjà là quand il était arrivé. Maintenant, il avait l'impression que le visage de l'homme lui disait quelque chose. Au même moment, comme si l'autre s'était senti observé, il tourna les yeux vers Morel et le dévisagea un instant, lui aussi l'air un peu intrigué, puis le salua discrètement en souriant, comme s'il venait de le reconnaître. Morel répondit par un bref hochement de tête, par politesse, mais il n'arrivait pas à se rappeler où il avait rencontré cet homme. L'autre se pencha vers sa compagne, que Morel voyait de profil, et lui glissa quelques mots à l'oreille.

— Très, très intéressant en effet, dit Enjalran. J'aimerais beaucoup lire le reste. Je suis vraiment bête de pas y avoir pensé plus tôt. Elle m'avait bien dit que son mémoire portait sur la seigneurie du Lac-aux-Herbes, mais voyez-vous, il n'était question que de faire des recherches dans la partie « officielle » de nos archives, si je puis dire, elle n'avait pas ouvert une seule caisse de documents non classés. Elle avait passé en revue une partie de la correspondance entre le séminaire et différents dignitaires, les gouverneurs, l'évêque, le séminaire de Paris. Elle était à la recherche de tout ce qui concernait la seigneurie du Lac-aux-Herbes. D'ailleurs, je crois me rappeler qu'elle n'avait pas trouvé grand-chose, je suis même surpris qu'elle ait inclus mon nom dans les remerciements.

Il prit une petite gorgée et leva les yeux, l'air songeur.

— Oui, les Cordeliers… Ils ont disparu, en effet… Je ne sais même pas si l'ordre existe toujours en Europe… Il est en tout cas bien connu qu'ils n'aimaient pas beaucoup sortir de leurs terres pour venir en ville. Ni à Québec, la seule vraie ville à l'époque, quoi qu'on en dise, et encore moins à Montréal, qui était la chasse gardée des Sulpiciens… Vous voyez, les Cordeliers et les Sulpiciens, ils ne s'entendaient pas très bien… Quand les Cordeliers devaient venir à Montréal, c'était toujours chez les Récollets qu'ils logeaient, et chez personne d'autre, jamais chez les Sulpiciens. Ni chez les Jésuites d'ailleurs… Vous savez, cette concurrence entre missionnaires en Nouvelle-France, c'est quelque chose d'absolument passionnant, enfin, je veux dire, d'un point de vue d'historien… Oui, il faut absolument que je lise cet ouvrage.

La vérité est que les communautés religieuses en Nouvelle-France, et peut-être plus particulièrement les communautés d'hommes, reproduisaient fidèlement le comportement de leurs maisons mères respectives, en Europe… On sait que les Jésuites n'auraient pas été trop peinés de voir les Sulpiciens expul-

sés de Montréal, ou même de toute la colonie… Et il est bien connu que les Jésuites et
les Sulpiciens ont usé de toute leur influence
en cour pour empêcher les Cordeliers de l'obtenir, leur seigneurie… En France, le supérieur des Cordeliers n'entretenait de relations
suivies qu'avec la maison des Récollets. Aucun
lien avec les Jésuites, ni avec le séminaire de
Saint-Sulpice. Les Récollets, c'était différent.
Comme les Cordeliers, ils avaient un statut
d'ordre mendiant, c'est d'ailleurs une des raisons qui les a empêchés de vraiment s'im-
planter ici, en Nouvelle-France.

Ici, en Nouvelle-France… C'était reparti, l'archiviste était relancé, un petit sourire
de nouveau sur les lèvres. Morel se demanda si ces petites fugues dans le temps n'étaient
pas une façon de détourner son attention.
Mais en même temps, il ne pouvait douter
de la sincérité de cet homme, et surtout il
ne pouvait s'empêcher de ressentir une réel-
le sympathie pour lui.

— Vous savez, j'aime vraiment beaucoup
cet endroit, continuait Enjalran, nous nous
trouvons ici tout près du cœur historique de
la ville. Voyez plutôt : de ce côté, à cent mètres
à peine, il y a l'emplacement de la première
école de Montréal, c'était en 1657… Et là, juste
au nord de la rue Saint-Paul – la plus vieille
rue de la ville –, le premier hôpital, l'Hôtel-
Dieu, 1644 ou 1645, on n'est pas sûr… Et si

on creusait un peu à quelques mètres d'ici, quelque part sous cette porte cochère, on tomberait certainement sur les fondations du mur intérieur des anciennes fortifications.

Enjalran fut interrompu en plein élan par le garçon qui arrivait avec les entrées. Comme il faisait très chaud, il décida de retirer son veston. Il le plia soigneusement et le déposa sur une chaise. C'est alors que Morel remarqua un curieux objet qui dépassait de la pochette intérieure. C'était un téléphone portable. Enjalran avait un portable ! Quand le prêtre se rendit compte que Morel regardait l'appareil avec étonnement, il rougit jusqu'aux oreilles et pria Morel de ne pas en parler aux autres Sulpiciens.

— Mais pourquoi donc, demanda Morel en riant, ce n'est pas un péché mortel !

— Non, bien entendu, mais… C'est un cadeau que je me suis fait. Je le garde d'ailleurs toujours éteint quand je suis en présence de quelqu'un.

Sourire aux lèvres, Morel sortit le sien, le montra à Enjalran. Il était éteint.

— Vous pouvez bien me laisser votre numéro, allez !

Les pommettes toujours légèrement empourprées, Enjalran découpa un coin de napperon et y inscrivit son numéro.

— Alors, cette Louise Donaldson, vous l'avez rencontrée quand ?

— Eh bien ! je ne l'ai jamais rencontrée, je lui a seulement parlé au téléphone. Elle est venue au vieux séminaire à quelques reprises, mais je n'y étais pas. Nous nous sommes parlés deux ou trois fois. Je m'y connais assez bien sur le sujet du régime seigneurial, mais je ne suis pas un spécialiste de la seigneurie du Lac-aux-Herbes. Ni de l'ordre des Cordeliers d'ailleurs, mais j'avais fait de mon mieux pour l'aider.

— Vous pourriez peut-être m'aider à la retrouver. Vous aviez bien un numéro où la joindre ?

— Sans doute, je veux bien essayer. Je vais fouiller dans mes papiers, je vous rappellerai. Vous croyez qu'elle pourrait vous aider à retrouver monsieur Duclos ?

— Je crois que ça vaut la peine d'essayer. Si le vol des documents est vraiment lié à l'affaire Rivière-à-l'Aigle, il y a certainement des choses dont j'aimerais discuter avec elle. Selon ce qu'elle dit dans son mémoire, il y aurait une certaine ambiguïté dans la définition des droits de propriété de l'ancienne seigneurie.

— Oui, je crois avoir lu quelque chose là-dessus, fit le Sulpicien d'un air pensif.

— Ce document dont elle parle, l'acte de concession de la seigneurie, ne croyez-vous pas qu'il pourrait s'agir du document que Duclos recherchait ? Est-ce qu'il fait partie des papiers qu'on vous a retournés dans le colis ?

En prononçant ces mots, Morel eut un flash. Il jeta un bref coup d'œil vers le couple assis plus loin. Il venait de se rappeler. L'homme qui l'avait salué tout à l'heure, c'était le touriste de la place d'Armes, celui qu'il avait rencontré devant la statue de l'Iroquois, le soir de sa première visite au vieux séminaire.

— Oh non ! certainement pas, vous pensez bien que je l'aurais remarqué ! Il y avait peut-être une cinquantaine de documents dans le colis, je les ai examinés un par un, et je peux vous garantir que ce document-là ne s'y trouvait pas.

— Mais ce sont bien des papiers des Cordeliers ?

— Oui, enfin non, pas les papiers des Cordeliers eux-mêmes, fit Enjalran en fronçant les sourcils avec un air légèrement contrarié. Des papiers qui portent sur la seigneurie du Lac-aux-Herbes, qui concernent plus ou moins les Cordeliers, mais pas de contrats ni d'autres documents de nature juridique.

Toujours ce ton impatient, le même qu'il avait eu la première fois, quand Morel avait insisté sur l'implication de la police.

— Ah bon ! Dommage. Tout de même, si vous trouvez le numéro de Louise Donaldson… Autre chose, j'ai déjà visité plusieurs centres d'archives. Je n'ai pas encore eu de réponse des Archives nationales ni de l'archevêché, ils doivent me rappeler. Mais pour les autres, aucune trace de Normand Duclos.

— Rien d'étonnant… Enfin, je veux dire, en ce qui concerne les archives religieuses. Il y a peu de chances pour que le jeune Duclos ait été admis dans les dépôts d'archives privés.

— Et encore autre chose… J'ai oublié de vous le demander mardi. Pouvez-vous me dire à quelle date exactement Duclos est venu au séminaire pour la dernière fois ?

Enjalran écoutait d'un air distrait. Il était perdu dans ses pensées, sans doute à cause de l'effet combiné du vin et de sa tendance naturelle à s'évader de la réalité.

— La toute dernière visite ? Hum… Bien sûr… Attendez…

Il sortit un grand cahier de sa mallette, se mit à le feuilleter. C'était un agenda. Morel nota que chaque page était bourrée de notes et reconnut l'écriture serrée de l'archiviste.

— Alors, j'ai appelé monsieur Stone à l'université… le 25 avril. Monsieur Lepage m'avait informé que monsieur Duclos ne s'était pas présenté la semaine précédente, soit les 17 et 18… ni le mercredi précédent, le 11… Sa dernière visite remonterait donc au mardi, 10 avril.

Morel prit note de la date, impressionné. Quand il s'y mettait, Enjalran pouvait être précis, très précis. Précis comme un archiviste.

14 : Soldats de Dieu

Tout de suite après avoir quitté Enjalran, Morel sauta dans un taxi et se rendit à la gare centrale. À deux heures, il était dans le train à destination de Blainville, terminus de la ligne de banlieue vers le nord de Montréal. De là, il prit un autre taxi qui le déposa une vingtaine de minutes plus tard au centre d'une petite ville voisine, à un endroit appelé « place de la Gare ».

Il marcha dans une rue bordée de grands hêtres, passa devant une belle église. Le temps était superbe, une chaleur douce, moins humide qu'en ville. Par moments, le vent faisait frémir les feuilles des arbres, produisant un bruissement délicat. Même un incurable citadin comme Morel ne pouvait rester insensible à la douceur de vivre qui émanait de cet endroit. C'était une sensation qu'il éprouvait souvent quand il sortait de la ville, surtout l'été. Chaque fois, il se disait qu'il devrait aller plus souvent à la campagne. Dès qu'il rentrait en ville, il oubliait.

La maison des Jésuites était un beau bâtiment de pierre du XIXᵉ siècle, avec un toit de fer blanc à deux versants fortement inclinés et deux lucarnes. Une haie de cèdres bordait l'allée qui menait à l'entrée. Au-dessus de la ligne du toit, on apercevait la tête de quelques grands ormes.

Cette fois, Morel avait pris la précaution d'appeler. L'archiviste des Jésuites, le père Loiselle, était une connaissance d'Enjalran. Il tendit la main à Morel avec un bref hochement de tête.

— Vous êtes monsieur Morel.

C'était un homme de taille moyenne à l'allure rigide, un peu militaire. Ses cheveux gris étaient coupés très court. Au téléphone, Morel avait noté le ton un peu martial, mais il n'avait pas imaginé tant de rigueur. Il se souvint d'avoir lu quelque part qu'on avait déjà décrit les Jésuites comme une armée, l'armée de Dieu, et qu'eux-mêmes se considéraient volontiers comme les *soldats de Dieu*.

Le père Loiselle conduisit Morel par un long corridor jusqu'à une grande pièce dont les murs étaient littéralement tapissés de livres. Il prit place derrière un bureau d'acajou et invita Morel à s'asseoir. Derrière le prêtre, on apercevait par la fenêtre une partie de la cour, qui semblait vaste. Au fond, à côté d'un petit pavillon de jardin, un homme était en train de tailler des arbustes au sécateur.

Morel ouvrit sa mallette et en tira la lettre de recommandation d'Enjalran.

— Voici une lettre qui m'a été remise par monsieur Enjalran…

— J'ai parlé à monsieur Enjalran ce matin, interrompit le prêtre. Il m'a expliqué la situation. C'est une affaire préoccupante… J'ai vérifié le registre des visiteurs. Ce monsieur Duclos que vous recherchez est passé ici l'automne dernier, le 13 novembre. Il a produit une carte d'étudiant et une lettre signée par un de ses professeurs. Après vérification de ses références, nous lui avons permis de consulter certains ouvrages, mais pas tous ceux qu'il a demandés. Selon nos registres, il n'a pu voir que trois des vingt et un documents demandés.

Le prêtre se tut un instant. Morel notait tout dans son carnet.

— Je ne peux guère vous en dire beaucoup plus sur ce monsieur Duclos. Je ne me suis pas occupé de lui personnellement, nous avons eu la visite de chercheurs européens en novembre, et j'avais confié la salle de consultation à une assistante.

— Et les documents qu'il a consultés, est-il possible de savoir sur quels sujets ils portaient ?

— Une chose est certaine, Duclos n'a pas été laissé sans surveillance un seul instant dans la salle de consultation. Pour ce qui est des documents consultés, j'ai déjà vérifié les registres. Je pourrais vous les énumérer, mais je peux vous dire tout de suite que vous n'allez rien pouvoir en conclure. Les registres ne permettent pas d'établir si sa recherche portait sur la seigneurie du Lac-aux-Herbes en particulier, si c'est ce que vous avez en tête… Nous avons ici une grande variété de documents, et chaque document contient des informations très diverses. Chacun peut y chercher et y trouver des choses différentes. Par exemple, beaucoup de chercheurs viennent consulter les documents du fonds Rochemonteix, qui rassemble des papiers ayant servi à la rédaction d'ouvrages sur les Jésuites et la Nouvelle-France aux XVIIe et XVIIIe siècles. Il y a vingt-huit cahiers, mon cher monsieur ! Si je vous dis que votre Duclos en a feuilleté quelques-uns, vous n'êtes pas beaucoup plus avancé !

— Je vois, mais vous ne savez pas s'il a été question du Lac-aux-Herbes, si Duclos aurait mentionné la seigneurie.

— Il est possible que madame Bussières puisse vous informer là-dessus, elle a une excellente mémoire. Elle travaille ici de septembre à mai. Mais vous ne pourrez pas la rencontrer maintenant, elle passe l'été dans un chalet avec son mari, quelque part dans les montagnes plus au nord. J'ai peur qu'elle soit difficile à joindre, ils n'ont pas le téléphone… Je peux toujours laisser un message à l'épicier du village le plus proche, si ça vous paraît important. Elle finira par rappeler, mais ça peut prendre plusieurs jours. Vous n'avez qu'à me laisser votre numéro, je vous tiendrai informé.

— Si ce n'est pas trop demander, fit Morel en tendant sa carte. Il serait également intéressant de savoir s'il a fait faire des copies.

— Nous ne consignons pas ce genre de détail. Je demanderai à madame Bussières.

Morel sortit la photo de Duclos. Le Jésuite la regarda à peine.

— Comme je vous l'ai dit, je ne me suis pas occupé de lui personnellement. Je l'ai peut-être croisé en passant, mais je n'ai pas fait attention.

— Bien… Autre chose, mon père… Vous êtes peut-être au courant de la situation à Rivière-à-l'Aigle, là où se trouvait la mission du lac aux Herbes…

— Au courant, oui. Spécialiste, non. En tant qu'archiviste de la Compagnie de Jésus au Canada, j'ai une certaine connaissance de l'histoire de nos propres seigneuries. Le cas de la mission du lac aux Herbes n'est pas unique, le même problème s'est posé dans presque toutes les anciennes seigneuries établies par des communautés religieuses autour d'une mission… La différence, c'est qu'à Rivière-à-l'Aigle, il n'y a pas eu création de

réserve. Mais pourquoi insister sur cette seigneurie en particulier ? Monsieur Enjalran
l'a mentionnée, mais ne m'a pas donné d'explications. Quel lien voyez-vous entre le vol
des documents chez les Sulpiciens et la situation à Rivière-à-l'Aigle ?

— Ce n'est pas moi qui ai fait ce lien, père
Loiselle... C'est que la plupart des documents
volés concernaient la seigneurie du Lac-aux-
Herbes.

— Vraiment, fit le prêtre avec un haussement de sourcils. Voilà qui est assez troublant... Alors...

Il y eut un long silence. Subitement, le
Jésuite parut absorbé dans ses pensées.

— J'ai aussi découvert qu'il y aurait un
certain mystère autour des titres de propriété de la seigneurie...

— Je sais, je sais. Certains titres ont disparu. Tout cela est de notoriété publique, je
veux dire dans certains cercles... Mais où
voulez-vous en venir au juste ? Vous croyez
que votre homme était à la recherche des
papiers manquants ?

— Mon père, en tant que détective, je ne
peux pas me permettre de négliger la moindre
piste. Même celles qui peuvent paraître farfelues...

— Je dirais plutôt ridicule, une idée parfaitement ridicule. Mais continuez, je vous
prie.

— Eh bien ! à l'appui de cette hypothè-se, si je puis dire, quelqu'un m'a fait remar-quer qu'un certain professeur Brassard, un anthropologue, universitaire, travaille juste-ment à constituer un dossier sur l'histoire de Rivière-à-l'Aigle. Avec l'objectif de démon-trer que les Indiens ont des droits…

— Bien sûr, bien sûr, j'en ai entendu par-ler. Rien de bien nouveau encore là. Alors, vous croyez que votre type travaille pour Brassard ?

— Oh ! j'espère bien ne pas en arriver là, croyez-moi. Mon mandat se limite à retrou-ver ce jeune Duclos…

— Eh bien ! si vous voulez mon avis, c'est une idée complètement ridicule. Depuis quelques années, les Indiens ont commencé à recourir aux tribunaux pour faire valoir leurs droits. Au début, quelques-uns ont pu croire que ça les ferait avancer. Foutaise que tout cela ! Ce Brassard n'arrivera à rien. Même avec tous les documents légaux, tous les actes de concession du monde, scrutés et authenti-fiés par tous les spécialistes que vous voudrez, ils n'obtiendront jamais rien de cette façon. Les tribunaux ne peuvent rien pour réparer les injustices du passé, réelles ou imaginées… Quant à celles d'aujourd'hui… Nous vivons à une époque où les vieux papiers ont tout juste leur place dans les musées et sur les tablettes des dépôts d'archives, et encore…

— Si vous permettez, mon père, vous n'avez peut-être pas tort là-dessus, mais cela n'empêche pas que certains peuvent y croire…

— Ridicule ! Tout de même, cette affaire est préoccupante…

Le Jésuite se tut encore un moment. Les lèvres serrées, le regard fixe, il paraissait ruminer une idée.

— Écoutez, il y a autre chose, finit-il par lancer d'un ton brusque. Vous cherchez des pistes, eh bien ! je vais vous en donner une, moi, de piste. Je vais vous parler… Il est possible que votre homme n'ait pas agi seul… Donnez-moi un instant.

Il ouvrit un grand cahier noir, se mit à le feuilleter.

— Puisqu'il est question de la seigneurie du Lac-aux-Herbes… Je peux vous parler d'un autre visiteur que nous avons eu auparavant, plus précisément…

Le prêtre fut interrompu dans sa recherche par une sonnerie qui venait de l'avant de la maison. Il referma le cahier et sortit en s'excusant. Morel l'entendit discuter un moment avec un autre homme. Il y eut le bruit d'une porte qui se referme, puis ce fut le silence.

Maintenant seul dans la pièce, Morel en profita pour jeter un coup d'œil autour de lui. De chaque côté, de longues rangées de livres, dont certains avaient des reliures somp-

tueuses, s'alignaient sur des étagères derrière des portes vitrées. Le plafond était orné
d'élégantes moulures. Au centre, un magnifique lustre de cristal rappelait que la pièce
avait été conçue pour servir de salon. Un intérieur bourgeois du début du siècle.

Il se demanda si ces ouvrages faisaient
partie des archives des Jésuites. Sans doute
pas. Il avait très envie de regarder de plus
près, mais il n'osait pas.

Dehors, on entendit des voix qui se rap-
prochaient, venant du côté de la maison.
Le père Loiselle apparut dans la cour, accompagné d'un homme en bleu de travail. Ils se
rendirent auprès du jardinier et les trois
hommes eurent un entretien animé. Le prêtre
donnait des instructions, pointant un doigt
d'un côté ou de l'autre, les deux hommes
acquiesçaient.

Après quelques minutes, l'ouvrier disparut dans une petite remise et le jardinier retourna à ses émondages. Morel entendit de nouveau le bruit de la porte avant qu'on refermait.
Il fallut encore une bonne dizaine de minutes
avant que son hôte réapparaisse avec une chemise cartonnée qu'il posa sur le bureau.

— Je vous prie de m'excuser, je dois remplacer quelqu'un aujourd'hui.

Il s'assit et se mit à feuilleter rapidement
le cahier noir, s'arrêta à une page qu'il examina un instant en silence.

— Nous avons eu ici la visite de quelqu'un qui recherchait des informations sur la seigneurie du Lac-aux-Herbes, prononça-t-il lentement sans quitter le cahier des yeux. C'était l'hiver de l'année dernière... Début février 2000...

Le Jésuite poussa un long soupir et releva la tête. Il resta muet encore un moment.

— Un dénommé Cyrille Thibault, reprit-il avec un froncement de sourcils. Je me souviens de lui. Un Indien... Assez métissé à vrai dire, mais il m'a montré ses papiers d'identité, tout était en règle. Indien, inscrit en bonne et due forme dans les livres du ministère...

Le Jésuite s'était mis à parler plus lentement, le regard fixe, plissant parfois les yeux dans un effort pour se rappeler un détail.

— Il avait fait une demande écrite pour consulter nos archives, dit-il en sortant un papier de la chemise cartonnée. Je viens de retrouver la lettre, elle est datée du 4 janvier 2000. J'avais refusé, bien sûr. On n'entre pas ici comme dans un moulin... Il ne répondait à aucun critère. Il n'était même pas étudiant. Ce n'est pas la première fois que ça arrive. Nous avons une lettre type toute prête pour ce genre de demande.

Mais il a insisté. Il a téléphoné pour essayer de me convaincre. L'objet de sa demande était confus – il faisait une recherche sur ses origines, il était question de l'histoire de Rivière-à-l'Aigle. J'ai encore refusé. Je lui ai conseillé de se tourner vers les centres d'archives publics, la Bibliothèque nationale, les Archives nationales. Il a répondu que c'était déjà fait, qu'il avait trouvé là beaucoup de choses intéressantes, et qu'il avait découvert que nous, les Jésuites, avions certains documents qu'il voulait absolument consulter.

Il a rappelé le lendemain, toujours aussi insistant. Je lui ai répété que nos archives ne sont pas ouvertes au public, qu'il y a des règles, que seuls les chercheurs étaient admis. Nous ne sommes pas un centre de recherches généalogiques. Nous n'avons pas les ressources nécessaires pour accueillir tous ceux qui s'intéressent à nos archives, veuillez me croire, il s'en faut de beaucoup…

Mais il ne s'est pas avoué vaincu pour autant. Quelques jours plus tard, il sonnait à notre porte. Sans même avoir prévenu ! Mais il s'est tout de même présenté très correctement, et j'ai accepté de le recevoir. J'ai dû lui expliquer encore une fois qu'il n'était pas question de l'autoriser à consulter nos archives, et que de toute façon, il n'y trouverait que bien peu de choses.

Il m'a écouté sans broncher. Il a dit qu'il comprenait bien ce que je lui disais, mais qu'il fallait faire une exception pour lui, que ses raisons étaient bonnes. Il s'exprimait d'une façon très particulière. Je me rappelle qu'il répétait sans cesse les mêmes choses, sans jamais perdre son calme, et chaque fois en abordant la question d'un nouvel angle. Je dois dire qu'il était très convaincant.

Il a répété qu'il était à la recherche d'informations sur sa famille, sur ses origines. Je lui ai demandé quel type d'information il cherchait au juste, quel genre de documents. Il a dit : « Tout ce qui touche la seigneurie du Lac-aux-Herbes. » Il m'a raconté un peu son histoire. Il était né quelque part en forêt, je ne me souviens plus où, élevé par sa grand-mère à Rivière-à-l'Aigle, justement – sa grand-mère qui ne parlait que le montagnais –, adopté par un couple quelque part en région, au Lac-Saint-Jean, je crois, transplanté dans un environnement étranger… Une histoire tragique, encore une…

Je lui ai dit qu'il ne trouverait rien ici, que nous n'avons rien sur la seigneurie du Lac-aux-Herbes, que cette mission n'avait jamais été sous la responsabilité des Jésuites. Qu'il ferait mieux de s'adresser au séminaire de Québec et aux archevêchés, à Montréal et à Québec, de chercher dans les documents sur les diocèses, les paroisses. Mais je l'ai bien prévenu qu'il ne réussirait certainement pas plus à être admis à ces endroits qu'ici, sans un statut de chercheur et de solides références – sauf aux archives du séminaire de Québec, qui sont ouvertes au public.

Mais il était intraitable. Et bien informé…
« Vous avez ici des papiers sur plusieurs
paroisses. Vous avez des fonds privés, des
archives administratives sur votre communauté. Je sais exactement ce que je cherche,
j'ai une liste de documents, je n'ai besoin que
de quelques jours. »

C'était un orateur redoutable, comme on
en voit rarement. Il y avait en lui quelque
chose de tout simplement théâtral. Je le revois
encore, les cheveux longs et noirs, un collier au cou, des bracelets aux poignets. Il a
même dit que j'avais le *devoir* de lui ouvrir
nos portes, *un devoir de justice*. Il m'a servi un
discours si étrange – à certains moments,
j'avais l'impression d'entendre une véritable
harangue à l'indienne, si vous voyez ce que
je veux dire, cette fameuse éloquence des
Indiens d'Amérique, qui a tant impressionné les premiers chroniqueurs européens…
Les Jésuites ne seraient jamais venus en Amérique, n'eût été des Indiens, ce que les Blancs
doivent aux Indiens, ce genre de discours…

Je vous prie de croire, cher monsieur, que
je ne suis pas homme à me laisser embobi-
ner par le premier venu. En temps normal,
je perds très vite patience avec ce genre de
dialectique… Mais j'avoue que je l'ai écouté
avec intérêt. Le ton était juste, il n'a tenté à
aucun moment de susciter, ou d'exploiter un
quelconque sentiment de culpabilité ou quoi

que ce soit du genre. Il y mettait beaucoup d'émotion, mais comment dire… Une émotion maîtrisée, canalisée, mais d'une telle intensité… Je vous le répète, c'était un homme extrêmement habile et déterminé.

Mais il n'était pas question de lui accorder une autorisation exceptionnelle. Il est reparti bredouille.

Le Jésuite se tut encore une fois. Il avait l'air confus, un peu embarrassé.

— Voilà en effet une histoire bien singulière, dit Morel sans lever les yeux de son carnet, je vous remercie de m'en avoir fait part… Mais dites-moi, vous êtes bien certain qu'il ne s'agit pas de…

Morel avança la main et pointa la photo de Duclos, qui était restée sur le coin du bureau.

— Celui-là ? Pourquoi me demandez-vous ça ? Il serait revenu sous une fausse identité ? En risquant que je le reconnaisse ? N'oubliez pas que les deux avaient des pièces d'identité en règle.

— Bien sûr… Croyez-vous que Thibault et Duclos aient pu agir de concert ?

— Ce n'est pas à moi d'en juger. Je constate simplement qu'il semble que deux personnes soient venues ici en moins d'un an pour faire des recherches sur un sujet bien particulier. Ce n'est pas courant. J'ai pensé que la chose était digne d'intérêt.

— Et vous avez eu bien raison, et je vous en remercie… Mais dites-moi, ce Cyrille Thibault, avez-vous l'impression qu'il était vraiment à la recherche d'informations sur ses origines familiales ?

— Comment savoir ? Il y a des gens qui apprennent à vingt ans qu'ils ont été adoptés, et qui deviennent immédiatement obsédés par l'idée de retrouver leurs parents biologiques… D'autres, dans la même situation, n'ont qu'un haussement d'épaules. Il a été très convaincant, c'est tout ce que je peux dire.

— L'hypothèse qu'ils travaillent ensemble n'est pas sans intérêt. On peut supposer que… Le premier n'ayant pas réussi à mettre les pieds dans votre salle de consultation, l'autre sera venu, voyons… neuf mois plus tard, mieux armé.

— Je vous laisse le soin de faire les suppositions. Mais si vous voulez mon avis, l'autre n'était pas très bien armé, comme vous dites, parce que madame Bussières a refusé la plupart de ses demandes. S'il était aussi insistant que le premier, elle lui aura peut-être donné quelques miettes pour s'en débarrasser, pas plus.

Le Jésuite jeta un coup d'œil furtif à sa montre. L'entretien tirait à sa fin. Morel referma son carnet et le glissa dans la pochette de son veston.

— Je vous remercie beaucoup, mon père, vous avez été très aimable, vraiment, dit-il en se levant.

— Il n'y a pas de quoi. Si je puis vous être utile, n'hésitez pas à me contacter. Je vous rappellerai dès que j'aurai parlé à madame Bussières. Sachez que je prends cette affaire très au sérieux, monsieur Morel. J'ai d'ailleurs demandé à monsieur Enjalran de me tenir au courant. Quelles que soient les motivations de ces gens, de tels agissements sont tout à fait intolérables.

— Oh ! encore une chose… ce Cyrille Thibault, vous ne lui avez pas suggéré d'aller chez les Sulpiciens, par hasard ?

— Non, certainement pas chez les Sulpiciens.

— Et croyez-vous qu'il y est allé, au séminaire, à Québec, et dans les archevêchés ?

— Je n'en sais rien, je n'ai pas fait d'enquête là-dessus.

Dans le train qui le ramenait en ville, Morel recopiait soigneusement ses notes dans un grand cahier vert à couverture rigide, qu'il appelait son cahier de réflexion. C'était encore une des règles de McMillan. Un, sur le terrain, noter le moindre détail dès que possible, pour ne pas risquer de l'oublier. Deux, plus tard, tout recopier soigneusement au propre, en faisant tous les liens possibles avec les autres informations. Mettre à jour la chronologie des événements, confirmer ou écarter les hypothèses précédentes, en établir de nouvelles, les étudier attentivement. Ensuite, quand les choses se compliquent et qu'on se trouve dans une impasse, tout relire lentement, plusieurs fois, les notes, les réflexions, tous ces détails qu'on aura forcément oubliés.

Morel travaillait lentement, écrivait quelques mots, s'arrêtait pour jeter un regard par la fenêtre. Les quartiers périphériques de la ville défilaient, monotones, sans qu'il les voie. Ce qu'il voyait, c'étaient les images qui lui étaient venues à l'esprit pendant qu'il écoutait le Jésuite parler de ce Thibault. Comment ne pas songer à la façon dont les Sulpiciens, et aussi l'Intendant, avaient parlé de Normand Duclos ? La même éloquence, le même charme avaient opéré.

Thibault et Duclos étaient peut-être deux complices. Peut-être aussi étaient-ils une seule et même personne. Quoi qu'il en soit, il faudrait recontacter tous les archivistes. Si les deux hommes étaient de mèche, il y avait peut-être une chance de retrouver la trace de Duclos par l'intermédiaire de Thibault.

Il était près de sept heures quand il descendit du train. Il acheta les journaux et s'installa à une table à un des cafés de la gare centrale.

Il décida de passer au bureau avant de rentrer à la maison. Il s'y rendit à pied. Le temps était lourd ; le ciel, si beau dans l'après-midi, était maintenant presque complètement couvert.

Il n'était pas mécontent du chemin parcouru après une semaine. Il allait maintenant falloir rédiger son premier rapport d'avancement. Il ferait un brouillon ce soir au bureau et laisserait tout ça mûrir pendant la nuit. Il ne manquait pas de matériel pour ce rapport, mais il n'avait pas l'intention de tout raconter. L'expérience lui avait appris que la prudence et la sobriété étaient de mise dans les communications écrites avec le client. Cette règle s'appliquait d'autant plus aux Sulpiciens que ceux-ci refusaient de répondre à certaines questions importantes. Il y avait des choses dont il voulait parler avec Enjalran, mais qu'il était prématuré d'inclure dans le rapport, et cela même si c'était Enjalran qui le premier lirait le rapport – d'autres le liraient après lui.

Au bureau, il défit sa cravate, se versa un scotch et fit des appels à la Bibliothèque nationale et aux Archives nationales. Il laissa un message aux archivistes concernant Cyrille Thibault. Il laissa aussi des messages aux autres centres qu'il avait visités, au cas où.

Le voyant du répondeur s'agitait modérément : deux clignotements seulement. Morel

mit l'appareil en marche. Appuyé nonchalamment au bord d'une fenêtre, une main dans
la poche, il écouta en sirotant son scotch et en
observant un groupe de touristes un peu égarés qui hésitaient à l'intersection.

Ce fut d'abord le débit un peu laborieux
de Stone, qui n'avait pas pu obtenir les coordonnées de Louise Donaldson, apparemment
à cause d'une panne du système informa-
tique. Il s'embrouillait dans une explication
inutile et compliquée. Il avait quand même
réussi à obtenir une information : Normand
Duclos avait bien emprunté le mémoire à la
bibliothèque, en septembre 2000. Il promettait d'essayer de savoir quels autres documents il avait consultés.

Le répondeur grésilla un peu et passa au
second message. Morel faillit renverser son
verre en entendant la voix.

« Bonjour, ici Camille Bergeron, vous me
reconnaissez peut-être ? Je vous attends ce
soir au Cargo, boulevard Saint-Laurent, à
neuf heures. Assoyez-vous avec un journal
et faites des dessins dessus, pour que je vous
reconnaisse. Désolée, je vais avoir peu de
temps. »

Il jeta un coup d'œil désespéré à la vieille
horloge : huit heures trente. Il passa en vites-
se dans l'autre pièce, enfila une chemise
propre et son veston, s'aspergea le visage
d'eau froide, prit le journal et se rua dans l'es-

calier sans prendre le temps de nouer sa cravate.

Le rapport attendrait.

15 : Débriefing au Cargo

Boulevard Saint-Laurent, les commerces étaient en train de fermer. Le vendredi, à cette heure, à cet endroit, c'était toujours un peu fébrile. Des gens se croisaient qui n'appartenaient pas au même monde. Il y avait les diurnes, ceux qui avaient passé la journée dans les boutiques et les bureaux, qui quittaient les lieux à pas pressés. Il y avait les autres, les barmans et les portiers, qui commençaient à se pointer. La vraie clientèle nocturne ne serait pas là avant des heures. Au solstice d'été, ce petit remue-ménage se faisait sous un ciel encore clair, ce qui ajoutait un peu de bizarrerie à la confusion habituelle.

La pluie commençait à tomber et il était neuf heures moins cinq quand Morel descendit du taxi. Le Cargo était un de ces établissements à vocation multiple, genre « resto-bar-billard », qui s'étaient multipliés jusqu'à plus soif dans ce coin de la ville. Le café était au rez-de-chaussée ; le bar, à l'étage ; les tables de billard, un peu partout.

Il y avait beaucoup de monde au resto. Morel jeta un coup d'œil autour de lui, à la recherche d'une table libre ou d'un regard subrepticement posé sur son journal. Ne trouvant ni l'un ni l'autre, il monta l'escalier.

À l'étage, c'était plus tranquille, et la musique était plus supportable. Il y avait une rangée de tables du côté de la rue. Morel en choisit une, posa son journal devant lui, sortit un stylo et se mit à crayonner ostensiblement.

Subitement, la pluie se mit à tomber plus dru, une véritable averse. Dehors, les gens couraient, se réfugiaient sous les auvents. En face, quelques punks hurlaient joyeusement en se chamaillant sous la flotte.

Le garçon s'approcha et jeta un coup d'œil étonné aux gribouillages qui couvraient déjà la moitié du journal. Morel commanda un allongé.

Le garçon prit la commande et disparut, et au même instant elle fut là.

Elle s'était fait prendre par l'averse, l'eau lui dégoulinait de partout. Sous les spots, ses cheveux étaient presque rouges et ondulaient en boucles qui lui collaient aux tempes et se déroulaient en arabesques sur son cou, qui était très blanc. Morel crut voir quelques mèches de couleurs différentes, mais ce n'étaient peut-être que des reflets. Les yeux verts semblaient conçus pour la bravade. Elle portait une espèce de chandail-robe de coton vert délavé, avec des collants noirs. Elle avait du noir sur les yeux, qui coulait un peu en ce moment, et un rouge à lèvres marron.

— Alors, c'est vous, monsieur Morel ? C'est vous qui vouliez me voir ?

Un peu désarçonné par cette apparition soudaine, Morel invita la jeune femme à s'asseoir en brandissant ridiculement la photo de Duclos.

— Je cherche cet homme.

Morel avait déjà fait mieux comme entrée en matière et ce fut précisément ce qu'il pensa au moment même où il prononçait ces mots, et pourtant, tout de suite, il sut qu'il avait marqué un point. L'espace d'un battement de cil, elle avait vacillé, il en était certain. Mais pas assez pour perdre une once de contenance.

— Jamais vu. C'est pour *ça* que vous vouliez me voir ?

Le garçon arriva avec l'allongé. Camille, toujours debout, commanda quelque chose que Morel ne connaissait pas, peut-être une spécialité de la maison. Elle avait un sac à dos bleu et minuscule, elle fouilla dedans, à la recherche de quelque chose qu'elle ne trouva pas, s'en alla au bar, où elle échangea quelques mots avec le barman, qu'elle semblait connaître. Elle revint avec une cigarette aux lèvres et trois autres dans la main, qu'elle posa sur la table avant de sortir un briquet dont elle fit jaillir une flamme dangereusement longue.

Morel commença par ses boniments habituels : il ne s'agissait pas du tout d'une affaire criminelle, son client désirait seulement retrouver l'homme sur la photo, il n'était pas question de poursuites. Elle écouta sans rien dire, en prenant de longues bouffées de sa cigarette, qu'elle exhalait lentement en faisant des ronds de fumée, comme des boucles de lasso lancées dans toutes les directions. Impossible de savoir ce qu'elle pensait.

— C'est bien vous qui avez couvert l'affaire Rivière-à-l'Aigle, n'est-ce pas ?

— C'est bien moi, en effet, telle que vous me voyez, ou à peu près. Mais en même temps, ce n'est pas moi, c'est-à-dire de moins en moins, un peu moins chaque jour, vous comprenez ? Vous me parlez de Rivière-à-l'Aigle, ça ne fait pas si longtemps, mais comment dire, c'était comme une autre vie. Vous comprenez ça ?

Le ton était sarcastique, le regard direct.

— Mais votre type, je ne l'ai jamais vu.

— Oui… Vous… Je crois que vous ne travaillez plus à…

— Voilà.

— Je suis désolé, je…

— Oh ! ça va, je vous en prie, ce n'est pas la fin du monde. En fait, ce n'est même pas une mauvaise chose. Il faut croire que je n'étais pas faite pour le journalisme. Une fois qu'on l'a compris, ça va tout de suite mieux.

Bon… Alors qu'est-ce qu'on fait, maintenant que je vous ai dit que je ne l'ai jamais vu, votre type ?

Morel était embêté. Il était là, en porte-à-faux depuis le début, et elle ne le laissait pas reprendre son équilibre. Elle parlait avec un drôle de sourire, et ce n'était pas un sourire bienveillant. Chaque phrase était complétée et nuancée par un geste ou une mimique, le résultat était déconcertant, comme un code que Morel n'était pas sûr d'interpréter correctement.

La rencontre ne s'annonçait pas bien du tout. C'était une chose qui arrivait rarement à Morel. D'habitude, il avait comme un sixième sens qui lui permettait toujours de trouver le ton et la manière pour tirer des gens ce qu'il voulait, sans qu'ils s'en rendent compte. C'était instinctif, peu importe à qui il avait affaire, il trouvait toujours l'angle. Il savait rejoindre les gens, créer une connivence, déceler et exploiter les faiblesses, il pouvait devenir flatteur, prendre un air naïf, n'importe quoi. Les gens pouvaient penser ce qu'ils voulaient de lui, il était plus fort qu'eux et il le savait.

Mais pas aujourd'hui. Cette femme était étonnante. Ce n'était pas une attirance physique ou autre qui opérait – elle n'était pas du tout son genre, et de toute façon Morel savait se tenir à sa place pendant une enquête. Non, celle-là était dans une autre catégorie.

Elle avait tourné la tête vers la fenêtre. Dehors, la pluie continuait et le vent s'était mis de la partie. De temps à autre, une rafale de grosses gouttes poussée par le vent venait brutalement mitrailler la vitre.

Comme aucune de ses techniques habituelles ne semblait donner de résultat, il se résigna à révéler quelques éléments de son enquête, une chose qu'il aurait préféré éviter. Il commença par évoquer la mésaventure des Sulpiciens, sans les nommer et sans entrer dans les détails. La personne qu'il recherchait avait « emprunté » des documents. Pourquoi, on l'ignorait, et on voulait le savoir. L'affaire était si secrète que lui-même ne savait pas exactement de quels documents il s'agissait, ses clients refusaient d'en parler. Et il n'était pas question de poursuites. On voulait seulement lui parler.

Camille écoutait distraitement en regardant par la fenêtre, en faisant des ronds de fumée, jouait tantôt à l'indifférente, tantôt à l'amusée, y allait parfois d'une moue ironique ou d'un ricanement sourd. Elle ne laissait paraître aucun intérêt particulier. Si elle savait quelque chose, elle n'en montrait rien, et elle faisait ça très bien.

Morel ne la quittait pas des yeux, guettant la moindre réaction. Il aborda la question du

lien possible avec l'affaire Rivière-à-l'Aigle.
Son client avait mentionné cette possibilité,
quelqu'un avait émis une hypothèse à ce sujet.
Il parla du professeur Brassard.

— J'aimerais bien le rencontrer, ce monsieur, mais je n'arrive pas à le joindre… Vous,
vous l'avez rencontré…

— Bien sûr que non ! Pas un seul journaliste n'a pu s'approcher de Brassard depuis
des années ! Je n'ai même pas réussi à lui parler au téléphone. Je lui ai laissé des messages,
à l'université. Il n'a jamais répondu.

— Vous avez bien écrit un papier sur lui,
une espèce de bilan de sa carrière, non ?

— Oui, c'est vrai, j'ai fait ça, je voulais
même faire beaucoup plus, tout un dossier,
mais ça c'est une autre histoire… Pour l'article sur Brassard, j'ai travaillé uniquement
à partir du matériel d'archives du journal et
d'informations que j'ai trouvées à gauche et
à droite, comme ça.

— Mais vous êtes bien allée à Rivière-à-
l'Aigle ?

— Oui, j'ai passé quelques jours là-bas.
J'étais là, avec les autres journalistes, le jour
où il s'est adressé à la presse, Brassard, mais
je n'ai pas pu m'approcher, pas plus que les
autres. Il a parlé, on en a fait un entrefilet, c'est
tout.

— Vous dites que vous vouliez monter
un dossier… sur quoi ? Sur Rivière-à-l'Aigle ?

— Ça n'a pas d'importance. Je vous ai dit, c'était une autre vie. Et ça n'a certainement rien à voir avec votre affaire.

— Vous vous êtes quand même un peu documentée sur Rivière-à-l'Aigle, j'imagine. J'ai trouvé quelque chose de très intéressant à l'université, un mémoire de maîtrise, ça parle de l'histoire de la seigneurie du Lac-aux-Herbes... C'est écrit par une dénommée Louise Donaldson. Ça ne vous dit rien ?

Haussement d'épaules et ronds de fumée. C'était assez désespérant. Morel commençait à se demander pourquoi il continuait. Mais il continuait.

Il lança quelques détails sur Duclos, observant attentivement les yeux de la fille. Il parla de sa rencontre avec l'Intendant, de l'appartement où Duclos avait habité jusqu'en mars. À un certain moment, il eut l'impression que quelque chose avait remué en elle, mais encore une fois elle se ressaisit très vite.

Il continuait à parler, et après un moment, un détail le frappa, un petit détail qui lui donna espoir. Et plus le temps passait, plus le détail prenait de l'importance. *Elle était toujours là.* Elle avait beau jouer son rôle, et très bien, elle avait beau manifester une suprême indifférence à l'égard de tout ce qu'il disait, et de Duclos en particulier – sauf pour la photo –, mais après presque vingt minutes, elle était toujours là, à l'écouter, et elle ne semblait pas pressée de partir. Impénétrable, railleuse, mais toujours là, *à écouter*. Comme quelqu'un qui s'emmerde, mais qui ne peut pas partir tout de suite, qui attend patiemment qu'on en vienne au fait. Morel eut soudain très envie de s'arrêter et de lui demander, à brûle-pourpoint, pourquoi *elle* était venue. Mais il se ravisa.

Il parla de sa tournée des centres d'archives, évoqua quelques conversations avec les archivistes, quelques hypothèses de plus. Il en vint à son entretien avec le père Loiselle. Il prit bien son temps, dit que Duclos était passé là aussi, qu'il y avait consulté et peut-être copié des parties de documents. Toujours aucune réaction. Il passa à la révélation du Jésuite : Duclos n'aurait pas agi seul, un autre homme serait impliqué. Encore une fois, il observa très attentivement le visage de Camille quand il prononça le nom de Cyrille Thibault.

Il fut déçu. Ce nom-là non plus ne provoqua chez elle absolument aucune réaction, pas plus que tout le reste.

Alors il se tut, un peu dépité, à bout de munitions. Il n'était pas loin de douter de lui-même. Peut-être avait-il tout imaginé, peut-être n'avait-elle rien ressenti en voyant la photo ? Cette lueur fulgurante qu'il avait vue dans ses yeux, l'espace d'une fraction de seconde, peut-être l'avait-il rêvée, peut-être n'était-ce rien que le reflet d'un des derniers rayons du soleil, réverbéré par le coin d'une table.

Il avait espéré que cette femme pourrait vraiment le mettre sur la piste de Normand Duclos, cette personne était là devant lui, mais il n'était pas arrivé à percer sa carapace, il n'était arrivé à rien.

Il tourna la tête vers le bar. Au mur, les bâtons rouges d'une horloge numérique indiquaient neuf heures trente. Il parlait depuis une demi-heure, il avait tout essayé et il n'était arrivé à rien. Il avait perdu cette fois, il fallait l'admettre. Il ne restait plus qu'à accepter la défaite avec dignité. Mieux, avec élégance.

— Alors, c'est tout ?

Le sourire, pour une fois, ne semblait ni railleur ni cynique. Presque aimable. Morel se composa un sourire, pour l'élégance.

— Oui, c'est tout.

— Vous vous arrêtez comme ça, en plein milieu d'une phrase, et voilà !

— C'est à peu près tout ce que je peux vous dire de cette histoire, dit Morel en soupirant. Je… je vois que tout cela ne vous dit rien.

Elle eut un sourire las, assorti d'un haussement d'épaules. Morel voulut quand même lui laisser sa carte, se mit à fouiller dans la poche de son veston. Il finit par en trouver une, un peu défraîchie par l'humidité, la posa devant elle.

Mais elle ne bougeait toujours pas. Qu'est-ce qu'elle attendait encore ?

— Bon, alors je crois que… Si jamais vous pensez à quoi que ce soit qui pourrait… N'hésitez surtout pas à m'appeler. Si je ne réponds pas au numéro du portable, laissez un message à l'autre numéro et…

— Je l'ai déjà, votre numéro.

Morel était debout, mais elle n'avait pas bougé. Elle restait là, à fixer la rue, la bouche tendue par une petite moue boudeuse. Elle prit une longue bouffée de sa cigarette, l'exhala droit devant elle dans la vitre, qui s'embua un peu. Elle paraissait presque calme maintenant, étrangement calme.

Morel ne savait que faire. Il resta debout quelques secondes, se rassit. Elle ne souhaitait peut-être pas qu'il s'en aille maintenant. Elle avait peut-être quelque chose à lui demander.

— Il y a quelque chose que vous aimeriez me demander, peut-être ?

Elle laissa encore passer de longues secondes avant de se décider.

— À part ce Duclos et l'autre, ce monsieur…

— Cyrille Thibault.

— C'est ça, Thibault. Y a rien d'autre ? Vous n'avez pas d'autres noms ? Rien d'autre ?

— Eh bien ! non, fit Morel d'un ton qui laissait paraître sa déception… Je ne peux pas vous donner le nom de mes clients, ni celui des gens que j'ai rencontrés… Pour ce qui est des gens que je recherche, c'est à peu près tout ce que j'ai. J'avais espéré qu'en vous parlant d'eux… Le deuxième, Thibault, je ne sais pas trop quoi en penser, c'est seulement aujourd'hui que j'en ai entendu parler… Le père jésuite a laissé entendre que lui et Duclos pourraient être complices. Il paraît qu'il a grandi à Rivière-à-l'Aigle. Pour tout vous dire, il n'est pas impossible que lui et Duclos soient la même personne… Le problème, c'est que ce Thibault est indien, enfin métis…

Pendant qu'il disait cela, il nota que quelque chose avait changé chez Camille. Comme une fixation particulière du regard, un ralentissement de la respiration. Il vit que tout son corps était parfaitement immobile, et qu'elle avait légèrement incliné la tête pour mieux tendre l'oreille. Il vit qu'elle avait commencé à se mordiller les lèvres, puis il ne vit plus son visage parce qu'elle avait posé sa main sur sa tempe.

— Apparemment, ce Thibault avait eu un parcours assez original… Élevé à Rivière-à-l'Aigle, par une grand-mère qui ne parlait que la langue indienne…

La main de Camille glissa dans ses cheveux, comme un lent coup de peigne avec les doigts, mais le reste de son corps n'avait pas bougé. Morel vit qu'elle serrait les lèvres très fort, que son visage se contractait. Il crut d'abord que c'était une autre de ses mimiques, que ses impulsions naturelles reprenaient le dessus et qu'elle allait redevenir ironique.

— … adopté par un couple, quelque part au Lac-Saint-Jean…

Tout se passa si vite et Morel fut si surpris qu'il eut à peine le temps de tourner la tête. En une fraction de seconde, les images défilèrent en accéléré, elle s'était levée d'un bond, le visage tordu en une grimace terrible, les lèvres tremblant de rage, il y eut son poing refermé qui s'abattait brutalement sur la table, et du même mouvement, son avant-bras qui balayait tout ce qui s'y trouvait, cendrier, tasses et verres, qui allèrent éclater en mille morceaux aux pieds du serveur stupéfait qui tournait la tête vers eux.

Bouche bée, Morel cligna les yeux, et déjà elle n'était plus là, elle s'enfuyait en courant. Le temps de se ressaisir, une longue seconde, et il bondit et courut pour la rattraper. Il faillit glisser sur une marche mouillée et dégringoler l'escalier. En bas, un jeune à casquette se relevait péniblement et criait des injures, probablement à Camille qui avait dû le bousculer. Morel l'accrocha au passage et le renvoya à terre sans ménagement.

Dehors, il s'arrêta un instant, jeta un coup d'œil dans toutes les directions. Ne voyant personne, il se mit à courir devant lui au hasard, s'arrêta au coin d'une ruelle, hors d'haleine et presque complètement aveuglé par la pluie.

16 : La chambre secrète

Le lendemain, Morel se réveilla dès les premières lueurs de l'aube, tout habillé sur son sofa. Il pensa tout de suite à Camille Bergeron. Puis, il pensa à sa visite chez les Jésuites et se souvint du rapport. Il avait un rapport à remettre aux Sulpiciens au plus tard le lendemain.

Il se leva, alluma l'ordinateur, lança une recherche sur Cyrille Thibault. Il trouva peu, et difficilement. Une histoire décousue. Date de naissance : 8 janvier 1967. Lieu de naissance : non disponible. Nom du père : Gédéon Thibault. Nom de la mère : Mariette Brassard. Il fallut interroger plusieurs bases pour avoir la confirmation qu'il s'agissait de ses parents adoptifs. Aucune information sur les parents biologiques. Date de l'adoption : avril 1973. Date d'obtention du statut d'Indien : septembre 1987. Date d'obtention du statut d'Indien, qu'est-ce que c'était que cette histoire ?

Il ne pouvait s'empêcher de penser à Camille. La veille, après la rencontre, il était rentré directement chez lui, abasourdi. Il avait

vidé quelques verres en regardant la pluie
tomber, espérant sans y croire que le téléphone sonnerait, qu'elle le rappellerait. Il
avait vérifié plusieurs fois ses messages au
bureau. Rien. Il avait le sentiment d'avoir
échoué et il s'en voulait. La jeune femme
savait des choses, elle était venue pour une
raison, il aurait fallu mieux manœuvrer, il
aurait fallu trouver un moyen de communiquer. Mais il n'avait pas su.

Vers dix heures, il se mit à la rédaction du
brouillon de son rapport. Il commença par
faire le tri des informations récoltées pendant
la semaine, les divisa en deux catégories, celles
dont il jugeait bon de faire état tout de suite,
et les autres. Il décida de parler de ses rencontres avec Stone et les archivistes, sans trop
entrer dans le détail de ses hypothèses. Il mentionna sa visite à l'Intendant, toujours de façon
superficielle. Pour des raisons différentes, il
ne mentionna ni Cardinal ni Camille.

Après une heure, il avait rempli trois
petites pages bien aérées. C'était un peu ténu,
mais compte tenu de la pauvreté des renseignements qu'on lui avait fournis au départ,
sans parler du fait que le client refusait obs-
tinément de répondre à certaines questions,
ça suffirait amplement. Il enregistra le tout
sous la protection d'un mot de passe et tira
une copie sur disquette, qu'il mit dans la
pochette de son veston.

Il sortit quelques instants sur le balcon arrière, s'assit dans les marches de l'escalier, admira la vue imprenable sur la ruelle. Il avait très envie d'une cigarette. Il en alluma une. Il avait eu ce désir depuis le printemps de diminuer sa consommation à partir de l'été, ce qu'il avait réussi. Il avait même eu l'idée de se mettre à rouler ses cigarettes. Certains détectives faisaient ça dans les vieux polars américains. Il y avait repensé en voyant l'Intendant à l'œuvre. L'Intendant, il ne fallait pas oublier l'Intendant. Il alla chercher son carnet, ajouta quelques notes.

Le brouillon du rapport était chose faite, il n'allait pas y revenir aujourd'hui. Il fallait laisser passer un peu de temps, laisser mûrir les idées. Pas question de travailler à la version finale avant le lendemain. C'était un des préceptes les plus sacrés de McMillan : un rapport d'avancement est une chose trop importante pour être traitée à la légère. Ne jamais, au grand jamais remettre un rapport le jour où on l'a commencé.

Aujourd'hui, il allait revoir ses notes et analyser les événements de la veille. Il décida de se rendre au bureau pour ça, et pourquoi pas, après tout on était samedi, de faire une petite promenade dans le vieux quartier, histoire de se ressourcer. Il en avait besoin.

Il prit l'autobus jusqu'à la place d'Armes, descendit vers le vieux port et longea la rue de la Commune, direction est, en inspectant sévèrement les façades des anciens établissements marchands du front de mer. Il revint par Notre-Dame.

La promenade lui fit du bien. Pour se détendre, certains regardaient la télé, d'autres faisaient du sport. Morel avait lu quelque part que l'observation d'oiseaux était de plus en plus populaire. Lui, c'était plutôt l'observation de bâtiments.

Au bureau, le voyant du répondeur clignotait un peu. D'abord monsieur Enjalran, qui avait retrouvé le numéro de téléphone de Louise Donaldson. Il précisait que l'information datait de l'automne 98 et qu'il ne pouvait rien garantir. Morel nota le numéro.

Le père Loiselle avait appelé vers midi. Morel remarqua avec un sourire amusé qu'il n'avait guère mis de temps à joindre madame Bussières. Celle-ci avait bien peu à dire sur Normand Duclos. Elle ne se souvenait pas qu'il ait été question de la seigneurie du Lac-aux-Herbes. Elle ne pouvait dire non plus si le jeune homme avait fait des copies de documents. En somme, songea Morel en souriant un peu plus, malgré son excellente mémoire – *dixit* le Jésuite –, elle ne se souvenait de rien.

Il alluma l'ordinateur et lança une recherche sur Louise Donaldson. Avec le nom et un numéro de téléphone, même périmé, il pensait qu'il ne serait pas trop difficile de retrouver ses coordonnées dans une de ses bases de données. Il avait raison. Après quelques secondes, il avait à l'écran plus d'informations qu'il n'en avait besoin. Le numéro de téléphone avait changé, mais elle habitait toujours à la même adresse. Il songea que c'était souvent le contraire qui se produisait, mais les gens pouvaient avoir leurs raisons de changer de numéro de téléphone. Il fut sur le point de composer le numéro tout de suite, mais se ravisa. Le moment était mal choisi pour déranger les gens. Il n'y avait pas urgence. Il attendrait lundi.

Il sortit le mémoire, lut encore quelques passages.

À la fin du régime français, la presque totalité des terres occupées sur les deux rives du Saint-Laurent, de même que les vallées de la Beauce, de la rivière Richelieu et du lac Champlain, avaient été découpées en minces bandes de terre appelées seigneuries. Sur les cartes de l'époque, la Nouvelle-France se présente sous la forme d'une multitude de longs et étroits rectangles contigus, comme amarrés au fleuve et orientés dans l'axe nord-ouest sud-est.

(...)

Une seigneurie est une portion de terre octroyée à une personne appelée seigneur *par l'État, donc par le Roi ou son représentant. Le mandat du seigneur est de peupler et de développer sa seigneurie, en y attirant des habitants appelés* **censitaires,** *auxquels il concède des terres.*

(…)

Nous devons nous attarder à deux éléments de toute première importance pour notre démonstration :

D'abord, l'acte de concession de la seigneurie, aussi appelé contrat de concession. C'est le titre de propriété de la seigneurie. Il s'agit d'une pièce délivrée par le Roi ou son représentant, qui établit les règles de base pour le fonctionnement tant économique que social de la seigneurie. C'est dans ce document capital que sont notamment énoncés les motifs de la concession.

Ensuite, la question de la concession de seigneuries à des communautés religieuses. À la fin du XVIIe siècle, l'Église et les communautés religieuses possédaient le quart de toutes les terres seigneuriales de la colonie. Nous verrons que pour l'octroi d'une seigneurie à une communauté religieuse, l'État fixait des conditions différentes de celles imposées aux autres seigneurs. Les motifs justifiant l'attribution d'une seigneurie à une communauté religieuse étaient le plus souvent liés aux activités prises en charge par ces dernières, en particulier l'éducation et les hôpitaux, ainsi que l'évangélisation des « sauvages », comme on les appelait à l'époque.

(…)

La seigneurie du Lac-aux-Herbes a été concédée le 8 septembre 1669 à l'ordre des Cordeliers.

Nous allons maintenant faire un bref rappel de l'histoire de cette communauté religieuse.

L'ordre des Cordeliers n'existe plus. Il s'agit d'une congrégation d'hommes fondée à La Rochelle au XIIIe siècle par un jeune mystique du nom de François Martin.

(…)

Dès leur arrivée, les Cordeliers font bâtir une église et commencent activement à recruter des Amérindiens pour leur mission. Les choses démarrent lentement. Les Cordeliers doivent d'abord tisser un réseau de contacts. Ils se trouvent pour ainsi dire en compétition directe avec les Jésuites et les Sulpiciens, déjà implantés en Nouvelle-France, qui ont eux-mêmes besoin de candidats à la conversion pour leurs propres missions.

Toutefois, en 1671, un petit groupe d'Algonquins et d'Iroquois quittent Montréal, où ils étaient installés sur les flancs de la montagne, à l'endroit qui allait devenir la mission de la Montagne (là où se trouve aujourd'hui le grand séminaire de Montréal). Les Cordeliers les convainquent de se joindre aux quelques familles déjà installées au lac aux Herbes. C'est ainsi que se forme le premier noyau de résidents amérindiens de la mission. Deux petits villages, l'un iroquois, l'autre algonquin, apparaissent sur le domaine seigneurial.

(…)

Il importe de préciser qu'à ce moment, la présence des Amérindiens est absolument vitale, car les seules sources de financement sont les gratifications royales et les dons accordés pour la mission par les généreux bienfaiteurs de la métropole, et cet argent est alloué exclusivement pour la conversion, l'évangélisation et la francisation des « sauvages ».

(…)

Comme nous l'avons vu, l'acte de concession est le titre de propriété d'une seigneurie. Or, la question de la propriété de l'ancien territoire de la seigneurie du Lac-aux-Herbes fait depuis longtemps l'objet d'une controverse. Il importe dès le départ de signaler un point capital, qui se trouve au cœur même du débat : l'acte de concession de la seigneurie du Lac-aux-Herbes a été perdu. Ou du moins c'est ce qu'ont prétendu les Cordeliers à partir de 1760, c'est-à-dire après la conquête anglaise. En plus de l'original, il existe normalement deux copies de ce document : une est remise à l'intendant de la colonie et l'autre est celle du roi lui-même. Dans le cas qui nous intéresse, les deux copies sont également introuvables. Or, c'est dans l'acte de concession qu'ont été fixées les conditions de fonctionnement de la seigneurie.

(…)

Il est donc hautement probable que l'établissement d'une mission pour la conversion et l'évangélisation des « sauvages » constituait la condition expresse posée pour la concession de la seigneurie. Or, on sait que dans le cas de certaines seigneuries concédées à des communautés religieuses pour l'établissement d'une mission, les

dispositions originales de l'acte de concession pré-
voyaient que les terres, ou une partie des terres,
devaient devenir propriété des Amérindiens si
la mission cessait d'exister.

(…)

Nous allons maintenant tenter de montrer
comment l'ambiguïté engendrée par la dispari-
tion de l'acte de concession est liée aux remous
sociaux qui ont périodiquement secoué la sei-
gneurie tout au long de son histoire.

Morel passa dans la cuisine, se servit un
scotch et revint s'asseoir à son bureau. Il sortit la disquette et copia le brouillon du rapport dans la machine.

Il éteignit l'ordinateur, s'approcha de la
fenêtre. On était samedi, il y avait un peu
d'animation rue Saint-Pierre. Des gens allaient
et venaient entre le métro et la place d'Youville, des familles, beaucoup d'enfants avec
des ballons, de petits drapeaux. Il revint à
son bureau, sortit son carnet de notes et son
cahier de réflexion. Il essaya de travailler,
mais y renonça après quelques minutes. Il
décida de sortir lui aussi et de se mêler à la
foule. Il rentra tôt à la maison.

Le lendemain, il se leva de bonne heure
et rédigea la version finale de son rapport.
Vers dix heures, il imprima le rapport, le mit
dans une enveloppe, puis dans une deuxième, plus grande et plus robuste, sur laquelle

il écrivit l'adresse du vieux séminaire et un
nom que les Sulpiciens lui avaient dit d'utiliser. Il sortit et marcha jusqu'au coin de Saint-
Laurent. Il entra dans une cabine publique et
composa un numéro. Il traversa la rue et entra
acheter le journal chez son marchand habi-
tuel, puis remonta quelques rues et s'arrêta
devant un restaurant. Il y avait une belle terrasse, mais il s'installa à l'intérieur. Il commanda un déjeuner et se plongea dans la lecture du journal. Une quinzaine de minutes
plus tard, un jeune homme vêtu du costume
traditionnel des coursiers à vélo entra en trombe et en sueur dans le restaurant. Morel lui
remit l'enveloppe, paya et ajouta un billet
de dix dollars.

Vers la fin de l'après-midi, il se rendit au
bureau et travailla dans son cahier de
réflexion jusqu'à sept heures trente. Il sortit
ensuite prendre l'air, flâna un peu sur la place
d'Youville, en regardant souvent sa montre.
Il descendit au bord du fleuve, alluma une
cigarette, l'éteignit tout de suite, flâna un peu
plus, en regardant un peu plus souvent sa
montre. À huit heures trente, il marcha jusqu'à McGill et prit un taxi qui le déposa vingt
minutes plus tard dans l'est de la ville.

Le ciel était sombre, mais il ne faisait pas
encore nuit. Au loin, la silhouette du mât du
stade olympique se découpait au-dessus des
toits, très blanche sous les réflecteurs. Un peu

partout, des gens étaient assis dehors sur des chaises de cuisine et discutaient tranquillement en surveillant la rue. Question de fuir la chaleur insupportable à l'intérieur, tout en « faisant un peu de social ». La terrasse des pauvres. Il y en avait trois devant l'entrée de l'immeuble de l'Intendant, deux femmes et un homme, tous dans la soixantaine. Morel les salua avec un sourire bienveillant et répondit aimablement au commentaire d'une des dames, qui se plaignait de la température.

Le hall n'était qu'à demi éclairé. Morel n'avait pas informé l'Intendant de sa visite, il était sûr qu'il le trouverait chez lui, et il comptait un peu sur l'effet de surprise. Il appuya sur la sonnette du 12, puis se rappela qu'elle ne fonctionnait pas bien. Comment diable cet homme espérait-il louer des appartements dans ces conditions ? Il soupira en hochant la tête. Il pensa à demander de l'aide aux vieux, mais il se ravisa et s'approcha de la porte d'entrée au fond du hall, juste pour voir. Il tourna la poignée, poussa un peu, et le tour était joué. La porte n'était pas fermée.

L'Intendant le dévisagea un instant à travers ses fonds de bouteille, mais dès qu'il l'eut reconnu, il ouvrit avec une exclamation de joie qui surprit un peu Morel.

— Monsieur Morel, quel plaisir de vous voir, dit-il avec un toussotement, mais venez vous asseoir, venez !

L'appartement était dans la pénombre, sauf pour le reflet de la télévision, qui projetait sur les murs une lueur inégale qui clignotait au gré des images. Morel faillit marcher sur la queue d'un chat avant d'arriver au coin télé, où l'Intendant avait établi ses quartiers pour la soirée. Tous les ventilateurs en état de marche avaient été réquisitionnés et disposés autour du sofa. L'Intendant portait un short et une chemise à manches courtes déboutonnée dont il avait noué les pans sur son torse maigre.

Morel prit place sur le sofa, à côté de l'Intendant. Le sofa était usé mais confortable. L'Intendant avait un peu bu, Morel l'avait tout de suite remarqué. Sitôt assis, il se releva et alla droit au frigo, en sortit une bière, qu'il ouvrit avant même de l'avoir proposée à Morel. Il en versa la moitié dans un verre qu'il déposa sur la table basse devant eux, à côté des croustilles et du cendrier.

— Vous allez bien prendre une bière, monsieur Morel, avec cette chaleur et tout !

Morel accepta avec un sourire. Il leva son verre, et les deux hommes trinquèrent. L'Intendant baissa le son de la télévision.

— Monsieur Morel, quel plaisir de vous voir ! répéta l'Intendant avec un sourire gêné.

L'Intendant se massait nerveusement le genou de la main gauche. Visiblement mal à l'aise, il gardait la tête tournée vers l'écran de la télé. Un match de baseball. Il s'empara de la télécommande et se mit à zapper nerveusement, en lançant de temps à autre un coup d'œil furtif vers Morel. Quand il se retournait, son visage se trouvait directement face à un ventilateur qui soulevait un peu ses cheveux vers l'arrière. Une partie de son visage était éclairée par le reflet de l'image, l'autre était dans l'ombre.

— Une cigarette, monsieur Morel ?

— Laissez-moi plutôt vous en offrir une, répondit Morel en sortant son paquet.

Morel dut se lever pour allumer, à cause du vent. Il regarda l'Intendant avec un air préoccupé.

— Monsieur Delorme, je crois que nous avons un problème.

À ces mots, l'Intendant détourna la tête et se mit à masser son genou plus énergiquement. Il voulut tirer une longue bouffée de cigarette, mais une quinte de toux l'arrêta et il écrasa la cigarette d'une main tremblante.

— Mais rassurez-vous, il n'y a aucune raison de nous en faire pour l'instant, pas encore… Il s'agit de prendre les bonnes décisions, maintenant, pendant que nous pouvons encore faire quelque chose… C'est une chose que l'expérience m'a apprise, monsieur Delorme, il faut savoir agir au bon moment. Attendre le bon moment, agir quand l'heure est venue.

— Mais de quoi vous parlez, de Normand ? Je n'ai rien à voir là-dedans, moi…
Rien à voir dans cette affaire.

Morel prit son verre, le leva avec un sourire pour inviter l'Intendant à trinquer.

— Bien sûr que vous n'avez rien à voir
là-dedans, vous êtes un honnête homme. Moi,
je le sais, que vous êtes un honnête homme.

Morel écrasa lentement sa cigarette. Il
n'aimait pas beaucoup ce qu'il était en train
de faire.

— Moi, je le sais, mais ces deux types, qui
sont passés vous voir, il n'y a pas très longtemps… Vous ne les aimez pas, n'est-ce pas ?
Moi non plus, monsieur Delorme, je ne les
aime pas.

L'Intendant suait à grosses gouttes. Il finit
son verre d'un trait et s'essuya le visage avec
un pan de sa chemise. Morel prit la bouteille
et remplit son verre.

— Monsieur Delorme, je suis désolé de
passer comme ça, en plein dimanche soir,
mais le temps est précieux et il faut nous
dépêcher, ne pas les laisser arriver avant
nous… Le premier arrivé sera le gagnant, ce
sera nous ou eux… Et je veux que ce soit nous.

— Vous, vous-vous, peut-être, commença l'autre en bégayant un peu, mais moi, moi,
je ne peux rien faire, je ne suis pas de votre
monde, moi…

— Écoutez, monsieur Delorme, dit calmement Morel, je vais vous expliquer les choses comme elles sont, et ce sera à vous de décider, d'accord ? Je ne peux pas vous raconter en détail tout ce que j'ai appris depuis que nous nous sommes parlés lundi. Mais j'ai appris beaucoup de choses, croyez-moi… Je suis sur une piste… Si j'arrive à retrouver Normand avant eux, tout ira bien… L'ennui, c'est qu'il y a encore des bouts de cette histoire qui m'échappent… Vous comprenez, ces types qui sont passés ici, ils sont forts, ils sont drôlement forts et bien équipés, et si je veux arriver avant eux, j'ai vraiment besoin de tout savoir…

Morel s'arrêta un instant, prit une petite gorgée.

— Mais il me manque encore des morceaux… Et le temps presse… C'est pour ça que je suis là… S'il y a quoi que ce soit, le moindre petit détail dont vous avez oublié de me parler, il faut le faire maintenant… Il faut le faire pour Normand… Vous me comprenez bien, n'est-ce pas ?

— Je ne l'ai pas vu depuis au moins… Je n'ai aucune nouvelle depuis des semaines… Je ne sais pas ce qu'il fait…

L'Intendant finit son verre, se leva d'un bond et sortit une autre bouteille du frigo. Il la décapsula, prit une grande rasade au goulot et revint vers Morel.

— Quand avez-vous vu Normand pour la dernière fois, monsieur Delorme ?

— Il est revenu ici en avril, répondit l'Intendant en parlant très vite, environ un mois après son départ, un soir, je ne me rappelle pas la date...

L'Intendant alluma une cigarette. Il ne tenait plus en place. Il s'était tourné vers la fenêtre, pianotait nerveusement sur le dessus d'un petit meuble, se frottait la nuque.

— Et qu'est-ce qu'il est venu faire ?

— Chercher des papiers...

— Son courrier ?

— Non, des papiers qu'il avait laissés ici, je ne sais pas, je ne fouille pas dans les affaires des autres, moi...

— Mais je croyais qu'il avait quitté sa chambre en mars ?

L'Intendant se retourna brusquement, lança un regard accablé vers Morel. Il prit un trousseau de clefs sur son bureau, en choisit une et ouvrit un tiroir. Il en sortit un autre trousseau de clefs, énorme, et se dirigea vers la porte d'entrée. Morel le suivit jusqu'au bout du corridor, puis jusqu'au sous-sol par un escalier étroit.

L'Intendant tâtonna un peu à la recherche de l'interrupteur, alluma. Ils étaient dans une pièce basse qui devait être la buanderie de la maison. Il y avait des machines à laver le long d'un mur. La cigarette vissée aux lèvres, l'Intendant ne cessait de marmonner des phrases incompréhensibles entrecoupées de toussotements. Il sortit une autre clef, ouvrit une porte derrière l'escalier.

Ils passèrent dans une pièce où l'obscurité était presque complète. La seule source d'éclairage provenait de la porte restée entrouverte. Morel avançait lentement derrière l'Intendant, courbé pour éviter de se cogner la tête contre les tuyaux de fonte des conduites qui pendaient du plafond. Ils étaient dans la chaufferie de l'immeuble.

L'Intendant l'entraîna au fond de la pièce, s'arrêta et se mit de nouveau à fouiller dans son trousseau. Pour faire un peu de lumière, il soufflait sur sa cigarette en faisant tourner les clefs tout près de ses yeux. Morel distinguer la forme d'une porte, fermée par un gros cadenas. L'intendant fut pris d'une violente quinte de toux qui l'obligea à retirer la cigarette de sa bouche, et il échappa son trousseau par terre. Il finit par trouver la bonne clef, ouvrit et entra. Morel le suivit. L'obscurité était maintenant complète, il régnait une forte odeur de renfermé, un mélange de moisi et de peinture. L'Intendant tira sur une chaînette qui pendait du plafond et la pièce fut éclairée violemment par une grosse ampoule nue.

À demi aveuglé, une main en visière sur le front, Morel s'avança lentement et commença à inspecter le lieu.

C'était une pièce sans fenêtre. À gauche, de vieux contenants de peinture étaient empilés les uns sur les autres, en équilibre précaire sur près d'un mètre de hauteur. À droite, quelques vieilles planches et tout un assortiment d'outils rouillés, des boîtes de clous, des pelles à neige. Au fond, un vieux bureau, et des papiers. Morel s'avança, jeta un coup d'œil incrédule.

Le bureau était recouvert de papiers, des liasses de papier, brochées ou retenues par des élastiques, des feuillets empilés, d'autres éparpillés un peu partout. De chaque côté, encore des papiers, entassés sur des étagères métalliques. Il y en avait par terre aussi, des chemises cartonnées à moitié déchirées, des coupures de journaux jaunies et froissées.

Dans un état d'agitation extrême, l'Intendant tournait en rond derrière Morel, murmurait sans arrêt en levant les bras et en toussant. Morel se retourna et le saisit par les épaules.

— Du calme ! C'est ici que Normand est venu chercher des papiers, en avril ?

— Oui, il est descendu ici, mais pas moi, je ne viens jamais ici moi, je suis entré seulement au début, pour l'aider, pour faire un peu de ménage… C'était pour ses études, il travaillait là, moi, je ne le dérangeais pas, c'était son coin… Il me donnait vingt dollars par mois, vingt dollars de plus pour être tranquille ici, alors moi... Je ne sais plus quoi faire, je ne l'ai pas revu...

Morel poussa gentiment l'Intendant vers la porte, lui dit de remonter chez lui, qu'il viendrait le voir plus tard. Il approcha un vieux fauteuil à roulettes à moitié déglingué devant le bureau, ramassa les feuillets qui étaient par terre et se mit à examiner les papiers.

Il y avait de tout. Des photocopies de documents, d'articles de journaux, des cartes, des documents qui semblaient avoir été agrandis, d'autres qui semblaient imprimés à partir de microfilms, des pages entières transcrites à la main. Il lut quelques titres. *Démarches entreprises par le séminaire de Québec pour obtenir du gouvernement du Canada les biens confisqués aux Jésuites après la conquête... Carte détaillée que le général James Murray a fait dresser de tous les villages et fermes le long du Saint-Laurent, en 1760... États de biens fonciers affectés à des rentes et reliés à la Loi abolissant les rentes seigneuriales...*

Empilées sur un coin du bureau, des chemises cartonnées de différentes couleurs, avec des titres soigneusement écrits à la main. *Ordonnances, 1676... Cadastres et terriers, MTL ... Corr. de l'intendant, 1668-1682... Corresp. évêque-gouv., 1674-1688... Documents de la juridiction des 3-R, 1646-1759... RAPQ, 1939-40... Actes notariés, Gouv. MTL...*

Dans la pagaille, quelques titres semblaient concerner plus ou moins la seigneurie du Lac-aux-Herbes ou les Cordeliers. *Livres de recettes et de dépenses pour les moulins à farine et à scie du lac aux Herbes... Seigneurie du Lac-aux-Herbes : Procès-verbaux d'arpentage, des lots, des baux, des titres nouvels, des assignations... Mémoire sur l'administration des biens des Cordeliers par le gouvernement du Canada...*

Des centaines de pages. Morel ne savait que penser. Que faire de tous ces papiers ? Il ne pouvait pas les emporter, c'était illégal, trop dangereux. Les laisser là et attendre que Duclos revienne ? Ridicule, il faudrait surveiller 24 heures sur 24...

Tout cela n'était peut-être rien d'autre qu'un dépotoir. Rien ne permettait de croire que Duclos avait laissé là des papiers importants. Quand même, il fallait tout passer en revue, ne serait-ce que sommairement, établir s'il pouvait y avoir là des documents appartenant aux Sulpiciens... Il regarda sa montre. Onze heures. Il monta chez l'Intendant.

Il était presque quatre heures du matin quand Morel sortit de l'immeuble, exténué mais satisfait. Un taxi l'attendait dans la rue.

Il avait vérifié tous les documents, au moins de façon superficielle. Selon toute apparence, il ne s'agissait que de documents de second ordre. Duclos avait dû emmener ceux qui l'intéressaient vraiment, probablement lors de sa dernière visite, en avril.

Les documents portaient sur des sujets très variés, il semblait impossible d'établir clairement s'ils avaient quelque chose en commun. Quelques-uns concernaient bien la seigneurie du Lac-aux-Herbes, mais aucun ne semblait lié directement à la chaîne des titres. Il y avait surtout des photocopies, mais quelques originaux aussi, une vingtaine, surtout des lettres. Morel avait emporté tous les originaux. C'était illégal, mais tant pis. Techniquement, il n'était pas tenu d'informer la police de sa découverte. Après tout, il enquêtait pour les Sulpiciens, et ceux-ci avaient retiré leur plainte… Et personne d'autre ne lui avait parlé de documents volés.

D'ailleurs, parmi les papiers qu'il avait emportés, quelques-uns pouvaient provenir des archives des Sulpiciens. Il y avait deux lettres du supérieur des Sulpiciens au gouverneur du Canada-Uni, datées des années 1850, dans lesquelles il était question de l'abolition du régime seigneurial.

Il avait fait de son mieux pour rassurer l'Intendant. Il lui avait fait promettre de ne parler à personne de ces papiers. L'Intendant jurait que Duclos n'était pas revenu depuis avril, qu'il ne savait rien de plus. Il disait sans doute vrai. Il ne restait qu'à espérer qu'il puisse lui faire confiance, que l'Intendant tienne le coup.

De retour à la maison, il prit une longue douche, se rasa. Il alluma l'ordinateur, fit quelques clics dans Internet. Il enfila un pantalon et une chemise propres, prit bien son temps pour choisir la cravate.

À cinq heures, il appela un autre taxi. La voiture fut là après quelques minutes à peine. À cette heure, les rues de la ville étaient désertes. Il n'était pas cinq heures trente quand il entra dans le hall de la gare centrale. Le train pour Québec partait à cinq heures cinquante, ce qui lui laissait le temps d'acheter tous les journaux du matin et même de prendre un café.

17 : Québec *intra-muros*

Morel ouvrit les yeux au moment où le train entrait dans la vieille gare du Palais. Il avait dormi profondément durant tout le trajet. Il descendit de voiture en bâillant, jeta un coup d'œil à gauche et à droite, un peu perdu.

Il déjeuna dans un restaurant dans le grand hall de briques voûté. Dès qu'il eut fini, il téléphona chez Louise Donaldson à partir d'une cabine publique. Le téléphone sonna trois fois, puis Morel entendit le message du répondeur. Il laissa son message avec le numéro de son portable.

Il sortit, héla un taxi. Le temps était moins chaud qu'à Montréal, c'était même un peu frais à cette heure. Il donna l'adresse, et le chauffeur prit la direction de la Haute-Ville. Quelques minutes plus tard, il était sur la place de l'Hôtel-de-Ville, devant la cathédrale. Il se dirigea vers la rue de l'Université. Selon ses informations, le centre d'archives du séminaire se trouvait au quatrième étage du musée de l'Amérique française, lui-même installé dans les bâtiments du séminaire.

C'était après avoir rencontré Camille qu'il avait décidé que la piste Cyrille Thibault méritait d'être explorée. La jeune femme n'avait pas bronché en entendant le nom, mais elle avait bel et bien craqué quand Morel lui avait révélé le peu qu'il savait de Thibault. Le Jésuite Loiselle avait recommandé à Thibault de chercher du côté du séminaire de Québec. Les chances étaient bonnes pour que le jeune homme soit passé ici.

Maintenant Morel se demandait un peu comment il serait accueilli. Cet endroit ne faisait pas partie de la liste dressée par monsieur Enjalran. À Montréal, les bonnes relations du prêtre avec la plupart des archivistes lui avaient un peu facilité les choses, surtout auprès des religieux. Mais le Sulpicien avait-il autant d'amis dans la capitale ?

Il descendit la rue Sainte-Famille, très pentue, jusqu'à la rue de l'Université. C'était une rue très étroite, elle ressemblait davantage à une voie de passage privée qu'à une véritable rue. Il vérifia l'adresse.

Arrivé sur place, il vit un petit écriteau sur lequel étaient inscrites les heures d'ouverture. Le centre était ouvert les mardis, mercredis et jeudis. On était lundi. Ça commençait mal.

Il dut sonner plusieurs coups. Une dame vint ouvrir. La cinquantaine robuste, un peu essoufflée, elle le toisa d'un œil mécontent.

Morel avait l'impression de la déranger dans son travail, quel qu'il soit, impression qu'elle ne fit aucun effort pour dissiper. Il s'excusa une première fois. Comme elle ne répondait pas, il s'excusa une deuxième fois. Elle leva la main pour lui montrer le petit écriteau et les heures d'ouverture. Il prit un air désolé, soupira longuement, se frotta un peu le menton, considéra son adversaire un instant. Il n'avait tout de même pas fait tout ce chemin pour rien. Mais que faire ? En désespoir de cause, il fouilla dans la pochette de son veston et sortit la lettre d'Enjalran, la seule arme qu'il avait, et la brandit comme un talisman.

— Je dois parler à l'archiviste, madame, c'est urgent.

Sans bouger de son poste, la dame lut attentivement la lettre, avec un déplaisir évident.

— L'abbé Chartier est en retraite jusqu'à vendredi.

Sur ces mots, elle lui referma la porte au nez sans lui remettre la lettre. Morel attendit sur le trottoir. Il avait très envie d'une cigarette, mais ce n'était pas le moment.

— Nous avons bien peu de choses sur les Cordeliers ici, j'en ai bien peur… Nous avons des ouvrages des Jésuites, certes, récupérés grâce aux bonnes relations qu'entretenait le séminaire avec les Jésuites… Mais on ne peut

pas dire que ce sont leurs archives… Les véritables archives des Jésuites en Amérique du
Nord, personne ne sait vraiment où elles
sont… Peut-être perdues à jamais… Qui sait
ce qui a pu se passer quand leurs biens ont
été confisqués après la Conquête ? Pour ce
qui est des Cordeliers, par contre, je chercherais plutôt à Montréal… Après tout, leur
seigneurie se trouvait sur le territoire du Gouvernement de Montréal… Pourtant, je crois
me souvenir, effectivement, de quelqu'un qui
est venu ici et qui cherchait des renseignements sur cette seigneurie.

La femme de ménage déposa un plateau
avec du café et des biscuits, et se retira sans
jeter un regard à Morel. L'abbé Chartier la
remercia d'une légère inclination de la tête,
les lèvres un peu pincées et les yeux mi-clos,
pour l'assurer qu'elle pouvait vaquer à ses
occupations et que tout irait bien.

Morel avait de la chance. L'abbé Chartier
connaissait très bien monsieur Enjalran et sa
retraite ne commençait que le lendemain. Les
deux hommes se trouvaient dans un grand
salon. Par la fenêtre, on apercevait une partie des façades arrière du corps principal de
l'ancienne université.

L'abbé Chartier était un homme grand et
sec d'une soixantaine d'années, avec un long
visage délicat orné de minces sourcils apparemment arqués en permanence, qui lui don-

naient un air de scepticisme permanent, le tout surmonté d'une chevelure rare et grise.

D'entrée de jeu, il avait expliqué à Morel qu'avec quelque 160 000 livres anciens, le dépôt d'archives du séminaire de Québec était encore plus important que ceux des Sulpiciens, des Ursulines, des Augustines et de la congrégation Notre-Dame réunis.

— En toute modestie, il s'agit du fonds d'archives privé le plus important en ce qui concerne le Régime français… Entre autres choses, c'est ici qu'est conservé le tome deux du *Journal des Jésuites*, un manuscrit datant de 1645, qui a servi à la rédaction des fameuses *Relations*… Le tome un, ajouta l'archiviste avec un lent hochement de tête, reste introuvable.

L'abbé Chartier parla de la situation préoccupante des archives religieuses au pays, ne pouvant retenir quelques commentaires indignés.

— Savez-vous que certaines communautés en sont réduites à expédier des documents au Saint-Siège à Rome ?

Même s'il était pressé de passer au vif du sujet, Morel écouta le prêtre avec intérêt pendant près d'une demi-heure, après quoi celui-ci pria madame L'Espérance d'aller lui chercher les registres.

Elle revint une quinzaine de minutes plus tard avec trois cahiers. L'abbé ouvrit celui qui était intitulé « Janvier-mars 2000 » et se mit à le feuilleter lentement.

— Voilà, Cyrille Thibault… Il a passé plusieurs jours ici, les semaines du 8 et du 15 février 2000. Il a consulté plusieurs ouvrages, je peux vous en donner la liste, mais je doute que cela vous aide vraiment dans votre recherche… Je ne lui ai pas parlé longtemps, d'ailleurs je ne me souvenais pas de son nom, mais dès que vous avez mentionné la seigneurie du Lac-aux-Herbes, j'ai tout de suite pensé à lui… Les gens viennent ici pour une multitude de raisons, font des recherches sur des sujets très variés, mais c'est plutôt rare que quelqu'un insiste à ce point sur ce sujet-là en particulier… Par contre, votre monsieur Duclos ne me dit rien, il faudrait examiner toutes les entrées pour les années 2000 et 2001. C'est faisable, bien sûr, mais… Il faut que vous sachiez que nous recevons beaucoup de chercheurs… Plus de trois mille l'an dernier… Cinq cahiers, trois autres pour 2001… Je peux demander à un assistant de faire cette recherche, nous vous informerons des résultats.

— Oui, certainement, je comprends, dit Morel en tendant sa carte au prêtre.

Il lui montra la photo de Duclos. L'abbé l'examina un long moment.

— Hmm… non, je ne crois pas, fit-il avec un soupir. Je ne peux rien affirmer – je n'ai

jamais eu la mémoire des visages –, mais…
Non, celui-ci ne me dit rien.

— Et l'autre, Cyrille Thibault… Vous rap-
pelez-vous un peu de quoi il avait l'air ?

— Oh ! comme je viens de vous le dire,
les visages… Et puis je ne lui ai parlé qu'une
seule fois, et c'était il y a plus d'un an…

— Je crois qu'il s'agit d'un Indien.

— Oui, je crois me souvenir de ça. Mais
son visage…

— Vous vous souvenez quand même
qu'il cherchait des informations sur la seigneurie du Lac-aux-Herbes…

— Certainement. C'est un sujet délicat,
susceptible de déclencher la controverse. Vous
ne serez peut-être pas étonné si je vous dis
que je n'éprouve pas beaucoup d'enthousiasme pour les projets de recherche qui visent
ouvertement à remuer les braises du passé,
particulièrement s'il s'agit de critiquer indû-
ment l'action d'un ordre religieux.

— Est-ce que c'était le cas ? Est-ce que
Thibault vous a paru quelqu'un qui voulait…

— Non, pas lui, enfin pas que je me souvienne, mais tout de même, il s'intéressait à
la seigneurie du Lac-aux-Herbes, aux Cordeliers, bref…

— Oui… Sinon, il n'y a pas un détail dont
vous vous souvenez qui pourrait m'aider…

— Malheureusement non. Comme je vous
l'ai dit, je ne l'ai rencontré qu'une seule fois.

— Vous souvenez-vous s'il a parlé d'autres dépôts d'archives où il aurait pu aller, ici à Québec ? Lui avez-vous conseillé des endroits ? Vous-même, si vous cherchiez des informations sur les Cordeliers, où iriez-vous ?

— Je ne me souviens pas si je lui ai conseillé quoi que ce soit, mais comme je vous l'ai dit, concernant les Cordeliers, je chercherais du côté de Montréal. Vous savez que du point de vue administratif, il existait trois Gouvernements particuliers au Canada – Québec, Trois-Rivières et Montréal. La seigneurie du Lac-aux-Herbes se trouvait sur le territoire du Gouvernement de Montréal. Donc, la plupart des documents devraient logiquement se trouver dans cette ville. Cela étant, on sait que leurs archives ont disparu, alors…

— Et à Montréal, où est-ce que vous chercheriez ?

— Encore là, ça dépend de ce qu'on cherche ! Il y a différents types de documents, il y a tous les documents officiels, les correspondances entre dignitaires, c'est énorme. Ensuite les correspondances privées, et là il faut se demander avec qui ils ont pu correspondre, les Cordeliers. Avec la maison mère, en France, bien sûr – mais je crois que ces papiers-là aussi ont disparu, enfin il faudrait voir si leurs archives ont survécu à la Révolution, là-bas… Avec l'évêque de Québec, certainement, avec le gouverneur et l'intendant de la colonie, avec le gouverneur de Montréal, forcément. L'information qu'on cherche peut se retrouver dans une lettre du roi de France au gouverneur de la colonie, aussi bien que dans un échange entre deux obscurs petits commis de province.

— Oui, je comprends… Et pensez-vous qu'il soit possible que les archives des Cordeliers, ou une partie de leurs archives, se trouvent au vieux séminaire de Saint-Sulpice ?

— Ça, c'est une question que vous devriez poser à monsieur Enjalran, il me semble ! En tout cas, je n'ai jamais entendu parler d'une telle chose… Je ne vois aucune raison… Cela étant, qui peut dire où se cachent les documents anciens ?

Le soleil avait pris des forces quand Morel sortit du séminaire. Il marcha jusqu'à la rue des Remparts, où il s'arrêta le temps d'admirer la vue sur le fleuve et la Basse-Ville. Il remonta ensuite vers la cathédrale et se rendit à l'archevêché. Il sonna, attendit un moment, sonna à nouveau. Personne ne vint répondre.

Cinq minutes plus tard, il était à nouveau place de l'Hôtel-de-Ville. Il choisit un banc d'où il avait une vue sur la cathédrale et sur

une partie du séminaire. Il prit quelques instants pour observer les gens et les lieux, et
goûter un peu l'atmosphère de la ville.

Il y avait beaucoup d'animation sur la
place. Comme toujours à cette époque de l'année, la vieille ville était envahie par les touristes. Morel se demanda s'il y en avait plus
ici qu'à Montréal. Il aimait cette ville. Il se
savait trop attaché à Montréal pour envisager de vivre ailleurs, mais il aimait à penser
que dans une autre vie, il pourrait bien vivre
ici.

Il regarda sa montre. Il n'avait plus guère
le temps de faire quoi que ce soit avant midi.
Il décida de s'accorder une petite faveur. Il
descendit la rue Sainte-Famille jusqu'aux
remparts, continua jusqu'à la Basse-Ville par
la côte Dambourgès. Il flâna un peu dans les
petites rues des environs. Rue Saint-Pierre,
il passa une demi-heure dans une librairie
qu'il aimait particulièrement. Un peu avant
midi, il acheta un quotidien de la ville, s'installa à une table devant un restaurant rue
Saint-Paul, commanda un verre de rouge et
s'absorba avec délectation dans la lecture des
nouvelles locales.

En début d'après-midi, il sonna de nouveau à la porte de l'archevêché. Une dame
lui ouvrit avec un sourire accueillant. Soulagé de ne pas avoir à affronter une nouvelle

madame L'Espérance, Morel demanda à voir l'archiviste.

— Je suis désolée, mais l'archiviste n'est pas là. Il est parti ce matin… Il est…

— En retraite ?

— Non, pourquoi ? Il est allé à l'aéroport, accueillir des visiteurs… C'est à quel sujet ?

Morel expliqua brièvement la raison de sa visite, montra la lettre d'Enjalran, puis la photo de Duclos.

— Comme il a l'air triste ! Je ne sais pas, j'en parlerai à l'archiviste, mais je ne crois pas le revoir aujourd'hui, je dois partir à trois heures… Mais je ne me souviens pas d'avoir vu ce jeune homme.

Dans le train qui le ramenait à Montréal, Morel relisait les notes prises au séminaire. Il ouvrit son cahier de réflexion et rédigea un résumé de l'entretien, ajouta quelques idées, quelques hypothèses qui lui avaient traversé l'esprit. Il revit les conclusions des jours précédents, ajouta des notes, en ratura d'autres, imagina de nouveaux liens.

Cyrille Thibault était bel et bien passé au séminaire de Québec, comme le lui avait conseillé le Jésuite Loiselle. Il serait intéressant de voir si Duclos s'y était aussi rendu. Il n'était toujours pas possible d'établir un lien direct entre Thibault et Duclos, à part leur intérêt pour la seigneurie du Lac-aux-Herbes.

Au bout d'environ une heure, il se mit à bâiller et se sentit envahi par une douce somnolence. Il ferma les paupières. Pendant quelques secondes, il eut encore conscience d'être bercé par le roulis de la voiture sur les rails, puis il s'assoupit.

La sonnerie du portable le fit sursauter. Les yeux encore à moitié fermés, il approcha lentement l'appareil de son oreille.

C'était l'abbé Chartier. « Navré de vous déranger, monsieur Morel, mais j'ai préféré vous joindre aujourd'hui puisque demain, je commence une retraite… C'est au sujet de la photo que vous m'avez laissée… Elle était restée sur mon bureau, et madame L'Espérance l'a vue, en passant… Elle est absolument certaine que c'est lui, celui dont nous avons parlé, Cyrille Thibault… D'habitude, elle est assez physionomiste, alors… J'ai pensé que cela valait peut-être la peine de vous en parler…»

18 : L'histoire mène à tout

Bernadette avait découpé l'article et l'avait scotché au mur de la cabine de l'ascenseur, de façon à ce que personne ne puisse le manquer. C'était dans le dernier numéro du journal du vieux quartier, un entrefilet dans la chronique des actualités. Entre deux caquètements, le journaliste confirmait la rumeur selon laquelle le 275 Saint-Jacques aurait bientôt droit à sa cure de rajeunissement. Le début des travaux était prévu pour l'automne, au plus tard en novembre. Il était question de *rafraîchir* le hall d'entrée et d'installer un nouvel ascenseur, *plus moderne*. Il y avait quelques fautes, Bernadette les avait corrigées au feutre rouge. À côté, elle avait écrit en gros caractères : « Encore heureux qu'on nous informe ! ». Morel était navré. Lui non plus n'en avait pas été informé. Mais qu'y faire ?

Le rendez-vous était à quatorze heures. Louise Donaldson arriva un peu avant quatorze heures trente. Tailleur-pantalon de lin noir, veste à épaulettes, chemise de soie crème, minicravate assortie. Maquillage discret mais agissant. Cheveux noirs comme du jais, coupés à la Louise Brooks. Louise Donaldson, cadre dans une grande banque, avocate, directrice de service marketing d'une multinationale ? Morel se demanda s'il s'agissait bien de la femme à qui il avait parlé le matin même, celle qui à peine deux ans auparavant avait signé un mémoire sur une obscure seigneurie du XVIIe siècle…

— L'histoire mène à tout, vous ne le saviez pas ?

C'était bien elle, mais sans les grosses lunettes noires que Morel avait imaginées. Avec une amie diplômée en philosophie et son copain informaticien, elle avait fondé une petite entreprise. Stages intensifs de formation sur les logiciels de bureautique pour cadres moyens et supérieurs des grandes entreprises.

— Logiciels de gestion de projet, tableurs, traitement de texte, sans parler d'Internet, chaque année une nouvelle version – quand ce n'est pas deux ou plus –, tant de nouvelles choses à apprendre, les gens n'ont pas le temps d'apprivoiser un produit qu'il est déjà périmé. Le travailleur moyen utilise environ cinq pour cent des fonctions d'un logiciel… Pas étonnant que beaucoup de gens qui travaillent avec des logiciels de bureau aiment peu ou pas du tout leur travail… Ils auraient préféré être artistes, mais que voulez-vous, la vie…

Elle sortait d'une rencontre avec des clients potentiels. Elle avait donné rendez-vous à Morel dans un café au rez-de-chaussée d'un immeuble à bureaux, dans le quartier des affaires. Un endroit fréquenté par des gens pressés.

Louise Donaldson ferma les yeux un instant, écarta les doigts et se massa les tempes.

— Vous donnez les cours vous-même ?

— Je fais tout. Ça marche bien, ça rapporte, mais je n'ai plus de temps à moi. Je ne sais pas si je vais tenir longtemps… Enfin.

Elle regarda sa montre, haussa les sourcils, regarda Morel avec un air interrogateur.

— Alors, vous vouliez parler des Cordeliers ?

— Oui, c'est-à-dire que… Comme je vous l'ai dit, je suis détective, détective privé, et je cherche un homme. Cet homme.

Morel posa la photo de Duclos sur la table. À côté, il posa sa carte.

Louise Donaldson hocha lentement la tête de droite à gauche.

— Vous dites qu'il est étudiant en histoire ?

— Il l'était, l'automne dernier. Première année de bac.

— Je regrette, mais sa tête ne me dit rien. Et pourquoi pensez-vous que je pourrais vous aider, déjà ?

Morel entreprit de lui résumer les grandes lignes de l'affaire, en commençant par le vol des documents et ses rencontres avec les archivistes. Elle l'interrompit avant qu'il ait le temps d'aller bien loin.

— Ce serait plus facile si vous me disiez de qui vous parlez quand vous dites « mon client »… Vous pouvez compter sur ma discrétion, bien sûr.

Morel avait pensé à ce détail. En principe, il préférait ne pas révéler l'identité de son client, du moins pas sans avoir reçu son autorisation. Le matin même, il avait tenté sans succès de joindre monsieur Enjalran pour lui en parler. Mais il se rendait compte qu'il serait difficile de discuter sérieusement avec Louise Donaldson sans la mettre au parfum. De toute façon, elle ne serait pas dupe, elle connaissait les communautés religieuses de la ville. Cette femme avait certainement son idée sur la disparition de l'acte de concession, et cette idée commençait à l'intéresser au plus haut point. Il arracha un coin de napperon et inscrivit : « p. s. s. ».

Louise Donaldson eut un sourire d'initiée.

— Bien, continuez.

Morel froissa le bout de papier, le mit dans sa poche et poursuivit son exposé. Il prit soin de filtrer certaines informations et d'éviter certains épisodes. Il insista sur l'intérêt de

Duclos pour la seigneurie du – et sur les liens possibles avec la situation à Rivière-à-l'Aigle.

— Je sais qu'il y a eu encore du grabuge à Rivière-à-l'Aigle l'automne dernier, rien d'étonnant à cela d'ailleurs. Mais dites-moi… j'ai l'impression que vous croyez sérieusement que ce Duclos pourrait être à la recherche de l'acte de concession de la seigneurie, pour démontrer que les Indiens ont des droits.

— Vous savez, quand on recherche quelqu'un qui a un parcours, disons, un peu hors norme, il faut d'abord essayer de découvrir ce qui le motive, ce qui le pousse à agir. D'habitude, c'est une question d'argent, ou une intrigue amoureuse, une vengeance… Toujours les mêmes vieux ressorts. Une fois qu'on a trouvé le ressort, tout s'explique, même les comportements les plus inattendus.

— Je veux bien, mais il faudrait être particulièrement naïf pour espérer vraiment faire bouger les choses de cette façon… Surtout que vous me dites que cet homme est très intelligent. N'empêche, ça me plaît assez de penser qu'il y a des gens un peu… hors norme, comme vous dites. Des gens qui ont un idéal… Pas que j'approuve son acte, s'il a volé des documents anciens, ça non. Mais si je comprends bien, il n'a commis aucun crime jusqu'ici, il a même été plutôt chic avec vos… clients. Vous croyez qu'il ferait vraiment tout ça pour aider la cause des Indiens de Rivière-à-l'Aigle ?

— J'ai cru comprendre que c'est précisément ce que fait le professeur Brassard. Il paraît qu'il travaille depuis des années à constituer un dossier sur Rivière-à-l'Aigle. Il paraît aussi qu'il a l'intention de donner une conférence le 22 juillet, sur la situation à Rivière-à-l'Aigle…

— Ah oui ? Je ne savais pas, pour la conférence… Mais attention, Brassard, lui, n'est pas si naïf. Il sait bien que les documents anciens ont une valeur bien relative. Ça peut servir, bien sûr, tout dépend de l'interprétation qu'on en fait, ou qu'on réussit à faire prévaloir.

— Vous le connaissez, vous avez travaillé avec lui ?

— Oui, c'est-à-dire que je l'ai beaucoup consulté pour mon mémoire, j'ai même suivi deux de ses cours. Mais c'est un anthropologue, et j'étais étudiante en histoire, et à un certain moment, il a fallu faire un choix… C'est vrai que le professeur Brassard monte un dossier sur Rivière-à-l'Aigle, mais je suis certaine qu'il n'envisagerait pas une seule seconde de se procurer des documents de façon illégale…

— Je n'ai pas du tout voulu dire ça…

— Oui, il faut que ça soit clair…

— Bien sûr. Au fait, j'aimerais bien lui parler, à ce professeur Brassard, mais je n'arrive pas à le joindre. Si jamais vous pouvez le contacter, vous, pourriez-vous lui demander de m'appeler ?

— Je veux bien essayer. Mais je ne peux rien promettre, je ne lui ai pas parlé depuis au moins deux ans.

— Merci. Écoutez, j'aimerais que vous me parliez des titres de propriété de la seigneurie, en particulier de l'acte de concession. J'ai lu votre mémoire avec beaucoup d'intérêt, mais j'ai été un peu déçu de ne pas y trouver plus de détails sur cette affaire de documents disparus…

— Ha ! ha ! plus de « détails » ! Vous voulez dire plus de commérages… Pardon… Mais je vous rappelle qu'il s'agit d'un mémoire de maîtrise. J'ai dit ce qu'il y avait à dire sur la chaîne des titres, le reste, ce sont des hypothèses, des commérages d'historiens.

— D'accord, fit Morel avec un sourire entendu, alors disons que je m'intéresse, dans ce cas particulier, aux commérages d'historiens… Je suis sûr que vous avez votre opinion sur ce qui a pu arriver.

— Eh bien ! répondit Louise Donaldson avec un sourire un peu espiègle, ce que je peux vous dire, c'est que j'ai écrit aux archives coloniales de France, à Aix-en-Provence, c'était l'automne 98, pour savoir si eux avaient une copie du fameux acte de concession. Normalement, ils devraient avoir un original de tous les actes de concession de seigneuries en Nouvelle-France… J'ai la chance de connaître quelqu'un là-bas, un documentaliste qui a fait un stage à Montréal en 97… Il a mis plusieurs semaines avant de me répondre, et la réponse a été : rien sur la seigneurie du Lac-aux-Herbes. Mais je n'ai pas été trop surprise.

— Ah non ? Et pourquoi ?

— Parce que de toute façon, les documents qui se trouvent en France devraient être disponibles ici sous forme de microfilms. Vous voyez, à partir de 1873, le gouvernement du Canada a commencé à mettre sur microfilm tous les manuscrits conservés en Angleterre et en France concernant les débuts du Canada. Donc, normalement, on devrait retrouver une copie microfilmée de l'acte de concession des Cordeliers aux Archives nationales, à Ottawa, à Montréal, à Québec… Et je peux vous dire qu'elle ne s'y trouve pas.

— Mais combien de copies existe-t-il ?

— Normalement, il existe au moins trois « copies originales » de l'acte de concession. Une qu'on remettait au seigneur lui-même, une autre qui était déposée dans les papiers de l'Intendance, à Québec, et une troisième qu'on envoyait au ministère en France. Dans les faits, ce n'est pas si simple, il pouvait arriver qu'il y ait d'autres copies, mais au minimum on en a trois. On sait que la copie remise aux Cordeliers a disparu, c'est du moins ce qu'ils ont prétendu. Celle qui devrait se trouver en France, comme je viens de dire, ne s'y trouve pas… Quant à la dernière, celle qui avait été déposée chez l'intendant, celle-là aurait dû aussi se retrouver aux Archives nationales… Elle ne s'y trouve pas, j'ai vérifié personnellement.

Louise Donaldson fit une pause, le regard absent, l'air concentré, un petit sourire de ravissement discret aux lèvres.

— Parlez-moi de l'exemplaire des Cordeliers… C'est un document qui devrait se retrouver dans leurs archives, et je crois que leurs archives ont elles aussi disparu…

— Alors là … Les possibilités sont presque infinies ! Les Cordeliers ont prétendu avoir perdu le document après 1760. Et comme vous venez de le dire, leurs archives ont disparu. Dans ces conditions, on en est là encore réduits aux conjectures. Je peux vous donner la mienne, d'hypothèse, puisque vous êtes là pour ça. Je vous signale en passant que j'ai déjà écrit un article à ce sujet, l'automne 98…

— Ah oui ? Sur les archives des Cordeliers ?

— Oui, dans une revue d'histoire, trimestrielle, quelque chose de très spécialisé, une revue confidentielle, comme on dit, d'ailleurs elle a elle-même disparu, je crois... Quelques numéros seulement ont paru, peut-être quatre ou cinq... Ils doivent avoir ça à l'université, ça s'appelait *Épisodes de l'Amérique française*...

Je résume pour vous : d'abord, il faut savoir qu'après la Conquête, la couronne britannique interdit formellement aux ordres religieux masculins implantés dans l'ex-Nouvelle-France de recruter de nouveaux membres. Pour les Cordeliers, c'est le début d'une lente agonie, c'est donc un événement qui va changer considérablement le destin de la seigneurie du Lac-aux-Herbes. Même chose d'ailleurs pour les Jésuites et les Récollets, qui disparaîtront pendant que leurs propriétés seront grignotées par les nouveaux maîtres. Au moment de la Conquête, en 1760, il y avait neuf Cordeliers au Canada, tous à la seigneurie du Lac-aux-Herbes.

En 1772, il ne reste que quatre pères Cordeliers, et le plus jeune a près de soixante ans. Leur vie est difficile, les autorités anglaises les harcèlent de différentes façons. Devant l'incontournable réalité, la communauté est forcée de prendre une décision tragique. Le 3 août 1772, les Cordeliers cèdent leurs droits seigneuriaux, à Charles Languereau, le frère du seigneur qui occupe les terres voisines. Le contrat de vente est signé devant notaire à Montréal. J'ai lu ce document. Il comprend plusieurs dispositions visant à établir les droits des Cordeliers et à protéger les Amérindiens. Et il stipule que toutes les conditions établies dans l'acte de concession de 1669 continuent de s'appliquer. En clair, *pour l'essentiel, il se réfère à l'acte de concession.* Sans ce dernier, il est incomplet. Or, ce document est introuvable. On ne sait pas si les Cordeliers l'ont produit au moment de la cession, ce qui est tout de même un comble.

Donc, les Cordeliers cèdent leurs droits seigneuriaux. Ils conservent le droit d'occuper une partie d'une aile du manoir seigneurial pour y finir leurs jours. Mais ils ne sont plus chez eux, ils sont devenus des locataires. Et ils ne sont plus que quatre, n'oubliez pas. Il est sûr qu'ils ont dû s'inquiéter pour la sauvegarde de leurs archives. Il est également sûr qu'ils n'ont pas pu envoyer leurs papiers à la maison mère, en Europe, car on sait que leur ordre était en difficulté en France, au moins depuis 1763. En toute logique, ils n'ont guère eu le choix. Ils n'ont pas pu léguer leurs archives aux autorités civiles. Ils ont dû se tourner vers une autre communauté religieuse, une communauté d'hommes. Laquelle ? À l'époque, au Canada, à part eux, il y a en trois : les Sulpiciens, les Jésuites et les Récollets. Les Sulpiciens et les Jésuites, impensable. Les Récollets, par contre… Tout le monde sait que

les Cordeliers avaient de bonnes relations avec
les Récollets. Récollets et Cordeliers étaient
des branches de l'ordre des Franciscains. Dans
les circonstances, les Récollets sont un choix
logique. D'après moi, peu après 1772, les
archives des Cordeliers ont dû être discrètement expédiées au couvent des Récollets, ici
à Montréal. Bien sûr, ce n'était pas une solution d'avenir… Les Récollets eux-mêmes
étaient en voie d'extinction… Vous savez ce
qu'il en reste, du couvent des Récollets à Montréal ?

— Je sais qu'il y a la rue des Récollets, à
deux pas de mon bureau…

— Voilà ! Le couvent se trouvait entre les
rues Notre-Dame et des Récollets justement,
à peu près au coin de Sainte-Hélène… des
Récollets et Sainte-Hélène n'existaient pas,
bien sûr. Malheureusement, il se trouve que
les archives des Récollets ont disparu elles
aussi…

— Si je comprends bien, d'une façon ou
d'une autre, les chances pour que les archives
des Cordeliers, ou une partie de leurs
archives, se trouvent au vieux séminaire de
Saint-Sulpice sont à peu près nulles…

— Je ne dirais pas ça. Après la mort du
dernier Récollet vivant au couvent, les biens
des Récollets sont passés au gouvernement.
Et je sais qu'un peu plus tard, le couvent et
l'église des Récollets ont été vendus aux Sul-

piciens. Mais quand exactement ? Je ne me souviens pas des détails. Je peux vérifier si vous voulez.

— Ce serait gentil. Et qu'est-ce que vous pensez de la disparition de la copie de l'acte de concession aux archives coloniales, en France ?

— Oh ! ce ne sont pas les hypothèses qui manquent de ce côté-là non plus. Première-ment, la disparition ne date pas d'hier. Les copies sur microfilms ont débuté en 1873… On peut donc supposer que l'acte de conces-sion avait déjà disparu à cette époque… Il est aussi possible qu'il ne soit jamais parvenu en France, on l'aura égaré quelque part, peut-être même pendant la traversée… Et si on veut vraiment envisager les scénarios les plus tordus, on pourrait imaginer que c'est le nou-veau seigneur lui-même, Charles Langue-reau, qui se sera arrangé discrètement pour que le document disparaisse des archives, en 1772, quand il a acquis la seigneurie… Vous voyez la scène, l'émissaire de Languereau qui débarque à Paris incognito, drapé dans une grande cape noire, l'œil furtif sous son chapeau à large bord, qui s'installe à l'hôtel sous une fausse identité, rue des Archives … On nage en plein Le Carré !

— Hum… Vous voyez bien qu'à côté de ça, ma petite théorie sur les motivations de Duclos n'a pas l'air si farfelue…

— Mmm... oui, si vous voulez.

— N'empêche que le professeur Brassard ne serait pas fâché de le retrouver, ce document, pas vrai ?

— Je n'ai pas dit le contraire.

— Autre chose, dites-moi... L'acte de concession, vous laissez tout de même clairement entendre dans votre mémoire qu'il est possible qu'il ait comporté une clause portant sur des droits de propriété pour les Indiens.

— Ah ! encore une affaire bien obscure. Comment savoir, nous n'avons pas le texte ! Il est presque sûr que les terres ont été octroyées à la condition expresse qu'une mission soit établie pour la conversion des Indiens. Pour le reste... Un droit de propriété éventuel pour les Indiens si la mission était abandonnée, c'est une possibilité, oui, mais une possibilité plutôt mince d'après moi.

Certains auteurs ont suggéré que pour attirer les Indiens dans leur mission, les Cordeliers leur auraient fait des promesses concernant la propriété des terres. Encore là, aucun document de l'époque n'en fait mention.

Ce qu'on sait avec certitude, c'est que les missionnaires ne leur ont ont jamais accordé officiellement le moindre titre de propriété sur les terres de la seigneurie, à leurs Indiens. Chaque famille avait un droit dit « de jouissance précaire » sur un lot tout juste suffisant pour la faire vivre. Pas le droit de vendre, ni louer, ni disposer en quelque manière du lopin de terre qu'elle occupait et exploitait sans le consentement des missionnaires. En clair, les Cordeliers sont demeurés seuls propriétaires des terres. À un certain moment, ils se sont mis à concéder des terres en bonne et due forme à des habitants français, puis ils ont cédé leurs droits, et le nouveau seigneur a continué à concéder des terres, il a fini par les concéder presque toutes, mais jamais à des Indiens. Les Indiens ont bien tenté, à de nombreuses reprises, de faire valoir ce qu'ils considéraient comme leurs droits. Ils ont rencontré Languereau, le nouveau seigneur, plusieurs fois. Il y a eu beaucoup d'affrontements… En vain.

Bien sûr, tout ça est arrivé ailleurs aussi, il y a eu et il y a encore des problèmes dans plusieurs des anciennes missions indiennes, mais en général, la création des réserves a rendu la situation tolérable. Ce qu'il y a de particulier, à Rivière-à-l'Aigle, c'est qu'ils n'ont rien reçu, rien du tout… Voilà.

— Oui, fit Morel après un long silence. Revenons à Duclos, si vous permettez. Vous êtes certaine que vous ne lui avez jamais parlé ? Il pourrait vous avoir téléphoné, par exemple, pour parler de votre mémoire ? Réfléchissez bien.

Louise Donaldson avait commencé à jeter des coups d'œil fréquents à sa montre. L'entretien tirait à sa fin.

— Je ne crois pas, non. J'ai parlé à bien des gens quand je faisais ma recherche, mais depuis… Je ne peux jurer de rien, mais je ne crois pas, je m'en souviendrais.

— Et si je vous donne un autre nom : Cyrille Thibault. Ça vous dit quelque chose ?

— Pas du tout, non. Pourquoi ?

— Eh bien ! il est possible que Duclos se soit présenté à certains endroits sous cette identité. Mais je n'en suis pas encore certain.

Morel jeta lui-même un coup d'œil à sa montre.

— Le temps file… Madame Donaldson, merci infiniment d'avoir bien voulu répondre à mes questions. Ce fut un plaisir de vous rencontrer.

Avant de la quitter, Morel fit remarquer à l'historienne qu'elle avait l'air plus détendue, plus heureuse qu'à son arrivée. Était-ce l'effet bénéfique de ce petit retour sur l'histoire ? Peut-être devrait-elle songer à retourner à ses anciennes amours ?

— C'est vrai que j'y pense souvent… Mais je n'aurais pas pu faire carrière en histoire. J'étais en conflit avec tous mes professeurs. Ils disaient que j'avais une approche d'anthropologue. Pour eux, c'était la pire insulte. Ils ont même dit ça de mon mémoire. Et pourtant, je suis sûre que c'est moi qui avais raison. Un jour peut-être, j'y reviendrai.

Dès qu'il fut seul, Morel s'empressa d'appeler monsieur Enjalran. Cette fois, le Sulpicien répondit tout de suite. Morel lui dit qu'il venait de rencontrer Louise Donaldson et qu'il voulait le voir le plus tôt possible. Il y avait du nouveau depuis leur dernière rencontre. La réaction de l'archiviste lui parut peu enthousiaste, beaucoup moins qu'il ne s'y était attendu. Il fut très déçu d'entendre Enjalran lui répondre qu'il ne pourrait pas se libérer avant plusieurs jours, qu'il le rappellerait.

Le voyant du répondeur était très agité quand Morel rentra au bureau. Quelques archivistes avaient rappelé. À la Bibliothèque nationale, rien sur Normand Duclos, mais entre la mi-novembre et la mi-décembre 1999, le nom de Cyrille Thibault n'apparaissait pas moins de quinze fois au registre. Chez les sœurs Hospitalières, on avait retrouvé une lettre de demande d'accès aux archives signée Cyrille Thibault, datée du 3 décembre 1999. Demande refusée. Aux Archives nationales, Thibault avait passé presque tout le mois de janvier 2000 dans la salle de consultation.

Morel prit un bloc de feuilles lignées, traça quelques traits verticaux, composa un premier tableau en consultant ses notes. Puis, il réorganisa les données en une deuxième version, les tria de nouveau. Après quatre versions, il était à peu près satisfait.

Il alluma une cigarette, passa dans la cuisine, se servit un scotch, ajouta deux petits cubes de glace. Il revint à son bureau, sortit son cahier de réflexion. Il se mit à examiner le tableau en consultant le cahier.

Les choses commençaient à prendre forme. Entre novembre 1999 et février 2000, Cyrille Thibault avait passé près de dix semaines à scruter les vieux documents dans les principaux centres d'archives publics à Montréal et à Québec. Aucune trace de Duclos nulle part à la même époque. En décembre et en janvier, Thibault avait fait une demande d'accès écrite à au moins deux centres privés, demandes refusées. Dans au moins un cas, il avait téléphoné et s'était même rendu sur place pour insister. Chez les Jésuites. Et Normand Duclos était passé là neuf mois plus tard, armé d'une carte d'étudiant et d'une lettre de recommandation. Et de sa verve naturelle. Ce même Duclos qui avait réussi à obtenir l'autorisation de fouiller à sa guise, pour une saison complète, dans un des dépôts d'archives privées les plus difficiles d'accès au pays.

Morel se leva, arpenta lentement la pièce, jeta un coup d'œil distrait par la fenêtre. Il pensa à l'éclair dans les yeux de Camille Bergeron quand elle avait vu la photo de Duclos. Son visage déformé par la colère après avoir entendu quelques mots sur Thibault. Puis ce furent les traits sévères de madame L'Espérance qui lui revinrent, son regard inquisiteur posé sur lui comme sur un accusé. Ces mêmes yeux qui avaient reconnu Cyrille Thibault en voyant la photo de Normand Duclos.

Le téléphone sonna.

Une petite voix nasillarde, que Morel mit un certain temps à reconnaître. C'était Cardinal, qui parlait sur un ton ridiculement feutré. « Vous êtes difficile à joindre, monsieur Morel ! C'est bien beau d'avoir un portable, encore faudrait-il répondre de temps en temps ! Encore heureux que vous ayez un répondeur ! Bon... J'ai parlé de vous à certains de mes amis... Vous avez rendez-vous demain mercredi, à quinze heures, au restaurant Le Transit, rue Saint-Vincent... Quelqu'un vous y attendra, quelqu'un qui tient beaucoup à vous rencontrer. Mercredi, quinze heures, Morel. Soyez-y. »

19 : Le Touriste

Morel relisait avec un sourire amusé le texte de la pétition que Bernadette venait de scotcher au mur de la cabine, juste à côté de l'infâme entrefilet.

Nous soussignés, locataires et employés du 275 Saint-Jacques, souhaitons exprimer notre désaccord avec la décision de remplacer l'ascenseur de l'immeuble par un appareil automatique. Le progrès, oui, mais pas à n'importe quel prix !

Il avait lui aussi reçu la veille un avis du nouveau propriétaire à ce sujet. Il signa.

— C'est gentil, Antoine.

Il signa une deuxième fois. Intriguée, Bernadette jeta un coup d'œil et pouffa de rire. Morel avait bien signé deux fois : Antoine Morel, de un, et Dan McMillan, de deux.

— Antoine ! Franchement…

— Et alors, qu'est-ce qu'ils en savent, ces cons, dit Morel sans élever la voix. Est-ce qu'ils savent que quand Dan est arrivé, en 82, il était le seul locataire de tout le sixième ? D'ailleurs tu l'as connu, toi, et tu sais très bien qu'il aurait piqué une colère en entendant parler d'une pareille sottise.

— J'imagine que tu as raison… De toute façon, c'est gentil…

L'ascenseur s'immobilisa. Bernadette tira le rideau accordéon et ouvrit la porte.

— Sixième étage, tout le monde descend.

Morel salua Bernadette avec un sourire, sortit. Avant qu'elle ait le temps de refermer, il se retourna.

— Mais tu sais, Bernadette, cette pétition, ça ne va pas…

— Oui, Antoine, je sais. Je sais bien.

Morel se rendit au Transit par la rue Saint-Paul. Il connaissait l'endroit pour y avoir passé quelques moments agréables, à une autre époque. Il passait parfois près de l'établissement au cours de ses marches solitaires, mais il n'y avait pas mis les pieds depuis des années.

Il éprouvait une certaine appréhension en se rendant à ce rendez-vous avec des « amis » de Cardinal. Certes, il voulait savoir pourquoi ces gens s'intéressaient à Duclos, mais il ne tenait pas beaucoup à les rencontrer.

La vieille enseigne noire et blanche était toujours là. Le portier avait apparemment reçu une description visuelle assez précise car, dès qu'il vit Morel, il le pria à voix basse de bien vouloir le suivre. Le sourcil légèrement arqué, Morel se laissa remorquer vers l'arrière de l'établissement, où il fut confié à un homme d'allure athlétique vêtu d'un complet sombre. Un policier, pensa Morel en le suivant à travers la salle à manger principale, presque vide à cette heure. Ils montèrent à l'étage par un escalier en colimaçon et suivirent un corridor. Le plancher craquait à chacun de leurs pas. L'homme poussa une porte et invita Morel à passer devant d'un signe du menton. Morel se retrouva dehors, sur une terrasse discrètement aménagée sur le toit du restaurant. L'endroit était clôturé par un treillis de lattes de bois teint recouvert de lierre. Un peu plus loin, on apercevait la lanterne de l'édifice de la banque Royale. Il y avait quelques tables protégées par des parasols à rayures rouges et blanches. Une seule était occupée, et un seul homme s'y trouvait.

À cause de la chaleur, l'homme avait enlevé son veston et desserré sa cravate. Sourire aux lèvres, il se leva et tendit une main délicate à Morel. Qui ne fut qu'à demi surpris de reconnaître le touriste de la place d'Armes.

— Monsieur Morel, heureux de vous voir… ou plutôt de vous revoir !

— Et moi, un peu étonné de vous retrouver seul, sans votre femme… J'espère qu'elle va bien.

— Voilà qui est gentil, je ne manquerai pas de lui transmettre vos bons souhaits, monsieur Morel, je n'y manquerai pas… Mais prenez place, je vous en prie.

Sur la table, quelques plats avec des fruits, des crudités, des sandwichs, quelques bouteilles d'eau minérale et des verres.

— Je vois que vous connaissez déjà mon nom, mais je ne peux pas en dire autant…

— Appelez-moi André, simplement André.

La manière était onctueuse, les mots prononcés sans hâte. Le regard posé sur Morel était calme et assuré, un peu froid mais non hostile.

— C'est donc vous l'ami de Louis Cardinal.

— Oh ! je ne dirais pas ça, répondit l'autre avec un sursaut amusé, c'est-à-dire que je ne l'ai rencontré qu'une ou deux fois. Il a communiqué avec quelqu'un de chez nous et on m'en a informé.

— Quelqu'un de chez vous.

— De chez nous, oui. Apparemment, il était un peu excité. Il croyait tenir un scoop ! Il ne pouvait pas savoir que vous et moi, nous nous étions déjà rencontrés à ce moment-là !

— Plutôt deux fois qu'une…

— Exactement ! Il était, comme on dit, un peu en retard dans les nouvelles !

— J'imagine que vous allez me dire que c'est aussi mon cas.

— Mais qu'est-ce que vous dites là ? Vous, en retard dans les nouvelles ? Vous ne pensez pas sérieusement que je vous sous-estimerais à ce point ?

Le Touriste détacha quelques raisins verts d'une grappe, en mit deux dans sa bouche et se mit à mâcher lentement. Toujours souriant, il invita Morel à se servir en désignant la table.

— Pourtant, reprit Morel, il va falloir m'expliquer. Si vous vouliez me rencontrer, pourquoi avoir attendu que Cardinal vous contacte ?

— Monsieur Morel, vous ne me croirez peut-être pas, mais la vérité est que, d'abord tout s'est passé très vite, et ensuite nous vous aurions contacté de toute façon… Cardinal a joué un rôle tout à fait accessoire. Un prétexte, si vous voulez. Et puis, une occasion de lui faire plaisir, pour le même prix. C'est un gentil garçon après tout, utile par moments.

Le Touriste déposa une mallette sur ses genoux et en sortit quelques chemises cartonnées. Il ouvrit une enveloppe grise et en sortit quelques photos, qu'il se mit à regarder distraitement. Il en choisit une, la laissa tomber sur la table, la poussa devant Morel.

Morel dut examiner la photo un moment avant de comprendre. Les couleurs étaient inhabituelles, une palette de verts phosphorescents, signe qu'elle avait été prise dans l'obscurité, avec un dispositif de nuit. On distinguait deux silhouettes qui allaient l'une derrière l'autre à travers des arbustes. Morel reconnut d'abord l'homme qui marchait devant. C'était Dubreuil, le procureur des Sulpiciens. La silhouette de l'homme derrière le prêtre était moins nette, mais Morel finit par l'identifier, c'est-à-dire par se reconnaître lui-même. La photo avait été prise dans le jardin du vieux séminaire, le soir de sa première visite chez les Sulpiciens. C'était aussi le soir de sa première rencontre avec le Touriste, sur la place d'Armes. On voulait l'impressionner. Il eut du mal à maîtriser son indignation.

— Très impressionnant, fit-il en lançant un œil mauvais à son hôte.

— Oh ! monsieur Morel, il ne faut surtout pas croire… Je vous assure que c'est la seule et unique fois… Ce n'est pas à vous que nous nous intéressions. Que voulez-vous, vous étiez là… Mais je vous donne ma parole que personne ne vous a suivi par la suite… Mais oublions tout ça, si vous voulez, nous ne sommes pas là pour parler de votre client, ni de Louis Cardinal… Nous sommes là pour discuter – amicalement – d'une affaire qui nous intéresse tous les deux, pour des raisons différentes. Je vous propose de voir les choses de la façon suivante : vous et moi, nous allons nous entraider. Nous rendre service mutuellement… Je ne vous le cacherai pas, vous pouvez faire beaucoup pour moi… Et moi de même, comme vous allez le voir… Alors, pourquoi nous en priver ?

— Vous êtes pour la vertu, c'est bien…

— Voilà ! Mais d'abord, je vous en prie, monsieur Morel, servez-vous, allez. Vous allez voir, c'est une bonne journée pour vous…

Le Touriste prit la bouteille d'eau, remplit un verre qu'il déposa devant Morel, qui continuait à le considérer d'un air mécontent. Morel remarqua que son œil gauche clignait tout seul de temps en temps, une sorte de tic nerveux.

Le Touriste se versa aussi un peu d'eau. Il choisit une autre photo, la posa sur la table. Morel l'examina un moment sans rien voir qui éveillât quelque souvenir. Un homme aux cheveux noirs assez longs, cadré à mi-corps en extérieur, probablement en pleine rue.

Les sourcils bien froncés, le Touriste avait pris quelques papiers et tiré ses lunettes sur le bout de son nez de façon à pouvoir lire et en même temps observer les réactions de Morel. Il devait lever légèrement la tête pour lire, et la baisser un peu pour observer.

— Nom : Thibault. Prénom : Cyrille. Se fait appeler « Kakou »… Né le 8 janvier 1967, quelque part en forêt, en Haute-Mauricie… Le père, un Canadien français vaguement métis, mais non reconnu comme Indien au sens de la loi, disparaît peu après la naissance… La mère est indienne, montagnaise. Laissée seule avec l'enfant, elle décide d'aller vivre chez sa mère, qui habite Rivière-à-l'Aigle où elle a suivi un mari mort depuis longtemps.

Morel n'avait pas quitté la photo des yeux. Après un bref moment de surprise, qu'il n'eut pas de mal à dissimuler, il la comparait mentalement à celle de Duclos. Il y avait peut-être une certaine ressemblance, mais on ne pouvait pas être sûr, il aurait fallu comparer avec l'autre photo.

— Mais sa mère est malade – je parle de la mère de Thibault. Graves problèmes respiratoires. Elle est hospitalisée une première fois en 68. Puis encore en 70… Cette fois, elle ne sortira plus de l'hôpital. Elle s'éteint pendant l'été 71. Alors Cyrille est élevé par sa grand-mère. Qui ne parle que le montagnais – maintenant, il faut dire « innu ». Pourquoi pas ? Apparemment, ça se passe plutôt bien pendant quelques années, jusqu'à la mort de la grand-mère… L'enfant a six ans, on peut imaginer le drame… Sans famille. Alors, qu'est-ce qu'on fait ? Scénario classique, surtout à l'époque. L'enfant est pris en charge par l'État, et très vite adopté par un couple sans enfant, dans la quarantaine… Et pas tout à fait à côté… Roberval, vous connaissez ? C'est au Lac-Saint-Jean. Charmante région, j'ai un collègue qui vient de là.

Le Touriste prit une petite gorgée d'eau, regarda longuement Morel, puis reprit ses papiers.

— Bon, où en étions-nous ? Ah oui ! confié à un couple de Roberval. Nous sommes en 73. Six ans, c'est l'âge où les enfants commencent l'école, à Roberval comme ailleurs. Mais il y a un problème pour le petit Cyrille : il ne parle que l'innu ! Le français, pour lui, c'est une langue étrangère. Bref... Dès le départ, problèmes d'adaptation. Je vous laisse imaginer la suite... Un enfant à problèmes... À l'école, les bagarres. En ville, les mauvais coups. À l'adolescence, il commence à faire des fugues. Le hasard veut que juste à côté de Roberval, il y ait une réserve montagnaise. Mash... Mash-te-ia... Décidément, je n'y arriverai jamais... Mash-te-u-iatsh.

Malgré cet inconfort passager avec un mot, le Touriste, de toute évidence, connaissait bien le dossier. Il ne lisait pas, il commentait. Il consultait distraitement le texte, balayant la page des yeux pour retrouver un détail, regardait Morel par-dessus ses lunettes.

— Je pourrais savoir pourquoi vous me racontez tout ça ?

— S'il vous plaît, laissez-moi continuer, vous allez comprendre... Alors, nous disions, oui, les fugues... À l'école, dans la même classe que Cyrille, il y a quelques Innus. Comme on peut s'y attendre, ils ne tardent pas à faire connaissance, se découvrent des atomes crochus. Il se met à passer du temps sur la réserve, disparaît de plus en plus souvent, de plus en plus longtemps. Chaque fois, ses parents lancent la police à ses trousses. Chaque fois, il repart. À 14 ans, il s'enfuit deux semaines complètes, trois l'année suivante. Au printemps de 83, à 16 ans, il disparaît pour de bon. Il semble que les parents aient capitulé à ce moment.

Morel sortit son paquet de cigarettes, constata, un peu irrité, qu'il était vide. Le Touriste sortit un paquet de Gitane, le poussa devant lui.

— À partir de là, pour un an ou deux, on perd un peu sa trace… Qu'est-ce qu'il fait ? Apparemment, on ne lui avait jamais dit que sa mère était morte, il semble qu'il ait passé quelque temps à la rechercher… On sait qu'il a été vu à Rivière-à-l'Aigle en 84. Tôt ou tard, il a bien dû découvrir la vérité… Ensuite, il traîne un peu en ville, Québec, Montréal… À un certain moment, il est signalé, enfin plus ou moins, rien de trop clair, quelque part en Haute-Mauricie, puis en Basse-Côte-Nord… Mais rien de certain… À vrai dire, pour cette période, le dossier est plein de grands trous. Notre homme est d'autant plus difficile à suivre qu'il n'a pour ainsi dire pas d'existence légale. Aux yeux de la loi, voyez-vous, il n'a jamais été indien, et comme Blanc, il a virtuellement cessé d'exister…

On entendit un long coup de klaxon venant de la rue. Le Touriste sortit un mouchoir, s'épongea les tempes et le front.

— Mais en 85, il refait surface. Il présente une demande pour obtenir le statut d'Indien. Laissez-moi vous expliquer : cette année-là, le gouvernement fédéral vote une loi qui modifie certaines dispositions de la fameuse Loi sur les Indiens… Un des principaux changements concerne une clause selon laquelle une Indienne qui épousait un Blanc perdait son statut d'Indienne, même chose pour les enfants qu'elle aurait avec ce Blanc… D'un coup de baguette magique, ils devenaient tous des Blancs… Au point de vue légal, tout ce beau monde était automatiquement soustrait des listes et des calculs du fédéral concernant les Indiens. La loi de 85 annulait tout ça, et en plus elle redonnait, rétroactivement, le statut d'Indien à tous ceux qui l'avaient perdu à cause de l'ancienne loi, à condition de répondre à certains critères… Du jour au lendemain, d'un autre coup de baguette magique, des milliers de gens sont officiellement redevenus, ou *devenus* Indiens… Vous comprendrez qu'une telle « mise à jour » ne se fait pas sans une certaine confusion. Plusieurs en ont profité pour « régulariser » leur situation, si

on peut dire. C'est le cas de notre homme…
Il y avait pourtant quelques petits problèmes
techniques dans son cas… Enfin, pour faire
une histoire courte, en 87, il réussit à se faire
enregistrer en bonne et due forme dans les
dossiers du ministère. Au yeux de la loi, il
vient de *devenir* un Indien.

Le Touriste se versa de l'eau, prit une
grande rasade.

— À partir de là, « Kakou » – c'est comme
ça qu'il faut maintenant l'appeler – sort de
l'ombre. Il va devenir quelqu'un d'engagé,
quelqu'un de connu dans certains milieux.
Il est de tous les combats. Il se promène beaucoup. Il semble qu'il ait passé un certain
temps de l'autre côté de la frontière, dans les
deux Dakotas – un endroit très en vogue chez
les traditionalistes. En Alberta aussi. Des
genres de stages, pour renouer avec la spiritualité – vous savez, les traditionalistes parlent beaucoup de ça, la spiritualité. En 90, je
ne vous dis pas où il passe ses vacances
d'été… C'est d'ailleurs à cette date qu'il atti-
re pour la première fois l'attention de mes
collègues : les premières pages de son dossier datent de septembre 90… Printemps 92,
il retourne au Dakota, stage de perfection-
nement, si on peut dire, quatre mois… Toujours la spiritualité, vous vous rendez compte… Il a dû revenir avec le grade de curé ou
quelque chose d'approchant. Hé !

— Écoutez, je suis désolé, mais je ne crois pas…

— Attendez, j'ai presque fini… Nous arrivons au plus intéressant. Ces dernières années, Kakou fait dans la thérapie. Enfin, on parle plutôt de projets. Au programme : séjours en forêt pour les frères et sœurs autochtones en difficulté, prise en charge de soi, rapprochement avec la vie des ancêtres, ressourcement spirituel… Mais surtout, surtout, il commence à fréquenter certains milieux, il fraye avec des gens peu recommandables, des gens qui ont des idées et des projets, disons, un peu à contre-courant.

Le Touriste rangea le dossier dans la mallette. Il prit son mouchoir, s'épongea soigneusement le front et les tempes, laissa échapper une remarque sur la chaleur, que Morel entendit mal.

— L'homme dont je vous parle a vécu quelques années dans la petite municipalité de Rivière-à-l'Aigle. Je crois que vous connaissez, monsieur Morel. Il y fait encore des visites, de temps en temps. Mais il continue à voyager beaucoup, il disparaît régulièrement. C'est vraiment le maître de l'éclipse. Il faut croire que c'est dans la famille… Par exemple, depuis un an, on l'a beaucoup moins vu, en fait, depuis l'automne dernier il a presque complètement disparu de la circulation… On pourrait croire qu'il a disparu tout court, mais il y a eu cette apparition éclair, un beau jour de mars. Le 16, plus précisément.

Morel prit le paquet que le Touriste avait déposé devant lui, sortit une cigarette, alluma.

— Rendez-vous compte que vous êtes en bonne position, monsieur Morel, profitez de votre chance pendant qu'elle passe… Je le répète, nous n'avons aucune raison de ne pas nous entendre… Vous recherchez quelqu'un, et nous aussi. Nous arrivons maintenant au deuxième acte. À votre santé, monsieur Morel !

Le Touriste leva son verre et but, puis il lança une autre photo sur la table. La photo atterrit à l'envers. Morel la retourna et frémit. C'était Camille Bergeron. Visiblement éméchée, sortant d'un bar, au bras d'un type… Copieusement grimée pour la drague, les yeux charbonneux, le bas résille artistement déchiré à mi-cuisse, la prédatrice qui s'éloigne avec sa proie. Décidément, cette fille avait une admirable tendance à la démesure. L'autre, un jeune paumé, plus jeune qu'elle. Belle gueule, le chasseur chassé.

Le Touriste s'épongea le cou, fouilla à nouveau dans sa mallette, en sortit encore quelques papiers. Ses gestes se précipitaient un peu. Le bas de son visage s'était légèrement crispé, tordu par une petite moue de dédain apparemment indépendante de sa volonté, mais il ne s'était pas départi de son ton affable.

— Nom : Bergeron. Prénom : Camille. Née le 18 juillet 1972, fille unique. Oh ! j'oubliais le lieu de naissance : Roberval… Quelle incroyable coïncidence, vous ne trouvez pas ? La princesse et l'aventurier, élevés à quelques rues de distance, dans le même bled… Bien sûr, il y a peu de chances pour qu'ils se soient connus là-bas… Après tout, elle n'a que dix ans quand il prend le large, en 83… Et puis, vous vous en doutez peut-être, ce n'est pas exactement le même parcours… Études secondaires terminées en 89. Aucune mention de bagarres, ni de mauvais coups… Admise au collège, au programme de communications, un cours de trois ans… Très bons résultats dans tous les cours, excepté l'anglais et l'éducation physique. Bah !

Morel poussa un soupir, écrasa sa cigarette.

— Diplôme collégial reçu en 93. Vers la même époque, elle emménage avec le prince charmant – enfin le premier, pas l'autre. Vivote un peu dans la région : attachée de presse à l'université, recherchiste-femme à tout faire à la télévision locale. Printemps 94, elle largue le tourtereau, fait le saut dans la grande ville. Je parle de Montréal, évidemment. Retour aux études à l'automne, elle

commence un bac en traduction… Collabore activement au journal étudiant pendant le
bac. Diplômée en 97, à 25 ans. Commence à
travailler comme traductrice, traductrice
« technique », pour être précis. Plutôt compétente, apparemment – nous avons vérifié. Fait quelques boîtes. La traduction la fait
bien vivre, mais elle a d'autres projets. À partir de l'automne 98, elle commence à signer
des articles dans un quotidien, comme « col-
laboratrice spéciale ». Elle fonce, elle en veut,
si bien qu'en 99, elle devient journaliste à mi-
temps, avec demi-statut et demi-salaire. Enfin,
journaliste… Disons qu'on lui confie beaucoup de faits divers… Pas assez pour vivre,
le demi-salaire, elle doit continuer à faire de
la traduction… La suite, vous la connaissez
aussi bien que nous. Mieux, même : il nous
manque le dernier épisode. Le plus intéressant. Et maintenant, venons-en à l'objet de
cette rencontre.

Il étendit le bras, pointa son index vers
la photo de Thibault.

— Un, nous cherchons cet homme. Lui et
quelques-uns de ses amis. Je précise tout de
suite que votre petit Duclos ne fait pas partie de la liste. Il n'est pas tout à fait du même
calibre… Mon travail, monsieur Morel, consis-
te à repérer les éléments instables et poten-
tiellement dangereux, à les surveiller et à les
neutraliser. Comme ceux-là, Thibault et ses

amis, de dangereux agitateurs, nous les sur-
veillons depuis longtemps, et je vous garan-
tis que nous les aurons, tous tant qu'ils sont.
Dans le cas de Thibault, nous avons un mandat d'arrêt. Il est accusé d'avoir volé un document aux Archives nationales à Ottawa, le 16
mars. Inutile de préciser que personne ne l'a
revu depuis… Un petit vol de document, vous
vous dites peut-être que c'est bien peu pour
neutraliser un dangereux agitateur. Mais c'est
un bon début, croyez-moi, un très bon début.

Le Touriste fit une pause, prit le paquet
de Gitane. Il était vide. Il empoigna sa veste,
en sortit un autre paquet, alluma une cigarette. Il tira une longue bouffée, puis désigna
la photo de Camille.

— Deux, cette femme, Camille Bergeron,
est la dernière personne à avoir été vue avec
Thibault. Or, il se trouve que depuis maintenant dix jours, nous avons complètement
perdu sa trace.

Le Touriste parlait lentement, sans quitter Morel des yeux.

— Trois, vous êtes une des dernières personnes, sinon la dernière, à avoir été en
contact avec cette femme. Et vous allez nous
dire où elle est.

Morel avait commencé à se masser la
nuque avec la main gauche, le regard fixé sur
la photo de Camille. Le Touriste le vrillait littéralement des yeux.

— Elle vous a téléphoné le mercredi 20 juin à onze heures quarante, et le vendredi 22, à quatorze heures douze. Elle a appelé à partir d'une cabine publique. Elle a composé le numéro de votre ligne fixe, à votre bureau. Je vous rassure tout de suite, monsieur Morel, aucune de vos conversations n'a été enregistrée.

— Ça, pour être rassuré, je le suis, dit Morel sans chercher à dissimuler sa contrariété. Je commence même à me demander ce que je ferais sans vous.

— Est-ce que c'est ma faute si vous vous trouvez chaque fois dans notre ligne de mire, *par hasard* ?

— De toute façon, comme vous devez le savoir, nous ne nous sommes pas parlés : je n'étais pas là, elle a laissé chaque fois un message.

— Vous l'avez bien rencontrée, pourtant !

— Mais qu'est-ce que ça veut dire ? Pour qui travaillez-vous exactement ?

— Mais pour vous, monsieur Morel, pour vous ! cria le Touriste, soudain fâché lui aussi. Son œil gauche clignait de plus en plus. C'est pour vous que nous travaillons, pour que tous les gens honnêtes et de bonne foi dans ce pays puissent dormir la nuit ! Nous sommes le bras armé de la société bien-pensante ! Nous faisons le travail !

Du coin de l'œil, Morel vit qu'une silhouette venait d'apparaître à la fenêtre de la porte. Le Touriste fit un geste de la main pour indiquer qu'il n'avait besoin de personne. Il se versa encore de l'eau, but à grands traits. Il y eut un moment de silence. Morel reprit.

— Vous enquêtez sur l'affaire Rivière-à-l'Aigle ?

— Monsieur Morel, reprit le Touriste, mais il s'arrêta, eut un grand soupir. Il étira les bras, fit craquer ses phalanges, regarda Morel d'un œil las.

— Monsieur Morel, écoutez bien ce que je vais dire, je ne répéterai pas. Le jour où ils ont reçu le colis, le 4 juin, vos clients ont déposé une plainte à la police. Nous avons été informés très peu de temps après. Nous avions fait circuler certaines informations à certains membres des services policiers. Un des inspecteurs qui ont été mis au courant de la plainte des Sulpiciens s'est rappelé avoir vu ce nom, Duclos, dans un des rapports que nous avions envoyés. Il a communiqué avec nous. Un de nos agents a fait une recherche et il a trouvé, c'était bien dans un de nos rapports, un rapport qui datait d'environ deux mois, dans lequel il était question d'un entretien téléphonique. Nous avons retrouvé l'enregistrement de cet entretien, qui avait eu lieu le 12 avril, entre un certain monsieur Duclos et un inconnu.

Le Touriste fit une pause calculée, éteignit lentement sa cigarette en observant Morel du coin de l'œil.

— L'agent qui avait surpris cet échange n'avait pas trop compris de quoi il était question. Il avait quand même mentionné ce nom dans son rapport, Duclos. C'est comme ça que nous avons fait le rapprochement.

Difficile, en effet, d'y voir une simple coïncidence. Nous venions d'apprendre des Sulpiciens que le mardi 10 avril, un certain Normand Duclos était sorti du vieux séminaire avec des documents anciens. Et voilà que nous découvrions que deux jours plus tard, un dénommé Duclos était surpris au téléphone en train de parler de documents, d'archives et de quoi encore… Il y avait certainement là de quoi intéresser le supérieur des Sulpiciens. Mais nous, ce qui nous intéressait, c'était le fait que ce Duclos appelait de chez Camille Bergeron, la dernière personne à avoir été vue avec Thibault.

Les chances semblaient bonnes pour que *votre* Duclos et *notre* Thibault se fréquentent, vous ne trouvez pas ? Les Sulpiciens avaient porté plainte contre Duclos… Nous avions déjà un mandat d'arrêt contre Thibault… L'occasion était belle. C'est ce que j'ai tenté d'expliquer au supérieur. Sans lui donner tous les détails, bien sûr. En prenant en charge leur affaire, notre champ d'investigation

devenait plus important, nos chances de réussite étaient d'autant meilleures. Vous ne le
savez peut-être pas, mais même pour nous,
il est toujours plus facile de travailler à partir d'une plainte déposée en bonne et due
forme. Tout ce que nous demandions aux Sulpiciens, c'était un minimum de collaboration.

Malheureusement, ils ont refusé notre
aide. Ils ont préféré opérer à leur façon…
Ils souhaitent éviter de remuer certaines
vieilles cendres… Nous respectons leur décision. Ils font une grave erreur, nous le leur
avons dit… Je n'ai pas été trop surpris d'apprendre qu'ils avaient contacté un privé. C'est
exactement le genre de comportement que
j'attendais d'eux.

Le Touriste retira ses lunettes pour s'épon-
ger le front.

— Il ne faudrait pas croire que nous leur
en voulons pour autant. J'irai même plus loin,
monsieur Morel : pour être tout à fait franc,
ce monsieur Duclos ne nous intéressait que
médiocrement.

Il eut une petite moue de dédain.

— Oui, médiocrement… Seulement dans
la mesure où il pouvait nous conduire à ses
copains. Pour le reste, j'ai d'autres chats à
fouetter, et je n'ai ni le goût ni les ressources
nécessaires pour m'occuper de tous les petits
truands du pays. Tout cela pour dire, cher
collègue – si, si –, tout cela pour dire que je

n'ai aucun intérêt à vous nuire dans votre enquête, bien au contraire. Pourquoi gaspiller nos énergies à nous battre, je vous le demande, quand il est si facile et si naturel de nous entraider ? Nous pouvons faire beaucoup pour vous aider, monsieur Morel. Je vous ai déjà offert notre aide par l'intermédiaire de notre bon ami Cardinal, offre que vous avez prudemment refusée. Remarquez, je ne vous en blâme pas – après tout, à ce moment-là, vous ne saviez pas à qui vous aviez affaire… Aujourd'hui, c'est différent.

Le Touriste fouilla dans ses dossiers, ouvrit une autre chemise cartonnée.

— Duclos, Normand. Né le 15 mars 1968 à Montréal. Le père meurt dans un accident de voiture en 70, l'enfant a deux ans. La mère est une dépressive chronique devenue folle après la mort de son mari. Au début elle fait quelques séjours en institution, puis ce sont les maisons d'accueil. Duclos lui-même a passé son enfance dans différents foyers d'accueil… Cours primaire, blablabla, cours secondaire. À partir de 86, quand il devient majeur, il commence à toucher un peu d'argent provenant des assurances de son père. En 88, il s'inscrit au collège… Apparemment c'est un instable – on le serait à moins, n'est-ce pas ? Nous avons ici ses dernières adresses connues, et encore beaucoup de choses, beaucoup de choses qui vous intéresseront.

Le Touriste tira une bouffée de sa cigarette, regarda Morel en prenant un air narquois.

— Beaucoup plus que vous ne pourrez jamais en trouver par vos propres moyens…

Morel ne répondit pas. Il eut un long soupir, desserra sa cravate. Le Touriste avait beau jeu.

— Oui, monsieur Morel, nous pouvons beaucoup vous aider. Vous savez aussi que nous pouvons vous rendre la vie difficile, très difficile… À vous et à d'autres aussi… Mais je n'insisterai pas là-dessus. Il n'est pas dans nos intentions de nous montrer méchants ou égoïstes. Nous parlons ici d'entraide… Vous nous aidez à retrouver Camille Bergeron. En retour, je vous donne ce dossier. Avec ça, doué comme vous l'êtes, vos chances de mettre la main sur Duclos sont excellentes.

— Monsieur… André, vous me croirez si vous voulez, mais j'ignore complètement où se trouve cette femme. Elle m'a contacté à deux reprises, mais vous noterez que moi-même, je ne l'ai pas fait. Je ne connais pas son numéro, je ne sais pas où elle habite. Et pour ce qui est de Duclos, qu'est-ce qui me dit que vous n'êtes pas déjà à ses trousses ? Qu'est-ce qui me dit que vous n'allez pas me torpiller de toute façon, que mon enquête n'est pas déjà terminée en ce moment même ?

Le Touriste avait commencé à se composer un petit air attristé. Il y avait un soupçon de contrariété dans sa voix quand il répondit.

— Là, vous me décevez, monsieur Morel, vous me décevez beaucoup, est-ce que vous savez ça ? Je vais être franc avec vous. Nous n'avons pas de preuve, je l'admets, que vous êtes en contact direct avec cette dame. Nous ne pouvons pas affirmer que vous l'avez rencontrée. Mais nous croyons que vous savez exactement où elle est. Quant à Duclos, nous vous le laissons. Sans vouloir vous vexer, nous travaillons à un tout autre niveau, veuillez me croire. De toute façon, nous pourrons toujours reparler de tout ça avec votre client quand vous l'aurez trouvé. Vous n'avez aucune raison de vous sentir brimé.

Le Touriste écrasa minutieusement sa cigarette, resta un instant silencieux.

— Vous savez, monsieur Morel, j'ai dû me battre pour obtenir des ressources pour cette enquête. Je dois constamment rendre des comptes, chaque dépense doit être justifiée, toujours… Je dois convaincre mon patron, qui doit convaincre le sien… Il y a des gens qui n'y croient pas, d'autres qui ne sont pas d'accord, qui aimeraient faire les choses autrement. Il faut toujours se justifier. C'est un aspect de mon travail qui ne me plaît pas du tout, mais je dois vivre avec ça… Alors vous comprendrez que je n'ai pas très envie de me justifier auprès de vous… Je vous demande, pour la dernière fois, de nous aider à retrouver Camille Bergeron.

Morel resta un moment la tête basse, prit l'air de quelqu'un qui soupèse ses options. En réalité, il n'en voyait guère, d'options. Il n'avait qu'une petite carte à jouer : essayer de gagner un peu de temps. C'était bien pauvre comme solution, mais pour l'instant c'était la seule. Il prit un ton préoccupé.

— Quand vous avez parlé de ce… cet Indien, et de Camille… vous n'avez pas été clair… Est-ce que, tous les deux…

Le Touriste éclata d'un petit rire méchant.

— Ah non ? Je n'ai pas été clair ? Qu'est-ce que vous voulez savoir, monsieur Morel ? Combien de nuits ils ont passé ensemble ? Vous n'allez pas me dire… Ne me prenez pas pour un imbécile, s'il vous plaît.

Morel fit semblant de réfléchir très fort.

— Laissez-moi quarante-huit heures.

Le Touriste ne disait rien, fixait Morel d'un regard contrarié.

— Quarante-huit heures. Et je ne peux rien garantir.

Le Touriste était toujours silencieux. Morel se leva lentement, ramassa les photos.

— Je peux garder ça ?

Il ouvrit sa mallette, y déposa les photos.

— Laissez-moi un numéro où je peux vous joindre.

— Non, pas de numéro. Soyez ici dans quarante-huit heures, monsieur Morel. Pas une minute de plus.

Morel ouvrit la porte. L'homme au complet sombre était toujours là, qui le salua avec un sourire aimable.

— Quarante-huit heures, Morel, murmura son patron. Et n'essayez pas de jouer au plus malin.

En sortant du Transit, Morel prit une petite rue jusqu'à la place Jacques-Cartier. Il s'assit sur un banc, sortit son calepin et écrivit rapidement les détails qu'il avait pu mémoriser.

Il descendit au bord du fleuve, s'accouda à la rambarde devant un bassin. C'étaient donc ces gens qui avaient rendu visite aux Sulpiciens, puis à l'Intendant… Et ils avaient surveillé Camille Bergeron… Il n'avait aucune idée de ce qu'il pouvait faire pour les aider à retrouver la jeune femme, et de toute façon il n'en avait nulle intention. Le Touriste l'avait un peu menacé. Certes, il ne fallait pas le prendre à la légère, mais il n'était pas sûr qu'il s'acharnerait sur lui.

Il alluma une cigarette, sortit la photo de Thibault, puis celle de Duclos. En regardant bien, il y avait peut-être une ressemblance, mais rien de décisif. Celle de Thibault n'était pas assez nette pour pouvoir bien comparer.

Le Touriste, en tout cas, ne semblait pas avoir envisagé la possibilité qu'il s'agisse du même homme. De toute façon, il semblait se foutre complètement de Duclos. À moins qu'il ait fait semblant. Tout de même, dates et lieux de naissance différents, histoires différentes… Morel, lui, ne savait plus trop que penser. Si Duclos était Thibault, comme madame L'Espérance l'avait affirmé, ça changeait tout. Il devenait important de savoir. Oui, il était temps de savoir.

20 : Celui-là ne peut pas être l'autre

Il était passé vingt heures quand Morel quitta l'autoroute pour prendre la sortie pour Rivière-à-l'Aigle. Peu au fait des réalités de la circulation automobile, il avait été pris au piège dans les embouteillages de l'heure de pointe et il lui avait fallu une heure pour sortir de l'île.

Morel n'aimait pas conduire, mais une fois n'est pas coutume, cette fois il avait décidé de louer une voiture. Sous un faux nom, à l'aide de papiers que lui avait naguère procurés un client argenté et jaloux. Il s'était senti ridicule en signant le faux nom, mais tant pis.

Le village était situé au bord du fleuve. Morel trouva tout de suite un hôtel dans la rue de l'Église, qu'il supposa être la rue principale. Il loua une chambre pour la nuit et demanda à l'hôtelier de lui indiquer un restaurant où il pourrait manger tranquillement. Il demanda aussi le chemin pour le quartier du Lac-aux-Herbes. L'homme le regarda avec un sourire neutre et demanda s'il était journaliste. Morel éclata de rire et dit qu'il était voyageur de commerce.

Le lendemain, il prit son déjeuner à l'hôtel, puis sortit acheter le journal, qu'il lut dans un parc jouxtant l'église. L'église était jolie, il en fit lentement le tour pour en apprécier les détails. Gravée dans la pierre du linteau d'une porte latérale, l'inscription MCMVIII indiquait probablement la date de construction du bâtiment. Il se demanda si cette église se trouvait à l'emplacement de celle que les Cordeliers avaient érigée au XVIIᵉ siècle. Il se dit qu'il serait intéressant de parcourir les environs à la recherche de vestiges du passé. À supposer qu'il en subsistât – le culte du passé étant un loisir bien peu répandu dans ce pays. Combien de gens ici auraient pu lui parler du manoir seigneurial, du moulin, du cimetière, des villages indiens ?

Il revint à l'hôtel, ramassa ses affaires et reprit le volant en direction du quartier du Lac-aux-Herbes. Il refit en sens inverse le chemin de la veille jusqu'à l'autoroute, qu'il traversa sur un pont.

Sur les premiers kilomètres, la route était bordée d'une rangée de maisons et de petits commerces, puis ce furent des bâtiments de ferme, et enfin les champs et les vaches. Morel se demandait à quel endroit exactement les Indiens avaient érigé leur barrière, l'automne précédent. Il ne vit rien qui rappelât les récents événements. Puis ce furent de nouveau des maisons, jusqu'à un embranchement en T. Il fallait choisir la gauche ou la droite. Il prit à gauche.

Il roulait lentement. Il ne voyait pas le lac, mais il supposait qu'il devait être quelque part sur sa droite. Il supposait aussi qu'il approchait de la zone indienne. La zone indienne… Comment fallait-il la nommer, puisqu'il n'y avait pas de réserve ?

Le paysage n'avait guère changé. C'était à se demander s'il était au bon endroit. De chaque côté du chemin, toujours des maisons, quelques rares commerces, des bâtiments de ferme, un peu plus distants les uns des autres. Il arriva à un endroit où la route suivait une courbe et vit sur sa gauche un grand bâtiment de bois qui ressemblait à une grange abandonnée. Sur un mur, on avait suspendu une bannière rouge portant une inscription en lettres blanches, *ANISINABEK*.

Un peu plus loin, il arriva à un carrefour et vit l'enseigne d'une boutique d'artisanat amérindien. Au comptoir, une femme dans la cinquantaine l'accueillit avec un sourire poli. Il prit quelques minutes pour faire le tour des lieux, jeter un coup d'œil à la marchandise. Objets sculptés, menus articles de tous genres, bibelots, souvenirs, il n'y avait là rien de bien différent de ce qu'on offrait aux touristes à Montréal, dans les boutiques du vieux quartier. Il choisit un objet qu'il connaissait, mais dont il avait oublié le nom, demanda à la femme de quoi il s'agissait. Il se souvint en entendant le nom : « capteur de rêve ». Ceux qui y croyaient le gardaient près d'eux pendant leur sommeil pour filtrer les pensées qui peuplaient leurs rêves, éliminant les mauvaises. Morel sourit et dit qu'il en aurait bien besoin dans les jours à venir.

Le sourire de la femme était à la fois cordial et réservé. Morel demanda s'il y avait quelque part un centre d'information, n'osant utiliser le mot « touriste ». Elle répondit qu'il y avait bien un petit musée plus loin sur la même route, mais qu'elle ne savait pas s'il était ouvert. C'était à peu près tout. Pas de centre d'information touristique.

Il dit qu'il cherchait un homme, montra la photo de Cyrille Thibault. Il précisa qu'il n'était pas de la police. La femme examina brièvement la photo, hocha la tête sans desserrer les lèvres. La photo de Duclos ne lui disait rien non plus.

Il reprit le volant et continua à rouler lentement. Quelques instants plus tard, il s'arrêta dans la cour d'un autre bâtiment de bois, tout en longueur. Sur une petite pancarte, il lut « Centre communautaire », avec une inscription en langue indienne qu'il ne comprit pas.

Il entra. Il se trouva dans une immense pièce avec des tables, des chaises et un grand comptoir. L'endroit était désert, sauf un homme au comptoir, occupé à faire la vaisselle en écoutant la radio. Quand il vit Morel, il diminua le volume et le regarda sans rien dire. Morel lui donna la trentaine, il avait les cheveux longs et noirs, et des traits d'Indien bien typés. Le visage qu'on attend d'un authentique Indien.

Morel se présenta et tenta d'engager la conversation. L'homme répondait laconiquement. Morel lui montra la photo de Cyrille Thibault, puis celle de Duclos, précisa qu'il n'était pas de la police. L'autre dit qu'il n'avait jamais vu ces hommes.

Morel le remercia et sortit. Cet homme avait eu la même réaction que la femme de la boutique. Ils se méfiaient, ce qui n'était que normal. Morel ne s'était pas attendu à autre chose, mais il voulait quand même essayer, au moins parler à quelques personnes de la communauté.

Il se mit à marcher. Au bout d'une dizaine de minutes, il passa devant le musée, qui était fermé. Plus loin, il arriva à une épicerie. Une jeune femme sortait, suivie d'un enfant qui poussait sa propre poussette en riant et d'une vieille femme. La jeune femme jeta un bref regard à Morel sans s'arrêter. La vieille femme s'adressa à elle en langue indienne, Morel ne comprit rien de ce qu'elle disait.

Il entra, parla à la caissière, lui montra la photo de Thibault. Même réaction, mêmes réponses. Il revint sur ses pas vers le centre communautaire. Deux jeunes hommes étaient là, assis sur un banc de bois près de l'entrée. Il alla leur parler et leur montra les deux photos, toujours sans succès.

Il reprit sa voiture, roula quelques minutes et s'arrêta à un restaurant. Il y avait là une dizaine de clients, tous indiens, sauf un Blanc qui lisait son journal, assis seul à une table. Morel s'approcha, échangea quelques mots. C'était un vacancier, qui louait un chalet chaque année et passait un mois au lac aux Herbes. Il faisait ça depuis des années, il aimait l'endroit. Morel prit un café, discuta un peu. Il ne parla pas de ce qu'il faisait là, ne sortit pas les photos.

Il reprit l'autoroute. Il était inutile d'insister, il n'obtiendrait rien ici en quelques heures, ni même quelques jours. Tout ça n'était que normal. Il s'était arrêté là pour voir l'endroit, pour parler aux gens. Pour « sentir les lieux », à la manière de McMillan.

Maintenant il roulait de nouveau vers l'est, vers sa destination initiale. Un peu hypnotisé par le défilement monotone de l'autoroute, un peu aveuglé par les reflets du soleil sur le métal des voitures, il songeait aux gens qu'il venait de rencontrer. Qui étaient ces gens ? Lui qui avait des jugements sévères sur l'indifférence de ses contemporains par rapport à l'histoire de leur pays, se rendait soudain compte, pour la première fois et non sans une certaine stupeur, qu'il ne connaissait rien d'eux. Il ne s'était jamais vraiment demandé qui ils étaient. Il n'avait jamais sérieusement envisagé l'idée qu'ils puissent avoir une identité réellement différente de la sienne. Ses connaissances se résumaient à ce qu'on disait d'eux dans les journaux, au gré des remous de l'actualité. Ils étaient là, ils avaient toujours été là, si près et en même temps si loin, mais ils n'existaient pas vraiment dans la réalité, dans sa réalité de citadin. Bref, Morel était forcé d'avouer que, comme la majorité des gens, il n'avait jamais éprouvé pour eux qu'une bienveillante indifférence.

À la hauteur de Trois-Rivières, il prit la route qui longe la Saint-Maurice vers le nord. Bientôt, l'autoroute fut remplacée par une route régionale, plus étroite et plus sinueuse. C'était plus lent, plus beau, avec les montagnes et le coup d'œil sur la rivière.

Il arriva à Roberval en début de soirée. Ce fut d'abord l'inévitable artère commerciale, interminable et affligeante, une petite forêt d'enseignes bigarrées parsemée de *fast-foods* et de dépanneurs. Il vit un panneau avec une flèche pointant vers le centre. Il tourna, roula un peu, arriva dans une rue bordée de grands arbres. Il était dans la partie plus ancienne de la ville, c'était beaucoup plus joli, on voyait le lac tout près sur la gauche. Il trouva un hôtel, loua une chambre en présentant ses faux papiers.

Il ouvrit le bottin téléphonique à la page des Thibault. Il y avait quelques « G. Thibault » à Roberval. La recherche ne serait pas bien longue. Il fit une agréable promenade, s'arrêta au bord du lac. Il y avait là une petite marina, quelques dizaines de bateaux amarrés à des quais flottants. L'ensemble était protégé par une jetée faite de grosses pierres qui s'avançait en forme d'arc sur quelques centaines de mètres dans le lac. C'était une belle soirée, des gens se baladaient, profitaient du beau temps. Morel se demanda si la famille de Camille vivait toujours ici, si elle venait encore ici parfois. Il lui vint à l'esprit l'idée saugrenue que Camille elle-même était peut-être ici en ce moment même.

Le lendemain, il sortit acheter les journaux et prit son déjeuner à l'hôtel. À dix heures, il commença à composer les numéros. Le Touriste avait dit que les Thibault avaient la quarantaine au moment de l'adoption, au début des années 70. S'ils vivaient toujours, ils avaient maintenant plus de 70 ans.

Aux deux premiers essais, il entendit le message d'un répondeur. Il raccrocha sans laisser de message. Les septuagénaires n'ont pas de répondeur. Au troisième, la voix chevrotante d'une vieille dame, qui ne comprenait pas bien ce qu'il disait. Elle préféra lui passer son mari, qui mit du temps à arriver, et resta silencieux quand Morel prononça le nom.

À la réception, on lui indiqua le chemin : tout droit jusqu'à l'hôtel de ville, à gauche, puis à droite. Il s'y rendit à pied. Il fut là en quinze minutes. Il sonna à la porte latérale, comme on le lui avait demandé. L'homme vint ouvrir, grand et chauve, lui tendit une main sèche et veineuse. Derrière lui, la femme, courte et frêle, drapée dans un châle sombre, un sourire timide accroché aux lèvres. Morel franchit la porte, traversa un couloir et se retrouva dans un salon, et quarante ans en arrière.

Mobilier, rideaux, moquette, jusqu'à l'air qu'on respirait, rien n'avait changé ici, le temps s'était arrêté depuis longtemps. Un vieux couple qui vivait reclus dans le passé. Les choses étaient certainement demeurées telles que Cyrille les avait vues le jour où il était parti pour toujours.

Morel était assis en face du couple, eux sur le sofa, lui sur le fauteuil assorti. Madame Thibault offrit du thé et des biscuits. L'homme restait immobile, les mains ballantes entre les genoux, les épaules voûtées, le bas du visage crispé en une moue permanente. La femme, les genoux serrés sous sa jupe longue, ne se départissait pas de son sourire gêné. Les deux avaient ce regard un peu lent qu'ont parfois les vieux, à cause de l'âge ou de la médication, ou des deux.

Morel parla doucement, prononçant clairement et répétant patiemment, pour s'assurer qu'ils comprenaient bien. Il était évident qu'ils ne comprenaient pas. Dès qu'il prononça le nom de Cyrille, ils semblèrent se réveiller et se mirent tous les deux à parler en même temps. Étonné de cette soudaine volubilité, Morel essayait à son tour de comprendre. Ils étaient sans nouvelles de leur fils depuis des années, depuis très longtemps. Il était parti un jour, et ils n'avaient plus jamais eu de nouvelles de lui. Ce n'était pas la première fois qu'il partait, il l'avait fait plusieurs fois avant, et chaque fois, ils avaient appelé la police.

Morel dit qu'il n'était pas de la police. C'est en voyant le regard surpris que la dame lança à son mari, qui regardait Morel avec un air ébahi, qu'il comprit ce qui se passait. Ces deux-là devaient croire depuis le début qu'ils avaient affaire à un policier, venu leur annoncer un quelconque malheur.

Il sourit et répéta qu'il n'avait rien à voir avec la police. Il demanda si la police était venue récemment. Non, pas récemment, répondit le vieux, qui n'était pas revenu de sa surprise. À l'époque, oui, ils étaient venus souvent, mais pas depuis des années.

Morel expliqua de nouveau qu'il cherchait quelqu'un du nom de Duclos, et que peut-être lui et Cyrille étaient amis. Il leur tendit la photo de Duclos. La dame releva la tête pour bien voir à travers ses lunettes, l'homme sortit les siennes. Les traits tendus par la concentration, ils l'examinèrent un moment, puis la dame se mit à hocher la tête de gauche à droite, l'homme pinça les lèvres et leva vers Morel un regard interrogateur.

Après un moment d'hésitation, Morel sortit la photo de Cyrille. De longues secondes passèrent, on n'entendait que le tic tac d'une horloge, dans une pièce voisine. La dame leva les yeux vers Morel, avec toujours ce sourire timide et un air d'incompréhension. Ni elle ni lui n'avaient la moindre réaction devant la photo de leur fils.

— C'est une photo de Cyrille… Une photo récente.

— Ce n'est pas Cyrille, ça ! Oh non ! ce n'est pas Cyrille.

Sa femme répéta, comme en écho. Un peu désolé, Morel pensa qu'ils avaient vraiment perdu tout contact avec la réalité. L'homme se pencha vers sa femme, murmura quelque chose à son oreille. Elle se leva avec un sourire ravi, sortit de la pièce, revint avec un grand cahier à couverture fleurie qu'elle déposa sur la petite table. Un album de photos. Les deux vieux se mirent à tourner les pages en faisant signe à Morel de s'approcher.

Morel s'accroupit, regarda, d'abord un peu incrédule. Les photos n'avaient pas très bien vieilli, les couleurs s'étaient défraîchies, mais il était impossible de se tromper. Ici, ce petit garçon qui sourit timidement à côté du sapin, ne sachant que faire de ce cadeau trop grand qu'il tient entre les mains… Là, c'était bien le même, quelques années plus tard, devant un chalet au bord d'un lac… Et là encore, ce jeune adolescent à l'allure fière et insoumise qui prend la pose pour la photo d'école, c'était encore lui… La toute dernière photo de lui, dit sa mère avec tendresse, avant qu'il disparaisse. Non, aucun doute possible, celui-là ne pouvait pas être aucun des deux autres, et aucun des deux autres ne pouvait être lui.

21 : Nuit d'orage

Morel rentra à Montréal le jour même. Il roula cinq heures sans s'arrêter. Il arriva chez lui en début de soirée, fourbu. Il passa quelque temps sur son balcon arrière, affalé sur une chaise longue, conscient que son esprit tournait à vide, trop épuisé pour l'arrêter. Il avait fait ce voyage pour obtenir la réponse à une question, il en était revenu avec une question de plus. Il avait voulu vérifier si l'équation avait une ou deux inconnues, voilà qu'elle en avait trois. Il avait voulu savoir si Duclos était Thibault, voilà que Thibault n'était ni Duclos, ni même Thibault. Tout cela n'avait aucun sens.

Il y avait autre chose. Morel ne s'était pas présenté au rendez-vous avec le Touriste et il redoutait un peu les conséquences. Que se passerait-il ? Il allait bien falloir y réfléchir, mais pour l'heure, il se sentait trop épuisé pour penser. Le mieux était d'aller au lit. Demain, on y verrait plus clair.

Le samedi en matinée, il rédigea le brouillon de son deuxième rapport hebdo-

madaire pour les Sulpiciens, puis appela Enjalran. Il utilisa le numéro de son portable. Il dut
appeler plusieurs fois avant de le joindre. Le
Sulpicien avait encore des empêchements, le
soir même il devait assister à une conférence,
le lendemain il devait rendre visite à quelqu'un à l'extérieur de la ville. Impossible de
se désister. Morel dut se contenter d'un rendez-vous pour le lundi en fin de journée.

En après-midi, il se rendit au bureau. Il
fut surpris de ne trouver que peu de messages
sur son répondeur. Le plus intéressant venait
de Louise Donaldson. Intéressant, mais un
peu technique. Morel dut l'écouter plusieurs
fois pour se remettre en contexte. Elle avait
vérifié : le couvent et la chapelle des Récollets
avaient bien été vendus au séminaire de Saint-
Sulpice. Elle avait des dates : le dernier Récollet vivant encore au couvent était mort en 1813.
Le gouvernement était alors devenu seul propriétaire des biens immobiliers des Récollets
de Montréal. En 1818, le gouvernement avait
échangé le terrain des Récollets contre l'île
Sainte-Hélène à un certain monsieur Grant,
qui avait revendu le couvent et l'église aux
Sulpiciens, pour la somme de 4 500 £.

Louise Donaldson terminait par une question : « Si on suppose que les archives des
Cordeliers ont bien été transportées au couvent des Récollets après 1772, il y a évidemment une chance pour que les Sulpiciens les

aient récupérées en 1818, quand ils sont devenus propriétaires du couvent. Mais est-il bien
raisonnable de croire que les archives des
Cordeliers aient pu encore se trouver au couvent en 1818? Qu'en pensez-vous, monsieur
Morel ? » Morel prit note.

Le dimanche, il passa une partie de
l'après-midi à rédiger la version finale de son
rapport. Il eut beaucoup de mal à trier les
informations recueillies depuis une semaine.
Les choses étaient de plus en plus compli-
quées, il fallait impérativement rencontrer
monsieur Enjalran et le consulter avant de
poursuivre. Il décida qu'il remettrait le rapport à l'archiviste en personne à leur rendez-
vous du lendemain.

Il passa la journée de lundi à attendre
impatiemment l'heure du rendez-vous. Il était
de plus en plus nerveux à l'idée que le Touriste ou un de ses agents puisse le contacter
à n'importe quel moment. Vers quinze heures,
le téléphone sonna. Quelqu'un appelait au
nom de l'abbé Chartier, du séminaire de Québec, pour dire qu'ils n'avaient trouvé aucune mention de Normand Duclos dans leurs
registres des deux dernières années. Morel
nota l'information dans son carnet.

Un peu avant dix-neuf heures, il se rendit au lieu convenu pour le rendez-vous, un
restaurant sur la place d'Youville, près de

l'ancienne caserne. Il commanda un apéritif, puis un deuxième qu'il sirota en surveillant la porte d'entrée. Il regardait souvent sa montre. Quand il eut fini son troisième apéro, elle indiquait dix-neuf heures quarante. Même pour un homme aussi distrait qu'Enjalran, quarante minutes de retard, c'était étonnant. Il sortit son portable, composa le numéro qu'Enjalran lui avait laissé pour le joindre la semaine. Il laissa sonner une dizaine de coups, en vain. Il essaya ensuite le numéro de son portable, toujours sans résultat.

Il expliqua au garçon que son invité lui avait fait faux bond. Il lui fit quand même une description sommaire de l'archiviste, laissa son numéro et demanda de l'appeler au cas où Enjalran se présenterait. Il sortit du restaurant un peu plus inquiet qu'à son arrivée. Il décida de rester dormir au bureau. Le prêtre ne donna aucune nouvelle.

La journée du mardi fut éprouvante. Morel ne quitta le bureau que le midi, pour aller manger. Il s'attendait à chaque instant à recevoir un coup de fil de la part du Touriste ou d'Enjalran, mais encore une fois ce fut le calme plat. Il tenta plusieurs fois sans succès de joindre l'archiviste. Il n'osa pas appeler directement au vieux séminaire.

Le soir, il mangea dans un restaurant rue Saint-Paul et fit une longue promenade pour essayer de se changer les idées.

Le temps était lourd. Depuis quelques jours, la météo annonçait des orages qui ne se matérialisaient pas, mais en fin d'après-midi, on avait vu apparaître les signes avant-coureurs d'une petite tempête. Vers sept heures, le fond du ciel prit une teinte gris ardoise et quelques bataillons de nuages à l'allure belliqueuse prirent position au-dessus de la ville.

Il ne pleuvait pas encore quand Morel rentra au bureau, vers neuf heures. Il mit de la musique, un vieux Crimson, *Lizard*, une musique terrible qu'il n'écoutait que dans les moments d'angoisse. Les mêmes réflexions, les mêmes interrogations défilaient sans cesse dans son esprit, et il n'arrivait pas à les chasser. Il ouvrit une bouteille de scotch, sortit son cahier de réflexion, jongla encore avec les dates, les noms et les événements, essaya à nouveau de dénouer et de renouer des liens.

Un peu avant minuit, les éléments se déchaînèrent avec une violence rare. En quelques minutes, les rues furent transformées en véritables rivières. La pluie cognait si dru que les voitures devaient se ranger contre les trottoirs en attendant l'accalmie.

Bien à l'abri dans son bureau, Morel avait entrouvert quelques fenêtres pour profiter de la fraîcheur providentielle apportée par ce déluge. Il avait pris quelques verres et n'avait pas sommeil. Appuyé contre la boiserie d'une fenêtre donnant sur la rue Saint-Pierre, il regardait distraitement la pluie mitrailler le bitume, en bas, du côté de l'Intercontinental.

Un coup de tonnerre formidable retentit, son grondement semblant se répercuter de loin en loin en une suite de roulements sourds à la poursuite de leur propre écho. À un certain moment, à travers tout ce vacarme auquel s'ajoutait, à quelques centimètres de ses oreilles, le martèlement incessant de la pluie contre les carreaux, Morel crut percevoir quelques sons du côté de la porte d'entrée. Il pensa d'abord que ce n'était qu'un craquement de bois sec provenant d'un mur de plâtre, les vieux bâtiments ont parfois de ces gémissements. Il tourna la tête, crut distinguer une silhouette derrière le verre dépoli. Il s'avança au centre de la pièce, s'arrêta. Cette fois, il entendit nettement quelques cognements secs.

On frappait chez lui.

Il distinguait maintenant une forme derrière la porte. Une seule, apparemment, mais rien ne permettait d'affirmer que d'autres formes ne se tenaient pas à ses côtés. Il resta un moment interdit. Qui pouvait bien être là à une heure pareille ?

C'est alors qu'il entendit la voix étranglée du visiteur.

— Monsieur Morel, monsieur Morel, ouvrez-moi, s'il vous plaît… Monsieur Morel, est-ce que vous m'entendez ?

Ayant tout de suite reconnu la voix, Morel s'empressa d'ouvrir.

C'était Enjalran.

L'homme était méconnaissable. À la lueur vacillante des tubes néon, son visage paraissait terriblement long et émacié, encore plus qu'à l'habitude, et creusé de profondes rides. Le prêtre semblait avoir vieilli de plusieurs années depuis leur dernière rencontre.

Les deux hommes restèrent un moment à se regarder sans parler. Monsieur Enjalran était vêtu d'un long manteau de pluie noir, mais il n'avait apparemment rien prévu pour se protéger la tête, et l'eau lui dégoulinait partout sur le visage. Il était hors d'haleine.

Morel était stupéfait. Enjalran à son bureau, à cette heure, ce n'était pas une visite, c'était une apparition. Un bref instant, il se demanda même si l'homme qui se tenait devant lui était vraiment monsieur Enjalran. Avec ce visage qui semblait sorti tout droit d'outre-tombe, l'homme ressemblait davantage à un revenant, à un spectre momentanément échappé des tourments de l'enfer et qui cherchait à prendre contact avec le monde des vivants.

Le prêtre ne paraissait pas en possession de toutes ses facultés. Il était manifestement dans un état de surexcitation, il y avait dans ses yeux une lueur effrayante. Il semblait n'avoir pas dormi depuis longtemps. Il restait là, l'air complètement désemparé, comme en proie à un déchirement intérieur indicible. Lui-même un peu ivre, Morel se demanda si Enjalran avait bu.

Après quelques instants, Enjalran baissa la tête, toujours muet et haletant, comme honteux. Morel finit par rassembler ses esprits, l'invita à entrer. Le prêtre s'avança lentement.

Morel l'aida à retirer son imperméable.

— Monsieur Enjalran, je vous en prie, dit-il en lui montrant le sofa.

Le prêtre se laissa lourdement choir sur le sofa et resta encore un moment sans rien dire, les yeux clos. Morel sortit un verre, le remplit à moitié et le déposa sur une table basse devant le Sulpicien. Il remplit le sien, prit place dans son vieux fauteuil, alluma une cigarette.

Quand Enjalran ouvrit les yeux, Morel leva son verre comme pour l'inviter à trinquer, avec un sourire embarrassé.

— Merci, dit-il faiblement en prenant le verre, qu'il porta immédiatement à ses lèvres pour le vider d'un trait, au grand étonnement de Morel qui s'empara aussitôt de la bouteille pour le remplir de nouveau.

Enjalran se leva lentement, tourna en rond quelques instants, alla se poster dans l'embrasure d'une fenêtre. Dehors, l'orage n'avait pas diminué, les vitres étaient recouvertes d'un voile d'eau de pluie qui descendait en minces vagues avec des courbes onduleuses. De temps à autre, l'éclat aveuglant d'un éclair envahissait brusquement la pièce, donnant à la silhouette de l'archiviste des allures fantasmagoriques.

— Monsieur Morel, je suis venu vous faire mes adieux, prononça-t-il d'une voix étouffée, sans détourner la tête. Je pars tôt demain matin… Je prends l'avion pour le Japon… C'est la dernière fois que nous nous rencontrons. Je ne reviendrai plus jamais dans cette ville…

Complètement abasourdi, Morel cherchait quelque chose à dire, mais la chose était si inattendue et paraissait si insensée qu'il se demanda si son hôte n'était pas purement et simplement devenu fou. Mais l'autre, indifférent à la surprise qu'il venait de causer, enchaîna aussitôt sur le même ton abattu.

— Ils sont revenus, monsieur Morel, ils sont revenus… Samedi… Au grand séminaire… Ils ont parlé au supérieur… C'est fini pour moi maintenant… Pour vous aussi, j'en ai bien peur, c'est fini en ce qui concerne l'enquête.

— Mais qui, de qui voulez-vous parler ?

Enjalran tourna vers lui un regard vide.

— Ils savent tout, monsieur Morel, tout sur moi, tout sur vous aussi… Depuis le début, et même bien avant. Nous ne pouvons pas lutter contre eux.

— Mais enfin…, commença Morel, mais il se tut aussitôt.

Enjalran resta encore silencieux un long moment. Des gouttes de sueur perlaient maintenant sur son front et ses tempes, et glissaient sur son cou en petites rigoles. Morel pensa qu'il était peut-être fiévreux, ce qui aurait expliqué ce véritable délire.

— Monsieur Morel, reprit le Sulpicien d'un ton grave, croyez-vous… Croyez-vous qu'un homme puisse à la fois adhérer à plus d'une cause ?

Morel tendit l'oreille, sans oser prononcer un mot.

— Je veux dire, en présence de deux camps, de deux pensées antagonistes et à jamais irréconciliables… Croyez-vous qu'un homme puisse se sentir sincèrement, irrésistiblement attiré par deux univers hostiles l'un à l'autre, qui cherchent à se détruire ? Et si un homme ne peut s'empêcher de ressentir une sympathie et un attachement total envers deux causes, cet homme, monsieur Morel, n'est-il rien d'autre qu'un traître ?

Enjalran se retourna et se mit à arpenter lentement la pièce, les bras derrière le dos, le regard absent.

— Quand un homme se sent opprimé, reprit-il comme se parlant à lui-même, immédiatement, immédiatement, l'indignation naît à l'intérieur de lui, la nature humaine est ainsi faite, n'est-ce pas… Et si l'oppression dure, l'indignation se transforme en un sentiment de révolte, et si la situation ne change toujours pas, et si tout autour de lui indique que rien ne va changer, alors cet homme se prépare à la rébellion, et bientôt il ne vit que pour le jour où il pourra se faire justice, fût-il seul contre cent, contre mille… Oui, la nature humaine est ainsi faite ! Et quand une communauté entière se sent victime de l'injustice, de même elle prépare l'insurrection et attend le jour où elle pourra renverser ses oppresseurs, faire triompher la justice, dût-elle attendre pour cela des années, des siècles même… Dût-elle en périr…

Il s'arrêta, considéra les lieux comme s'il venait brusquement de réaliser où il se trouvait.

— Et nous, comment pouvons-nous être si insensibles…

Morel n'osait pas intervenir, il s'attendait d'un instant à l'autre à ce que le prêtre s'évanouisse ou soit pris d'une crise de folie furieuse.

— Ils savaient depuis le début, ils attendaient simplement le meilleur moment pour nous briser… La vie spirituelle, il n'y a pas d'autre voie ! Peut-être en sommes-nous maintenant trop éloignés nous-mêmes… Mais avez-vous bien mesuré l'insignifiance de ce monde, notre profonde ignorance, notre totale impuissance face aux vrais enjeux ?

Brusquement, son visage se tordit comme sous l'effet d'une douleur insupportable, il se couvrit les yeux de ses mains et éclata en sanglots.

Morel bondit, convaincu qu'Enjalran était sur le point de s'effondrer. Mais dès qu'il se trouva près de lui, le prêtre, comme pris d'un regain de lucidité, le considéra de ses yeux rougis et remplis de larmes.

— Monsieur Morel, fit-il d'une voix entre-coupée de sanglots, je dois partir, tout de suite, je dois me préparer, j'ai peu de temps… Je vous… je suis venu vous…

Il jeta un coup d'œil inquiet autour de lui.

— Mon…

— Votre imperméable ? Oui… le voilà, je l'ai ici, ne craignez rien… Mais vous n'allez pas…

Ayant aperçu son imperméable, Enjalran l'empoigna et se mit à fouiller frénétiquement dans ses poches. Il en sortit un petit paquet, qu'il remit à Morel.

— Voilà. Vous… vous êtes la seule personne vers qui je peux me tourner. Je vous prie… de me pardonner… Promettez-moi… Il n'y a plus d'enquête, monsieur Morel ! Le jeune Duclos… si jamais il était pris… Il ne doit pas assumer seul la responsabilité ! Je suis également coupable ! Les papiers… Ils

sont en lieu sûr… Je vous en supplie, promettez-moi, monsieur Morel ! J'ai confiance
en vous. Adieu ! Pardonnez-moi…

Il se dirigea vers la porte. Morel se pré-
cipita derrière lui pour l'arrêter.

— Monsieur Enjalran, mais vous n'allez
pas partir maintenant ! L'orage, dehors, attendez…

— Adieu, monsieur Morel…

— Mais enfin, laissez-moi au moins vous
accompagner, vous allez… monsieur Enjalran…

Mais déjà Enjalran était sorti et, sans ralentir le pas, se dirigeait vers l'escalier. Morel
resta dans l'encadrement de la porte, ébahi
et incrédule, pendant que le palier résonnait
des pas du Sulpicien.

Toujours ébranlé, Morel se laissa tomber
dans son fauteuil et resta un moment immobile. Que s'était-il passé ? Enjalran qui s'en
allait… Au Japon ! L'enquête, terminée…
C'était… c'était absurde.

Il ferma les yeux, essaya de faire le point.

Au fond, ce n'était pas tout à fait absurde. Dans son demi-délire, Enjalran avait tout
de même prononcé quelques mots sensés,
terriblement sensés. *Ils sont revenus… Samedi… Au grand séminaire… Ils ont parlé au supérieur…*

Samedi, le lendemain du rendez-vous
manqué.

Le deuxième verre qu'il avait servi à Enjalran était resté sur la petite table, à moitié rempli, le prêtre n'y avait pas touché. Morel prit une gorgée. Juste à côté, il aperçut le paquet. Dans sa confusion, il l'avait complètement oublié.

C'était un petit paquet enveloppé dans un papier beige. Enjalran était parti sans préciser ce qu'il contenait. Morel s'installa dans son fauteuil, palpa l'objet, l'agita un peu près de son oreille. Sous le papier, quelque chose de plat, un frottement de pièces légères. Peut-être une cassette audio. C'était pour lui remettre ce « colis » qu'Enjalran était venu le voir à une heure aussi indue et par ce temps impossible.

Il prit son paquet de cigarettes, le secoua un peu pour en éjecter une, attrapa le filtre du bout des lèvres. Alluma.

22 : La confession d'Enjalran

« Les événements que je vais relater se sont déroulés entre les mois de janvier et juillet 2001. Je vais raconter les faits tels que j'ai pu les constater, comme témoin direct. Si je dois citer certaines personnes, ou faire référence à certaines choses que je n'ai pu vérifier personnellement, je tâcherai de l'indiquer clairement. »

Derrière la voix d'Enjalran, une horloge sonnait l'heure. Morel compta douze coups. Il y eut un froissement de papier. Enjalran tournait des pages, fouillait dans ses archives personnelles.

Morel avait deviné juste. Le paquet contenait bien une cassette. Il l'avait insérée dans son magnétophone, avait mis l'appareil en marche. Il avait hâte de savoir, même s'il redoutait un peu ce qu'il allait entendre. Enjalran avait dit que l'enquête était terminée, mais cet enregistrement n'était-il pas la preuve du contraire ?

Le ton était celui d'une confession. L'archiviste parlait comme s'il s'adressait directement à un officier de police ou à un tribunal. C'était un peu grotesque mais aussi émouvant.

Une date était inscrite sur la cassette : *Lundi 2 juillet 2001*. Si les douze coups étaient ceux de minuit, cela signifiait qu'Enjalran avait fait l'enregistrement environ vingt-quatre heures avant sa visite surprise.

« Mardi, 9 janvier. Aujourd'hui, je suis allé au vieux séminaire pour accueillir Normand Duclos, un jeune étudiant en histoire à l'Université de Montréal qui viendra travailler dans nos archives jusqu'en avril. C'est la deuxième fois que je rencontre monsieur Duclos, il était venu en novembre au grand séminaire pour exposer et défendre son projet de recherche. Il nous avait alors proposé ses services pour travailler dans nos archives, bénévolement, pendant la durée du trimestre d'hiver, de janvier à avril… Une sorte de stage… Après quelques hésitations, nous avions accepté son offre… Monsieur Duclos prépare une étude sur le premier séminaire des Sulpiciens à Montréal. Il est aussi membre d'une association d'étudiants de la faculté de théologie. Il est d'une politesse extrême et nous a fait très bonne impression. Et il ne cache pas sa joie d'avoir accès à nos voûtes.

Il s'agit d'une entente avantageuse pour les deux parties. Le jeune Duclos obtient l'autorisation de fouiller dans nos archives et d'utiliser le résultat de ses recherches pour son étude, moyennant notre approbation, bien entendu. En retour, il mettra un commencement d'ordre dans nos vieux papiers et proposera un système de classement.

De notre côté, il faut bien le dire, nous sommes trop heureux de profiter de cette offre. Il est convenu qu'à la fin de son stage, monsieur Duclos rédigera un rapport décrivant le travail accompli et contenant ses conclusions sur l'état de nos archives ainsi que des recommandations sur les mesures qui s'imposent. Étant moi-même responsable des archives de la Compagnie, tâche que je ne peux malheureusement remplir qu'à temps partiel, je serai le représentant officiel du séminaire pour la durée du stage. Mais comme je ne suis pas au vieux séminaire pendant la semaine, c'est monsieur Lepage qui est chargé de l'accueillir et de voir à ce qu'il ne manque de rien. J'ai accordé à monsieur Duclos l'accès à tous nos documents d'archives, aussi bien dans les voûtes qu'à la bibliothèque, y compris les caisses non dépouillées de la " jambonnière" du troisième sous-sol. Il est entendu qu'il ne doit en aucun cas sortir de documents du séminaire sans mon autorisation expresse.

Samedi, 27 janvier en soirée. En compagnie d'un vieil ami, professeur d'histoire à la retraite, j'assiste à une conférence du professeur Armand Brassard. Je... je suis depuis longtemps un admirateur d'Armand Brassard, même si je ne partage pas...»

Morel appuya sur Stop. Il sortit son carnet pour vérifier un détail. Il se souvenait très bien qu'Enjalran lui avait dit qu'il aurait aimé assister aux conférences de Brassard, mais que cela n'avait pas été possible. Il vérifia dans ses notes, mais il ne trouva rien à ce sujet. Pourtant, il était certain que sa mémoire ne le trompait pas. Enjalran lui avait menti.

«... mais il y a des réalités dont il faudra bien que nos historiens et notre société commencent tôt ou tard à tenir compte... Mais je m'écarte... Ce que je tenais à préciser, c'est qu'en entrant dans la salle ce soir-là, j'ai eu la surprise d'apercevoir le jeune Duclos dans l'assistance... Il m'a vu aussi... Il avait l'air aussi étonné que moi. Il faut dire que nous ne nous étions rencontrés que deux fois à ce moment-là, et nous n'avions parlé que des aspects pratiques de son stage. Nous avons tous les deux très vite détourné le regard, comme deux complices qui conviennent tacitement de faire semblant qu'ils ne se sont pas vus. Après la conférence, je suis parti tout de suite, sans chercher à lui parler.

J'étais à la fois intrigué et embarrassé par cette rencontre. Embarrassé, parce que je ne souhaitais pas que ma présence à cet endroit soit remarquée… Il faut savoir que les relations entre le professeur Brassard et le séminaire de Saint-Sulpice ne sont pas des plus cordiales, et ce, depuis longtemps. Il serait trop long d'entrer dans les détails, je dirai seulement que monsieur Lalonde, qui fut pendant plus de vingt ans notre archiviste, considérait carrément le professeur Brassard comme un ennemi de notre congrégation… Les sentiments d'Armand Brassard à son égard n'étaient pas différents. Cette hostilité réciproque a culminé au cours de l'hiver 91 – quelques mois après les terribles événements de l'été 90 à Oka –, quand le professeur Brassard a présenté une demande d'accès à nos archives. Pour monsieur Lalonde, il ne s'agissait rien de moins que d'une provocation. Le professeur Brassard n'a jamais caché ses sentiments envers le séminaire, et la crise de l'été précédent était encore toute récente. Il était évident qu'il était à la recherche d'arguments susceptibles d'étayer ses positions et de relancer ses attaques. Monsieur Lalonde refusa tout net, évidemment. Le professeur Brassard saisit l'occasion pour exposer publiquement ses griefs. Il écrivit dans tous les journaux pour dénoncer l'attitude du séminaire lors des événements récents, et ne se priva pas de mentionner le refus qu'il venait d'essuyer. Monsieur Lalonde fut tenté de répliquer, mais il décida de s'abstenir afin d'éviter un affrontement aussi inutile que dégradant. De toute façon, le supérieur le lui aurait interdit.

Dans ces conditions, on comprendra que je ne tenais guère à me faire remarquer à la conférence de janvier. Je n'avais informé personne au séminaire de mon emploi du temps ce soir-là. Pire, j'avais même trouvé un prétexte à mon absence…

Et pourtant, je tenais beaucoup à assister à cette conférence et aux autres, sachant qu'il s'agissait probablement des toutes dernières occasions d'écouter et de voir en personne le professeur Brassard… Je l'ai rencontré pour la première fois au cours de l'automne 82, peu après son arrivée à Montréal, lors d'un colloque d'histoire. J'avais beaucoup entendu parler de lui, mais c'était la première fois que j'avais l'occasion de l'entendre en personne. J'étais même allé lui parler après son discours. J'avais évité de lui révéler qui j'étais à ce moment. J'avais déjà une certaine admiration pour lui, admiration qui n'a cessé de croître par la suite, malgré ses critiques et ses prises de position parfois brutales contre les communautés religieuses en général et contre la mienne en particulier. Je crois qu'il est impossible d'écouter cet homme parler de justice, avec toute sa fougue et sa passion, sans sentir son âme vibrer au plus profond de soi.

Mais cette sympathie ne m'a jamais empêché de rester profondément attaché aux idéaux de ma communauté. Mon engagement envers le séminaire de Saint-Sulpice est toujours demeuré indéfectible. J'irai plus loin en disant qu'avec le temps, j'en suis venu à éprouver pour monsieur Lalonde une admiration tout aussi grande que pour le professeur Brassard. J'ai vécu douloureusement cette double allégeance, je l'ai portée comme une croix, constamment déchiré entre deux positions irrémédiablement opposées, toujours en conflit plus ou moins ouvert. Je ne comprenais pas, je ne comprends toujours pas, pourquoi des gens de bonne volonté ne peuvent pas mettre de côté le passé et essayer de s'entendre et de travailler ensemble à rendre ce monde meilleur…

Mon désarroi était grand quand je suis sorti de la conférence. Si monsieur Duclos s'avisait de parler de moi à quelqu'un au vieux séminaire, je serais obligé de rendre des comptes, je risquais le pire – le pire, précisément ce qui s'est produit aujourd'hui… Je ne savais que faire. Le contacter, lui parler ? Pour lui demander de se taire ? Comment aurait-il réagi ? Je n'avais tout de même rien à me reprocher ! D'ailleurs, d'une cer-

taine façon, sa propre présence à cette conférence était tout aussi embarrassante, sinon
plus, que la mienne. Si le séminaire apprenait qu'il avait la moindre sympathie pour
Armand Brassard… Mais sur ce point encore, j'avais toutes les raisons de m'inquiéter :
c'était moi qui avais été chargé de vérifier les
références de notre jeune stagiaire, et en
quelque sorte de m'assurer de ses bonnes
intentions.

Toute la journée du dimanche et celle du
lendemain, je n'ai pas cessé de réfléchir à ce
que je devais faire. À certains moments, j'étais
décidé à informer le supérieur de mes doutes.
Mais en faisant cela, j'aurais été obligé d'expliquer ma propre présence à la conférence,
et d'avouer que je n'avais pas fait correctement mon travail de vérification. Rien ne permettait de supposer que le jeune Duclos parlerait. J'ai finalement décidé de ne rien dire.

Jeudi, 1er février. J'ai appelé ce soir monsieur Lepage pour avoir des nouvelles de
notre stagiaire. Il ne semble pas que le jeune
Duclos ait fait allusion à la conférence de
samedi. Je crois que si c'était le cas, j'en aurais
entendu parler très vite. Je suis soulagé, mais
je continue d'avoir des soupçons, et je ne sais
toujours pas ce que je ferais s'ils se révélaient
fondés.

J'apprends par les journaux que le professeur Brassard va prendre sa retraite à la

fin du trimestre d'hiver. Cette nouvelle m'attriste, et en même temps me rassure. Subitement, les craintes que j'éprouvais me paraissent ridicules. Le professeur Brassard est malade, comment ai-je pu m'imaginer qu'il puisse s'amuser à envoyer des espions fouiller dans nos archives ?

Samedi, 24 février. J'assiste à la deuxième conférence du professeur Brassard. Je ne peux évidemment m'empêcher de penser que j'y verrai de nouveau le jeune Duclos. Je m'y rends encore une fois en compagnie de mon ami retraité. Nous arrivons quelques minutes seulement avant l'heure. Encore une fois, j'aperçois le jeune Duclos. Cette fois, j'ai l'impression qu'il ne m'a pas vu, mais je ne peux pas être sûr.

Lundi, 5 mars. Après avoir longuement hésité, je décide de faire une vérification. Je téléphone à l'université, au secrétariat du département d'histoire – je préfère pour l'instant éviter de contacter monsieur Stone, le professeur qu'il a donné comme référence. Je me présente, je dis que nous avons reçu une demande d'un monsieur Normand Duclos, une demande d'accès à nos archives, et que je dois m'assurer qu'il est bien inscrit, vérifier les références qu'il nous a données. Une affaire de routine. On me répond que Normand Duclos est bien inscrit, mais qu'ils n'ont aucun résultat à son dossier pour le trimestre d'hiver, ce qui signifie probablement qu'il a abandonné ses cours, ou qu'il ne s'est pas présenté du tout. Tout cela est extrêmement troublant, car le jeune Duclos ne nous en a rien dit.

Mercredi, 14 mars. J'ai bien réfléchi et j'en suis venu à la conclusion que je dois parler au jeune Duclos, sans plus attendre. Un peu avant midi, posté en retrait sous le portail d'un édifice sur la place d'Armes, je guette les grilles du vieux séminaire, attendant le moment où il paraîtra. Je sais qu'il sort le midi. Je veux lui parler, mais je ne veux surtout pas être vu avec lui.

Quelques minutes après midi, je le vois qui sort. Il marche dans ma direction. Quand il passe devant moi, je crie son nom. Il se retourne, étonné, m'aperçoit, jette un regard inquiet autour de lui, comme s'il doutait que je sois seul. Je m'approche, je lui dis que je dois lui parler, maintenant. Il ne fait aucune objection, me suit sans un mot. Je presse le pas, je veux m'éloigner aussi vite que possible du vieux séminaire. Nous entrons dans un café, je l'entraîne vers une table éloignée de l'entrée. Je lui dis que je sais qu'il ne suit aucun cours à l'université, que j'ai vérifié, je lui demande des explications. Il me regarde sans rien dire, l'air tendu, il jette des coups d'œil inquiets par-dessus mon épaule.

Après un moment, il semble retrouver

une certaine assurance, me regarde droit dans les yeux, et dit : "Je sais que vous êtes un ami". Je me sens blêmir. C'est à mon tour d'être sur la défensive. De quoi veut-il parler ? Voyant mon embarras, il s'enhardit, demande si j'ai apprécié la première conférence du professeur Brassard. J'avais évité ce sujet, je ne voulais pas en parler. Il dit qu'il n'a rien à se reprocher, qu'il travaille pour une cause juste, que je sais très bien ce qu'il fait. Je proteste, je m'embrouille, je dis que c'est absurde, que je n'ai aucune idée de quoi il parle… Il y a un long silence, puis, tout à coup, il se met à parler ouvertement du but réel de ses recherches… Les documents, l'usage qu'il compte en faire… J'écoute un moment, abasourdi, incapable de répliquer, puis je lui intime de se taire. Il s'arrête, me regarde droit dans les yeux. Comme je ne dis rien, il se lève lentement, en marmonnant quelque chose que je ne comprends pas. Je le regarde s'éloigner, incapable d'ajouter un mot.

Mardi, 20 mars. Je suis épuisé. J'ai passé les derniers jours à me débattre, impuissant, pris dans l'étau de mes propres contradictions. Le cas de conscience qui me hante depuis des années est revenu à la surface, plus insoluble que jamais, et cette fois je sens que l'affrontement se prépare, que je ne pourrai pas l'éviter. Samedi, monsieur Lepage m'a informé que le jeune Duclos n'était pas reve-

nu au séminaire mercredi après-midi, le jour
de notre rencontre. Il a appelé pour dire qu'il
souffrait d'une grippe, a laissé un numéro où
on pouvait le joindre au besoin. Ce n'est pas
le numéro qu'il nous avait donné. J'ai parlé
à monsieur Lepage ce soir. Le jeune Duclos
n'est pas venu aujourd'hui non plus. Il a appelé ce matin, a dit qu'il ne se sentait toujours
pas bien. Je sais qu'il attend de voir ce que je
vais décider. Il me force à prendre une décision, à prendre parti.

Mercredi, 21 mars. N'y tenant plus, j'appelle le jeune Duclos. Il n'est pas malade, bien
sûr. Il attendait mon appel. Je lui demande de
revenir, de continuer son travail, je l'assure
qu'il n'aura pas d'ennuis. Je lui fais promettre
de ne rien faire sans m'en parler d'abord. C'est
tout ce que j'ai pu trouver pour gagner un peu
de temps. Je ne suis qu'un lâche.

Mercredi, 28 mars. Le jeune Duclos a repris son travail normalement cette semaine.

Samedi, 31 mars. La troisième conférence du professeur Brassard a lieu ce soir. Je n'y
assiste pas.

Mercredi, 11 avril. Monsieur Lepage
m'appelle pour m'informer que Normand
Duclos ne s'est pas présenté aujourd'hui. Il
n'a pas non plus appelé pour donner la raison de son absence. J'avais demandé à monsieur Lepage de m'informer des absences du
jeune Duclos.

Jeudi, 12 avril. Normand Duclos m'appelle en plein après-midi. Il me dit qu'il a trouvé certains documents, qu'il les a " empruntés " pour une période indéfinie, qu'il en prendra grand soin, que je dois lui faire confiance. Fou d'inquiétude, je tente de protester, nous avions convenu qu'il me tiendrait informé, qu'il ne sortirait aucun document avant de m'en parler. Il répète que je dois lui faire confiance. Il ajoute qu'il ne reviendra pas au vieux séminaire, qu'il me contactera plus tard. Ce n'est pas tout. Il ajoute, " pour être tout à fait honnête avec moi ", qu'il a aussi en sa possession d'autres papiers, des lettres appartenant au séminaire, qui n'ont rien à voir avec la seigneurie du Lac-aux-Herbes, des extraits de correspondance qui pourraient être compromettants… Il donne des dates… Il dit qu'il doit garder ces documents comme monnaie d'échange, au cas où… Je suis pris d'un vertige soudain, comme un violent accès de fièvre, je sens mes jambes qui tremblent… Je demande pourquoi il a fait une chose pareille – n'a-t-il donc aucune confiance en moi ? Il répond qu'il est désolé, mais qu'il n'a pas le choix. Il a confiance en moi, mais si jamais il devait avoir affaire au supérieur… Je dois comprendre…

Le soir, je passe au vieux séminaire sous un prétexte quelconque et je vérifie… Les originaux des lettres dont a parlé Duclos ont bien disparu, ce sont des copies qu'il y a là… Des copies tapées à la machine. Je suis complètement dépassé par les événements.

Samedi, 14 avril. J'apprends par les journaux que le professeur Brassard a l'intention de prononcer une conférence le 22 juillet sur le contexte historique et social des événements récents à Rivière-à-l'Aigle. Je suis pris dans l'engrenage.

Mercredi, 18 avril. Monsieur Lepage appelle pour m'informer que Normand Duclos ne s'est pas présenté hier, ni aujourd'hui, et qu'il n'a pas non plus appelé. Je lui dis que je vais tenter de le joindre et de savoir ce qui se passe. Mais je ne fais rien, je continue à attendre. En réalité, j'ai peur de l'appeler.

Mardi, 24 avril. Monsieur Lepage appelle pour me dire que Normand Duclos ne s'est pas présenté encore aujourd'hui et n'a toujours pas donné de nouvelles. Cette fois, je sens qu'il commence à s'inquiéter. Je lui ai déjà menti dimanche, en lui disant que j'avais parlé à monsieur Duclos, qu'il avait dû se rendre auprès de son père malade. Je ne pourrai pas continuer longtemps ce petit jeu. Le jeune Duclos ne reviendra pas. Selon les termes de notre entente, il aurait dû travailler jusqu'à la fin d'avril. La situation est intenable.

Mercredi, 25 avril. En désespoir de cause, je tente de joindre le jeune Duclos. Au début de l'après-midi, j'appelle d'une cabine publique. Un message m'informe qu'il n'y a pas d'abonné à ce numéro. J'ai toutes les peines du monde à garder mon calme, à ne pas céder à la panique. Je dois faire quelque chose, ou du moins avoir l'air de faire quelque chose. J'appelle monsieur Lepage au vieux séminaire, je lui demande si monsieur Duclos a donné des nouvelles. Il répond que non, bien entendu. Je dis que je commence à avoir des doutes sur les causes réelles de ces absences répétées. Il demande si j'ai parlé récemment à son professeur à l'université. Je dis que je vais le faire, que c'est une bonne idée.

Je n'ai plus le choix, il y a maintenant deux semaines complètes que Normand Duclos a disparu, et je dois absolument avoir l'air de faire quelque chose. Monsieur Lepage est sur le point de parler au supérieur, monsieur Hinse, qui sera furieux. Normalement, j'aurais déjà dû l'informer moi-même des derniers événements. J'appelle monsieur Stone à l'université. Je lui explique la situation, en partie seulement, bien sûr. Il dit qu'il ne se souvient pas d'avoir vu Normand Duclos depuis la fin du trimestre d'automne. Il est extrêmement étonné d'apprendre qu'un de ses étudiants a travaillé dans nos archives pendant plusieurs mois sans que lui, son professeur, en soit informé... Il prend l'affaire très au sérieux, beaucoup plus que je l'avais souhaité. Il me promet de faire une petite enquête, dit qu'il va me rappeler.

Samedi, 28 avril. Monsieur Hinse, le supérieur, est passé au vieux séminaire cet après-midi, en compagnie de monsieur Dubreuil, le procureur. Je sentais de l'impatience, pour ne pas dire de l'irritation chez le supérieur. Il m'a posé des questions sur Normand Duclos. Je n'ai pu que plaider l'ignorance. Je lui ai affirmé que j'avais rigoureusement procédé aux vérifications nécessaires auprès des autorités compétentes à l'université, l'automne précédent. J'ai au moins pu lui dire que j'avais parlé à monsieur Stone le mercredi, et qu'il me rappellerait bientôt.

Lundi, 30 avril. Monsieur Stone me rappelle. Il a devant lui le dossier de Normand Duclos. Il me confirme ce que je sais déjà, que Normand Duclos était bel et bien inscrit à certains cours pour le trimestre d'hiver, mais qu'il n'y a aucun résultat à son dossier. Il paraît très préoccupé par la situation, il me prie de le tenir au courant de tout développement et m'assure de son entière collaboration.

Dimanche, 6 mai. Monsieur Lepage et moi-même sommes convoqués au grand séminaire par monsieur Hinse, notre supérieur, pour discuter du cas Duclos. Monsieur Dubreuil est aussi présent. Je les informe de

mes démarches auprès de monsieur Stone,
j'ajoute que le numéro de téléphone et l'adresse que nous avait donnés le jeune Duclos
ne sont plus valides depuis deux mois, ce qui
est exact, j'ai personnellement vérifié. D'après
mes calculs, monsieur Duclos aurait démé-
nagé à une adresse inconnue peu de temps
après notre rencontre clandestine, en mars.
Je ne leur en dis rien, bien sûr. Je suis un peu
soulagé de constater que personne ne semble
avoir de soupçon sur moi, du moins en apparence. Officiellement, je n'ai rencontré monsieur Duclos que deux fois. De nous quatre,
c'est monsieur Lepage qui l'a vu le plus souvent. Monsieur Dubreuil le bombarde de
questions. Monsieur Lepage ne fait que répéter qu'à sa connaissance, le jeune Duclos n'a
jamais apporté de documents avec lui et qu'il
n'a jamais rien noté d'anormal dans son comportement. Personne ne se doute encore que
des documents ont disparu. Il n'est pas non
plus question du professeur Brassard, et je
me garde bien d'en parler. De toute façon,
je doute que l'un d'eux soit au courant de la
série de conférences de cet hiver. Monsieur
Hinse évoque sans trop de conviction la possibilité de faire appel à la police. Monsieur
Dubreuil s'y oppose, faisant remarquer que
de toute façon nous ne pourrions pas porter plainte contre Normand Duclos, car il n'a
commis aucun crime. Je me range bien sûr

à son avis. Monsieur Lepage fait de même. La réunion se termine dans une certaine confusion. Il est finalement convenu que nous allons attendre encore un peu avant de faire quoi que ce soit – après tout, nous ne sommes encore qu'au début mai, le stage vient à peine de se terminer officiellement. Je propose que si nous n'avons pas de nouvelles dans quelques semaines, nous pourrons envisager de faire une petite enquête discrète.

Vendredi, 1er juin. Au moment où je sors de la chapelle où je célèbre la messe chaque matin de la semaine, je vois venir vers moi une dame qui travaille au couvent. Elle me remet une lettre, disant qu'elle a été livrée tôt ce matin par un jeune homme. L'enveloppe est cachetée, il n'y a que mon nom dessus. C'est un court message, on me demande de téléphoner à un certain numéro à quatorze heures précises, à partir d'un endroit sûr. Quelqu'un désire me parler.

À l'heure dite, je compose le numéro. C'est le jeune Duclos qui répond. Il est en plein désarroi... Il dit qu'il a besoin de mon aide. Il a besoin d'un endroit sûr pour conserver certaines choses qu'il ne peut pas garder avec lui... Il sait qu'il peut compter sur moi... Je demande de quoi il parle exactement. Le dossier de la seigneurie ? C'est cela, me répond-il, le dossier de la seigneurie. Je dis que tout cela est absurde, d'abord il s'empa-

re de documents de nos archives, et maintenant il vient me demander de les reprendre
et de les cacher… Il dit qu'il ne s'agit pas seulement de documents de nos archives, c'est
tout un dossier, tout ce qu'il a recueilli sur le
sujet depuis deux ans. Il ne peut pas prendre
le risque de le garder avec lui, il craint d'être
pris. Je dois le mettre à l'abri et attendre… Et
surtout, n'en parler à personne… Le moment
venu, il me contactera et le reprendra. Je dis
que j'aurais besoin de temps pour réfléchir.
Il répond qu'il n'y a pas de temps. Je finis par
accepter. Il me remercie, m'annonce que je
recevrai bientôt un colis, et raccroche sans
me laisser le temps de rien ajouter.

Lundi, 4 juin. Monsieur Lepage m'appelle au milieu de l'après-midi. Il me demande de le rejoindre immédiatement au vieux
séminaire. Visiblement dans un état de grande excitation, il explique qu'un colis vient
d'être livré. Comme il n'y avait aucune mention de destinataire, il s'est permis de l'ouvrir. Il dit que je dois venir immédiatement,
pour examiner le contenu du colis. Je suis
horrifié. Jamais je n'aurais cru que le jeune
Duclos m'enverrait les documents de cette
façon. Je m'attendais à ce qu'il me contacte
discrètement, à recevoir des directives, mais
pas de cette façon.

Quand j'arrive au vieux séminaire, monsieur Lepage me montre le colis et me met

immédiatement un document entre les mains. C'est le rapport de monsieur Duclos ! Je n'en crois pas mes yeux. Monsieur Lepage a jeté un coup d'œil sur les premiers documents, mais quand il a vu de quoi il s'agissait, il n'a plus touché à rien. Avec d'infinies précautions, je retire une chemise contenant une liasse de papiers. Je lis avec effroi les dates : mille six cent soixante-dix, mille sept cent huit… Monsieur Lepage me regarde avec un air ébahi. C'est la catastrophe.

Mais le cauchemar ne fait que commencer. Impossible de passer un tel incident sous silence. Nous devons appeler immédiatement le supérieur. Une heure plus tard, monsieur Hinse et monsieur Dubreuil arrivent en trombe et je leur montre quelques documents. Le supérieur me lance des regards incrédules. Le procureur note qu'un document, puis un autre, portent sur la seigneurie du Lac-aux-Herbes… Je prie intérieurement pour qu'ils n'aient pas entendu parler de la conférence du professeur Brassard… Au milieu de la confusion générale, j'essaie désespérément de retrouver mes esprits et d'élaborer une stratégie quelconque, mais je n'arrive à rien, je suis complètement dépassé par les événements.

Il y a ensuite une interminable discussion sur la suite à donner à cette affaire épouvantable. Inévitablement, nous en venons à débattre la question de la police. Devons-nous l'avertir ou non ? Les avis diffèrent, et comme il se doit dans une telle situation, c'est le supérieur qui prend la décision : il faut porter plainte, sans plus tarder. Je suis même obligé d'accompagner le supérieur au poste de police.

Mardi, 5 juin. Je dois retourner au poste de police dans l'après-midi, en compagnie de monsieur Lepage. Cette fois, il faut rencontrer un sergent-détective et répondre à ses questions. Ce matin, le supérieur nous a réunis et nous a donné ses directives sur ce que nous devons dire et ne pas dire. Nous devons nous en tenir strictement aux faits, c'est-à-dire au vol et aux circonstances immédiates, mais nous ne devons en aucun cas faire le moindre commentaire sur les motifs qui ont pu pousser l'auteur à commettre ce vol, et encore moins révéler quoi que ce soit sur les documents. Seul le supérieur répondra à ce genre de question.

Mercredi, 6 juin. Je téléphone à monsieur Stone pour prendre rendez-vous. J'irai le rencontrer demain à son bureau à l'université. Je suis encore plus nerveux depuis que la police est mêlée à cette affaire et que je sais qu'il va y avoir enquête. Je préfère aller rencontrer moi-même monsieur Stone avant qu'eux le fassent. Je n'ai pas informé le supérieur de cette démarche.

Jeudi, 7 juin. J'ai rencontré Peter Stone aujourd'hui. Je lui ai résumé les événements. J'ai mentionné qu'un certain nombre de papiers portaient sur la seigneurie du Lac-aux-Herbes – je n'avais guère le choix, de toute façon il en entendra peut-être parler si la police le rencontre, et l'objet réel de ma visite était justement de savoir ce qu'il aurait à dire là-dessus. Il a immédiatement fait le lien avec Armand Brassard et la situation à Rivière-à-l'Aigle. J'ai tenté de minimiser l'importance de cette information, en disant que je n'avais pas encore examiné l'ensemble des documents. Nous avons parlé environ une demi-heure.

Je ne sais trop que penser de cet homme. Il insiste sur son amitié avec le professeur Brassard, et en même temps il n'hésite pas à dire des choses qui pourraient lui nuire gravement. Je crois que j'ai fait une erreur en allant lui parler. Je me suis mis dans une position encore plus difficile. Maintenant qu'il a été question du professeur Brassard entre nous, je devrai tôt ou tard en faire part au supérieur, car s'il apprend que j'ai omis de l'informer de cette piste, tous les soupçons se porteront sur moi. Et si le supérieur apprend que le professeur Brassard pourrait être lié à cette histoire…

Dimanche, 10 juin. Ma vie est un enfer depuis l'arrivée de ce colis. Je n'arrive pas à m'expliquer comment monsieur Duclos a pu agir avec autant d'imprudence. Il ne m'a même pas contacté depuis. Sait-il au moins à quels dangers je suis maintenant exposé ?

Jeudi, 14 juin. Notre affaire a connu aujourd'hui un rebondissement absolument extraordinaire, je ne sais pas encore si je dois m'en réjouir, ou me sentir définitivement démoralisé. Le lieutenant-détective en charge de l'enquête a parlé au supérieur ce matin. Trois hommes sont passés au vieux séminaire cet après-midi, pour parler au supérieur. Monsieur Dubreuil était là aussi, mais il n'a pas assisté à la rencontre. Quand ils sont partis, on m'a fait venir de toute urgence pour m'informer de la situation. Je… Je ne suis pas autorisé à dévoiler, même dans ce témoignage, la teneur du débat qui a suivi, je dirai seulement que les échanges ont été assez vifs. Les gens qui ont rencontré le supérieur ne sont pas des policiers comme ceux à qui nous nous étions adressés, l'affaire les intéresse, mais pour des raisons bien à eux… Il se trouve que le vol des documents est directement lié à une opération de grande envergure, dont les implications dépassent de beaucoup le cadre de notre affaire…

Nous avons discuté, le supérieur, le procureur et moi, pendant je ne sais combien de temps. Nous étions tous d'accord sur le fait que l'affaire prenait une tournure absolument inacceptable pour nous, mais nous ne nous entendions pas sur les mesures à prendre. Finalement, le supérieur a dit qu'il prendrait la décision demain. Le supérieur et le procureur sont rentrés au grand séminaire.

Vendredi, 15 juin. J'ai passé une partie de l'après-midi au grand séminaire. Le supérieur nous a annoncé sa décision de retirer la plainte. Il n'y avait pas là matière à discussion, et de toute manière, monsieur Dubreuil et moi étions d'accord avec lui sur ce point. Là où nous n'étions pas d'accord, c'était, encore une fois, sur la question de ce que nous devions faire ensuite. Monsieur Dubreuil considérait qu'il fallait absolument faire quelque chose, lancer notre propre enquête, c'est-à-dire engager un détective privé pour enquêter. En fait, sa position n'avait pas changé, dès le début il avait été d'avis qu'il fallait éviter la police.

Pour ma part, je ne savais trop de quel côté me ranger. J'étais soulagé à l'idée que la plainte soit retirée, mais cela ne signifiait pas que mon calvaire prenait fin. La situation était devenue si complexe, tant de choses incroyables s'étaient passées. Monsieur Dubreuil avait de bons arguments : il fallait tenter de retrouver le jeune Duclos, il fallait découvrir ce qu'il avait fait, s'il avait d'autres documents en sa possession, ce qu'il avait l'intention d'en faire.

Mais le supérieur ne bronchait pas. À un certain moment, j'ai même eu l'impression qu'il en faisait une affaire personnelle, qu'il était contre cette idée d'engager un détective privé uniquement par esprit de contradiction, pour ne pas laisser le procureur avoir le dernier mot… C'est alors que j'ai décidé d'intervenir. Ai-je eu raison ou tort, je me le demande encore aujourd'hui.

J'ai parlé de ma rencontre avec Peter Stone, et de " l'hypothèse " qu'il avait émise concernant l'implication possible du professeur Brassard, étant donné que les papiers volés portaient sur la seigneurie du Lac-aux-Herbes… D'une certaine façon, je n'avais pas le choix, je savais que j'aurais dû immédiatement informer le supérieur. Je n'en avais pas eu le courage… Encore une fois, je me retrouvais coincé : si nous faisions appel à un enquêteur, tôt ou tard celui-ci parlerait à Stone et le supérieur apprendrait que je lui avais caché cette possibilité. Il valait mieux le faire maintenant.

Le supérieur m'a lancé un regard étonné et irrité. Il a demandé pourquoi je n'en avais pas parlé plus tôt. J'ai répondu que quand j'avais rencontré monsieur Stone, nous venions à peine de déposer la plainte et que rien ne permettait de prévoir que nous en arriverions là. Heureusement pour moi, cette explication a paru le satisfaire. Je ne sais pas s'il a vraiment cru que le professeur Brassard pouvait être lié à notre affaire… Je me suis demandé s'il en avait été question la veille, avec les policiers… Toujours est-il que c'est à partir de ce moment que lui aussi a commencé à pencher pour la solution de monsieur Dubreuil, c'est-à-dire entreprendre notre propre enquête. Mais il n'a pas voulu prendre la décision tout de suite.

La réunion a été brève. Le supérieur m'a chargé de passer au poste de police et de retirer la plainte au nom du séminaire. Il nous a ensuite laissés, et je me suis retrouvé seul avec monsieur Dubreuil. Monsieur Dubreuil était convaincu que le supérieur déciderait d'engager un enquêteur privé. Il ne voulait pas perdre de temps, disant qu'il n'y avait aucune raison de ne pas commencer immédiatement à chercher une agence de détectives privés. Il m'a accompagné en taxi jusqu'au vieux séminaire. Quand nous sommes arrivés, je me suis changé et je me suis rendu à pied au poste de police. J'ai retiré la plainte au nom du séminaire.

Quand je suis revenu, monsieur Dubreuil était assis au réfectoire avec monsieur Lepage. Ils avaient devant eux le cahier des pages jaunes de l'annuaire, ouvert à la rubrique Détectives. Ils avaient déjà fait plusieurs appels. Monsieur Dubreuil m'a annoncé qu'il avait rendez-vous le soir même, à dix heures.

Avec vous, monsieur Morel. Je leur ai fait remarquer qu'il était un peu imprudent de vous rencontrer avant d'avoir obtenu l'autorisation du supérieur. Monsieur Dubreuil a répondu qu'il ne dévoilerait pas l'objet de sa requête, mais qu'il tenait absolument à vous rencontrer en personne avant de vous proposer l'affaire…

C'était il y a trois semaines. La suite, vous la connaissez aussi bien que moi, du moins jusqu'aux événements d'aujourd'hui. J'ai demandé et obtenu d'être désigné comme votre contact au séminaire, ce qui était dans la logique des choses, puisque j'étais la personne la plus compétente sur la question des archives. Cette responsabilité me donnait un bon prétexte pour suivre de près la progression de votre enquête… J'étais… J'étais ainsi en bonne position pour filtrer les informations que vous auriez à nous transmettre, et au besoin, pour orienter vos efforts dans un sens ou dans l'autre, au gré des événements… Oui, monsieur Morel, je suis infiniment désolé de vous dire que votre enquête était condamnée à l'échec, dès le premier jour… En partie à cause de moi… Mais pas seulement à cause de moi… À vrai dire, après les événements d'aujourd'hui, je crois pouvoir dire que ni vous ni moi n'avons jamais eu la moindre chance, depuis le début… Quant au pauvre monsieur Duclos…

Pour moi, c'est la fin. La journée de samedi a été la pire de ma vie… Des hommes sont passés au grand séminaire en fin de matinée pour parler au supérieur… À midi, le supérieur m'a fait convoquer au grand séminaire… Quand je suis entré dans son bureau, il m'a seulement dit de m'asseoir, sans même lever les yeux vers moi. Le ton était glacial. Je me suis approché… J'ai vu qu'il avait un magnétophone devant lui… Il a mis l'appareil en marche, et j'ai tout de suite reconnu, sidéré, la voix de monsieur Duclos, puis la mienne… C'était l'enregistrement de notre conversation téléphonique du 12 avril au cours de laquelle monsieur Duclos m'avait informé qu'il avait " emprunté " des documents…

Le supérieur m'a demandé d'une voix blanche " où étaient les documents ". J'étais si stupéfait que je ne savais même plus de quels documents il voulait parler. J'ai répondu que je les avais soigneusement reclassés, ce qui était faux de toute façon. J'étais totalement désemparé, incapable de répondre à ses questions avec cohérence. Il m'a demandé si monsieur Duclos avait retourné " tous les documents ". J'ai répondu que je n'avais aucun moyen de le savoir. C'était une réponse ridicule, puisqu'il venait d'entendre notre conversation, dans laquelle Duclos disait clairement qu'il avait l'intention de conserver

des extraits de correspondance du séminaire. C'est précisément ce point qui a rendu le
supérieur furieux, il venait d'obtenir la confirmation que Duclos avait pris des documents
qui concernaient directement le séminaire…
Il m'a posé je ne sais combien de questions,
je n'ai pu que bafouiller de façon pitoyable…
Je suis sorti de cette rencontre complètement
démoli… On m'a conduit au vieux séminaire et j'y suis resté depuis, pratiquement en
garde à vue. Ce n'est qu'aujourd'hui que j'ai
été laissé un peu seul, et j'en ai profité pour
enregistrer ce témoignage.

C'est la fin pour moi… Je prends l'avion
mercredi matin pour le Japon… Nous avons
un séminaire là-bas… Je ne reviendrai jamais
dans ma ville… Jamais… Quant à vous, monsieur Morel, on vous informera sans doute
bientôt, c'est peut-être déjà fait, que votre
enquête est terminée… Encore une fois, je
vous prie d'accepter toutes mes excuses pour
ma conduite, je vous prie de croire que je n'ai
jamais agi dans l'intention de vous nuire…
Si vous saviez à quel point je suis désolé…

Avant de terminer, je me permets de faire
appel à votre générosité… Il faut absolument
convaincre le supérieur de renoncer à faire
arrêter Normand Duclos. Je… Les documents
sont en lieu sûr… Moi-même, je ne suis plus
en position d'amener le supérieur à accepter
un compromis, je suis totalement discrédité

à ses yeux… Mais vous, monsieur Morel, vous pouvez le faire… Il faut trouver un moyen pour amener le séminaire à renoncer à retrouver monsieur Duclos… Il faut trouver un moyen… Je vais essayer de communiquer avec vous plus tard…»

Morel se versa un verre.

Les documents sont en lieu sûr… Ainsi Enjalran avait vraiment caché le dossier de la seigneurie, comme Duclos le lui avait demandé.

Il y avait là les réponses à plusieurs questions qu'il s'était posées depuis le début, mais c'était bien confus, bien des choses restaient obscures. Il faudrait réécouter tout ça, essayer d'extraire un sens de ce déluge d'informations. Il y avait des recoupements à faire. Il faudrait réécouter.

Il ferma les yeux, tenta de revoir mentalement le film des événements, quelques épisodes de son enquête à la lumière de la confession d'Enjalran. Mais la fatigue commençait à lui embrouiller l'esprit. Il était deux heures du matin et il était épuisé. Il déplia le sofa pour en faire un lit, sortit les draps, l'oreiller, s'étendit.

Malgré ce qu'il venait d'apprendre, Morel n'en voulait pas à Enjalran. Le pauvre homme… Savaient-ils seulement le mal qu'ils lui faisaient en l'éloignant ainsi de cette ville qu'il aimait tant ? Oui, le supérieur ne pouvait pas ne pas savoir… Il aurait pu l'expulser de la communauté, c'eût été un coup terrible, Enjalran aurait été très ébranlé, mais il aurait pu s'accrocher à sa ville et à ses passions… Il aurait très bien pu occuper ses dernières années à hanter les vieilles rues, les musées, les bibliothèques, à produire quelques ouvrages qui auraient fait le bonheur d'une poignée de mordus, de quelques obsédés du passé comme lui… Cet exil, c'était pire que tout, une véritable sentence de mort. Maintenant, Morel comprenait l'extrême désarroi du prêtre lors de sa visite.

Son corps cédait à la torpeur, ses idées s'embrouillaient. Les paroles du Touriste résonnèrent dans son cerveau comme un acte d'accusation. «*Vous savez que nous pouvons vous rendre la vie difficile, très difficile… À vous et à d'autres aussi…*» Les choses auraient-elles été différentes s'il s'était présenté au rendez-vous de vendredi ? Bien sûr que non, qu'aurait-il pu faire de toute façon pour les aider à retrouver Camille ? Il eut encore le temps de penser qu'Enjalran ignorait probablement tout de sa rencontre avec le Touriste, qu'il ne pourrait jamais faire le lien entre ce petit épisode et son grand malheur.

23 : Encore un colis

« Il faut absolument convaincre le supérieur de renoncer à faire arrêter Normand Duclos. Je… Les documents sont en lieu sûr… Moi-même, je ne suis plus en position d'amener le supérieur à accepter un compromis, je suis totalement discrédité à ses yeux… Mais vous, monsieur Morel, vous pouvez le faire… Il faut trouver un moyen pour amener le séminaire à renoncer à retrouver monsieur Duclos… Il faut trouver un moyen… Je vais essayer de communiquer avec vous plus tard…»

Morel s'était réveillé en sursaut dès les premiers rayons du soleil, avec un horrible mal de tête. Chaque battement de cœur était une véritable épreuve, un flux et un reflux insupportables dans son pauvre cerveau, une multitude de petites ondes qui venaient pulser de la douleur dans chaque recoin de son crâne. Il avait avalé quelques comprimés et pris une longue douche, jouant des robinets pour passer progressivement du tiède au froid.

Son esprit s'était lentement remis à fonctionner. Il avait sorti son carnet et tâché de mettre sur papier quelques bribes de phrases, peinant misérablement pour se rappeler les détails du discours nébuleux que lui avait tenu l'archiviste la veille. Mais il avait trop bu, sa mémoire avait des ratés.

Il avait réécouté l'enregistrement au complet trois fois, certains passages cinq fois, dix fois.

« *La journée de samedi a été la pire de ma vie… Des hommes sont passés au grand séminaire en fin de matinée pour parler au supérieur… À midi, le supérieur m'a fait convoquer au grand séminaire…*»

Samedi, à midi… Morel se souvenait qu'il avait parlé à Enjalran le samedi, il avait utilisé le numéro de son portable, il avait dû appeler plusieurs fois. Il devait être un peu avant midi quand il avait réussi à le joindre. Où était Enjalran à ce moment ?

« *Il a mis l'appareil en marche, et j'ai tout de suite reconnu, sidéré, la voix de monsieur Duclos, puis la mienne… C'était l'enregistrement de notre conversation téléphonique du 12 avril au cours de laquelle monsieur Duclos m'avait informé qu'il avait "emprunté" des documents…*»

La conversation du 12 avril… Morel avait rembobiné, réécouté en se massant les tempes. Ce ne fut qu'après la quatrième écoute que le détail le frappa. Il y eut comme une éclaircie dans son esprit embrumé, et il se souvint, chaque mot lui revint, très net, et même, de façon très précise, le ton narquois sur lequel le Touriste avait parlé. « *Nous avons retrouvé l'enregistrement… un certain Duclos, et un inconnu… Mais pour nous, le plus intéressant, c'est que Duclos appelait de chez Camille Bergeron, la dernière personne à avoir été vue avec Thibault.* »

À onze heures, il avait rempli quelques pages de bouts de phrases plus ou moins cohérents, certaines raturées avant même d'être terminées, des embryons d'hypothèses ponctuées de dates et connectées entre elles par un labyrinthe de flèches et de renvois. Son mal de tête reprenait le dessus. Il avala encore deux comprimés et décida de tout laisser là et de sortir prendre l'air.

En mettant le pied dehors, il sentit sur son visage un crachin qui lui fit du bien. Le ciel était couvert de grands nuages gris et immobiles. Il descendit jusqu'à la promenade du vieux port, s'accouda un instant à la rambarde, respira l'air du fleuve.

Comme toujours quand il se trouvait devant un problème apparemment insoluble, son esprit s'emballait, il se perdait en conjectures et il n'arrivait tout simplement pas à décrocher. Le problème était trop complexe, il lui manquait trop d'éléments, mais il s'entêtait. Le plus frustrant était qu'il ne savait même plus exactement ce qu'il cherchait. Il savait seulement que, dans toute cette histoire, deux choses lui déplaisaient beaucoup. Un, le fait que son enquête soit peut-être déjà terminée. Si tout ce que l'archiviste avait dit dans l'enregistrement était vrai, le supérieur mettrait bientôt fin à l'enquête. Et il n'avait aucune intention d'abandonner cette enquête, il s'y était investi plus qu'il ne l'avait jamais fait auparavant. Deux, pour l'instant, c'était monsieur Enjalran qui payait la facture. Et lui, Morel, se sentait en partie responsable de ce qui arrivait. Et ça, c'était plus qu'il ne pouvait en supporter.

Une demi-heure plus tard, il était assis à son bureau. Il ouvrit son carnet à la toute première page et se mit à relire ses notes, toutes ses notes depuis le début, depuis le soir de la première visite au vieux séminaire. À la recherche du détail passé inaperçu, comme McMillan le lui avait enseigné.

Les détails ne manquaient pas. C'était même leur abondance qui causait problème. Au bout d'une heure, il avait tout relu et il n'arrivait toujours à rien. Il écouta de nouveau l'enregistrement. Et soudain, à la toute fin, il lui sembla enfin qu'une petite porte venait de s'entrouvrir.

Les papiers.

Toujours les papiers. Depuis le début, ils étaient au centre de toute l'affaire. Vérification faite, Enjalran les avait mentionnés deux fois, il avait dit deux fois que les papiers

étaient « en lieu sûr ». Une fois dans l'enregistrement, et encore la veille, au moment de
son départ.

Il ouvrit son cahier de réflexion à une
page blanche, commença à y jeter des idées,
en consultant les notes dans son carnet et en
réécoutant des extraits de l'enregistrement.
Enjalran disait qu'après sa comparution au
grand séminaire, il avait été conduit au vieux
séminaire et qu'il y avait passé les jours sui-
vants sous étroite surveillance, qu'il n'avait
pas été laissé seul avant le lundi, le soir où
il avait fait l'enregistrement. Ce qui expliquait que l'archiviste se soit présenté à son
bureau à une heure pareille. Enjalran savait
qu'il ne lui restait plus que quelques heures
avant son départ, il avait voulu livrer l'enregistrement lui-même. Il avait certainement
dû quitter le vieux séminaire en cachette. Il
ne pouvait pas prévoir que Morel serait à son
bureau à cette heure. Il avait vu de la lumière, il avait frappé… Entre le moment où il
avait été ramené sous bonne garde au vieux
séminaire, samedi, et sa visite de la veille, il
n'avait guère pu aller loin. Logiquement, il
n'avait pas pu déplacer les papiers.

Alors où étaient-ils, ces papiers ? Et
d'abord, de quels papiers parlait-on ? On ne
pouvait que supposer qu'il s'agissait des
papiers importants que Duclos lui avait
confiés, le fameux dossier de la seigneurie.

Mais il avait aussi été question d'autres papiers, des extraits de correspondance du séminaire, ceux que Duclos gardait comme monnaie d'échange… C'étaient ceux-là qui intéressaient vraiment le supérieur, c'était la nouvelle de leur disparition qui l'avait irrité.

En lui remettant l'enregistrement, Enjalran avait montré qu'il avait confiance en lui. Et pourtant, il ne lui avait pas laissé les papiers. Il n'avait pas non plus été clair à ce sujet, il lui avait caché la fin de l'histoire.

Entre samedi et mardi soir, Enjalran n'avait pas pu quitter le vieux séminaire… Les papiers étaient-ils simplement cachés quelque part dans une voûte, dans un recoin secret du bâtiment ? Peu probable. Même bien cachés, les papiers n'étaient pas « en lieu sûr » au vieux séminaire. Enjalran avait dû essayer de faire mieux. Alors, où?

Il retourna à ses notes, relut attentivement celles qu'il avait prises pendant ses rencontres avec l'archiviste, puis avec les autres Sulpiciens.

Sam. 16 juin, vieux sém., rencontre avec Lepage : E., aumônier pour communauté ouest de Mtl, école. Proche parente, âgée.

Mar. 19 juin, vieux sém., rencontre avec Enjalran : passe la semaine dans comm. femmes, fonctions sacerd.. Vieux sém. du vend. soir au dim. soir.

Enjalran avait dû arriver au vieux séminaire le vendredi soir, comme d'habitude. Normalement, il aurait dû retourner dans cette communauté de femmes le dimanche soir. Il n'y avait apparemment jamais remis les pieds. Morel ne savait pas où se trouvait exactement cet endroit, il ne s'était pas posé la question. Maintenant, il voulait savoir. C'était là que le Sulpicien passait le gros de son temps, toutes ses semaines. Il devait tout de même y avoir là-bas des choses à lui, il avait bien fallu qu'il les récupère, au moins en partie.

Il téléphona au vieux séminaire. Il fut content d'entendre la voix de monsieur Lepage. Exactement la personne à qui il voulait parler. Il dit qu'il fallait absolument qu'il parle à monsieur Enjalran, qu'il tentait sans succès de le joindre depuis lundi, qu'il ne s'était pas présenté à un rendez-vous. Visiblement embarrassé, Lepage tenta de feindre l'étonnement. Morel insista, sans perdre son calme. Il fallait qu'il le voie le plus tôt possible… Où était-ce, cette maison où il passait la semaine ?

— Euh, oui, la maison de la Congrégation… Oui, c'est là qu'il doit être aujourd'hui… Écoutez, laissez-moi m'informer, je vais vous rappeler.

Morel fouilla dans le bottin. *Congrégation*… Il y avait plusieurs entrées, mais la plus importante était celle de la congrégation de Notre-Dame. Des enseignantes... Il y avait plusieurs adresses, une seule portait la mention *école*, la Villa Maria, boulevard Décarie. Il nota toutes les adresses. Il était treize heures quarante à l'horloge murale. Il mit son veston et appela un taxi.

L'entrée principale était fermée. Morel marcha jusqu'au bout de la rue et trouva un bureau de réception dans une aile perpendiculaire au corps principal du bâtiment. Il y avait là un homme en chemise bleue, chauve, encore jeune, occupé à remplir des formulaires. Morel expliqua qu'il voulait parler à une religieuse dont il ne se rappelait pas le nom.

L'homme passa un coup de fil et, quelques instants plus tard, une religieuse apparut. Elle était toute petite, elle regardait Morel avec un grand sourire. Morel dit qu'il cherchait une sœur qui, selon ses informations, devait être une parente de monsieur Enjalran, qui lui-même devait être aumônier ici. Dès qu'il prononça le nom d'Enjalran, la religieuse fronça les sourcils, parut embarrassée. Elle s'excusa, le pria d'attendre.

Elle revint avec une autre religieuse, grande et sèche, qui évalua Morel d'un œil strict. Arborant son sourire le plus rassurant, il lui montra sa carte d'enquêteur et expliqua qu'il

travaillait pour le séminaire de Saint-Sulpice. Il sortit aussi la lettre qu'Enjalran lui avait
donnée pour les archivistes. Pendant plusieurs minutes, il déploya toutes ses ressources de persuasion pour apaiser la méfiance des deux femmes et les convaincre de ses
bonnes intentions. Il finit par dire qu'il savait
que monsieur Enjalran était parti, et que ce
dernier lui avait demandé de parler à une de
ses proches parentes qui était ici.

— La veille de son départ. Il ne m'a pas
précisé pourquoi, mais il a insisté.

Prononcées sur le ton de la confidence,
ces phrases vinrent à bout des hésitations des
deux religieuses, qui acceptèrent de le laisser rencontrer sœur Blanche. Elles condui-
sirent Morel dans un parloir à l'étage. La plus
grande l'avertit qu'il faudrait faire court et
éviter de brusquer sœur Blanche, car la
pauvre femme ne se portait pas bien.

Sœur Blanche se présenta en disant qu'elle était une « cousine propre » de monsieur
Enjalran. Morel connaissait l'expression ; il
n'y avait plus guère que les vieux qui l'uti-
lisaient encore. C'était une petite femme bou-
lotte, le sourire gêné et l'air soumis. Elle portait la robe traditionnelle bleu sombre de sa
communauté. Elle ne regardait Morel que par
coups d'œil incertains. Sa lèvre inférieure
tremblait un peu et elle frottait doucement
ses mains l'une contre l'autre.

Morel répéta que monsieur Enjalran lui avait demandé avec insistance de venir la voir, sans préciser pourquoi. En entendant ces mots, la religieuse resta comme pétrifiée. À tel point que Morel, craignant qu'elle ait une défaillance, la prit doucement par le bras et l'invita à s'asseoir, mais elle resta debout.

— Vous pouvez tout me dire.

Sœur Blanche ferma les yeux un instant, les rouvrit. Ils étaient fatigués et rougis par le manque de sommeil et l'angoisse. Elle parla comme un accusé qui passe aux aveux.

Dimanche, on avait appelé du vieux séminaire pour dire que monsieur Enjalran ne serait pas de retour comme d'habitude. On n'avait pas précisé la raison. Elle s'était inquiétée, parce qu'elle savait que quelque chose se passait depuis quelque temps, mais elle ignorait quoi. Benoît – Morel mit un moment à se souvenir que c'était le prénom d'Enjalran – lui avait seulement dit qu'il y avait eu un incident quelques semaines auparavant. Mais elle savait que quelque chose n'allait pas depuis plus longtemps que cela, depuis des mois.

Lundi, on avait appelé et demandé qu'on rassemble les affaires de monsieur Enjalran. Quelqu'un passerait les prendre le lendemain en après-midi. Encore une fois, on n'avait donné aucune explication. C'était elle, sœur Blanche, qui avait été chargée de s'occuper de préparer les affaires de son cousin. Bien peu de choses en fait, quelques vêtements, quelques livres. Tout tenait dans une seule valise. Monsieur Enjalran arrivait toujours avec des livres le dimanche soir et les rapportait avec lui le vendredi.

Monsieur Lepage était passé vers seize heures. Il avait pris la valise et était reparti. Sans aucune explication. Elle s'arrêta là, resta silencieuse, les yeux baissés, les mains tordues.

— Vous n'avez pas pu lui parler du tout, même pas au téléphone ? Vous n'avez même pas reçu un message de sa part ?

Sœur Blanche avait commencé à lancer à Morel des regards suppliants. Le visage empourpré, les lèvres tremblantes, elle était au comble de l'indécision. Elle respirait difficilement. Soudain, elle craqua. Elle voulut parler, avala plusieurs fois sa salive, puis fit un signe de la main et sortit précipitamment.

Elle revint au bout de quelques secondes et tendit à Morel un paquet, une grande enveloppe molletonnée entourée de ruban. Elle ferma la porte derrière elle, jeta des coups d'œils effrayés de tous les côtés, puis chuchota que monsieur Lepage lui avait remis une lettre de la part de Benoît. Elle regardait la grosse enveloppe en répétant qu'elle ne savait pas quoi faire.

— Une lettre de la part de monsieur Enjalran ? Vous voulez parler de cette enveloppe ?

Elle secouait la tête, murmurait des phrases inaudibles. Morel déposa l'enveloppe sur la table, se leva et fit quelques pas dans la pièce.

— Ce paquet, dit-il très doucement, vous ne l'avez pas ouvert, n'est-ce pas ? Vous ne savez pas ce qu'il contient ? Vous ne savez pas du tout ce que vous devez en faire ?

Le visage pâle comme un linge, la religieuse le regardait en hochant la tête de gauche à droite.

— Il ne vous a rien dit à ce sujet, même pas au téléphone ? Si je n'étais pas passé, qu'auriez-vous fait ? Monsieur Enjalran ne vous a pas laissé d'instructions ?

D'une main tremblante, elle tira de l'intérieur de sa robe une deuxième enveloppe, la lui tendit.

C'était la lettre d'adieu d'Enjalran. Quelques paragraphes gribouillés à la hâte sur une page à en-tête du vieux séminaire. Après quelques mots d'adieu à sa cousine, Enjalran laissait ses instructions, très simples. Il lui envoyait un paquet très précieux. Monsieur Lepage croyait qu'il s'agissait de papiers de famille et il ne fallait pas le détromper. Mais elle ne devait surtout pas l'ouvrir. Si elle n'avait pas de ses nouvelles avant deux semaines, elle devait composer un numéro, qu'il était extrêmement important de garder secret.

Le lendemain à midi, Morel était assis à son bureau, en train de composer une commande sur les touches de son téléphone. À partir de maintenant, tous les appels à son domicile seraient dirigés vers le bureau. Il y avait de quoi manger au réfrigérateur et du linge propre dans les tiroirs. Pour quelques jours, le temps qu'il faudrait, il allait vivre au bureau.

La veille, en revenant de sa visite à sœur Blanche, il avait trouvé deux messages sur son répondeur. Le premier était de monsieur Lepage. Au nom du supérieur, le prêtre l'enjoignait de cesser toute activité relative à l'enquête jusqu'à nouvel ordre. On le contacterait incessamment.

Le deuxième était de Camille Bergeron. La jeune femme se manifestait, près de deux semaines après leur rencontre. Le ton s'était radouci. En peu de mots, elle s'excusait de sa conduite arrogante au resto. Elle dit qu'elle aimerait savoir où en était son enquête. Comme il s'en doutait certainement, elle ne lui avait pas tout dit. Elle allait rappeler.

Pour le reste, Morel n'avait pas bougé. L'enveloppe enrubannée était dans le coffre-fort, derrière la penderie. Morel aurait bien aimé l'ouvrir et s'assurer qu'elle contenait bien ce qu'il croyait. Avec le numéro de téléphone qui permettait de joindre qui il croyait, il avait entre les mains tous les éléments pour résoudre l'énigme et clore l'enquête à la satisfaction du client – et il était en position de poser certaines conditions.

Mais il était toujours sous contrat, et il n'était pas opportun d'ouvrir l'enveloppe sans consulter le client. L'enquête était suspendue, le client avait dit d'attendre.

Il attendit vingt-quatre heures. Vendredi en début d'après-midi, le téléphone sonna, et la voix malingre de monsieur Lepage lui annonça qu'il avait rendez-vous avec le supérieur au grand séminaire, le lendemain à quatorze heures.

24 : Le fort des Messieurs

Les questions se bousculaient dans la tête de Morel au moment où il franchissait le mur d'enceinte du grand séminaire. Il s'arrêta un instant devant l'austère façade de pierre grise. Les toits en mansarde, les fenêtres à meneaux, la présence de la montagne, tout cela lui plaisait. Un havre de beauté sobre, comme il en restait trop peu. Derrière lui, la silhouette trapue des deux vieilles tours de pierres des champs, vestiges improbables du Régime français dans cette partie de la ville. Avec leur toit en poivrière, les deux vénérables ouvrages de maçonnerie n'en imposaient guère dans le paysage chargé de la rue Sherbrooke. Elles avaient pourtant jadis fait fièrement partie de la courtine sud de l'ensemble fortifié que les Sulpiciens nommaient le « fort de la Montagne ». Autrefois on disait volontiers le « fort des Messieurs ».

Il se mit à gravir la pente qui menait au corps principal du bâtiment. Il marchait lentement. Il aurait voulu retarder le moment de cette rencontre, qui mettrait le point final à son enquête, comme l'avait prévu Enjalran.

Il avait tenté de se préparer à l'affrontement, mais il ne voyait pas comment éviter
le pire. Le plus embêtant était de ne pas savoir
exactement ce que le supérieur savait et ce
qu'il ne savait pas. Hinse était le seul parmi
les Sulpiciens à avoir personnellement rencontré le Touriste, et chaque rencontre avait
eu des conséquences. Après la première, il
avait décidé de retirer la plainte contre Duclos.
Après la deuxième, il avait sévi sans pitié
contre monsieur Enjalran. Que lui avait dit
le Touriste au juste ? Bien sûr, il lui avait fait
entendre l'enregistrement de l'entretien téléphonique avec Duclos, mais encore ? Le supérieur connaissait-il l'existence de Thibault ?

La grande difficulté était de décider s'il
devait révéler ce qu'il savait, et quoi révéler.
Il touchait au but, normalement il aurait dû
l'annoncer à son client, mais il n'en était pas
question avant de savoir ce qui arriverait à
monsieur Enjalran, avant de savoir si son exil
était définitif.

Il sonna, annonça au réceptionniste qu'il
avait rendez-vous avec monsieur Hinse, supérieur des Messieurs de Saint-Sulpice à Montréal. On le conduisit à l'étage par un magnifique escalier en bois flanqué de deux colonnes.

Il entra dans le bureau de Hinse, on ferma
la porte derrière lui. Il resta immobile, saisi
par l'atmosphère du lieu. Le parquet de bois
franc luisait d'un éclat discret, les moulures

du plafond étaient riches et pleines. Aux murs, quelques tableaux, portraits de personnages que Morel supposa être les prédécesseurs de monsieur Hinse. Il eut une pensée pour monsieur Enjalran qui s'était trouvé là au même moment, exactement une semaine plus tôt.

Le supérieur était assis derrière un grand bureau à l'autre bout de la pièce. Il leva la tête et dit à Morel de s'approcher. Il ne se leva pas. Derrière lui, une fenêtre bordée de lourds rideaux de velours grenat, ouverts, et un rideau blanc transparent qui laissait entrer la lumière du jour, assez crue à ce moment. Le supérieur se trouvait ainsi à contre-jour, et Morel ne voyait pas bien son visage, mais lui voyait très bien Morel.

Le supérieur l'invita d'un geste à s'asseoir. Malgré la froideur de l'accueil, Hinse semblait détendu ; rien dans son attitude ou ses gestes ne trahissait vraiment une quelconque contrariété. Morel se souvint de l'air jovial qu'il avait eu à leur première rencontre.

— Monsieur Morel, je sais que vous avez cherché à contacter monsieur Enjalran. Monsieur Enjalran a demandé à être déchargé de ses responsabilités concernant l'enquête. Pour des raisons de santé. Il est au repos pour une période indéfinie.

— Vraiment ? Je suis surpris, et sincèrement désolé… Et puis-je savoir qui va le remplacer ?

— J'aimerais d'abord que nous voyions ensemble où est en l'enquête, si vous le voulez bien. Il y a maintenant trois semaines que votre enquête a débuté et, jusqu'à présent, je ne peux pas dire que j'ai été submergé d'information… Je n'ai vu qu'un seul rapport de vous et c'était il y a deux semaines. Quant à Monsieur Enjalran, il ne m'a pas semblé beaucoup mieux informé.

— C'est bien pour cette raison que j'essaie de le joindre depuis une semaine, répondit Morel en ouvrant sa mallette. Voici le deuxième rapport. Vous comprendrez que pour la semaine dernière…

— Bien sûr, dit le prêtre en prenant le rapport, qu'il déposa sur son bureau sans même y jeter un regard. Mais puisque vous êtes là, nous allons pouvoir faire une mise à jour. Où en est l'enquête ? Qu'avez-vous appris sur Duclos en trois semaines ?

Morel avait prévu cette question, la réponse était prête. Il commença par parler de Stone, qui avait fait le lien avec la situation à Rivière-à-l'Aigle.

— Je sais tout cela, monsieur Morel, c'était dans votre premier rapport. Vous avez aussi fait une petite visite au propriétaire de l'immeuble de Duclos, ou quelque chose comme ça… Parlez-moi plutôt de la suite.

Morel parla de sa rencontre avec Louise Donaldson et de ses visites aux archivistes, y compris à Saint-Jérôme et à Québec. Le supérieur haussa un peu les sourcils en apprenant que sa tournée l'avait amené jusqu'au séminaire de Québec, mais il le laissa continuer sans l'interrompre.

Il ne dit rien au sujet de Cyrille Thibault, ni de la chambre secrète de Duclos. Il ne parla pas de Camille Bergeron, il ne mentionna pas sa rencontre avec le Touriste, et encore moins la visite d'Enjalran et les événements qui avaient suivi. Il était conscient qu'en omettant tous ces détails, c'étaient de bien maigres résultats qu'il livrait à son client.

— C'est tout, vraiment ?

— Pour le moment, c'est à peu près tout, oui. Étant donné les circonstances, je ne crois pas qu'il faille s'étonner…

— Pardon, quelles « circonstances » ?

— Monsieur le supérieur, prononça lentement Morel d'un ton poli mais ferme, j'ai dû composer avec une situation particulièrement difficile. Je suis parti de presque rien. On ne m'a fourni aucune information qui puisse m'aider à établir le mobile. J'ai également le regret de dire qu'on m'a dissimulé certains faits…

— Ah oui ? Comme quoi, par exemple ?

— Comme l'implication de la police dans cette affaire.

À ces mots, le supérieur perdit son air placide. Il considéra Morel en silence d'un air outré. Comme par un fait exprès, à ce moment précis, le soleil fut voilé par un nuage, ce qui permit à Morel de mieux distinguer ses traits.

Morel ne voulait surtout pas mettre le supérieur en colère. Son plan consistait à tenter d'obtenir des informations concernant Enjalran et le sort qu'on lui réservait, et ensuite seulement à laisser entendre qu'il avait des choses à révéler, beaucoup de choses, et à négocier le retour de l'archiviste. Mais Hinse n'était pas facile à manœuvrer, il le forçait à improviser sans rien laisser voir de ses intentions.

— Monsieur le supérieur, sauf votre respect, vous devez comprendre que pour moi, il est extrêmement important de savoir si la police est impliquée d'une façon ou d'une autre dans cette affaire… J'ai posé la question à plusieurs reprises et…

— Et on vous a répondu, l'interrompit le Sulpicien avec un soupir d'exaspération, je l'espère, qu'aucune enquête autre que la vôtre n'était en cours concernant l'incident Normand Duclos. Ce qui était exact, monsieur Morel, et ce qui, je crois, devrait suffire.

Le supérieur avait retrouvé son calme à la fin de la phrase.

— Il se trouve, monsieur Morel, qu'il y a en effet beaucoup, beaucoup de choses dont vous ne pouvez pas vous douter… Cette affaire est très complexe, mais votre mandat se limitait à retrouver Normand Duclos, rien d'autre.

— Le mandat aurait-il changé ?

Le supérieur resta un moment silencieux.

— Veuillez croire que je comprends votre embarras, monsieur Morel, je veux dire, en ce qui concerne la police. Je ne peux que vous répéter que, depuis le début de votre enquête, aucune autre enquête n'a eu lieu concernant Normand Duclos. La plainte – je suppose que vous savez que nous avions porté plainte –, la plainte a été retirée et nous n'en avons pas déposé une nouvelle.

— C'est bien ce qu'on m'a dit, mais il y a plus. S'il y a eu enquête auparavant, ne serait-ce qu'un début d'enquête, il est important que je le sache. Il est important que je sache ce dont il a été...

— Je suis désolé, mais il n'en est pas question. D'ailleurs, ce ne sera pas nécessaire parce que j'ai le regret de vous informer que je vais mettre fin à notre contrat. Les papiers sont prêts, il ne reste qu'à les signer. Voyez-vous, les choses ont beaucoup évolué depuis notre première rencontre... Aujourd'hui, nous allons mettre fin à ce contrat et, avant que vous nous quittiez, j'ai absolument besoin de tout savoir, tout ce que vous savez, et je dois aussi obtenir l'assurance que vous allez mettre fin définitivement à toutes vos démarches.

Morel prit un air surpris.

— Vous devez comprendre, continua Hinse d'un ton désolé, que nos besoins ont changé. Ce que nous voulons maintenant, ce n'est plus tant de retrouver ce jeune homme, mais plutôt de récupérer certains documents qui sont en sa possession... Car nous savons maintenant qu'il a en sa possession des documents hautement confidentiels, des documents qui concernent le séminaire, et il est absolument nécessaire que ces papiers nous soient rendus. Or, vous conviendrez avec moi, monsieur Morel, qu'au point où vous en êtes dans votre enquête, nous sommes bien loin du but...

— Je constate en effet que les choses ont beaucoup changé. Comme vous me dites qu'il n'y a pas d'autre enquête en cours, il est difficile de comprendre comment vous avez acquis la conviction que le jeune Duclos possède ce genre de papiers... Je suppose qu'il est inutile de poser la question.

— Je le tiens de bonne source, c'est tout ce que je puis vous dire. Pour le reste, je peux vous assurer que vous n'avez aucune inquiétude à vous faire. J'ai personnellement vérifié les papiers qui mettent fin au contrat. Il n'est pas question de succès ou d'échec, ni de quelque insatisfaction que ce soit de notre part. Votre réputation n'aura pas à en souffrir. Je vais même vous remettre un dernier paiement qui couvre la totalité de la période prévue au contrat, monsieur Morel, jusqu'au 13 juillet. Il doit seulement être clair que vous devez tout oublier de cette enquête, et ce, pour toujours. Vous ne devez en aucun cas poursuivre une quelconque activité reliée à cette enquête. Vous devez nous rendre tous les documents qui sont en votre possession concernant cette affaire et ne plus chercher à contacter les personnes rencontrées pendant cette enquête. Suis-je clair ?

— On ne peut plus clair, monsieur Hinse, fit Morel avec un haussement de sourcil, on ne peut plus clair. Je ne peux… Vous vous rendez bien compte qu'en agissant de cette façon, vous risquez de vous priver de ressources qui pourraient…

— Je ne voudrais pas vous offenser, mais encore une fois, vous ne m'avez rien appris de bien déterminant, ni dans votre rapport, ni dans ce que vous m'avez raconté tout à l'heure. À moins que vous ne m'ayez caché des choses…

— Ce que je voulais dire, c'est que… Comprenez que dans une enquête, on ne sait jamais. Les gens que j'ai rencontrés… Il n'est pas rare que les gens reviennent sur un témoignage. Il y a souvent des rebondissements imprévus…

— Eh bien ! vous allez me faire la liste des personnes que vous avez rencontrées, avec leurs coordonnées. C'est ce que j'avais l'intention de vous demander de toute façon. Si jamais l'un d'eux vous contactait, vous n'avez qu'à lui expliquer clairement que vous n'avez plus rien à voir avec cette affaire. S'il y a quelque chose d'important, qu'il s'adresse à nous. Quant à vous, je le répète, vous ne devez plus chercher à entrer en contact avec ces gens.

— Même monsieur Enjalran ?

— Tous ceux que vous avez rencontrés, monsieur Morel. Y compris moi-même, monsieur Lepage et monsieur Enjalran. Surtout monsieur Enjalran.

Le supérieur avait bien appuyé sur les syllabes en prononçant la dernière phrase.

— C'est que, concernant monsieur Enjalran... Vous m'avez dit tout à l'heure... Vous avez parlé de raisons de santé. J'aurais quand même aimé...

— Monsieur Morel, je vous demande de ne pas insister sur le cas de monsieur Enjalran.

Mais Morel n'avait plus le choix, le moment était venu d'insister.

— Monsieur le supérieur, je veux bien me conformer à vos souhaits, je vais signer ce papier, mais monsieur Enjalran...

— Monsieur Morel !

— Mais est-ce que vous ne pouvez pas au moins...

— Taisez-vous, siffla le supérieur maintenant hors de lui-même. Monsieur Enjalran a commis une grave erreur, il l'a reconnu, et il en subira les conséquences.

Morel passa la soirée à arpenter les rues du vieux quartier. Il prit quelques verres dans les bars, fit plusieurs fois la promenade du bord de mer. À minuit, il était assis sur un banc au bout du bassin Bonsecours, regardant passer les navires sans les voir, grillant cigarette sur cigarette. Il remâchait sans cesse les mêmes idées, revoyait mentalement les mêmes images. Chaque fois, il se retrouvait dans la même impasse.

Le pire était arrivé, le supérieur avait mis fin à l'enquête. Il avait espéré obtenir certaines informations, mais Hinse avait été intraitable. Il aurait aimé savoir si les Sulpiciens avaient confié la suite de l'enquête au Touriste.

Il savait qu'il s'était mis dans de sales draps en ne disant pas au supérieur tout ce qu'il savait. Maintenant, il se demandait s'il avait vraiment pris la bonne décision. Et ce qui se serait passé si… S'il lui avait remis la grande enveloppe et le numéro où joindre Duclos, s'il lui avait révélé qu'il y avait encore des papiers au sous-sol chez l'Intendant… Tout aurait pu se terminer très vite, Duclos aurait pu être arrêté, les Sulpiciens auraient été satisfaits de récupérer leurs papiers…

Et monsieur Enjalran aurait continué de croupir à l'autre bout du monde. Et Camille, et l'Intendant…

Il n'avait rien dit. Pire, il avait refusé de signer quoi que ce soit. Il avait pris l'argent qui lui était dû pour la troisième semaine, mais refusé le reste. Le supérieur s'était montré indigné, mais Morel ne lui avait pas laissé le temps de réagir. Il était sorti sans claquer la porte.

Il rentra au bureau vers deux heures, à moitié ivre, écouta un peu de musique, ouvrit le sofa et s'endormit tout habillé.

Le lendemain, il pleuvait. Morel sortit avec son parapluie, acheta les journaux, passa une partie de la matinée dans un restaurant miteux rue McGill. Il rentra au bureau en faisant de grands détours dans les rues. Les rues étaient belles, désertes à cause du mauvais temps.

À la fin de la journée, il avait fait le ménage dans ses pensées. Sa décision était prise, son objectif était clair. Il restait à établir un plan d'action.

Il fallait commencer par le commencement. Et il n'y avait décidément plus aucune raison de ne pas commencer par cette grande enveloppe enrubannée qui dormait dans son coffre-fort.

Il alla chercher l'enveloppe, l'ouvrit avec précaution. Elle contenait une quinzaine de chemises cartonnées beiges à couverture robuste, scellées dans un papier mat transparent. Il en prit une au hasard, découpa le papier scellant. Il y trouva quelques feuillets. Il en prit un avec d'infinies précautions.

Le papier était jauni et rude au toucher, avec des rousseurs par endroits, les coins étaient écornés ; les bords, usés. À première vue, l'écriture paraissait incompréhensible, mais en y regardant bien, Morel arriva à lire un mot, puis un autre.

Après quelques minutes, il avait réussi à comprendre à peu près de quoi il s'agissait. C'était une lettre, en quatre pages. Il n'arrivait pas à déterminer qui pouvait être l'envoyeur ni le destinataire, mais il semblait clair que le deuxième était le supérieur hiérarchique du premier, à en juger par les multiples formules de déférence. Il avait réussi à lire la date : le 23 septembre 1698. Fasciné, il commença à déchiffrer le document, laborieusement, mot par mot, ligne par ligne.

Vers minuit trente, il prit son téléphone portable et composa le numéro. Comme prévu, il fut accueilli par un répondeur, mais il n'entendit qu'un bip, sans message d'accueil. Il laissa son message, raccrocha. Il revint à son bureau, ouvrit une deuxième chemise beige.

25 : Rondes de nuit

À neuf heures trente lundi matin, le téléphone sonna. Morel se réveilla en sursaut dès
la première sonnerie, répondit, la langue un
peu pâteuse. Il s'était encore endormi aux
petites heures du matin.

C'était sœur Blanche, la voix catastro-
phée. Monsieur Enjalran avait eu un malaise cardiaque la veille, là-bas au Japon, on avait
dû le conduire à l'hôpital. Elle venait de l'apprendre, elle n'en savait pas plus. Elle parla
très vite, puis se tut tout d'un coup, comme
honteuse. Il y eut un long silence embarrassant. Morel tenta maladroitement de la
rassurer, lui fit promettre de le tenir au courant.

Il sortit, acheta les journaux, passa une
heure à les feuilleter sans arriver à se concentrer. Il pensait à Enjalran. À midi, il se remit
au lit jusqu'à six heures.

Il passa la soirée à lire et à observer la rue,
à attendre que le téléphone sonne. La nuit
tomba et il n'alluma pas. On n'entendait
aucun bruit, sauf le bourdonnement du vieux
ventilateur au plafond et le craquement des

lattes du plancher quand Morel arpentait la pièce en étudiant son ombre sur les murs.

Cela sonna à dix heures. Morel tressaillit, respira un bon coup et répondit d'une voix neutre.

— Je ne vous dérange pas, monsieur Morel ?

C'était Camille.

Morel resta interdit, ne sachant trop s'il était déçu ou content. Il ne s'était pas attendu à cet appel, pas maintenant.

— Alors, je vous dérange ou pas ?

C'était bien elle. Morel reprit ses sens. Tout compte fait, il était heureux de lui parler. N'avait-il pas attendu ce moment depuis leur rencontre ? Mais pourquoi maintenant, pourquoi précisément *maintenant* ?

Elle était désolée pour l'autre soir.

— Alors comment ça se passe, votre enquête ? Vous l'avez retrouvé, votre monsieur… comment c'était déjà ?

— Duclos, Normand Duclos.

— Duclos, c'est ça, oui… Et l'autre ? Il n'y en avait pas un autre ?

— Cyrille Thibault.

— Voilà. Vous disiez que c'était un complice, ou peut-être le même gars… Vous les avez retrouvés ?

Morel prenait son temps pour répondre, laissait passer les secondes.

— Je ne les ai pas retrouvés. J'avais espéré que vous pourriez m'aider à le faire.

Il entendit un déclic, celui d'un briquet
qu'on actionne, puis le souffle de Camille qui
expulsait lentement la fumée d'une cigarette. Elle était dehors, peut-être dans une cabine publique. De temps à autre, il percevait
un bruit indistinct, des voix ou le vrombis-
sement lointain d'un moteur qui démarre. Il
se demanda si elle était dans la ville.

— Où êtes-vous ?

— Moi, je le connais, votre type.

Encore un silence, encore un bruit quelque
part derrière la voix de Camille, un grincement de métal, comme un train ou un gros
camion qui ralentit.

— Mais il ne s'appelle pas Normand
Duclos. Son nom… Pour moi, son nom c'est
Kakou. C'est comme ça qu'il s'est présenté à
moi.

— Vous parlez de l'homme sur la photo ?

— Je parle de l'homme sur la photo. Mais
il ne s'appelle pas Normand Duclos. C'est un
nom qu'il a peut-être utilisé, mais ce n'est pas
son nom. Thibault, c'est… Il disait que c'était
son ancien nom, le nom que les Blancs lui
avaient donné, mais son vrai nom, son nom
indien auquel il tient tant, c'est Kakou.

C'était à Rivière-à-l'Aigle, à la fin novembre, pendant la crise. Elle avait passé quelques
jours là pour le journal. En rentrant à l'hôtel

un soir, elle avait trouvé un message, une invitation à venir discuter. Quelqu'un qui proposait de lui expliquer les vrais enjeux de la crise, de lui apprendre la vérité sur la situation à Rivière-à-l'Aigle. Elle avait rendez-vous le soir même. C'était signé « Kakou ». Elle avait souri en voyant ce nom. Kakou l'Indien.

Elle s'était rendue au rendez-vous. Ils avaient parlé pendant des heures. Il était indien, il en était fier, Kakou. Il parlait bien, avec un drôle d'accent, mais bien. Il lui avait fait une forte impression. Ils s'étaient revus le lendemain à la même heure, à un autre endroit. En repartant pour Montréal, elle lui avait laissé sa carte.

— De quoi avait-il l'air ?

— Qu'est-ce que vous voulez dire, de quoi il avait l'air ?

— Est-ce qu'il avait l'air de l'homme sur la photo ?

C'était maintenant au tour de Camille de tarder à répondre.

— Non. Pas à ce moment-là.

Un long coup de klaxon assourdissant, plus près cette fois. Morel attendait. Dehors, il commençait encore à pleuvoir. Il eut envie de demander s'il pleuvait, là où elle était.

— Vous n'avez pas répondu à ma question. Vous en êtes où dans votre enquête ?

— Pour l'instant, dans une impasse, mentit Morel. Mais ça pourrait changer bientôt, si on m'aide.

— Je ne l'ai pas vu depuis trois mois.

— Depuis… avril ? Disons, autour du 12 ?

Silence. Morel regretta un peu ce qu'il venait de dire, pourquoi la provoquer ? Dans la pénombre, il attendait en fixant le bout incandescent de sa cigarette, l'agitait un peu, faisait des enroulements de lumière orange.

— C'est vraiment une obsession chez vous, les dates, n'est-ce pas ? Je ne voudrais pas voir votre agenda.

Elle avait pris un ton mécontent. Morel crut qu'elle allait raccrocher. Mais au bout d'un moment, elle reprit son histoire là où elle l'avait laissée, comme si de rien n'était. Quelques semaines après son retour à Montréal, Kakou l'avait appelée au journal. Il lui avait donné rendez-vous dans un café. Ils s'étaient revus ce soir-là, et encore la semaine suivante. Et encore ensuite. Ils s'étaient fréquentés pendant quelques mois.

Elle parla du journal. Sa joie, au début, quand on avait commencé à accepter ses articles. Son travail acharné pour se faire remarquer. Elle n'aimait pas le travail de traductrice, elle rêvait de faire du journalisme. Du journalisme d'enquête. Elle avait demandé de couvrir l'affaire Rivière-à-l'Aigle – « dont personne ne voulait au journal…» –, on avait accepté, elle avait cru que le vent avait enfin tourné, qu'on allait vraiment lui donner sa chance. Elle tenait peut-être un vrai sujet, un vrai dossier… Elle s'était documentée. Depuis un an et demi qu'elle courait les chiens écrasés pour ce journal… Elle avait plongé dans les archives du journal, extrait tout ce qu'il y avait sur Rivière-à-l'Aigle.

D'ailleurs, à partir de janvier, Kakou l'avait encouragée à préparer un véritable dossier sur l'affaire Rivière-à-l'Aigle. Il semblait tout savoir sur l'histoire de ce village. Il disait qu'il y avait vécu tout jeune.

Elle et lui se voyaient de façon intermittente, jamais plus d'un jour ou deux à la fois. Ce n'était pas une relation de tout repos. Il lui donnait des rendez-vous aux endroits et aux heures les plus impossibles, ne se présentait qu'une fois sur deux. Ou bien il débarquait chez elle sans crier gare. Avec ça, sa hantise du secret, ses angoisses obsessionnelles, ses fameux fantômes dont il refusait de parler.

Il avait toujours un petit service à lui demander. Un numéro de téléphone, une adresse, un nom. Au journal, elle était bien placée pour obtenir toutes sortes d'informations.

Un jour, elle était entrée dans le bureau de son patron et elle avait présenté son projet de dossier sur Rivière-à-l'Aigle. C'était là que les choses avaient commencé à mal tourner pour elle. Le patron n'avait pas aimé. La crise, si on pouvait parler de crise, n'était déjà plus d'actualité. Le sujet n'intéresserait personne. Et surtout, la façon dont elle présentait son projet lui paraissait trop biaisée, trop partiale. Elle l'avait mal pris, elle s'était un peu emportée. Très vite, elle s'était retrouvée en situation d'affrontement avec son employeur.

Elle reçut un premier avertissement. On la relégua aux faits divers. Son tempérament combatif et intense la desservait. L'influence de son amant n'aidait pas, il la poussait toujours à aller un peu plus loin. En avril, elle reçut un deuxième avertissement, plus sévère. Un peu ridicule aussi.

— Ils ont dit que même dans le fait divers, j'étais trop émotive. Ils ont parlé d'un billet de vingt lignes que j'avais écrit sur les pigeons du centre-ville. Vous vous rendez compte, Camille, la passionaria des pigeons !

En mai, elle ne travaillait presque plus. Le rêve était devenu un cauchemar. Kakou n'avait pas donné de ses nouvelles depuis un mois. Le 1er juin, elle était congédiée.

— Quand ils m'ont mise à la porte, c'est vrai, j'ai un peu disjoncté. Il y avait de quoi. Mais je m'en suis remise. Ou plutôt je commençais à m'en remettre, quand ces deux tarés de flics sont venus cogner à ma porte… Vous voulez la date, monsieur Morel ? Je vous laisse faire le calcul. C'était environ deux semaines après mon congédiement. Juste quelques jours avant votre message téléphonique.

Il était passé une heure de l'après-midi quand Morel s'éveilla le lendemain. Il se doucha, s'habilla et sortit.

La rue Saint-Jacques était une véritable fournaise. Il descendit jusqu'aux quais, pour profiter de la fraîcheur. Il passa une heure sur la place d'Youville, assis sur un banc à l'ombre d'un arbre, à lire les jounaux et à observer les gens. Malgré la chaleur, certains lieux, toujours les mêmes, étaient occupés en permanence par les touristes et les flâneurs.

Il remonta au bureau vers quinze heure. Il n'avait pas faim. Il sortit son cahier de réflexion, ajouta quelques lignes, quelques renvois, souligna quelques mots.

À en croire Camille, Duclos était bien Thibault et vice versa. Morel voulait bien la croire, mais ce n'était pas si simple, ce n'était plus si simple depuis le voyage à Roberval. D'accord pour les différences d'apparence entre les deux photos qu'il avait devant lui sur son bureau. Il existait bien des façons de changer son apparence physique. Mais de quel Cyrille parlait-elle ?

L'autre question, qui n'était pas non plus insignifiante, était de savoir si Camille et Thibault-Duclos n'étaient pas complices. Où était

Camille ? Pourquoi l'avait-elle appelé à ce moment précis ? L'avait-elle fait à la demande de Duclos ? Était-il à ses côtés pendant qu'elle lui parlait ?

Camille, complice ou victime ? Où voulait-elle en venir, pourquoi l'avait-elle appelé ? Simple besoin de se confier ? Elle semblait sincère. Duclos l'avait séduite comme il avait séduit les autres. Il avait seulement pris des moyens différents dans son cas. Mais qu'attendait-il d'elle exactement ? Cet homme avait un but, il ne faisait rien gratuitement.

L'histoire qu'elle avait racontée recoupait les propos du Touriste. Camille était dans leurs dossiers depuis l'automne, depuis qu'elle avait été vue en compagnie de Thibault à Rivière-à-l'Aigle. Un nom parmi d'autres, au début ils n'avaient aucune raison de lui prêter une attention particulière. À partir du 16 mars, quand Thibault avait fait l'erreur d'être surpris à voler un document à Ottawa, ils avaient enfin une raison pour l'arrêter. Mais il fallait d'abord le retrouver. Ils s'étaient mis à sa recherche de façon plus active, ils avaient intensifié la surveillance, mis certaines lignes sur écoute. Dont celle de Camille. Le 12 avril, Duclos avait commis l'erreur d'appeler Enjalran de chez elle. Erreur pardonnable, au fond – quelles raisons Duclos aurait-il eu de se méfier à ce moment ? Ça se tenait. Ça n'expliquait pas tout, mais ça se tenait.

Le cycle des jours et des nuits s'était complètement inversé. Morel se levait en fin d'après-midi, flânait un peu dans le quartier, rentrait en début de soirée. Il passait la nuit à lire et à arpenter la pièce en attendant que le téléphone sonne. Il prenait quelques verres en écoutant la radio, mettait parfois un vieux disque, rarement pour plus d'une pièce. Duclos n'appelait pas.

Les aubes étaient assez mornes. Aux premières lueurs, il sortait prendre l'air. Il errait dans les petites rues désertes, traînait sur des places abandonnées. Parfois il s'arrêtait un instant sans savoir pourquoi. Une odeur, un son, un souvenir, quelque chose qui le retenait. Il haussait les sourcils et poursuivait son chemin avec une moue.

Le dossier de Duclos comprenait au total une bonne soixantaine de documents. Des manuscrits d'une lecture fastidieuse, d'autant plus qu'ils se ressemblaient tous. Ce fut pendant la nuit de mercredi que Morel finit par trouver celui qu'il cherchait.

Daniel de Rémy &[ca]
Claude de Boutroue &[ca]
Sur la Req[te] *a nous pntée par les Ecclésiastiques de l'ordre des Cordeliers désirant establir une mission a l'endroit denommé Lac-aux-Herbes*

414

du costé nord du fleuve St Laurent a environ seize
lieues en deca de Montréal laquelle mission seroit
avantageuse non seulement pour la conversion
des sauvages lesquels se trouvant plus éloignés
de la ville seroient aussy hors des occasions de
tomber dans lhyvresse, mais aussy à la Colonie
qui par ce moyen se trouveroit a couvert des
incurssions des Hiroquois, en temps de guerre
nous supliant de leur accorder pour lad. Mission
un terrain de trois lieues de front a commencer
au ruisseau qui tombe dans la grande Baye avant
la riviere dite a l'Aigle et en remontant le long
dud. fleuve St Laurent sur six lieues de profondeur a titre de fief haute moyhenne et Basse justice avec droit de pesche et de chasse tant au dedans
de lad. Terre que sur led. Lac et fleuve St Laurent
aux offres qu'ils font de faire toutte la depense dy
faire Bastir de pierre l'Eglise et le fort dans le Lieu
ou sera transporté lad. Mission a quoy ayant
Egard.

Nous en vertu du pouvoir a nous conjoinc-
tem. Donné par sa maj.^{té} avons donné et concédé donnons et Concedons par ces pntes aux d.S.^{rs}
les Eclésiastiques de l'ordre des Cordeliers esta-
blis a La Rochelle, un terrain de trois lieues de
front a commencée au Ruisseau qui tombe dans
la grande Baye avant la riviere dite a l'Aigle et
en remontant le long dud. fleuve St Laurent sur
six lieues de profondeur pour en jouir a perpétuité
par lesd. Srs Eclésiastiques leurs Successeurs et
ayant cause, quant même lad. Mission en seroit

ostée en pleine propriétté a titre de fief et seigneurie avec droit de haute moyenne et basse justice droit de chasse et pesche tant au dedant qu'au devant de lad. Mission sur led. lac et fleuve St Laurent a condition qu'ils feronts à leurs depens toutte la depense necessaire dy faire Bastir a leurs depens une Eglise, et un fort de pierre pour La Seureté des Sauvages suivant les plancs qui nous en seront par eux remis incessament pour être par nous...

Le texte continuait sur le même ton sur une autre longue page. C'était signé Courcelle et De Boutroue, respectivement gouverneur et intendant de la Nouvelle-France, le huitième jour de septembre mille six cent soixante-neuf.

Morel était fatigué, il avait du mal à se concentrer. Ces phrases interminables et répétitives. Il lui avait fallu relire plusieurs fois certaines parties. Mais il n'y avait aucun doute. Le fameux passage était bien là. Et bien clair. Tout tenait en quelques mots.

... quant même lad. Mission en seroit ostée.

Camille rappela le jeudi, vers minuit. Il y avait encore deux ou trois choses qu'elle voulait ajouter, au cas où.

— Au cas où? fit Morel.

— Au cas où ça pourrait vous intéresser, au cas où ça pourrait être utile, vous voulez m'écouter oui ou non ?

— Bien sûr, Camille, bien sûr. Je vous écoute.

— Bon. Kakou, il faut que vous sachiez que… c'est difficile à expliquer, mais… Bon, je vous ai dit que je ne l'avais pas vu depuis des mois, c'est vrai, mais… Je lui ai parlé, il m'a téléphoné. Pas chez moi. C'était un peu plus d'un mois après… après notre rupture. Juste avant qu'on me mette à la porte au journal. Quand j'ai entendu sa voix, j'ai hurlé, je lui ai crié des choses… Il n'a rien dit, il a attendu. J'ai fini par me calmer, par épuisement, je n'avais tout simplement pas assez d'énergie pour continuer à l'engueuler. J'ai pleuré. Finalement je lui ai demandé pourquoi il m'appelait.

C'est à ce moment que j'ai commencé à me rendre compte qu'il était lui-même au fond du désespoir. Je ne l'avais jamais entendu parler comme ça. C'était comme si… tout son univers venait de s'écrouler.

Il a dit qu'il avait contacté Armand Brassard, vous savez, l'anthropologue. Il lui avait offert de lui remettre des documents. Bon, vous devez être au courant, il avait des papiers sur cette seigneurie… Il se sentait traqué, il a dit que la police et le service de renseignement étaient après lui, il ne pouvait plus garder ces papiers, il ne savait plus quoi faire. Il avait de toute façon l'intention de les offrir à Brassard, ces papiers, il m'en avait déjà parlé. Alors il a joint Brassard, mais l'autre a refusé.

Si vous l'aviez entendu, il était si désespéré. Il a dit qu'il n'avait plus aucune raison de vivre. Et c'est là qu'il m'a demandé… qu'il a *osé* me demander, à moi, de prendre ces papiers et de les garder pendant un certain temps. J'ai cru que ma tête allait éclater et l'univers avec. Je lui ai lancé toutes les injures imaginables, qu'il n'avait pas de cœur, pas d'âme, que je ne lui souhaitais pas d'aller en enfer parce que moi j'y étais déjà, à cause de lui.

Il n'a rien dit, il n'a pas essayé de se défendre. D'habitude c'est impossible de l'attaquer, il réplique tout de suite. Mais là… ce n'était plus le même homme. Il s'est même excusé, vous vous rendez compte ? Il m'a demandé pardon, il a fait ça. Alors je vous dis, faites attention, monsieur Morel, faites bien attention.

Le lendemain, Morel se leva au milieu de l'après-midi. Il téléphona à sœur Blanche pour prendre des nouvelles d'Enjalran. Il fut soulagé d'apprendre que son ami allait mieux, il n'était resté à l'hôpital que quelques heures.

Il arracha une page du calendrier et éprouva une désagréable sensation quand il se rendit compte qu'on était vendredi. Duclos n'avait pas appelé. Peut-être n'avait-il pas eu son message. Peut-être ne répondrait-il jamais. Peut-être que Camille était vraiment sa complice, qu'elle appelait pour lui. De toute façon, il n'arrivait à rien. Il comprenait de plus en plus de choses, mais il n'arrivait à rien.

Le frigo était vide, ses vêtement étaient sales. Il décida qu'une petite visite à la maison ne lui ferait pas de mal. Le bureau était dans un état désolant, mais il n'avait pas envie de s'y mettre. Ce désordre pourrait bien régner encore un jour ou deux. Il se rasa, s'habilla, entassa le linge sale dans une valise et appela un taxi. Il prit une des chemises beiges dans sa mallette. Les autres restaient à l'abri dans le coffre-fort. Avant de partir il programma le téléphone pour diriger les appels vers la maison.

C'était la première fois depuis plus d'une semaine qu'il mettait les pieds dans son appartement. Les lieux étaient tels qu'il les avait laissés. Il ouvrit toutes grandes les fenêtres du salon, puis celles à l'arrière, et la porte aussi, pour bien aérer. Il mit le linge au lavage, sortit acheter les journaux.

Vers neuf heures, il s'allongea sur une chaise longue sur le balcon arrière, humant l'air du soir, un peu plus frais ici. Pendant quelques instants, il ne pensa à rien, un rare moment de répit. Le soleil était en train de disparaître derrière la ligne des toits. C'était l'heure où les bruits de la ville se fondent en une rumeur

informe ponctuée de temps à autre d'un cri
ou d'un coup de klaxon intempestif. De la
ruelle, on entendait parfois les geignements
sourds de deux matous qui s'affrontaient pour
une question de droit de propriété.

Le téléphone sonna vers quatre heures
du matin, au moment où il se préparait à se
mettre au lit. Il alla répondre, prêt pour un
autre tête-à-tête nocturne avec Camille.

Mais ce n'était pas la voix de Camille. Un
peu ahuri, Morel n'entendit d'abord qu'un
silence à peine troublé par un petit grésillement, puis un bip, et le son de sa propre voix.
C'était l'enregistrement du message qu'il
avait laissé à Duclos. Il y eut un autre bip.

— Je vous écoute, monsieur Morel.

La voix était lente et égale, fatiguée.

Morel avait préparé sa réponse depuis
longtemps, mais cette introduction le prit de
court. Il laissa lui aussi passer les secondes
avant de réagir.

— Les papiers que vous avez confiés à
monsieur Enjalran… C'est moi qui les ai
maintenant.

Il sortit la chemise beige de sa mallette,
lut une première ligne, puis une deuxième.
Duclos restait silencieux.

— Je les ai tous. Rappelez-moi demain si
vous voulez et je vous en lis d'autres. Je vous
les lis tous si vous voulez.

Un long, très long silence. Duclos n'était pas pressé.

— Et bien sûr, vous avez une proposition à me faire.

Le taxi qui ramenait Morel au bureau filait à travers des rues désertes et, sur la banquette arrière, l'homme jubilait. Quelque part à l'intérieur de lui, une voix avait commencé à crier victoire. Il avait enfin réussi à contacter Duclos, il venait de lui parler. Il avait ce qu'il fallait pour l'attirer. Il ne restait plus qu'à tendre le filet et à le capturer.

En même temps, dans un autre coin de son esprit, une autre voix, plus réaliste, le ramenait sur terre. Oui, il était peut-être près du but, plus près que jamais, en théorie ça pouvait marcher. Mais il ne fallait pas commettre l'erreur de sous-estimer Duclos. Il ne fallait pas oublier à qui il avait affaire.

Le taxi le déposa au coin de Saint-Jacques. Comme toujours à cette heure, les portes tournantes étaient fermées. Morel passa par l'entrée de la rue Saint-Pierre. Il gravit lentement l'escalier avec sa valise remplie de linge propre, un sourire tenace accroché aux lèvres. Malgré tous ses efforts, il n'arrivait pas à réprimer entièrement cette sensation intérieure grisante, ce pressentiment imbécile que l'heure du triomphe approche.

Le lendemain, il se leva plus tôt qu'à l'habitude et sortit marcher. Il fit un peu d'observation de bâtiments, pour chasser la nervosité.

Le récurage du vieux quartier se poursuivait allègrement. Partout on dépoussiérait, on réhabilitait, on requinquait. Après toutes ces années d'abandon, une après l'autre, les vieilles coquilles reprenaient du service.

Rue Saint-Jean, des échafaudages avaient surgi sur toute la façade d'une ancienne banque. Le bâtiment entreprendrait bientôt une nouvelle vie comme hôtel de luxe – dans les journaux, on disait « hôtel de charme ». Idem pour l'ancien immeuble d'une compagnie d'assurance écossaise, sur la place d'Armes. Rue Sainte-Hélène, un élégant petit édifice à l'angle arrondi allait devenir un hôtel privé. Morel n'était pas entièrement contre.

L'édifice voisin du 275, une ancienne banque, venait d'être vendu et allait lui aussi être transformé en hôtel de charme. Un hôtel… Après tout, pourquoi pas. C'était toujours plus honorable qu'une banque.

Duclos rappela encore au milieu de la nuit. Morel lui lut un autre bout de document. L'autre écouta sans l'interrompre. Il eut un bref ricanement quand Morel mentionna la découverte de sa cachette dans les sous-sols de l'Intendant. Monsieur Morel n'allait tout de même pas croire qu'il avait laissé là quoi que ce soit d'important…

Morel parla du mémoire de Louise Donaldson. Bien sûr, le mémoire. Un bon travail, Duclos l'avait lu avec un certain intérêt. Mais bien plus intéressant était cet article signé par la même femme dans une revue d'histoire. C'était cet article, trouvé presque par hasard avant même qu'il entre à l'université, qui avait tout déclenché. Elle y exposait sa théorie sur ce qui avait pu advenir des archives des pères Cordeliers après leur disparition d'Amérique. Morel le laissa raconter ce qu'il savait déjà. L'historienne en venait à la conclusion que les archives des Cordeliers avaient dû se retrouver au couvent des Récollets de Montréal, « après 1772 ». Mais elle s'arrêtait là. Duclos avait été frustré.

Que s'était-il passé après 1772? Le raisonnement de Louise Donaldson paraissait juste, il s'agissait de poursuivre dans le même sens. Qu'était-il advenu du couvent par la suite ? Il s'était plongé dans les livres d'histoire, il avait passé de longues heures dans les bibliothèques. Il avait facilement découvert la suite d'événements qui avaient conduit à la démolition du couvent, en 1867. Dans l'intervalle, l'ancien monastère avait connu différentes vocations, tour à tour utilisé comme orphelinat, puis comme école pour

les Irlandais. Et les archives des Cordeliers ?
Il ne paraissait pas concevable qu'elles se
soient encore trouvées là au moment de la
démolition. Alors, où étaient-elles ?

Après quelques semaines de recherche,
il était découragé. Tout cela ne menait à rien.
C'est alors qu'il avait entrepris de fouiller
dans les archives. Pendant des mois, il avait
frappé à la porte de tous les centres d'archives
de la région. Certains sont ouverts à tous, il
y avait passé des semaines entières. Mais
d'autres centres sont privés, surtout les
archives des communautés religieuses, les
plus intéressantes pour lui. Là, il s'était heurté à des refus.

Il avait essayé tous les moyens, il avait
écrit, téléphoné, il s'était rendu sur place pour
insister. Il n'avait pas réussi à obtenir l'accès
aux documents, mais ces déplacements
n'avaient pas été inutiles. Il avait pu parler à
des archivistes.

— Louise Donaldson a eu beaucoup d'in-
tuition en supposant que les Cordeliers ne
pouvaient que se tourner vers une communauté religieuse d'hommes. Malheureusement, peut-être par déformation professionnelle, elle s'est peut-être trop attardée aux
détails de l'histoire. Il ne faut pas non plus
négliger les évidences.

Les évidences, c'étaient la présence du
conquérant et la méfiance sourde qu'il ins-

pirait aux religieux français. À part les Cordeliers, en Nouvelle-France à cette époque, il y avait trois communautés d'hommes : les Jésuites, les Récollets et les Sulpiciens. Or, dès le début, l'Anglais s'était installé chez les Récollets aussi bien que chez les Jésuites. Les Récollets ? Avant même que les troupes anglaises pénètrent dans Montréal, le 8 septembre 1760, l'intendant Bigot avait fait aménager des chambres à leur couvent « pour les officiers anglois ». Pendant vingt ans, les Récollets avaient été forcés de partager leur église avec les anglicans, puis avec les presbytériens. Il était inimaginable que les Cordeliers aient envisagé de laisser leurs papiers dans cette bergerie où les loups circulaient librement. Quant aux Jésuites, qu'on pense à la série ininterrompue de malheurs qui se sont abattus sur eux à la même époque, en Europe comme au Canada. Peu après la Conquête, une partie de leurs terrains à Montréal était vendue ; en 1764, l'ordre des Jésuites était officiellement supprimé en France ; en 1773, leur résidence à Montréal était transformée en prison, on y avait installé les tribunaux judiciaires ; la même année, le pape supprimait l'ordre dans le monde entier…

Seuls les Sulpiciens étaient arrivés à manœuvrer assez habilement pour survivre dans cette tempête. Ils avaient fait des concessions. En 1764, tous les liens avec le séminaire de Paris avaient été officiellement coupés et les Messieurs de la compagnie de Saint-Sulpice à Montréal étaient devenus sujets britanniques. Les choses avaient été loin d'être faciles, mais ils avaient survécu. Duclos avait tout étudié, tout considéré, tout analysé, et il en était arrivé à une conclusion. Pour les Cordeliers, le séminaire était la seule option possible. C'était en parlant avec un vieil archiviste qu'il avait appris qu'il existait dans les voûtes du vieux séminaire des caisses et des caisses de documents non dépouillés. Il n'avait pas hésité.

Duclos fut encore plus loquace la nuit de dimanche. Il se mit à parler de Normand Duclos comme s'il s'agissait d'une autre personne. Il fallut un moment à Morel pour comprendre que c'était maintenant « Cyrille Thibault » qui parlait.

Thibault qui se mettait à raconter comment il avait fait la connaissance de Normand Duclos en 1984. C'était au début de l'été, les deux jeunes hommes s'étaient engagés sur une ferme quelque part dans la vallée du Richelieu. Ils étaient tout de suite devenus amis. À cette époque, Thibault n'avait pas encore définitivement rompu avec le monde des Blancs, même s'il se considérait déjà comme un traditionaliste.

D'ailleurs, Normand Duclos n'était pas un Blanc comme les autres. Tout de suite, il avait été fasciné par tout ce que Cyrille lui racontait sur le monde amérindien. Les valeurs traditionnelles, la spiritualité, la médecine des autochtones. Il buvait ses paroles. Il en vint rapidement à lui vouer une grande admiration, en toutes choses. Il voulait devenir indien. Il le considérait comme son grand frère. Comme lui, Cyrille n'avait jamais connu son père, il avait été élevé par des étrangers. Mais Cyrille avait quelque chose que lui n'avait pas : la conscience d'appartenir à un groupe, un sentiment d'identité naissant, un but.

Morel écoutait, fasciné. La voix était la même, mais c'était quelqu'un d'autre qui parlait. L'accent, les expressions, les intonations, tout était différent quand c'était Thibault qui parlait. Il semblait même *penser* différemment. Une métamorphose.

À l'automne, les deux amis avaient dû se séparer à contrecœur. Duclos avait beaucoup insisté pour avoir une adresse ou un numéro, mais l'autre avait catégoriquement refusé. Personne ne devait savoir où il allait, à cause de ses parents adoptifs qui étaient toujours à sa recherche. Mais en janvier, il serait majeur et à partir de ce moment, il n'aurait plus à se cacher.

Au début de l'été suivant, Duclos était retourné à la ferme, dans l'espoir de retrouver son ami, mais l'autre n'y était pas. Il était parti à sa recherche, il était venu dans cette réserve dont Cyrille avait souvent parlé, Mashteuiatsh. Il l'avait retrouvé là.

On était en juin. Neuf mois seulement avaient passé, mais Cyrille avait beaucoup changé. Il avait passé plusieurs mois quelque part dans l'Ouest, à un endroit où certains se rendaient pour recevoir un enseignement traditionnel. Il en était revenu transformé. Il rayonnait d'intensité. Une force intérieure émanait de lui. Il ne parlait que de la nécessité de renouer avec la tradition sous toutes ses formes, d'affirmer fièrement son identité. Il répétait que la tradition était une source d'enseignement inépuisable sur tous les aspects de la vie, qu'elle contenait les réponses à toutes les questions. Cyrille allait consacrer toute son énergie à aider son peuple, il débordait d'idées, de projets.

Son attitude par rapport aux Blancs avait changé aussi. Les Blancs étaient responsables de beaucoup de malheurs dans l'Ile de la Tortue, le continent de l'homme rouge. Ils ne comprenaient pas la nécessité du partage. Ils ne comprenaient pas que la nature était parfaite, que la terre était sacrée et que l'homme appartenait à la terre. Ils ne comprenaient rien, ne respectaient rien, ils étaient en train de tout détruire. Ce n'était pas la première fois qu'une telle chose se produisait. La tradition révélait que dans le passé, déjà trois mondes avaient disparu de notre planète, à cause de la technologie qui menait à la folie meurtrière. Aujourd'hui, les Blancs ne faisaient que répéter la même erreur. Les Blancs formaient une société d'égarés et avaient besoin d'aide, et seuls les Indiens pouvaient les aider à survivre sur ce continent.

Duclos écoutait son ami avec une ferveur redoublée. Plus que jamais, il voulait devenir indien. Il voulait échanger son sang avec Cyrille, pour qu'ils deviennent de vrais frères.

Quand Duclos eut raccroché, Morel resta de longues minutes immobile, le regard fixe, un peu éberlué. Depuis que Camille lui avait confirmé que Duclos et Thibault étaient une seule et même personne, il avait plus ou moins supposé que Duclos s'était forgé une seconde identité pour mieux arriver à ses fins, un autre de ses stratagèmes. Il venait, pour la première fois, d'avoir affaire à la seconde identité, Thibault. Mais voilà, c'était une chose de jouer la comédie, avec talent dans le cas de Duclos, pour arriver à ses fins, consciemment et en toute lucidité, c'en était une autre quand le comédien se prenait réellement pour l'autre. Duclos, un cas de dédoublement de la personnalité ? Morel éprouvait un profond malaise. Ce qui lui paraissait vraiment inquiétant, c'était qu'une des deux personnalités parle de l'autre, comme Duclos venait de le faire. Morel s'était intéressé à ce phénomène à une certaine époque, et il se rappelait qu'il arrivait effectivement que, dans un cas de personnalité double ou multiple, un des « personnages » soit conscient de l'existence de l'autre. Sans qu'il puisse expliquer pourquoi, ces cas lui avaient toujours paru effrayants.

Le lendemain à l'aube, une brume épaisse provenant du fleuve avait envahi le vieux quartier. Quand Morel sortit, on voyait à peine à quelques mètres devant soi.

Les rues offraient un décor hallucinant. Partout les lumières des réverbères étaient entourées d'un halo blême. Place d'Armes, les arches du portail de la basilique étaient à demi voilées par la brume, les deux tours carrées semblaient se dissoudre dans un ciel d'ouate. À côté, le vieux séminaire était presque complètement masqué par les vapeurs grises. Rue de la Commune, là où s'étaient dressées jadis les fortifications de la ville, les pierres grises des vieilles façades marchandes semblaient se confondre en une muraille lisse et suintante. Place d'Youville, la tour du musée surgissait du sol comme une longue pierre tombale.

Le soleil se levait, mais la lumière n'arrivait pas à percer la nappe épaisse qui obscurcissait le quartier. Partout les vieux murs se dressaient comme des formes spectrales parcourues par des fumées de cendre sorties de la terre. Les oiseaux restaient accrochés aux corniches et piaillaient en sourdine.

— Le dossier de la seigneurie contre les lettres du séminaire. C'est à prendre ou à laisser, monsieur Duclos.

Il était quatre heures du matin, Morel était appuyé à une fenêtre et observait le spectacle tranquille de la rue. Comme à son habitude, Duclos ne répondit pas tout de suite. Il avait toujours besoin d'un moment de silence.

Duclos se taisait. Morel se dit que la conversation était terminée, l'autre mettait toujours fin à ses histoires abruptement et raccrochait sans un mot. Mais pas encore. Duclos avait quelque chose à ajouter. Un rendez-vous. Demain mercredi, à quatorze heures. Au bout du quai de l'Horloge, derrière la tour. Soyez là avec le dossier.

Le lendemain à treize heures trente, par une pluie battante, Morel descendit d'un taxi devant le bâtiment désaffecté de l'ancien poste de police du port, à l'entrée du quai de l'Horloge. Il portait son imperméable mastic d'enquêteur, et rien sur la tête. Il avait son parapluie à la main, mais le gardait fermé, le vent était trop violent. Les documents étaient sous son veston, scellés et solidement attachés.

La tour de l'Horloge se trouvait à l'extrémité d'une jetée raccordée au dernier quai, du côté est. Morel aperçut sa silhouette à environ un demi-kilomètre devant, carrée et blanche, dressée sur le fond gris et rugueux d'un ciel en colère, comme un phare en pleine tempête.

Il suivit le quai jusqu'à la promenade. Quand il arriva au bord du fleuve, le vent mêlé de pluie lui fouetta le visage avec une violence telle qu'il dut se protéger les yeux et s'agripper à la rambarde pour avancer. Arrivé au pied de la tour, il se réfugia dans un renfoncement du mur est, non loin de l'extrémité de la jetée. L'endroit n'était guère confortable, mais au moins on y était un peu à l'abri.

Un peu après quatorze heures, l'orage se calma. Les goélands réapparurent au-dessus des eaux grises. Morel attendit jusqu'à quatorze heures trente. Il ne vit personne.

— Vous ne savez pas, monsieur Morel, que l'embouchure de la rivière à l'Aigle a été pendant des siècles un lieu de rassemblement pour les Indiens de la région ? Vous croyez que les Cordeliers ont choisi cet endroit par hasard ?

Duclos était redevenu Duclos et il avait apparemment repris ses esprits. Mais il était en colère. Pour la première fois depuis le début de leurs joutes téléphoniques, il ne contenait pas tout à fait son émotion. Il parlait depuis plus d'une heure, un véritable exposé. Il avait commencé par la conception indienne de la justice, la justice de l'homme rouge qui mettait l'accent sur la réparation des torts plutôt que sur la punition du coupable. Il avait décrit en détail la pratique ancienne de la résurrection d'un défunt, qui consistait à lui choisir un remplaçant et à lui donner le nom et les fonctions du mort. Maintenant, il en était à l'histoire précolombienne, à la présence indienne dans la région de Rivière-à-l'Aigle, qui était cent fois plus ancienne que celle de la seigneurie.

Et brusquement, il ne dit plus rien. Morel entendit sa respiration un peu précipitée, se demanda s'il n'allait pas se remettre à divaguer encore une fois. Mais la voix avait retrouvé son calme quand elle revint.

— Samedi, seize heures. Au même endroit. Soyez là avec le dossier.

26 : Le danseur au visage peint

À quinze heures, Morel descendit la rue Saint-Pierre jusqu'aux quais.

Le samedi 21 juillet était le jour de l'inauguration des fêtes de la Grande Paix de Montréal de 1701, l'événement dont Enjalran avait parlé avec tant d'enthousiasme. Les festivités dureraient jusqu'au 7 août. Comme l'avait souligné l'archiviste, le choix des dates n'avait rien d'arbitraire : la conférence de 1701 s'était déroulée du 21 juillet au 7 août. La cérémonie d'ouverture avait eu lieu à midi sur l'îlot Bonsecours, dans le vieux port, et des activités étaient prévues jusqu'au soir.

Les documents étaient sous sa chemise, bien serrés dans son dos, retenus par une gaine qui lui étranglait la taille. Il s'arrêta quelques instants devant le quai des Convoyeurs, accoudé à la rambarde, comme il aimait le faire. Le temps était très humide, mais ici la proximité du fleuve allégeait un peu l'air. Au loin, au-dessus des anciens hangars, on apercevait le clocheton de la tour de l'Horloge.

Il y avait foule au vieux port. Pour la plupart, ces gens étaient là pour se divertir, et non pour célébrer un événement historique dont ils ignoraient tout et dont ils n'avaient que faire. Morel s'avoua que n'eût été des événements récents, lui-même n'y aurait peut-être guère prêté attention non plus.

Il se mit à longer les quais. Comme toujours, la promenade fourmillait d'usagers peu compatibles les uns avec les autres, qui sur roulettes, qui sur vélo, qui à pied, tous en compétition pour le même ruban d'asphalte. Ici, le flot des promeneurs était encore plus dense qu'ailleurs, un coude à coude anarchique, propice aux accrochages. Il fallait sans cesse se surveiller et zigzaguer. Morel évita de justesse une jeune néophyte du roller qui, incapable de maîtriser ses élans, se retrouva littéralement dans les bras d'un touriste-piéton, sous le regard amusé de l'épouse.

Arrivé au quai Jacques-Cartier, il vit une banderole qui signalait discrètement l'entrée du site. Deux jeunes Amérindiens en costume traditionnel se trouvaient là. Vêtue d'une robe à franges ornée de broderies, une jeune fille offrait un dépliant, invitait les passants à entrer, à participer à l'événement. À ses côtés, un jeune homme faisait des mimiques pour amuser les enfants et les attirer avec leurs parents. Morel prit un dépliant, se dirigea vers la passerelle qui donnait accès à l'îlot.

Quelques centaines de personnes se trouvaient là. L'endroit avait été sommairement aménagé, on avait disposé des gradins autour d'une sorte de place centrale, il y avait des vendeurs de sandwichs et de bière, et les inévitables kiosques d'artisanat. Un peu plus loin derrière les gradins, on avait dressé des tentes de différentes tailles.

Des gens dansaient au milieu de la place centrale au rythme des coups de tambour et du chant d'un groupe de jeunes hommes, un air aux accents mélancoliques et guerriers. Les musiciens étaient assis en cercle autour d'un grand tambour à l'intérieur d'un abri de toile qui les protégeait du soleil. Morel se posta près d'eux, à l'ombre, et observa un moment les danseurs.

Ils étaient une centaine. Certains portaient des vêtements ordinaires, d'autres étaient vêtus sobrement à l'indienne, portant des mocassins, des vêtements de peaux ou d'étoffe ornés de motifs brodés ou piqués, des parures aux cheveux. Quelques-uns arboraient des costumes tout à fait extraordinaires, des robes ornées de longues franges, de broderies de perles et de plusieurs rangées de lanières aux couleurs vives avec de nombreux bijoux, colliers et bracelets, divers ornements de plumes, des jambières. Quelques-uns avaient le visage ou même le corps peint de rouge, de bleu ou d'autres couleurs, et la tête ou une partie de la tête rasée, ou une crête à la mohawk. Tous dansaient en cercle au rythme du tambour et des chants en faisant des sauts et en pivotant sur eux-mêmes, certains mimant l'allure et le mouvement d'un animal.

Morel examina la foule qui se pressait autour des danseurs. À quelques mètres, il aperçut un visage connu.

C'était Peter Stone. Il s'approcha de lui et lui tapa sur l'épaule. Le professeur le dévisagea un instant, indécis. Dès qu'il le reconnut, il lui tendit la main avec un grand sourire.

Stone était accompagné d'un collègue, un « amérindianiste » de l'université d'Albany venu à Montréal pour assister aux célébrations, et visiblement très heureux d'être là. Stone revenait lui-même d'Albany, où il avait participé à un colloque d'histoire. Il avait passé les dernières semaines à l'extérieur de la ville. Il demanda des nouvelles de monsieur Enjalran. Morel répondit que lui non plus n'avait guère reçu de ses nouvelles depuis quelque temps. Stone ne posa pas de questions sur l'enquête. Il se mit à parler avec enthousiasme du colloque. Il y avait fait une présentation sur la contrebande de marchandises entre Montréal et Albany au XVIIIe siècle. Son collègue semblait comprendre un peu le français, il écoutait avec intérêt et hochait la tête de temps en temps avec un sourire amusé. À un certain moment, il ne put s'empêcher de placer une remarque, et il n'en fallut pas plus pour que lui et Stone passent à l'anglais et se lancent dans une discussion animée. Morel les écouta distraitement en regardant les danseurs. C'est alors qu'il le vit.

Au début, ce fut surtout son maquillage étrange et l'ardeur qu'il mettait à exécuter sa danse qui attira son attention. Il portait le costume traditionnel, sobre et sans apparat : mocassins, vêtements de peaux, collier, bracelets. Son visage était entièrement peint en rouge jusqu'à la naissance des cheveux, le dessus de son crâne, entièrement rasé, était peint en noir. Il bougeait continuellement la tête par mouvements désordonnés et saccadés. Par moments, il frappait le sol des pieds avec tant de force qu'on aurait dit qu'il voulait s'enfoncer dans la terre. Puis, il se mettait à sautiller d'une jambe à l'autre en agitant les bras, sans jamais cesser de secouer violemment la tête.

Morel prit congé de Stone et de son collègue, et alla se placer à un endroit d'où il pouvait mieux surveiller les danseurs. Après quelques minutes, les tambours se turent et la danse prit fin dans une certaine anarchie. Un haut-parleur grinça et on entendit une voix annonçant les prochaines danses. Morel vit l'homme au visage rouge se glisser à travers la foule, contourner les gradins, puis entrer dans une tente.

Il en ressortit au bout de cinq minutes, toujours maquillé et en costume. Morel le vit franchir une passerelle qui menait vers la promenade. Il regarda sa montre. Quinze heures trente. Il jeta un coup d'œil du côté de la tour. Elle était là, quelques centaines de mètres plus loin, dressée comme un gros bâton de craie blanche sous un ciel de plomb. Il était trop tôt pour le rendez-vous, et Morel ne voulait pas arriver avant l'heure. Il alla s'asseoir dans les gradins.

Un peu avant l'heure du rendez-vous, il suivit lentement la promenade jusqu'au bout du quai. Arrivé au pied de la tour, il s'arrêta, regarda autour de lui. Malgré la distance, on entendait encore, balayé par le vent par vagues intermittentes, l'écho lointain des chants indiens scandés par les tambours. Il eut un léger frisson. Le vent était plus frais ici, à proximité de l'eau. Il leva les yeux vers l'horloge. Les énormes aiguilles marquaient seize heures.

Depuis quelques années, la tour avait été aménagée pour recevoir les touristes. Ceux qui ne répugnaient pas à l'idée de gravir plus de deux cents marches pouvaient monter et admirer le mécanisme géant de l'horloge. À partir du clocheton, on avait droit à une vue magnifique sur la ville.

Il passa du côté du bassin de l'Horloge, se posta en retrait et attendit en surveillant la rive. Quelques minutes passèrent. Soudain, on entendit un grand cri d'effroi, puis un autre. Comme tout le monde autour de lui, Morel leva les yeux. Les cris semblaient provenir du sommet de la tour. Il y en eut d'autres, suivis d'une série de hurlements hystériques qui provenaient cette fois de l'autre côté de la tour. Emporté par le courant invisible qui entraînait la foule, Morel contourna sans hâte le bâtiment en direction des cris.

Des gens accouraient de partout. Un attroupement s'était déjà formé à quelques mètres du mur, une centaine de curieux en demi-cercle, et d'autres arrivaient à chaque instant. Morel en vit quelques-uns qui s'éloignaient, la main sur la bouche. Une femme entraînait son enfant avec des gémissements étouffés. Deux hommes en vestes noires se tenaient au milieu de la foule et criaient aux gens de reculer. Un troisième, adossé au mur, murmurait dans un portable en agitant nerveusement les doigts de sa main libre. Un homme tomba à quatre pattes à côté de Morel et vomit.

Morel s'approcha juste assez pour jeter un coup d'œil. Il grimaça et détourna immédiatement les yeux en voyant le cadavre. La tête avait littéralement volé en éclats. Ce qui restait du visage était rendu encore plus effrayant par la peinture rouge.

Ébranlé, il alla s'asseoir sur un banc et remplit ses poumons de l'air du fleuve. Quelques minutes plus tard, quand il entendit la sirène de l'ambulance, il se leva et se mit à marcher lentement vers les quais, sans se retourner.

Un peu plus tard, quand il passa devant l'ancien poste de police, un homme lui prit le bras, brandit une carte que Morel eut à peine le temps de voir et le pria de le suivre jusqu'à une fourgonnette sans fenêtres stationnée à côté du bâtiment. La porte latérale glissa sur ses coulisses et l'homme invita Morel à entrer d'un signe du menton. Dès qu'il fut à l'intérieur, la porte se referma, et il resta un instant accroupi dans le noir. Il reconnut immédiatement l'odeur de Gitane. Quelqu'un tira un rideau qui faisait office de cloison. Subitement aveuglé par une lumière crue, Morel se trouva de nouveau en présence du Touriste.

L'homme avait perdu beaucoup de son aplomb. Le visage labouré de rides amplifiées par l'éclairage et secoué de tics incontrôlables, les yeux cernés, le teint blême, il offrait l'image d'un insomniaque en phase aiguë.

— Qu'est-ce que vous foutez là, Morel ?

— Je faisais une promenade, comme tout le monde.

— Comme tout le monde, fit l'autre avec un sourire épuisé. De tous les endroits où vous auriez pu aller dans cette ville aujourd'hui, c'est ici qu'on vous trouve, à un moment pareil.

— Désolé, mais je ne vois pas du tout de quoi vous parlez.

— Le Touriste le considéra d'un œil froid avec un long soupir, tira sur sa Gitane.

— Vous ne voyez pas, naturellement, dit-il en expulsant lentement un cône de fumée blanche. Et moi, je veux vous voir, Morel, dès lundi. Présentez-vous à cette adresse, à treize heures. Treize heures précises. Et cette fois, ne me faites pas faux bond.

27 : La danse du coursier

Lundi, Morel rencontra le Touriste, qui l'interrogea mollement. Il jura avec un air indigné qu'il avait complètement cessé toute activité concernant l'affaire Duclos depuis que le supérieur avait mis fin à son mandat. Il nia avec véhémence avoir parlé à qui que ce soit.

Le Touriste avait l'air encore plus ravagé qu'à leur récente rencontre. Il y avait eu mort d'homme dans une affaire peu importante, du moins officiellement. C'était embarrassant et les haut placés n'appréciaient pas. Morel ne pouvait déterminer si c'était le tort que cette affaire pouvait lui causer ou un élan sincère de compassion qui l'accablait à ce point.

Le regard vide, le Touriste lui apprit qu'on n'avait rien retrouvé sur Thibault, rien du tout. Morel fut ébranlé d'apprendre que Duclos s'était rendu au rendez-vous sans les lettres du séminaire et il eut du mal à cacher sa stupeur. Sans ces lettres, le plan qu'il avait conçu devenait plus difficile à exécuter. Mais comment Duclos avait-il pu faire une chose

pareille ? Avait-il espéré qu'il lui remettrait
le dossier de la seigneurie sans contrepartie ?
Avait-il bien ces papiers compromettants en
sa possession, ou avait-il bluffé ? Avait-il tout
simplement perdu la raison ?

Le Touriste répondit sans le savoir à une
partie de ces questions quand il actionna un
magnétophone et lui fit entendre le message
téléphonique d'un informateur anonyme
disant que le dénommé Thibault, alias Kakou,
serait au quai de l'Horloge samedi après-
midi. Qu'il suffirait d'être là pour le cueillir.

— Connaissez-vous cette voix, Morel ?
lança le Touriste, qui ne prenait même plus
la peine de surveiller ses réactions. Non, bien
entendu.

L'œil gauche à demi fermé, le Touriste
avait joint les mains, sans doute, pensa Morel,
pour faire cesser ces tremblements un peu
contrariants.

— Il n'a même pas pris la peine de faire
appeler quelqu'un à sa place… Qu'est-ce que
nous étions censés faire, nous ? Comme s'il
avait eu besoin d'un public pour faire ça.

Mercredi, Morel fit une dernière visite à
l'Intendant pour s'assurer que personne
n'avait pénétré dans la chambre secrète. Il lui
expliqua que des gens viendraient bientôt
chercher les documents, qu'il fallait leur ouvrir sans poser de questions. Ces gens ne

seraient ni des policiers ni des truands, et il ne fallait rien leur dire, et surtout ne pas parler de lui, Morel. Il n'avait qu'à les mener à la chambre secrète et à les laisser prendre les papiers, et il n'entendrait plus jamais parler de cette affaire.

L'Intendant voulut naturellement savoir ce qui était arrivé à Normand Duclos. Morel dit qu'on avait perdu sa trace, qu'il avait peut-être quitté le pays. Il n'avait pas eu besoin de réfléchir longtemps pour conclure qu'il ne servirait à rien de lui apprendre la mort de Duclos. Du reste, il y avait peu de chances pour que le pauvre homme l'apprenne. Vu son côté spectaculaire, le plongeon de l'homme au visage peint n'avait pas manqué d'attirer l'attention des médias. Mais pour l'essentiel, l'affaire avait été étouffée. Aucune photo n'avait été publiée, aucun nom n'avait été dévoilé. De toute façon, c'était un dénommé Thibault qui était mort, pas Normand Duclos.

Parmi les papiers que Morel avait rapportés de sa première visite à la chambre secrète de Duclos, il y avait deux lettres qui provenaient des archives du séminaire. Il les mit dans une enveloppe, puis alluma son ordinateur et rédigea une lettre au supérieur des Sulpiciens, expliquant que ces documents l'intéresseraient sans doute et qu'il en possédait d'autres qui pouvaient concerner le séminaire de Saint-Sulpice à Montréal. Il ajouta qu'il pouvait lui indiquer un endroit où il y avait une grande quantité de copies de documents, dont certaines provenaient des archives du séminaire. Il était disposé à révéler où se trouvait cet endroit. Une condition : permettre à monsieur Enjalran de rentrer au pays. Il précisa qu'il attendrait au maximum dix jours, soulignant ces mots à gros traits. Si monsieur Enjalran n'était pas de retour dans le délai prescrit, tous les papiers seraient remis à des gens qui sauraient en faire bon – ou mauvais – usage.

Il sortit d'un tiroir une chemise remplie de documents variés, tourna les feuilles jusqu'à ce qu'il trouve celle qu'il cherchait. C'était la deuxième page du C.V. de Duclos. Il passa un moment à examiner attentivement la signature. Morel avait un certain talent pour imiter les signatures. Après avoir bien observé celle qui l'intéressait, il prit un stylo et fit quelques essais.

Il imprima la lettre qu'il venait de composer pour le supérieur et signa Normand Duclos.

Il prit des photos couleur de chaque document du dossier de la seigneurie, grandeur nature. Il prit soin de ne pas utiliser de flash. Il mit les doubles dans une grande enveloppe molletonnée sur laquelle il écrivit « Louise Donaldson – Confidentiel », inscrivit l'adresse. Il mit les originaux dans une autre enveloppe et écrivit « à l'attention de l'Archiviste principal », avec l'adresse des Archives nationales.

Il téléphona à Samuel, son coursier de confiance, et lui donna rendez-vous place Vauquelin, à côté de l'hôtel de ville. Il lui remit la lettre pour Hinse et les deux enveloppes molletonnées, avec un pourboire qui inspira au jeune homme quelques joyeux pas de danse.

Une semaine plus tard, il téléphona à sœur Blanche sous prétexte de lui demander des nouvelles de son cousin. La brave femme murmura d'une voix presque inaudible que monsieur Enjalan l'avait appelée la veille pour dire qu'il revenait à Montréal. Il serait là dans deux jours. Elle s'apprêtait à l'appeler pour lui annoncer la nouvelle. Elle avait peine à contenir sa joie, et sa voix prenait des inflexions aiguës.

Il dit qu'il aurait beaucoup aimé aller à l'aéroport, mais que ce ne serait pas possible. Il lui rappela qu'il ne fallait parler à personne de sa visite, surtout pas à monsieur Enjalran. S'il insistait, il fallait lui dire qu'un jeune homme avait appelé quelques jours après son départ et que quelqu'un était passé prendre le paquet, un de ces coursiers à bicyclette à moitié fous qui mettent en danger la vie des piétons au centre-ville.

Épilogue

Antoine Morel n'aimait pas voyager en autobus, mais la liaison ferroviaire pour voyageurs entre Montréal et Sorel avait cessé d'exister depuis plus de trente ans. Tout l'indisposait dans ces véhicules, à commencer par l'odeur. Avant même que l'autobus s'immobilise, il était sur le marchepied, prêt à descendre. Dès que la porte s'ouvrit, il bondit dehors et respira un bon coup.

Le temps était un peu plus frais ici, et il y avait quelque chose de différent dans l'air, comme un prélude au changement de saison. On n'était pourtant qu'à une heure de la ville.

— Monsieur Morel, je suis si heureux de vous voir.

Monsieur Enjalran avait meilleure mine qu'à leur dernière rencontre. Morel nota avec plaisir qu'il avait repris des couleurs. Il avait retrouvé son air timide et distrait, et cette petite lueur espiègle dans l'œil. Aussi ce regard un peu perdu de ceux qui doivent constamment faire un effort pour ne pas être aspirés par leur monde intérieur.

— Vous avez fait bon voyage ?

— Oh ! vous savez, ces engins… D'accord, c'est rapide, mais l'autoroute… Si au moins ils longeaient la rivière…

— Quel temps fait-il à Montréal ?

— Peut-être un peu plus chaud… Mais on est bien ici…

— Oui, ce n'est pas mal pour un 9 septembre.

— Oui, pas mal, pas mal…

C'était la première fois que Morel revoyait monsieur Enjalran depuis la nuit dramatique de sa visite. Depuis son retour, le prêtre habitait une résidence pour religieux âgés, une sorte de centre d'accueil où on envoyait les derniers membres de certaines communautés qui n'avaient plus l'espace ou les moyens de les loger. Il n'aimait pas beaucoup l'endroit et n'avait pas envie d'y recevoir Morel, préférant l'entraîner faire une promenade du côté du fleuve.

— Un refuge pour vieilles reliques. Imaginez, je suis un des plus jeunes…

Il travaillait trois jours par semaine comme bénévole à la société historique locale.

— Sorel est quand même la quatrième plus ancienne ville de la Nouvelle-France, vous savez… enfin la cinquième, j'oubliais Tadoussac… Le fort Saurel a été construit en 1642, l'année même de la fondation de Montréal, dans l'espoir de contenir les élans des

Iroquois, qui passaient par ici quand ils montaient attaquer la colonie.

Le supérieur avait accepté de mettre fin à l'exil de monsieur Enjalran, mais ne l'avait pas autorisé à revenir à Montréal. À son retour, il avait été envoyé directement à Sorel. Il y était maintenant depuis cinq semaines.

Montréal lui manquait, naturellement. Il était libre de s'y rendre, mais il ne pouvait y passer la nuit sans obtenir une permission spéciale. Il y était allé une seule fois, quelques heures seulement, le temps de parcourir le vieux quartier, d'arpenter certaines rues qu'il avait cru ne plus jamais revoir. Il n'avait pas osé aller au vieux séminaire, ni même passer devant. Le retour avait été pénible.

Ils étaient assis dans un petit parc au bord du fleuve, non loin de l'endroit où monsieur Enjalran travaillait. Le fleuve était large ici, plus qu'à Montréal. On voyait le traversier qui venait de quitter Sorel pour l'autre rive.

Enjalran confia à Morel qu'on ne lui avait donné que peu d'explications sur ce qui s'était passé. Il savait seulement que l'enquête avait été arrêtée, que son retour était dû à une entente qui avait permis au séminaire de récupérer certains papiers.

— On m'a laissé entendre que l'affaire avait été conclue directement avec monsieur Duclos. Je me demande s'il a retourné tous les papiers du dossier de la seigneurie.

— Je n'en sais rien… Mais dites-moi, je crois qu'il y en avait d'autres aussi, n'est-ce pas ? N'aviez-vous pas aussi parlé d'autres papiers dans l'enregistrement, des lettres qui concernaient le séminaire ? Duclos disait qu'il les gardait comme monnaie d'échange, « au cas où »…

Monsieur Enjalran eut un bref sursaut et regarda Morel d'un air perplexe. Il tourna son regard vers le fleuve, puis jeta encore un coup d'œil du côté de Morel.

— Oui, les lettres… Monsieur Morel, je dois vous avouer que… Quand j'ai fait l'enregistrement, j'étais dans un état de découragement et d'indécision extrême. Je n'ai peut-être pas rapporté les faits, tous les faits, de façon irréprochable. Pour ce qui est de ces lettres, il est exact qu'au moment où il m'avait appelé, monsieur Duclos avait dit qu'il gardait certains papiers, « au cas où », c'était du chantage en quelque sorte. Mais le jeune Duclos n'est pas le genre d'homme à s'abaisser à ce genre de procédés de bas étage. Si vous saviez dans quel état il était à ce moment… La vérité, c'est qu'il m'avait déjà rendu ces papiers depuis longtemps quand j'ai fait l'enregistrement. Il les avait retournés avec le colis, celui qui a tout déclenché, avec un mot d'excuse. Tous les originaux des lettres étaient là, j'ai tout remis à sa place.

Morel encaissa sans broncher. Enjalran

lui avait donc fait des petits mensonges joyeux jusqu'à la fin. Un petit mensonge de plus ou de moins, quelle importance ? Tout cela n'était rien, rien du tout. Après tout, Morel y allait lui aussi de ses petits mensonges. Enjalran ne connaîtrait jamais les derniers détails de l'affaire Duclos, et c'était très bien ainsi. L'important, la seule chose qui importait, c'était qu'Enjalran soit de retour au pays, et Morel était heureux, si heureux de le revoir.

— Alors, vous voyez, comme la conversation interceptée par la police, entre monsieur Duclos et moi, était précisément celle où il était question de ces lettres, et que le supérieur avait tout entendu, j'ai... j'ai cru bon de laisser croire à tout le monde, et surtout au supérieur, que monsieur Duclos avait effectivement en sa possession des documents concernant le séminaire, des documents qui pourraient être mal interprétés. Dans ma confusion, je m'étais dit que cela lui donnait au moins une chance.

Tout cela ne faisait que confirmer que l'archiviste en avait toujours su bien plus qu'il n'avait voulu en dire. Dès le premier jour, Morel avait noté l'expression de son visage quand il était question de Duclos, il avait bien senti l'estime et le respect, la compassion aussi, dans ses propos. Mieux, à partir d'un certain moment, il avait eu la nette impression qu'Enjalran lui-même savait que lui,

Morel, savait, et une espèce de pacte tacite avait été conclu entre les deux hommes, une connivence qui avait eu pour effet, il est vrai, de nuire à l'enquête, de la ralentir, et avait même failli la faire rater complètement. Et pourtant, en définitive, n'était-ce pas justement cette complicité qui avait permis à Morel de remonter jusqu'à sa proie, de résoudre l'énigme ?

— Mais ce que je n'arrive pas à comprendre, c'est comment il a pu récupérer ses papiers, je veux dire les plus importants, le dossier de la seigneurie... Je ne lui ai pas parlé depuis cet entretien téléphonique. Et vous, monsieur Morel, vous... Vous n'avez rien appris à ce sujet ?

Mais l'énigme n'était pas résolue, pas entièrement. Enjalran n'avait pas encore tout dit. Morel savait que tout le temps qu'avait duré cette enquête, chaque fois qu'il avait réussi à percer un secret, c'était pour en découvrir un nouveau, contenu dans le précédent, comme dans un jeu de poupées russes, et aujourd'hui encore il n'avait pas découvert l'ultime secret, le ressort qui avait animé le personnage central.

Il était convaincu qu'Enjalran connaissait la vérité, que lui seul pouvait la lui révéler. Jamais Normand Duclos ne lui aurait confié le colis s'il n'avait pas eu totalement confiance en lui, et pour qu'une telle confiance soit possible, il fallait qu'Enjalran connaisse la vérité.

Morel était allé jusqu'au bout de cette affaire, il avait pris de gros risques jusqu'à la fin, même au moment où il n'avait plus rien à gagner pour lui-même, et tout à perdre. Aujourd'hui il voulait savoir, il y avait droit. Lui aussi était capable d'y aller d'un mensonge joyeux quand les circonstances l'exigeaient. Monsieur Enjalran lui devait ça.

— La seule chose que je sais avec certitude, fit Morel sur un ton innocent, c'est que Duclos a quitté le pays.

Le prêtre ne dit rien. Il serra un peu les lèvres et baissa les yeux du côté de Morel.

— Je n'arrive pas à m'expliquer son départ, reprit Morel… Pourtant, le séminaire n'avait plus aucune raison de le poursuivre.

L'archiviste ne desserrait toujours pas les lèvres, il fixait seulement le vide d'un air pensif, les sourcils en arc de cercle. On entendit un long meuglement provenant de l'autre rive. Le traversier allait accoster. Enjalran laissa encore passer un moment avant de rompre le silence.

— Je crois que moi, je sais pourquoi il est parti.

Enjalran se leva et invita Morel à marcher vers la ville. Il allait les bras croisés, l'air absent, jetait des phrases courtes, comme s'il se faisait à lui-même des confidences, lançant parfois un regard oblique vers Morel. Avec de longues pauses, pour prendre le temps de bien peser chaque mot, et comme pour laisser à Morel le temps de décider s'il voulait entendre la suite.

D'abord, les choses que Morel savait déjà. Normand Duclos était né et avait grandi dans un monde sans pitié. Les foyers d'accueil. Dès le plus jeune âge, les meurtrissures, les attitudes convenues, les sourires froids, les gestes d'affection empruntés, toute la gamme des sentiments affectés, toutes les petites humiliations quotidiennes qu'on subit sans pouvoir les nommer... La détresse intérieure, installée, permanente, le sentiment indicible de vide d'un univers sans affection... Et plus tard, à l'adolescence, le vertige identitaire, l'insupportable absence de points d'appui. Normand Duclos était un garçon très intelligent, très doué. En grandissant, il était arrivé à décortiquer son passé, à comprendre et jusqu'à un certain point à accepter son malheur, il aurait pu vivre avec cette blessure. Ce qu'il ne pouvait supporter, c'était le manque tragique de repères, l'insipidité du monde, la mollesse des valeurs que lui proposait cette société dont il était issu. Lui qui souffrait du sentiment de provenir du néant, lui qui se réveillait chaque matin avec l'immense besoin, la soif désespérée de découvrir un sens à sa vie et une direction où aller, se sentait asphyxié dans un monde qui lui apparaissait aride et stérile comme un désert, parcouru par des étrangers satisfaits et futiles.

Il avait 16 ans quand il avait fait la connaissance de ce jeune homme fier qui parlait de tradition, de valeurs, de responsabilité, de direction. Une bouffée d'air frais, un baume sur ses douleurs existentielles. Cette rencontre inespérée ne pouvait être autre chose qu'un clin d'œil du destin. Il découvrait enfin qu'il existait une route à suivre, une piste menant à la vérité. Cet ami était indien. Dès le premier jour, Normand éprouva pour lui une admiration qui n'allait cesser de croître. Il le considérait comme un frère, un frère de sang, en lui il avait trouvé une famille.

Mais il y avait aussi une zone d'ombre dans cette relation. Dans son enthousiasme, dans son empressement, Normand allait trop vite, il en voulait trop. Et surtout, après quelque temps, quelque chose de honteux avait pris naissance en lui, un sentiment odieux qu'il détestait, mais qu'il ne pouvait maîtriser. Il était rongé par la jalousie. Il ne lui suffisait pas de suivre les traces de son frère, il aurait voulu devenir son frère. Quelque chose en lui refusait d'accepter le destin qui était le sien.

Le drame s'était produit un soir d'automne. Les deux jeunes gens étaient partis ensemble pour une partie de chasse. Une dispute avait éclaté au bord du feu. Ils en étaient venus aux coups. Duclos avait frappé son frère, sa tête avait heurté un rocher. Il avait vu la tempe ouverte, le sang qui sortait par giclées.

Horrifié et désemparé, il était resté plusieurs jours au campement, sans manger ni dormir. Il était si dégoûté de lui-même, la mort de son frère l'accablait à un point tel qu'il avait perdu le goût de vivre. L'idée de vivre avec un si terrible secret était insoutenable. Il avait eu envie de se donner la mort, mais il ne pouvait en être question. Selon les croyances que son frère lui avait enseignées, il fallait d'abord expier. Alors il s'était jugé lui-même, et condamné, et il avait rendu la sentence : il allait consacrer le reste de sa vie à réparer son crime. Ensuite, il pourrait rejoindre son frère dans l'au-delà.

Il avait décidé de prendre l'identité de son frère indien. Il avait fait le serment de devenir ce que son frère aurait voulu devenir, d'accomplir ce qu'il rêvait d'accomplir. Il avait pris ses papiers et réussi à être reconnu comme Indien. Désormais, il vivrait comme un Indien. Il ne reprendrait son identité officielle de Blanc que si cela était nécessaire pour s'acquitter de sa dette.

Pendant les années qui avaient suivi, il s'était entièrement employé à réaliser sa métamorphose. Il avait passé beaucoup de temps à l'extérieur du pays. Grâce à sa nouvelle identité, il avait pu être accepté dans certaines communautés indiennes, il avait écouté et mis en pratique les enseignements des anciens. Il avait travaillé avec acharnement pour marcher sur les traces de son frère. Avec un certain succès.

Il savait que son frère avait vécu à Rivière-à-l'Aigle jusqu'à l'âge de six ans, qu'il considérait cet endroit comme son véritable foyer et qu'il avait l'intention d'aller y vivre un jour. Il demanda la permission de s'y installer, invoqua le fait qu'il y avait passé les premières années de sa vie, avec sa grand-mère. Cyrille parlait l'innu. Normand avait acquis quelques rudiments de cette langue, il prétendit avoir oublié le reste. On l'autorisa à s'installer. Au début, ce fut difficile. Certains, qui avaient peut-être connu sa grand-mère et vu l'enfant tout jeune, ne cessèrent jamais de se méfier de lui. Mais grâce à sa réputation de fervent traditionaliste et à son intelligence, il réussit progressivement à se faire accepter par une partie de la communauté. Il s'impliqua avec passion dans les affaires de la communauté et finit par être considéré comme un défenseur radical des droits des Indiens. Et à Rivière-à-l'Aigle, la défense des droits des Indiens passait inévitablement par les revendications territoriales.

C'était à la fin de l'été 99, quand se répandit pour la première fois une rumeur sur la

menace de vente de terrains autour du lac
aux Herbes, qu'il avait eu l'idée d'entreprendre des recherches dans les archives pour
démontrer la légitimité des revendications
des Indiens. Il avait hésité à prendre sa décision, car il savait que la plupart de ses amis
traditionalistes refuseraient de le suivre dans
cette voie qui équivalait pour eux à faire le
jeu des Blancs. Les traditionalistes de Rivière-à-l'Aigle disaient que leurs ancêtres avaient
fréquenté ce lieu et s'y étaient établis bien
avant l'arrivée des Blancs, et pour eux les
documents rédigés et signés à l'étranger par
des étrangers n'avaient aucune valeur.

— La suite, vous la connaissez aussi bien
que moi. Normand a plongé, il a fini par
aboutir chez nous. Il était à la recherche de
l'acte de concession. Pas seulement l'acte
de concession, mais c'était surtout ce document-là qui l'intéressait. Il espérait qu'il trouverait là, noir sur blanc, les mots qui confir-
meraient que les Indiens avaient bel et bien
des droits, qu'au cas où la mission était abo-
lie, les Indiens devenaient propriétaires des
terres qu'ils avaient exploitées pour le seigneur. Il a bel et bien retrouvé le document.
Il a été terriblement déçu. L'acte précisait
en toutes lettres l'exact contraire de ce qu'il
avait espéré. Ce fut un coup terrible pour lui,
croyez-moi. Des mois, des années de
recherche, tout cela avait été fait en vain.

À partir de ce moment, le dossier qu'il avait patiemment constitué avait perdu beaucoup de son utilité et le jeune Duclos était désorienté. Un peu plus tard il a reçu le coup qui l'a pour ainsi dire achevé, je veux dire qu'il a pratiquement perdu tout espoir d'arriver à quelque chose… Juste avant qu'il m'envoie le dossier de la seigneurie en me demandant de le mettre en sûreté, il a communiqué avec Armand Brassard, l'anthropologue. Il lui a dit qu'il avait retrouvé l'original de l'acte de concession de la seigneurie du Lac-aux-Herbes, il lui a offert de lui remettre tout le dossier. C'était tout ce qu'il lui restait à faire, il se disait que le professeur Brassard y trouverait peut-être quelque chose qui l'aiderait dans sa croisade… Sur le coup, le professeur Brassard a été très intéressé, intrigué au plus haut point, il a voulu savoir où et comment monsieur Duclos avait trouvé l'acte de concession. Monsieur Duclos a été bien obligé de lui dire la vérité. Mais quand l'autre a compris de quelle façon il avait obtenu les papiers, il a refusé tout net, il s'est mis à le sermonner, il lui a dit qu'un tel comportement faisait plus de mal que de bien à la cause qu'il voulait défendre.

Monsieur Duclos m'a raconté cela très vite au téléphone, lors de cette conversation. Notre dernière conversation…

J'espère bien le revoir un jour, oh ! je l'espère vivement, monsieur Morel. Je me demande bien où il est maintenant, comment il vit… Vous savez, depuis le jour où il a prêté serment devant son frère amérindien, il a toujours eu une peur panique que son crime soit découvert. Pour lui, c'était la pire chose qui pouvait arriver, parce qu'à partir de ce moment, il devenait impossible de tenir sa promesse. Il lui faudrait choisir entre la prison et l'exil… Il aura donc choisi l'exil…

Morel et Enjalran s'étaient arrêtés au milieu du pont métallique qui enjambe le Richelieu. Accoudés au parapet, les deux hommes regardaient devant eux en silence. Le pont vibrait sans cesse au rythme des voitures qui se croisaient derrière eux.

Le coup d'œil n'était pas très joli. De chaque côté, le paysage était défiguré par des installations industrielles géantes, le béton sale et le métal rouillé, une vision navrante.

Morel alluma une cigarette.

— Je peux bien vous le dire à vous, monsieur Morel. Ici, c'est mieux qu'à l'étranger, mais pour moi, vivre ailleurs qu'à Montréal, c'est toujours une punition.

Quelques longues secondes passèrent, quelque instants d'un silence pesant à peine troublé par la rumeur ambiante et le chuintement des pneus sur la tôle gaufrée. Puis, Enjalran leva les yeux et son regard s'éclaira. Ses traits prirent une expression que connaissait bien Morel : aux lèvres, ce sourire presque imperceptible ; à l'œil, cette lueur de ravissement discret.

— Vous savez que nous nous trouvons ici à un endroit d'une importance stratégique capitale au XVIIe siècle. Nous sommes ici à l'embouchure de la rivière Richelieu, le lieu où elle se jette dans le fleuve. C'est ici que les Iroquois arrivaient quand ils faisaient leurs fameux raids contre la colonie… Songez-y : depuis la rivière Hudson à la hauteur d'Albany, à travers le lac Champlain, et le Richelieu sur toute sa longueur. Tout au long de cette route, qu'ils connaissaient par cœur, chaque montagne, chaque ruisseau avait un nom. C'est aussi leur pays, vous savez… Imaginez-les, là devant nous, les convois de canots… Cette rivière… Ce n'est pas un hasard si les premiers Français l'ont nommée la *rivière des Iroquois*.

— Monsieur Enjalran, j'ai une colle pour vous… En quelle année la rivière a-t-elle pris le nom de Richelieu ?

— En quelle année ? En quelle année… Voilà une bonne question… Voyons, le cardinal est mort en 1642… et je peux vous dire que la *Relation des Jésuites* de 1642 parle encore de la rivière *des Hiroquois,* avec un H…

Table des matières

Note sur l'auteur

Michel Vallée est traducteur et rédacteur technique. Il détient une maîtrise en traduction. Il est né à Roberval et vit depuis plus de vingt ans à Montréal.

Il se passionne pour l'histoire, l'architecture, l'étude des langues étrangères et les cartes géograhiques.

L'homme au visage peint est son premier roman publié.

Dans la même collection

Camille Bouchard :
— *Les Enfants de chienne* (roman d'espionnage)
— *Les Démons de Bangkok* (roman d'enquête)

Laurent Chabin :
— *L'homme à la hache* (roman policier)

Michel Châteauneuf :
— *La Balade des tordus* (roman noir)

France Ducasse :
— *Les Enfants de la Tragédie* (roman portant sur la mythologie)

Frédérick Durand :
— *Dernier train pour Noireterre* (roman fantastique)
— *Au rendez-vous des courtisans glacés* (roman fantastique)
— *L'Ile des Cigognes fanées* (roman fantastique)

Louise Lévesque :
— *Virgo intacta, tome I : Arianne* (roman policier)
— *Virgo intacta, tome II : Estéban* (roman policier)

Paul (Ferron) Marchand :
— *Françoise Capelle ne sera pas recluse* (récit historique)

Michel Vallée :
— *L'homme au visage peint* (roman d'enquête)

MEMBRE DU GROUPE SCABRINI

Québec, Canada
2006